Wilhelm Bode
Goethes Leben im Garten am Stern

I0585118

SEVERUS

Bode, Wilhelm: Goethes Leben im Garten am Stern
Hamburg, SEVERUS Verlag 2012
Nachdruck der Originalausgabe von 1922

ISBN: 978-3-86347-280-1
Druck: SEVERUS Verlag, Hamburg, 2012

Der SEVERUS Verlag ist ein Imprint der Diplomica
Verlag GmbH.

**Bibliografische Information der Deutschen
Nationalbibliothek:**
Die Deutsche Nationalbibliothek verzeichnet diese
Publikation in der Deutschen Nationalbibliografie;
detaillierte bibliografische Daten sind im Internet über
http://dnb.d-nb.de abrufbar.

Goethes
Leben im Garten am Stern

von
Wilhelm Bode

Vorwort

Dies Buch findet viele Freunde, weil Goethes Gartenhaus die Liebe Unzähliger schon längst gewonnen
hat und noch gewinnt. Aber auch aus einem anderen
Grunde begehrte man wohl eine ausführliche Schilderung
gerade dieses Teiles von Goethes Leben: es ist die einzige
Zeit, über die er selber nicht berichtet hat, nicht berichten
wollte. Er meinte:

Die wahre Geschichte der ersten zehn Jahre meines
weimarischen Lebens könnte ich nur im Gewande der Fabel
oder eines Märchens darstellen; als wirkliche Tatsache würde
die Welt es nimmermehr glauben. Kommt doch jener
Kreis ... mit selbst, der Das alles miterlebt hat, schon als
ein mythologischer vor! Ich würde Vielen weh, vielleicht nur
Wenigen wohl, mir selbst niemals Genüge tun.

Der heutige Darsteller spürt diese Hemmungen nicht;
er kann die auftretenden Gestalten (wenn er sonst will!)
unbedenklich in ihrer Menschlichkeit zeigen. Er hat
viele Urkunden bequemer zur Hand, als Goethe selber
sie hatte. Und er kann, was das Beste ist, ihn nachträglich
doch noch zwingen, über diese Jahre Beichte abzustatten.

Goethe hatte das Gartenhaus von 1776 bis 1782
als ständige Wohnung; aber auch später, als er für
gewöhnlich in der Stadt und in größeren Räumen lebte,
blieb er hier unten Eigentümer und war noch manchmal
Einwohner oder Gast. So können wir denn an unserer

lieblichen Stätte sein ganzes Leben von seinem Eintritt in Weimar bis zu seinem Tode, einen Zeitraum von sechsundfünfzig Jahren, an uns vorüberziehen lassen.

Ich habe nicht im Aktenton, aber getreulich nach den Akten erzählt: man darf alles Mitgeteilte für „Wissenschaft" nehmen. Ich füge in meinen Büchern dem Beweisbaren wohl einmal ein Lächeln oder Räuspern hinzu, um die Anschaulichkeit zu steigern; darüber hinaus geht mein Erfinden nicht.

Weimar, im Herbst 1908.

Dr. Wilhelm Bode.

Letzte Durchsicht: im Frühjahr 1922.

Inhalt

lagen. Luisenfest. Absonderung. Korona. Charlotte. Gegen-
sätzliches in Wieland. Neue Gedichte und Theaterstücke.
Berater in den bildenden Künsten. Neue Wohltätigkeit.
Neue Erkenntnisse.

August v. Goethe und Ottilie v. Pogwisch. Das Alter. Besuche im Garten. Eckermann. Das neue Geschlecht. Gäste. Gräfin Rapp. Sommerwohnung 1827 und '29. Holtei, Willibald Alexis, H. C. Robinson. Erneuerungen und Verbesserungen. Thomas Carlyle. Letzte Stunden im Garten. Schicksal des Gartens seit 1832.

Verzeichnis der Abbildungen
I. Auf Tafeln

II. Im Text

Goethes erste Wohnung in Weimar (siehe S. 85).

Lossius: Weimar 1785.

Platzzeiger.

Lossius datiert seine Kavalier-Perspektive von 1785; sie zeigt jedoch hier und da einen älteren Zustand, z. B. hat sie statt einer Ruine den Zustand des Schlosses vor 1774. Wir geben einen Ausschnitt; weggefallen ist jedoch nur die Jakobsvorstadt mit der Hofkirche und Bertuchs Garten.

Tore:
Erfurter Tor I K 31.
Jakobstor B 17.
Kegeltor E 6.
Inneres Frauentor W 20.
Äußeres Frauentor i 23.

Brücken:
Kegelbrücke O 4, 5.
Schloßbrücke N O 4—6.
Sternbrücke p q r 7.
Brücken über den Schützengraben Z a 11, X Y 28.

Plätze:
Marktplatz R—V 16—18.
Töpfenmarkt G—K 16—21.
Grüner Markt Q R 12—14.
Frauenplan b—f 20—23.

Straßen:
Ackerwand f—K 13—21.
Breitestraße O P Q 19—25.
Brauhausstraße e—h 23—31.
Esplanade R—X 20—29.
Rittergasse K—N 20—25.
Seifengasse a—d 13—19.
Windische Gasse Q—U 20—25.

Herrschaftliche Gebäude:
Schloß Wilhelmsburg Q—R 6—12.
Gelbes Schloß R 12, 13.
Rotes Schloß T—W 12—13.
Grünes Schloß oder Bibliothek X 10.
Fürstenhaus Y 11—14.
Großes Jägerhaus o—t 21.
Kleines Jägerhaus w 20—21.
Hofgärtnerei y z 18—19.
Wittumspalais L—R 28—31.
Komödien- und Redoutenhaus unter Q R.
Reithaus U V 67.
Zeughaus N 28.
Hauptwache P Q 12.

Öffentliche Gebäude:
Rathaus R—U 18—20.

Stadthaus R—U 14—15.
Stadtkirche F G 17—20.
Gymnasium E F 17—18.

Gasthäuser:
Elephant V 17.
Erbprinz V 16.
Hauptmanns Redoutenhaus S T 27.
Weißer Schwan d 20.
Geibel S 30.
Kirscht R 18.

Anlagen:
Wälscher Garten f—v 8—20.
Schnecke darin m 12.
Kloster u 8.
Schießmauer v w x 8, 9.
Der Stern S—o 1—6.
Esplanade R—X 20—29.

Wohnungen:
Gr. Bernstorff u. Bode Y—b 23—24.
Eckermann b 25, O 19, W 29.
v. Fritsch R 28, d 21, I 21.
Goethe P 13, c 13, d—i 20—22, p 21, Gartenhaus über v—z.
Gräfin Henckel c 11.
Herder E 20.
v. Heygendorff H I 15, 16.
Klauer M 30, über N O.
Kotzebue R 12—13.
v. Laßberg E F 22.
v. Lyncker B 12, C 29.
v. Müller T 23.
Musäus b 13.
v. Schardt d. Ä. D—G 28—31.
v. Schardt d. J. T 21.
Schiller T 21, V W 25.
Schopenhauer W 22, S T 30, 31.
Kor. Schröter u. F. v. Einsiedel R 17.
v. Stein C 29, c 12—13.
Voigt I V 16, II C 27.
v. Wedel c 11.
Wieland B 12, m 22, V 16, Garten k 1.

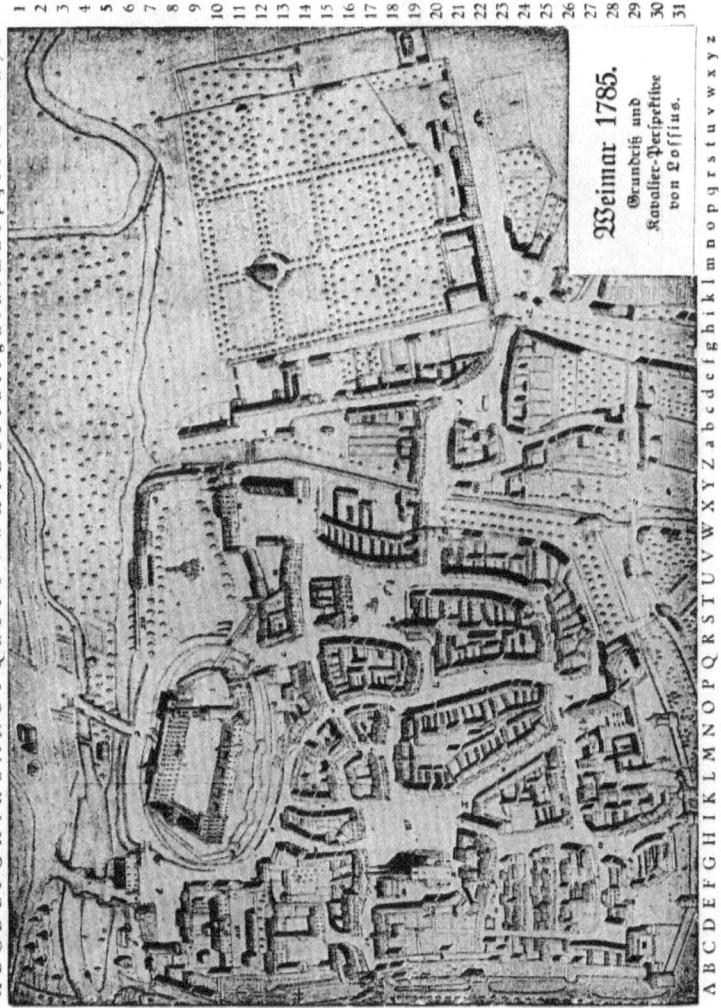

Weimar 1785.
Grundriß und
Kavalier-Perspektive
von Loffius.

I. Der erste Winter in Weimar.
November 1775 bis Mai 1776.

Der Vater hatte ihn ernstlich genug vor dem Hofleben gewarnt. Er hatte die Sprichwörter über das Kirschenessen mit hohen Herren wiederholt, hatte von Joseph in Ägypten bis auf Voltaire in Preußen die bekannten Fälle aufgeführt, wo die Günstlinge plötzlich in die kalte Winternacht hinausgestoßen worden waren, nachdem sie sich eben noch an den Kaminen der Königspaläste hatten verweichlichen dürfen. Trotzdem fuhr Goethe in den ersten Novembertagen des Jahres 1775 nach Weimar zum jungen Herzog Karl August.

Es sollte nur ein Besuch sein, ein Einblick in eine neue Welt, die Annahme einer freundlichen Einladung. Vielleicht sollte der Besuch auch ein Versuch sein, eine Frage an das Schicksal. Vielleicht tat sich ihm jetzt eine Tür auf, die in sein eigenes Haus führte.

Aufatmend verließ er Frankfurt; es war ihm zu eng dort geworden. Zu eng im großen Hause am Hirschgraben, denn dort regierte der alte Vater; zu eng im Berufe, denn er liebte die Juristerei nicht; zu eng auch in den alten Überlieferungen, den zahllosen geschriebenen und ungeschriebenen Ordnungen der vaterstädtischen Republik. Vor kurzem noch war er ganz nahe daran gewesen, am Arme einer schönen siebzehnjährigen Braut lächelnd in den Bannkreis eines kalvinischen und kaufmännischen Familien-Philisteriums zu schreiten; ihn schauderte jetzt, wenn er der so sanften und doch auch so beständigen Unterdrückung gedachte, die sich von allen den neuen Verwandten, Freunden und Bekannten her über ihn gelegt haben würde. Aber er liebte jene Lilli Schönemann immer noch; es zog ihn immer noch hin

zu ihr, sobald er sie in seiner Nähe wußte. Wahrlich,
Beide konnten erst ruhig werden, wenn sich zwischen sie
ein Weg von vielen Meilen legte!

Früh am 7. November kam er in Weimar an.
Sein Begleiter, der Hofjunker Johann August v. Kalb,
führte ihn zu seinem Vater, dem Kammerpräsidenten,
und in dessen Wohnung am Töpfenmarkt ward der
Gast des Herzogs freundlich aufgenommen. Schon
mittags lernte er Wieland und abends auf einer Redoute einen großen Teil der Hofgesellschaft kennen. Am
nächsten Mittag sah er Manche von ihnen an der
Tafel des Herzogs wieder, und nun gehörte er bei
allem Spiel und Tanz mit dazu. Der achtzehnjährige
Herzog feierte ein paar Monate hindurch Regierungsantritt und Vermählung; es war ein beständiges Tafeln,
Pokulieren, Musizieren, Maskieren, Tanzen, Reiten,
Jagen und Hetzen. „Wie eine Schlittenfahrt geht mein
Leben", schrieb Goethe heim, „rasch weg und klingelnd."

Am höchsten stieg die Lust, als am 26. November
auch die beiden jungen Grafen Stolberg den weimarischen
Hof besuchten und ihren Freund Goethe, ihren Reise-
gefährten vom letzten Frühjahr, dort wieder hatten. Das
war ein allgemeines Gernhaben und Wohlgefallen!

Der jüngere Stolberg, Fritz, schilderte diese Tage
seiner Schwester, der Gräfin Bernstorff:

Der Herzog ist ein herrlicher achtzehnjähriger Junge,
voll Herzensfeuer, voll deutschen Geistes, gut, treuherzig, dabei viel Verstand. Engel Luischen [die junge Herzogin] ist
Engel Luischen. Die verwitwete Herzogin, eine noch schöne
Frau von sechsunddreißig Jahren, hat viel Verstand, viel
Würde, eine in die Augen fallende Güte, so ganz ungleich
den fürstlichen Personen, die im Steiffein Würde suchen.

Sie ist scharmant im Umgang, spricht sehr gut, scherzt fein und weiß auf die schönste Art einem etwas Angenehmes zu sagen. Prinz Konstantin [der jüngere Sohn der Herzogin Amalie] ist ein herziges, feines Bübchen. Eine Frau v. Stein, Oberstallmeisterin, ist ein allerliebstes, schönes Weibchen. Wir waren gleich auf dem angenehmsten Fuß dort; es war uns sehr wohl, und ihnen ward auch wohl bei uns. Am Vormittag waren wir entweder bei Goethe oder Wieland oder ritten mit dem Herzog auf die Jagd oder spazieren. Von zwei bis fünf Uhr waren wir bei Hofe. Nach Tisch wurden kleine Spiele gespielt, Blinde Kuh und Plumpsack. Von sieben bis neun Uhr war Konzert oder ward Vingt-un gespielt. Einmal war Maskerade. Einen Nachmittag las Goethe seinen halb fertigen „Faust' vor. Es ist ein herrliches Stück. Die Herzoginnen waren gewaltig gerührt bei einigen Szenen ... Einigen steifen Hofleuten waren wir, glaub' ich, ein Dorn im Auge, aber die Guten waren uns herzlich gut.

Und ebenso berichtete der ältere Bruder Christian:

Die ganze herzogliche Familie ist, wie keine fürstliche Familie ist. Man geht mit ihnen allen um, ganz als wären's Menschen wie Unsereiner ... Unser Goethe war da und ist da; Den hab' ich noch viel lieber gekriegt ... Einen Abend soupierten wir bei'm Prinzen, des Herzogs Bruder. Mit eins ging die Tür auf, und siehe: die alte Herzogin kam herein mit der Oberstallmeisterin, einer trefflichen, guten, schönen Frau v. Stein. Beide trugen zwei alte Schwerter aus dem Zeughause, eine Elle höher wie ich, und schlugen uns zu Rittern. Wir blieben bei Tische sitzen, und die Damen gingen um uns herum und schenkten uns Champagner ein. Nach Tische ward Blinde Kuh gespielt; da küßten wir die Oberstallmeisterin, die neben der Herzogin stand. Wo läßt sich Das sonst bei Hofe tun?

Am Abend des 3. Dezember fuhren die Grafen Stolberg weiter, über Dessau und Berlin nach Hamburg und Holstein. Goethe hatte mit ihnen fahren sollen, und er hätte auch gern in den hamburgisch-holsteinisch-dänischen Kreis der schönen Geister hineingeblickt, gern ihrem Herrn und Meister, dem großen Klopstock, den Besuch erwidert, den Dieser ihm in Frankfurt vergönnt hatte, und hätte noch lieber die junge Schwester der Stolbergs, Gräfin Auguste, von Angesicht kennen gelernt, da er mit ihr bereits die innigsten Plauder- und Beichtbriefe gewechselt hatte. Aber Karl August bat ihn, noch in Weimar zu bleiben. Und Karl August ließ sich vom jüngeren Grafen Stolberg versprechen, daß auch er wieder komme und dann als Kammerherr am frischen, freien Leben des weimarischen Musenhofes auf die Dauer teilnehme.

Goethes Besuch in der kleinen Residenz dehnte sich aus. Fröhliche Kameraden umgaben ihn; die jungen Adligen am Hofe, die Kalb, Knebel, Einsiedel und Seckendorff, waren Männer von Talenten, und die Damen am Hofe gaben ihm nach den bürgerlichen Mädchen und Frauen, in deren Herzen er bisher hineingeschaut hatte, neue Rätsel auf. Wieland ward ihm über alles Erwarten ein wahrer „Bruder im Apoll", ein warmherziger älterer Freund, der alle seine Gedanken über Leben und Kunst sogleich verstand und mit Heiterkeit erwiderte. Vor allem aber ward das Zutrauen zwischen ihm und Herzog Karl August rasch eine echte, liebevolle Freundschaft.

Um acht Jahre, um sehr viel Weltkenntnis und Lebenserfahrung war Goethe dem jungen Fürsten voraus. Er war bereits in ganz Deutschland als ein kühner und starker Geist berühmt, der die gewöhnlichen Literaten und Schöngeister weit hinter sich ließ. Karl August dagegen war ein geborener Fürst des Heiligen Römischen Reiches und trotz seiner Jugend bereits Landesherr; so trat er dem Sohne des Frankfurter „Kaiserlichen Rats' zugleich als Gönner und Herr entgegen, indem er ihn als seinen Berater, Führer und Lehrer annahm und ehrte.

In Goethes Bruderliebe zu Karl August mischte sich schon etwas Väterliches, in Karl Augusts zu Goethe noch etwas Kindliches. Der junge Herzog hatte seinen leiblichen Vater nie gekannt; seine Erzieher, den Grafen Görtz und den Hofrat Wieland, hatte er geliebt, aber jetzt war er ihnen entwachsen. Die alten Geheimen Räte, die das Land verwalteten, an ihrer Spitze der Freiherr v. Fritsch, konnten als Darsteller der Akten und Paragraphen, der Hindernisse und Bedenklichkeiten, seinem feurigen Herzen wenig behagen. Die jüngeren Männer am Hofe waren ihm willkommene Gesellen in den Freuden des Daseins — aber was waren sie alle gegen Goethe! Gegen Goethe, dem nichts Menschliches fremd war, der in seinen besten Stunden wie ein Zauberer die ganze Welt aufschloß und alle Wesen in Zungen reden ließ! Der noch jung genug war, um mit den Jungen zu tollen, und bereits alt genug, um die Erfahrung und Weisheit zu lehren, die man doch auch schon gern ergriffen hätte!

Goethe empfand, daß dieser unbändige und hochbegabte fürstliche Jüngling ihn, gerade ihn, als Weggenossen zu seiner Entwicklung, Läuterung, Erhöhung brauchte. Und so sah Goethe, für einige Jahre wenigstens, eine herrliche Aufgabe vor sich.

Eine Aufgabe! In Frankfurt hatte sie ihm gefehlt; dort lockte ihn kein Ziel, das über den eigenen Ruhm und Vorteil hinausging. Der Knabe und Jüngling darf alle Kraft für das eigene Wachstum verwenden; treten wir aber in das Alter, wo die Natur uns zur Erzeugung eines neuen Geschlechts verwenden will, da erwacht in unserer Seele das Bedürfnis, auch für Andere, wenigstens für ein anderes, ein auserwähltes, geliebtes, schwächeres Wesen, unsere Arbeit mitzutun. Die junge Braut war Goethes Händen eben entglitten; jetzt gab das Schicksal seiner sorgenden Liebe einen werdenden Mann zum Schützling.

Wenn die Liebe Freundes- oder Ehepaare zusammenfügt, so benutzt sie die Unterschiede zwischen den Beiden zum gegenseitigen Befriedigen von Bedürfnissen; aber neben diesen Unterschieden setzt doch jede Liebe auch eine große Gleichheit oder Verwandtschaft voraus. Goethe und Karl August hatten die gleiche Religion; sie glaubten an die „Natur", vertrauten ihr durchaus, gaben sich ihr völlig hin.

Zunächst zeigte sich bei Beiden diese Natur-Verehrung oft recht gröblich und ungefällig, nämlich durch ein fahrlässiges oder gewolltes Verletzen der Sitte, Verachten der Etikette, Schmähen der Kultur, durch ein Auftrumpfen mit Wahrhaftigkeit, Ehrlichkeit, Geradheit, durch eine Schwärmerei für die reine, aber auch rohe Menschlichkeit. Solche Natürlichkeit mußte bei den Damen und Herren am Hofe, die doch nicht alle im Umlernen behend waren, manchmal Ärgernis erregen; nicht jeder Kavalier mochte sogleich ein „Kerl" sein und heißen, und den hochadligen Frauen und Fräulein war es ein

Greuel, daß sie jetzt an der Hoftafel Worte und Sätze hören mußten, die bisher für schmutzig und pöbelhaft gegolten hatten.

Es offenbarte sich die Naturliebe beider Freunde aber auch in einem sehr häufigen Aufsuchen der freien und wilden Einsamkeit, und Das war nicht weniger bedenklich. Denn dieses Herumstreifen in Feld und Wald, dieses Reiten, Wagenfahren, Schlittenfahren, Jagen, Hetzen, Eislaufen und Baden, dieses gewollte Abhärten: es war gar oft ein Mißhandeln des Körpers, ein mutwilliges Spielen mit der Gefahr. Des Herzogs Gesundheit war nicht sehr fest; er konnte sich dabei leicht eine schwere Krankheit holen, wenn er sich nicht schon vorher auf einem wilden Ritt den Hals brach. Und wenn dann auch sein schwächlicher jüngerer Bruder starb, so war das weimarische Fürstenhaus und damit die weimarische Selbständigkeit erloschen. Dann war Weimar ein Flecken wie Buttstädt oder Berka, und alle hohen und niederen Diener kamen um ihre Brotstellen und die Handwerker und Krämer um ihre Kunden.

Ein Zweites verband den Fürsten und den Dichter: es war Beiden nicht wohl in ihrer Haut. Ihre Ausschreitungen waren oft nur Ausbrüche innerer Unruhe; was Andern als Wollust und Übermut erschien, war zuweilen nur ein ängstliches Umsichschlagen, ein Im-Rausch-Vergessenwollen, ein Abhetzen um die Ruhe der Ermattung.

Scheinbar hatte Karl August Alles, was zum irdischen Glück gehört: Jugend, hohen Rang, Macht über Viele und in seinem Fürstenhause eine selbstgewählte Gattin,

die so blutjung war wie er selber. Aber bei dieser
Gattin fand er nicht das Paradies der Liebe, an das
er geglaubt hatte; sein Feuer sprang nicht auf sie über;
ihre Augen erstrahlten nicht in Glück und Hingebung;
ihre Sinne blieben kühl; ihr war das Sonnige, Kindliche,
Frohmütige versagt, was der Mann so gern am andern
Geschlechte genießt. Auch Das traf sich schlecht, daß
Herzogin Luise keinen Sinn für ihres Gatten Natürlichkeit und Derbheit hatte. Zwar war sie für ihre Person
einfach, anspruchslos, ohne Hochmut und Einbildung,
aber vom fürstlichen Stande hatte sie eine sehr hohe
Meinung; auf höfische Etikette und feine Lebensart
legte sie den größten Wert. Wohl schätzte sie Talente,
aber vornehmlich ordnete sie doch die Menschen nach
dem Rang, in dem sie geboren waren. Wenn ihr Ge-
mahl mit dem Poeten aus Frankfurt Brüderschaft
machte: sie gestattete dem Bürgerlichen keinen Stuhl
an der Tafel, an der sie speiste, oder an dem Spieltische,
an dem sie die Karten in die Hand nahm.

Auch in seinem Herzogsamte ward dem jungen
Fürsten nicht recht wohl, und er zauderte und versäumte
fast ein halbes Jahr, ehe er den Dienst wirklich antrat.
Um einen Dienst handelte es sich. Karl war zwar dem
Titel nach unumschränkter Herr seiner beiden Fürstentümer, Herr über Leben und Tod seiner Untertanen,
und diese Untertanen waren seit dem sechzehnten Jahrhundert gewöhnt worden, nur in kriechenden und
schmeichelnden Formen ihrer Durchlauchtigsten Herrschaft
ihre devotesten Bitten und ohnvorgreiflichen Desiderien
zu Füßen zu legen; aber trotz dieser verhimmelnden
Gebärden erwarteten die Untertanen von ihrem Fürsten

wirkliche Arbeit. Sie wollten regiert, in ihrem Rechte
beschützt, in ihrer Not unterstützt, in ihrer Unwissenheit
belehrt, sie wollten überwacht, gelobt, gescholten und
geschlagen werden, und zwar von ihrem gnädigsten Herrn
selber, denn auf dessen Räte und Verwalter setzten sie
nicht viel Vertrauen. Daß der Fürst nur der oberste
Diener seines Volkes sei, hatte Karl August von Kindheit auf von seiner Mutter und seinen Lehrern gehört:
Das lehrten auch die beiden berühmtesten deutschen
Monarchen der Zeit: Friedrich und Joseph der Zweite.
Zu solchem dienenden Regieren war Karl August als
Sprößling eines alten Fürstenstammes auch bereit und
fähig: wenn er's nur hätte betreiben dürfen wie ein
Feldoberst im Heerlager! Aber was haben die Schreiber
aus dem Regieren gemacht! Papier, Papier, Papier
schoben sie überall zwischen die Menschen, zwischen
Fürsten und Volk, zwischen Herz und Hand. Wer
nicht eine Unmenge beschriebenes und bedrucktes Papier
gelesen und im Gedächtnis hat, tappt nach ihrer
Meinung von Fehler zu Fehler; nach ihrer Meinung
wird das Wohlergehen der Bürger und Bauern in
Amts- und Aktenstuben zubereitet. Vom jungen Karl
August erwarteten sie also, daß er den Sitzungen des
Geheimen Konsiliums, d. h. der obersten drei oder vier
Geheimen Räte, regelmäßig beiwohne, sich von ihnen
aus den Akten alle wichtigen Vorfallenheiten vortragen
lasse und dann allergnädigst beschließe, was ihm von
seinen erfahrenen Dienern ohnvorgreiflich nahe gelegt
worden. Sie allein verstanden es, sich durch das Dickicht
von alten und neuen Gesetzen, Verordnungen, be-
schworenen Gerechtsamen, Verträgen, Freiheiten, Bräuchen

und Privilegien hinburchzuwinden. Und er, der Fürst,
konnte nicht die Rechte und Vorrechte Anderer zerreißen,
ohne zugleich seine eigenen Rechte und Vorrechte zu
verletzen, denn von altersher waren die Forderungen
und Leistungen der Fürsten, Vasallen und Untertanen
unlöslich miteinander verschlungen und verknotet. Die
„Stände" zumal, die Prälaten, Ritter und Städte,
hatten ein Mitregiment, das sie alle paar Jahre in
Landtagsversammlungen ausübten; und selbst dem niederen Volk, dem alles Räsonieren verboten und jede
Gelegenheit zu öffentlicher Aussprache der Meinungen
und Beschwerden verschlossen war, selbst diesem niederen
Volk konnte ein Fürst nicht auf die Dauer Trotz bieten.
Das weimarische Herzogtum zählte mit Jena und
Ilmenau sechzigtausend Seelen, das Herzogtum Eisenach
dreißigtausend; in einem so kleinen Völkchen steht der
Herrscher den vornehmen und niederen Volksgenossen
sehr nahe; da kann auch er nicht nach dem Rechte leben,
„das mit ihm geboren ist".

Wenn Karl August eine erträgliche Mitte zwischen
seinen Neigungen und diesem Zwang der Verhältnisse
suchte, so lag ihm der Wunsch am nächsten, daß seine
liebsten Freunde, besonders Goethe, Kalb und Wedel,
die höchsten Stellen der Staatsverwaltung mit den Un-
entbehrlichsten der alten Räte teilen möchten. Dann
hatte er doch auch junge frische Menschen um sich, die
ihn verstanden und die er verstand; dann konnte ein
großer Teil des Regierens im freundschaftlichen Gespräch
geschehen, auch draußen in Wald und Feld, wenn sie
dahinritten und plauderten. Und diese jungen Freunde
konnten Vermittler sein zwischen ihm und den Fritsch,

Schnauß, Schmid, Hendrich, Volgstädt, Kaufberg, ohne deren Kenntnisse und Fleiß man leider nicht auskommen konnte.

Der junge Herzog sprach bald mit Goethe über diesen Plan. Goethe aber hatte mitten im allgemeinen weimarischen Rausch sich auch schon den Rausch der Regierungslust angetrunken. Seit Jahren war in Weimar der Platz des Generalsuperintendenten erledigt; der Herzog fragte seinen neuen Freund, ob er keinen Kandidaten wisse, der sich weder als rechtgläubiger noch als aufklärerischer Pfaffe lästig machen würde, und Goethe nannte seinen Freund Herder. Herder sehnte sich weg von Bückeburg, und Herder war ein Genie; ob er auch der passendste Mann für das höchste geistliche Amt in Weimar sei, ob nicht ein Einheimischer nähere Ansprüche habe, danach wurde nicht gefragt. „Ich muß Das stiften, eh' ich scheide,“ erklärte Goethe, „ich laß nit los, wenn's nit gar dumm geht.“ Alle, die mitzureden hatten, waren gegen Herder, nur der Herzog und die beiden Herzoginnen nicht, und mit ihren Wünschen als Waffe setzte Goethe seinen Kopf durch. „Bruder, sei ruhig, ich brauch' die Zeugnisse nicht,“ schrieb er an Herder, „habe mit trefflichen Hetzpeitschen die Kerls zusammengetrieben, und es kann nicht lang mehr stocken, so hast Du den Ruf. Ich will Dir ein Plätzchen kehren, daß Du gleich sollst die Zügel zur Hand nehmen.“ Und bald konnte er jubeln, daß er die Schandkerle — sein Ausdruck war noch gröber — völlig untergekriegt habe. „Es zerrt die Pfaffen verflucht, daß Das, was so lang unter sie verteilt war, Einer allein haben soll.“

„Den Hof hab' ich nun probiert," schrieb er in derselben Zeit an Freund Merck in Darmstadt; „nun will ich auch das Regiment probieren . . . Wirst hoffentlich bald vernehmen, daß ich auch auf dem Theatro mundi was zu tragieren weiß und mich in allen tragikomischen Farcen leidlich betrage."

Als es nun ruchbar wurde, daß der junge, unerfahrene Herzog diesem zugereisten Favoriten nicht bloß eine gelegentliche Einmischung in Sachen der Landesverwaltung nachsehe, sondern daß er ihm ein hohes Amt in dieser Landesverwaltung übertragen wolle, erregte es überall Unwillen oder Besorgnis. Und als der Herzog um die Mitte des Februars dem vorsitzenden Geheimen Rate, dem Freiherrn Jakob Friedrich v. Fritsch, seine Pläne eröffnete, lehnte Dieser alle Mitwirkung dazu entschieden ab. Den Dr. Goethe erklärte er „zu einem dergleichen beträchtlichen Posten unfähig"; seine Anstellung würde eine Kränkung für viele Beamte sein, die seit langen Jahren treu ihren Dienst verwalteten und eine Beförderung verdient hätten.

Nun war die Frage, ob Fritschens Widerstand zu brechen sei, oder ob man seinen Abgang und die Unzufriedenheit der gesamten alten Beamtenschaft auf sich nehmen, oder ob Dr. Goethe seinen Besuch in Weimar beendigen solle. Fritsch war seit langen Jahren der ehrlichste, kenntnisreichste, angesehenste Diener des Landes; Karl August konnte sich nicht überwinden, den Anfang seiner Regierung mit einer Tat der Undankbarkeit und Ungerechtigkeit gegen diesen Mann zu beflecken. Aber er mochte auch auf Goethe nicht verzichten.

Es folgten unbehagliche Wochen — desto mehr Fest-

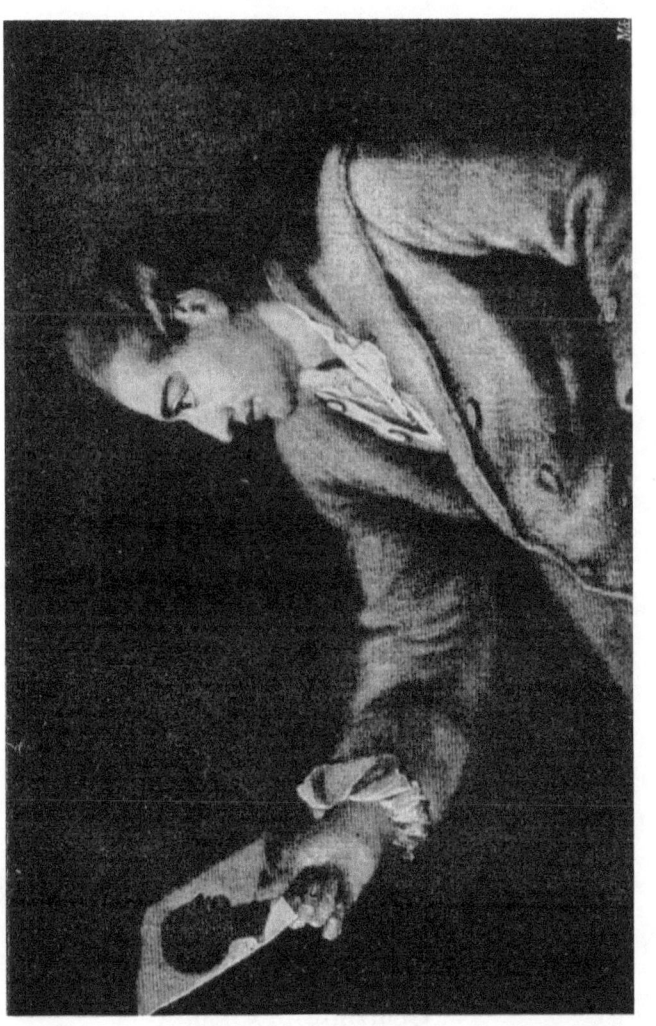

Goethe 1776.

Ölgemälde von G. M. Kraus im Besitze von Dr. Walter Vulpius in Weimar.

Charlotte v. Stein.
Goethe-National-Museum in Weimar.

lichkeiten wurden angestiftet. Siegmund v. Seckendorff
schrieb damals an seinen Bruder:

> Man tanzt viel, wird nicht müde, Komödie zu spielen;
> aber ich weiß nicht, was die Fröhlichkeit hindert. Die In-
> trigen, die Ungewißheit der Zukunft, die Eifersüchteleien und
> die geheimen Kabalen geben Allen eine Art Zwang mitten
> unter den Vergnügungen, der ihnen jeden Reiz benimmt.
> Einer überredet den Andern, daß er sich vergnüge, während
> unter Zehn kaum Einer sich findet, der nicht den Tod im
> Herzen hätte.

∽

Mehr als einmal war Goethe halb entschlossen,
seine Sachen packen zu lassen und mit der nächsten Post-
kutsche abzufahren. „Es geht mir verflucht durch Kopf
und Herz, ob ich bleibe oder gehe", drückte er es in
der Berlichinger Sprache aus, die er damals am liebsten
sprach. Er hatte es nicht nötig, vor dieser weimarischen
Gesellschaft als ein Eindringling und Gunstjäger dazu-
stehen und sich nachsagen zu lassen, daß er den Fürsten
des Landes verführe und verderbe. Wenn er hier
Abschied nahm, so wurde er an hundert andern Orten
gern aufgenommen. Aber sollte er schmählich weichen
und seinen Karl allein lassen? „Goethe kommt nicht
wieder von hier los", schrieb Wieland am 26. Januar
an Merck; „Karl August kann nicht mehr ohne ihn
schwimmen noch waten."

Ein anderer Abschied wäre für Goethe ebenso schwer
geworden: der von der Gattin des Oberstallmeisters
v. Stein. In ein seltsames Verhältnis war er mit ihr
gekommen. Sie war fast sieben Jahre älter als er,
war seit elf Jahren verheiratet, hatte sieben Kinder

gehabt, hatte den Ernst des Lebens erfahren, und sie
bemühte sich keineswegs, ihre Jahre und ihre Erfahrungen zu vergessen; ohne Seufzer überließ sie das
Äugeln und Tändeln mit den Kavalieren dem jungen
Weibsvolk. Und doch gehörte sie noch zu den schönsten,
oder genauer: zu den wenigen schönen Damen am Hofe.
Sie war eine kleine, elegante Figur, die in „leichtem
Zephirgang" daherkam und in künstlichen Tänzen auf
das gewandteste sich bewegen konnte, und war doch
rundlich genug, um das Auge zu erfreuen. Ihrem
Kopfe nach hätte sie Südländerin sein können: bräun-
licher Ton der Haut, der auf den Wangen zum Rot-
braun wurde, tiefschwarzes Haar, große schwarze Augen.
Ihre Stimme war wohlklingend. Ihr ganzes Wesen
war sanft, etwas bedrückt, zart nach überstandener Krankheit, schwache Nerven verratend. Sie verlangte Ruhe
von außen her, aber sie stimmte auch den Andern zur
Ruhe, zur Mäßigung. Derartige zarte Frauen neigen
oft zu Träumerei und Gefühlsschwelgerei; bei ihr aber
überwog ein kühler Verstand, eine praktische Nüchtern-
heit, und die Wehmut ihres feinen Gesichts sprach nicht
von Weinen und Sehnen, sondern von der Entsagung,
die sich über den Unwert des Lebens nicht täuschen will.
Sie war gegen sich selber und gegen Jedermann ehrlich
und offen; Das hing mit ihrem Verzichten zusammen,
und ebenso kam aus der Weltverachtung eine andere
Tugend: die Festigkeit. Sie wußte, was sie wollte, und
sie wollte wenig, denn die Welt hat nur wenig zu geben.
Und weil sie wenig begehrte, war sie eine scharfsichtige
Zuschauerin, die Manchem, der es nicht ahnte, auf den
Grund der Seele sah. Zur christlichen Religion hatte

sie das unklare Verhältnis, das in Weimar die Regel war: ein wenig Glauben, ein wenig Unglauben und etwas mehr Aberglauben. Zu den schönen Wissenschaften und Künsten fühlte sie Zuneigung; für sich allein hätte sie nichts darin vollbringen können, aber sie hatte die seelische Empfängniskraft des Weibes und war in diesem weiblichen Aufnehmen, Durchdringen und Zurückreichen auch einem Goethe gewachsen, wenn sie ihn liebte.

Liebte sie ihn? Noch ein Vierteljahr nach seiner Ankunft redete sie sich vor: „Ich fühl's, Goethe und ich werden niemals Freunde"; aber Das war nur ein Verteidigungsversuch. Sie hatte recht viel an ihm auszusetzen: seine Keckheit gegen die Frauen, die er wenig ehrte, weil er von jeher von ihnen verwöhnt worden war; seine Neigung zu Anstandsverletzungen und Rohheiten der Rede. Und vor allem mußte auch ihr sein Einfluß auf den jungen Karl August verderblich erscheinen. Manchmal wusch sie ihm den Kopf; er ließ sich's gefallen, und wenn er dann nach Haus kam, schrieb er ihr: „Du wirst Gusteln seine Ungezogenheiten nicht abgewöhnen. Die werden nur mit seiner Unruhe und Liebe im Grabe enden." Am 6. März zeigte sie ihm einen Brief des berühmten Arztes Zimmermann, woraus er sah, daß man auch auswärts übel von seinem weimarischen Treiben sprach. Und sie redete wieder auf ihn ein: er solle sein wildes Wesen ablegen, sein Spotten und Höhnen gegen die Spießbürger, sein unanständiges Fluchen, seine pöbelhaften niederen Ausdrücke. Er solle dem Herzog bei seinem wilden Jagen, übertollen Reiten, unmäßigen Trinken nicht Kumpan sein, solle sich nicht mit ihm auf den Markt stellen und mit der großen Peitsche klatschen, um die Philister zu ärgern.

„Das sind Jungenstreiche! Dazu können Sie selber keine Lust haben, Goethe! Das tun Sie nur, weil Sie glauben, Sie müßten's eine Weile so treiben, um den Herzog ganz zu gewinnen, und nachher wollen Sie dann Gutes stiften!"

Goethe antwortete, verteidigte sich; aber was er sagte, war so wunderlich, daß die Stein ihn nicht verstand und also der Meinung blieb, daß er im Unrecht sei.

Am nächsten Tage kam der Herzog zu ihr, und als sie eben auch bei ihm eine mütterliche Ermahnung einfädeln wollte, behauptete er ganz ruhig: die Leute mit Anstand und feinen Manieren seien keine ehrlichen Menschen. Und er ließ deutlich erkennen, daß er Niemand mehr leiden mochte, der nicht etwas Ungeschliffenes an sich hatte.

„Das ist nun alles von Goethe," dachte sie, „von diesem Menschen, der für Tausende Kopf und Herz hat und damit nur Unheil anrichtet!"

Dieser strengen Tadlerin sagte Goethe fast vom Anfang ihrer Bekanntschaft an, daß er sie liebe. Sie lachte ihn aus. Sie war über die Jahre der Schwärmerei hinaus: er mochte sich an die jungen Damen wenden, z. B. an die Gattin des Stallmeisters, die hübsche Werthern, die nach Beschäftigung ihres Herzchens noch sehr verlangte.

Aber Goethe setzte seine Huldigungen fort. „So macht er's mit einem halben Dutzend von uns", versicherte sie Denen, die es bemerkten. Und Jedermann rechnete dies Hofieren denn auch zu den übrigen Wunderlichkeiten des Poeten.

Er harrte Woche für Woche aus.

Liebe Frau, leide, daß ich Dich so lieb habe! Wenn ich Jemand lieber haben kann, will ich Dir's sagen, will Dich ungeplagt lassen .... Mich verdrießt's doch auch, daß ich Dich so lieb habe und just Dich!

Er kam zu ihr mit allen seinen Nöten und beteuerte ihr, daß ihre Gegenwart, ihre Hand, ihre Stimme, ihre Freundlichkeit, ihr Tadel, daß Alles an ihr ihm wohltätig sei; sie sei ihm vom Schicksal entgegengeführt, weil er gerade ihrer bedurfte.

Diesem ausdauernden Verehrer gegenüber mußte Charlotte bald nach einem Namen suchen, der seine Gefühle und ihres Herzens Antwort rechtfertigte. Und wozu konnte sie sich anders entschließen als zum Bruder- und Schwesternamen? Einige wollten finden, daß sie sich im Gesicht ähnlich sähen, daß auch ihre Stimmen merkwürdig ähnlich klängen. Wie Bruder und Schwester! Dankbar ging er auf diese Vorstellung ein. „O hätte meine Schwester" — er dachte an seine leibliche Schwester Kornelia, gegen die er jetzt ein schlechter Briefschreiber war — „o hätte meine Schwester einen Bruder irgend, wie ich an dir eine Schwester habe!" Und er redete sich vor, daß er nun eine gar köstliche Liebe empfange und gebe, eine Liebe, die ohne Gefahr, ohne Bitternis, ohne Reue, ohne Herzbrechen immer dauern könne. „Du Einzige, die ich so lieben kann, ohne daß mich's plagt!" „Du Einzige unter den Weibern, die mir eine Liebe in's Herz gab, die mich glücklich macht." „Weil ich doch nun einmal die Schwachheit für die Weiber haben muß, will ich sie lieber für Sie haben als für eine Andere."

Freilich, kaum hatte er Dergleichen geschrieben, so setzte eine innere Stimme hinzu: „Und doch leb' ich immer halb in Furcht . . . ."

Und dann kamen Stunden, wo auch sie erregt wurde von der Leidenschaft, die ihn hin- und hertrieb, wo er von einer Liebe sprach, die ihre Ruhe bedrohte, wo er sie mit Du anredete, sie an sich reißen wollte.

„Gewöhnen Sie sich das Du nicht an, Goethe!" bat sie eines Tages. „Ich verstehe es wohl, wie Sie es meinen, aber die Welt versteht es nicht und legt es uns übel aus. Sie setzten ohnedies oft gewisse Verhältnisse aus den Augen, die eher da waren als Sie!"

Mit großen Augen sah er sie an, sprang vom Kanapee auf, lief ein paarmal die Stube auf und ab, suchte unruhig seinen Stock, fand ihn nicht und rannte zur Tür hinaus, ohne Antwort oder Gutenacht zu sagen.

Dann blieb er wohl acht Tage fort.

Aber dann kam bei der nächsten guten Gelegenheit wieder ein Zettelchen:

Hab' mich nur ein bissel lieb; Ich erzähl' Dir auch viel und hab' Dich lieber, als Du magst.

ℭ

An jedem Mittwoch und Sonnabend brachte ein Austräger den Bewohnern der Residenz das Blättchen. Es enthielt einige vorsichtige Andeutungen über die

neuesten Ereignisse am Rheinstrom, an der türkischen
Grenze und in der Moskowiterei, auch einige gemein-
nützige Ratschläge für den Bürger und Landmann;
mindestens drei von den vier kleinen Seiten waren aber
mit örtlichen Anzeigen gefüllt. Wer geboren oder gestorben war oder in den Ehestand treten wollte, war
ausführlich verzeichnet, ebenso was zu verkaufen oder
zu vermieten war, was gestohlen, verloren oder gefunden
worden oder daß ein berühmter Zahnarzt einige Wochen
im Gasthof zum Elephanten sich aufhalte und dort den
leidenden Mitmenschen dienen wolle. Besonderen Reiz
hatte es auch, wenn Häuser oder Gärten oder Felder
ad eruendum verum pretium vom Stadtrat sub hasta [1])
im Blättchen ausgeboten wurden. Man las dann das
nächste Mal das erste Angebot, nach einigen Wochen
das zweite, dritte und vierte; man konnte, wenn man
im nächsten halben Jahre in die Nachbarschaft kam,
sich das Haus oder den Garten oder das Artland ansehen und mit Anderen seine Meinung austauschen,
was wohl ein gerechter Preis sein würde; man wurde
immer wieder durch's Blättchen daran erinnert, sobald
einige zehn oder zwanzig Gulden oder Taler mehr geboten worden waren; aber eines Tages, oft erst nach
einem Jahre, hörte die Anzeige auf: es waren sechs
Wochen ohne Mehrgebot vergangen, das Besitztum
war dem letzten Bieter zugeschlagen. Wer hat's? Der
Austräger wußte es, denn er war auch als mündlicher
Ergänzer der gedruckten Anzeigen angestellt, da man

---

[1]) Um den wahren Wert herauszubekommen — unter
der Lanze (das Bild nach einem römischen Brauche).

sich damals noch bei vielen Angeboten von Wohnungen,
Stellen, Diensten usw. schämte, seinen Namen oder seine
Wohnung öffentlich hinzuzufügen.

Als Goethe nach Weimar kam, unterlag gerade
„der Garten auf dem Horn neben Herrn Hofrat Schmidts
und Meister Beschors Garten samt dem darinnen be-
findlichen Gartenhause und Brunnen" dieser langwierigen
öffentlichen Versteigerung. Dieser Garten hatte von 1737
an nach einander den Familien Thiemann, Gottschalk,
Ruge und Köhler gehört; Viele nannten ihn noch
den Rugischen Garten. 1764 hatte ihn Frau Karoline
Christine Elisabeth Köhlerin, des Kammerdieners und
nachmaligen Hofverwalters Johann Heinrich Köhlers
Eheliebste, gekauft; ihr Mann starb 1770; im nächsten
Jahre verheiratete sie sich mit Christian Nikolaus Börner,
fürstlichem Kammerdiener und Leibschneider, und nun
ward der Name „Börnerscher Garten" üblich. Im
Juni 1775 starb die Besitzerin; ihre Erben waren der
zweite Ehemann, ein Sohn aus erster und eine Tochter
aus zweiter Ehe; Vormünder dieser Kinder wurden der
Ratsbaukämmerer Stichling und der Hofkupferschmied
Meyer. Man entschloß sich, die Grundstücke der Verstorbenen, ein Haus in der Breitengasse und den erwähnten Garten, zu verkaufen, und zwar, um aller
übeln Nachrede vorzubeugen, durch den Stadtrat und
das Blättchen. Am 30. September wurde der Garten
ausgeschrieben; am 6. Oktober wurde ein erstes Gebot
bekannt gegeben; es lautete auf 300 meißnische Gulden.
Viel Liebhaber fanden sich nicht; bis zum 15. Februar
1776 stieg das Gebot nur auf 350 Gulden; am 11. März
wurden 375 geboten; am 19. März bot Jemand gleich

425. Das war Bertuch.[1]) Und am 27. März bot ein
anderer neuer Mann 100 Gulden mehr, 525 Gulden
oder 460 Taler. Das war Goethe.

Zwei junge Dichter also hatten im ersten Frühjahr
den Garten entdeckt. Bertuch, zwei Jahre älter als
Goethe, war Student und Hauslehrer gewesen und hatte
dann als Literat in seiner Vaterstadt Weimar sein Brot
gesucht; als Bühnendichter hatte er Erfolg, und namentlich bemerkte man auch, daß der junge Mann sehr
weltgewandt, sehr klug und sehr fleißig war. Als Karl
August die Regierung antrat, ernannte er Bertuch sofort
zu seinem Geheimschreiber. Bertuch war damals Bräutigam mit einer Tochter des Wildmeisters Slevoigt zu
Waldeck bei Bürgel; Goethe war Weihnachten 1775
mit ihm bei dem künftigen Schwiegervater zu Gast gewesen und hatte dort auch Anlagen von Wegen und
Plätzen, Moosbänken und Hüttchen bewundern müssen,
die Bertuch und seine Braut gleich hinter dem Haus-
garten der Försterei, mitten im Fichtental, geschaffen
hatten. Jetzt sollte die Hochzeit sein, am 29. April, und
der Bräutigam freute sich schon darauf, seine junge Frau
im eigenen Garten spazieren zu führen.

Aber mußte es d i e s e r Garten sein? Goethe hatte sich
gerade in diesen Garten verliebt, als er ihn einmal gesehen.

Der Herzog erfuhr, daß sein Sekretär und sein
Freund plötzlich um das abgelegene Grundstück kämpften,
das so lange feil gewesen war. Und er sah zugleich:

---

[1]) Von hier an mische ich zwei Seiten lang Vermutung
oder vielmehr mündliche Überlieferung (Bertuch, v. Froriep,
Schöll und Lewes) mit dem Aktenmäßigen. Vgl. meine
‚Stunden mit Goethe' V. S. 222.

hier war eine gute Gelegenheit, den Freund an Weimar zu binden. Er sprach mit seinem Geheimschreiber:

„Höre, Bertuch, du mußt mir den Fleck lassen! Ich brauch' ihn."

„Aber, gnädigster Herr, ich habe mich so sehr darauf gefreut! Ich kenne kein größeres Vergnügen, als im Garten zu leben, aus einer Wildnis etwas zu machen, ein Schönes, Ordentliches, Einträgliches."

„Ich weiß, ich weiß", erwiderte der Herzog, „und dann willst du mit deiner Slevoigtin im Garten nachmittags Kaffee trinken und abends im Mondschein spazieren. Denkst du, ich will dir diese Freude nehmen? Ich will dir ja für diesen Fleck einen viel besseren schenken. Du sollst den Baumgarten dafür haben."

Das war in der Tat ein vorteilhafter Tausch. Der Baumgarten war nicht so angenehm gelegen, aber er war sehr viel größer, konnte viel fruchtbarer gemacht und besser ausgenutzt werden. In Bertuch steckte ein Kaufmann und Unternehmer, und so war er ohne viel Zureden zum Tausch bereit.[1]

☙

Nun ließ sich der Herzog einen von den Verkäufern kommen. „Der Dr. Goethe will den Garten haben, aber gleich, ohne Umstände."

---

[1] Bertuch bekam in der Tat den Baumgarten (heute zwischen Bürgerschulstraße, Schwanseestraße, Schwansee und Asbachstraße) so gut wie geschenkt. Das Gebiet war 2707 □-Ruten groß, und er bezahlte dafür eine jährliche Erbpacht von 44 Talern 21 Groschen, die 1823 mit 1000 Talern abgelöst wurde. Eingetragen wurde Bertuchs verkäufliche Erbpacht am 4. August 1778.

„Goethe hat Euch 460 Thaler geboten, und Das
ist schon zu viel. Wenn er Euch jetzt durch mich 600
bietet, dann hat doch wohl die Wurst den Zipfel? Das
ist die Hälfte mehr, als ihr erwarten konntet. Aber
greift rasch zu, es könnte ihm wieder leid werden."

Und sie griffen rasch zu. Am 22. April erschienen
vor dem Stadtrate sämtliche Verkäufer und statt des
Käufers dessen Bevollmächtigter, der fürstliche Kammer-
akzessist Georg Christoph Stephani. Vier Tage später
vollzog der Bürgermeister Traugott Lebrecht Schwabe
die Eintragung des Kaufes, denn die gerichtliche und
die fürstliche Genehmigung waren diesmal überaus rasch
eingegangen.

Innerhalb der Stadtmauer konnten in Weimar nur
ein paar Dutzend Hausbesitzer durch ihre Hinterpforte
in einen Garten treten, fast nur Diejenigen, deren Besitz
an diese Stadtmauer grenzte. Aber vor den Toren
waren viele große und kleine Gärten, die teils zu Wohn-
häusern gehörten, teils nur Besuchsgärten waren, worin
der Besitzer vielleicht ein Lusthaus oder eine verschließ-
bare Laube sich erbaut hatte. So besaß seit vier Jahren
der reiche Hofrat Schmidt, der Geheime Referendarius
des Geheimen Konsiliums, einen großen Grasgarten
am ‚Horn' oder Rosenberge. So hatte sich vor kurzem
auch Wieland draußen am Eselswege im Süden der
Stadt einen Garten gekauft, und er schwärmte nun in
seiner enthusiastischen Art von den vielen Bäumen, die
er pflanzen, von den herrlichen Blumen, mit denen er
die Freunde beschenken wollte.[1]

[1] Wieland wohnte damals in der heutigen Marien-
straße in einem Hause, das in die jetzige Nr. 1 um- und

Goethes neuer Besitz lag am ‚Horn‘ und am ‚Stern‘. Das Horn ist ein Hügel, der sich am rechten Ufer der Ilm von dem Dorfe Oberweimar nach der Stadt Weimar hinzieht; einen Teil dieses Hügels nannte man auch den Rosenberg, vielleicht von den vielen wilden Rosen, die hier wucherten. Der ‚Stern‘ aber war eine herrschaftliche Promenade. Er lag unten an der Ilm, dem abgebrannten Residenzschlosse nach Süden vor, und war eigentlich eine Insel, denn ein von der Ilm abgezweigter Floßgraben, der auch wieder in die Ilm hineingeleitet war, umbog ihn im Süden, Osten und Norden. Seinen Namen hatte dieser alte Park daher, daß die Hauptwege von einem runden Platze in der Mitte wie Sternstrahlen nach allen Seiten ausgingen. Außer dem ‚Wälschen Garten‘ an der ‚Ackerwand‘ war der ‚Stern‘ der einzige Spiel- und Erholungsplatz der fürstlichen Familie und ihrer Gesellschaft, denn die von der Herzogin-Witwe geschaffene Esplanade[1]) lag schon fast in der Stadt und ward auch vom Bürgerpublikum viel aufgesucht. Goethe war also Gartennachbar einer Hofpromenade.

Unten am Hange des Horn-Hügels hatte man die Aussicht in's schmale Ilmtal, auf Wiese und ‚Stern‘, auf den Flußlauf und auf die felsige Höhe an der anderen Seite der Ilm. Am Garten ging eine wenig

eingebaut ist; er hatte an dieser Mietswohnung auch einen Gemüsegarten. Der Garten, den er sich 1776 dazu kaufte, lag an der südlichen Seite der heutigen Kaiserin-Augusta-Straße; der ‚Viktoria-Garten‘ ist ein Rest davon; es stand auch ein bewohnbares Häuschen darin.

[1]) Die heutige Schillerstraße.

begangene Straße vorbei; sie führte vom Kegel- und
Schalltore nach den Dörfern Oberweimar, Ehringsdorf,
Taubach und Mellingen, war aber nicht die einzige
Straße dahin. Dieser Weg trennte den Garten von
den herrschaftlichen Wiesen, die gerade vor ihm sich
breiteten, und vom 'Stern', der mit seiner Südostecke
der Nordwestecke des Gartens gegenüberlag. Je höher
man hinaufstieg, desto mehr weitete sich das Land-
schaftsbild.

Die andere Seite des Tales, die westliche, der
Stadt zugewendete, gilt jetzt als der schönste Teil des
weimarischen Parks. Damals war es noch eine halbe
Wüstenei. Die Schießmauern des Schießhausgartens[1])
standen hier, und ein Pulvertürmchen befand sich weiter
unterhalb, nahe dem Flusse. Bauholz wurde hier für
künftige herrschaftliche Bauten aufbewahrt und von den
Zimmerleuten zugehauen. Jäger und Fischer gingen
ihrer Beute nach. Aber auch der Spaziergänger kam,
wenn er etwas Wildnis, Verwahrlosung und Weg-
losigkeit nicht scheute, auf seine Rechnung. Der Ausblick
war freier als heute; man sah, wenn man der Stadt
den Rücken zukehrte, in der Ferne den Turm des
Schlößchens Belvedere, dann im Ilmtale Oberweimar
und Ehringsdorf; im Vordergrunde links zeigten sich der
'Stern' und dann, hinter den Wiesen, durch die sich
die Ilm schlängelte, zwei Hügelgärten mit freundlichen
Häuschen darin.

Das eine, das nächste am 'Stern', sollte also nun
Goethen gehören, und sein Nachbar war, wie auch schon

---

[1]) Jetzt die durch Liszts Wohnung bekannte Hofgärtnerei.

erwähnt, der Geheime Referendarius Schmidt. Goethe
nannte ihn im Scherz „Schmidt, der mir gleich ist",
und dieser seltsame Name stammte aus einer Klop-
stockischen Ode. Schmidt war nämlich ein Vetter Klopstocks, hatte 1746 mit ihm als Student in Leipzig auf
der gleichen Stube gewohnt, und zwei Jahre später war
seine Schwester Marie als „Fanny" von Klopstock an-

Goethes und Schmidts Häuser. Blick von Südwesten
Zeichnung von L. Bartning

geschwärmt und angedichtet worden. Klopstock ver-
ewigte alle seine Freunde in Gedichten; vom Vetter
Schmidt sang er: „Den hat vereintes Blut, mehr noch
die Freundschaft zärtlich mir zugesellt", und als er sich
in die wehmütige Vorstellung hineinbohrte, daß er alle
seine Freunde einst überleben könnte („Ebert, mich
scheucht ein trüber Gedanke vom blühenden Weine tief
in die Melancholei"), da graute ihm auch vor der
Stunde, „wenn in meines geliebtesten Schmidts Um-
armung mein Auge nicht mehr Zärtlichkeit weint".

Stern   Goethe   Schmidt   Jim   Belvedere   Schießmauer

Das Amtal 1775.

Nach einem Aquarell in der Sammlung Kippenberg.

Hausflur des Gartenhauses.

Nun war Goethe der Zaunnachbar von Klopstocks
Vetter und sah ihn zuweilen mit seiner Frau Sibylla
und seinen Töchterchen Karoline und Viktoria aus der
Stadt herausspazieren, wo sie in der schönen Breitengasse[1]) ein stattliches Haus besaßen. Sie hatten auch
hier im Garten ein schönes steinernes Haus: drei angenehme Zimmer außer Küche und Keller, aber sie kamen
nur zu Besuch, nur an schönen Tagen im Sommer.

 భ

Am 21. April 1776, einem Sonntage, nahm Goethe
seinen Garten in Besitz. Bis zu diesem Tage hatte er
zur leichtbeweglichen Jugend gehört, die ihre Sieben-
sachen in ein Bündel und ein Köfferchen packen kann;
jetzt war er Meister über ein Stück Erde, das mehr
als drei weimarische Acker oder gegen vier preußische
Morgen groß war. Bisher hatte er nur ein festes Verhältnis gehabt: das zu Vater, Mutter und Schwester;
jetzt hatte er ein zweites: ein Grundeigentum, das eine
neue Heimat werden konnte. Jetzt wurde er, der bis-
herige Gast und Wanderer, als Bürger der Stadt
Weimar eingetragen; zufällig mußte gerade jetzt auch
Wieland seine 14 Taler 6 Groschen für das Bürgerrecht
opfern, weil auch er jetzt erst durch seinen Gartenkauf
ansässig geworden war, „dergestalt, daß wir beide (so
schreibt Wieland an Merck) ohne vorgängige Abrede
uns beinahe in ein und demselben Augenblick in den
weimarischen Philisterorden begeben haben".

Am nächsten Donnerstag führte Goethe seinen Mit-
dichter und Mitbürger Wieland im Garten herum, zu-

---

[1]) Jetzt: Marktstraße.

gleich auch seine Freundin Charlotte v. Stein, ihre Kinder und ihren Bruder, den Regierungsrat v. Schardt. Am nächsten Sonntagmorgen den Herzog.

Jetzt erst sah er recht im einzelnen, was er besaß und was noch wünschenswert war. Der größte Teil des Grundstücks war Wildnis, und der Boden war steinig und arm an Erde, auch so abschüssig, daß eine Pflege fast unmöglich erschien. Nur die unteren Lagen, neben dem Hause, waren einer Ebene ähnlich; sie waren von jeher zum Gemüsebau verwertet. Spargelbeete versprachen baldige Ernte. An günstiger Stelle stand ein Bienenhaus.

Das Wohnhaus, aus Erdgeschoß und Stockwerk bestehend, war modrig und klapprig; die Esse verfallen, das Schindeldach leck, die Fußböden löcherig. Ein Keller war nicht vorhanden; unter der Treppe, wo man einen Kellereingang vermuten konnte, war ein Ziehbrunnen.

Haus und Garten wollten hier also besagen: Ruine und Wildnis. Bei schlechtem Wetter war hier nichts Anlockendes; bei Sonnenschein war's für Poetenaugen ein Fleckchen aus Märchenland.

Den 3. bis 10. Mai verbrachte Goethe im Gebirge. Als er heimkam, war der Garten noch ebenso grau und wüst wie vorher; in Weimar ward es viel später Frühling als in seiner bisherigen Heimat am Main und Rhein. Noch am 14. Mai bat er die Freundin, ihren Spaziergang lieber zu Wielands älteren Anlagen zu richten: „Mein Garten sieht so noch raupig aus." Aber trotzdem gingen sie beide an diesem Tage auch in's Ilmtal hinunter, in den Garten hinein. Eigentum und Zukunftspläne sind starke Magnete.

Und endlich kam der holde Knabe Lenz auch in's rauhe weimarische Land. Und mit ihm rückte eine Schar Arbeiter, soviel als Goethe hatte auftreiben können, zur Gartentür hinein; jeden Morgen kamen sie an mit Hacken und Schaufeln, Äxten und Spaten, und auch die Maurer kamen mit Kellen und Gelten, Piken und Hämmern. Und Goethe ging von Einem zum Andern, zeigte und ließ sich zeigen; er verstand schon viel von solchem Handwerk, denn er hatte immer Sinn dafür gehabt. Zwischendurch machte er auf dem Papier Entwürfe, wie er's sich vorstellte. Auch Mieding wurde schon herausgeholt, der Hof-Ebenist, der Alles fertig brachte, was sich die andern Handwerker nicht getrauten; kränklich war er schon, er hatte es „auf der Brust", aber trotzdem immer vergnügt, gern einmal säumend, sich ruhig schelten lassend und dann mit rascher Geschicklichkeit sein künstliches Werk vollendend. Er sollte das Häuschen mit Möbeln versorgen, auf Kosten des Herzogs, der überhaupt Alles bezahlte.

Den 17. und 18. Mai, Freitag und Sonnabend, war Goethe fast den ganzen Tag draußen, und die Freunde suchten ihn dort schon auf. Am Freitagnachmittag kam die Herzogin-Mutter mit dem Prinzen Konstantin heraus, um im Ilmtal zu spazieren und die neue goethische Welt zunächst von außen zu sehen. Herr und Frau v. Stein, ihre Knaben Fritz und Ernst, Herr v. Schardt, auch zwei junge Mädchen, Schutzbefohlene des Steinschen Hauses, Sophie und Karoline v. Ilten, waren schon bei ihm; es kamen noch Mehrere hinzu, und bald war es eine große, vergnügte Gesellschaft, aufgeregt von Plänen und Vorschlägen, was hier draußen noch alles eingerichtet und getrieben werden sollte.

Am Sonnabendvormittag saß Goethe wieder im Garten und ließ sich von den tausend Vögeln ihre Frühlingslieder vorsingen. Er zeichnete Rasenbänke, die er anlegen lassen wollte, dann einen Grundriß zu einem „englischen Garten". Dazwischen sah er den Arbeitern zu. Und dann schrieb er wieder einige Zeilen an einem Briefe oder Tagebuche für Gustchen Stollberg, und all' solches Schreiben und Zeichnen war ihm ein Mittel, seine Unruhe einzuschläfern.

Am Nachmittag kamen Herzogin Amalie und Prinz Konstantin schon wieder: diesmal wollten sie sich Haus und Garten ordentlich zeigen lassen; sie waren guten, lieben Humors und neckten Goethe, daß er schon so schön hausvatern könne. Unterdessen blieben die Maurer und anderen Arbeiter eifrig am Werke, bis die Dunkelheit sie vertrieb. Als sie endlich gegangen waren, Fürstenvolk und Arbeitsvolk, aß Goethe ein Stück kalten Braten, das ihm sein Diener, Schreiber und Hausmeister Philipp Seidel herausgebracht hatte. Dann schwätzten sie beide als gute Freunde miteinander, bis der Herr sagte: „Philipp, geh heim! Ich schlafe hier und will die erste Nacht allein sein."

Bis Elf blieb er noch auf, schaute und lauschte hinaus, genoß die feierliche Ruhe der Nachtstunden und freute sich auch schon auf den nächsten Morgen.

Es ist eine herrliche Empfindung, da haußen im Feld allein zu sitzen. Morgen früh, wie schön! . . . Alles ist so still. Ich höre nur meine Uhr tacken und den Wind und das Wehr von ferne.

II. Der erste Sommer.
Mai bis November 1776.

Um vier Uhr schon wachte er in dieser ersten Nacht auf; der erste Sonnenstrahl hatte ihn getroffen. „Wie schön das Grün!" dachte er, als er halbtrunken das Auge auftat. Dann wandte er den Kopf vom Fenster ab und schlief wieder ein.

Als er aufstand und hinaustrat, war der Himmel bedeckt, und doch erschien ihm der Tag herrlicher als je. Er eilte zum Spargelbeet, entdeckte mit Lust die herausschauenden Köpfe, stach sie, wusch sie am Ziehbrunnen, wickelte sie ein und dachte an die Freundin. Dann kam ihm ein Märchen in den Sinn, das er einst von der Mutter gehört: ein Kind war von seiner Stiefmutter in den Wald geführt und dort verlassen worden; als es herumirrte, fand es endlich ein einsames Häuslein, ein Häuslein wie seines hier, und darin wohnte ein fabelhaftes Tier, ein Erdkühlein.

„Du bist nun das Erdkuhlin", sagte Goethe zu sich selber. „Und nun Erdkuhlin für ewig!" fügte er hinzu.

Philipp kam; er mußte den Spargel zur Frau v. Stein tragen und ein Zettelchen dazu. „Die Ruhe hier haußen ist unendlich", stand darin.

Die Ruhe! Immer ist bei ihm von Ruhe und Frieden und von ihrem Gegenteil, Unrast und Kampf, die Rede. „Goethe ist nicht glücklich und kann schwerlich glücklich werden", urteilte seine Freundin Johanna Fahlmer in Frankfurt, der er sich mündlich und schriftlich oft anvertraute, und der Hofmarschall der Herzogin Amalie, Graf Moritz Ulrich v. Putbus, der ihm jetzt in Weimar zusah, prophezeite gleichfalls, daß er nie glücklich werden könne. Auch Charlotte sprach damals von Goethes „unstätem Sinn" und wünschte ihm herzlich, daß er in irgend einem Eckchen der Welt Ruhe finde. Ja, Goethe selber malt sein Bild in diesen ersten weimarischen Monaten als Das

> Des Menschen, der in aller Welt
> Nie findet Ruh noch Rast,
> Dem wie im Hause, so im Feld,
> Sein Herze schwillt zur Last.

Und um dieselbe Zeit kam ihm beim Streifen am Hange des Ettersberges das Gebet:

> Der du von dem Himmel bist,
> Alles Leid und Schmerzen stillest,
> — — — — — — — — — — — —
> Süßer Friede, komm', ach komm' in meine Brust!

Er mag es noch manchmal wiederholt haben!

„Ich war gestern abend sehr traurig und wußte nicht warum", schreibt er am 8. September. „Ich ließ mir die Klarinettisten kommen, ging in meinem Garten herum; sie bliesen bis Acht. Es war Alles so herrlich, aber mein Herz taute nicht auf." Und am 19. November: „Ich muß nun noch nach meinem Pferd schicken, denn die Unruhe hat mich heute wieder an allen Haaren." So auf dem Pferde darauf los reitend, damit im Wetter draußen seine Stirn sich kühle, erscheint er in dem Liede, das gleichfalls in diesem Jahre erwuchs:

> Dem Schnee, dem Regen,
> Dem Wind entgegen,
> Im Dampf der Klüfte,
> Durch Nebeldüfte —
> Immer zu! Immer zu!
> Ohne Rast und Ruh!

Am letzten Ende war es sein Genie, das ihm diese Unrast bereitete. Das Talent ist ein stets bereitliegendes Werkzeug seines Besitzers; der talentierte Mensch ist ein vom Schicksal Begünstigter; er kann fast immer machen, was er will, denn sein Streben greift selten über sein Können hinaus. Das Genie dagegen ist ein Gast; es erscheint besuchsweise im talentierten oder untalentierten Menschen, läßt sich von ihm keineswegs beherrschen und verwenden, sondern spielt selber den Herrscher. Der mit Genie Begabte führt ein doppeltes Dasein: Übermacht und Ohnmacht, Erleuchtung und Verworrenheit, Seligkeit und Trübsinn wechseln in ihm ab. Er ist sich und Andern ein Rätsel; er selber und seine Umgebung leiden unter dem Zwiespalt seines Wesens. Sein Auge scheint jetzt Alles zu durchdringen, dann wieder ist er ahnungslos wie ein Kind. Er hat große Pläne und führt sie eine Zeitlang mit sicherer Hand der Vollendung entgegen; dann erschlafft er plötzlich und sieht keine Möglichkeit des Gelingens mehr. Man erwartet von ihm das Größte, denn er hat Größtes geleistet, aber er versagt immer wieder. Er weiß selber nicht, wie er mit sich daran ist.

Als jene Freundin Fahlmer Goethen die Fähigkeit zum Glücklichsein absprach, urteilte sie zugleich: „Er hat zu viele Mischungen in sich, die wirren." Das war in der Tat sein Leiden, wie es auch eine Ursache seiner eigentümlichen Größe war. Er war ein Geister-Universum, in dem gewissermaßen alle die Männer und Frauen, von denen er abstammte, abwechselnd die Herrschaft nahmen; ihm ging die Einfachheit und Sicherheit des ausgeprägten Charakters ab; er war sich selber und Andern

nicht so zuverlässig, wie der einseitig begabte, nach einem
bestimmten Ziele gerichtete engere Geist.

Er hatte als Dichter größte Erfolge gehabt und
hatte neue große Werke im Sinne, hatte sie auch stückweise
schon niedergeschrieben: jetzt hätte er seinen ‚Egmont‘
oder seinen ‚Faust‘ vollenden oder einen der andern
herrlichen Pläne, den ‚Mahomet‘, den ‚Prometheus‘,
den ‚Ewigen Juden‘ ausführen und damit seinen Ruhm
auf's höchste steigern sollen! Aber er stand ohnmächtig
vor diesen Handschriften. Und ohnmächtig, fast willenlos
sah er nach allen Seiten. Die dunkle Macht, die über
ihm schwebte — was hatte sie mit ihm vor? Er sah
aus dem Fenster in seinen Garten, in's Ilmtal hinunter:
vor kurzem hatte er dies Fleckchen Erde noch nicht
gekannt! Warum war er hierher gesetzt? War diese
Landschaft um ihn ein Traumbild, das bald zerflattern
muß? Oder würde er nun hier einwachsen, wie die
Bäumchen, die er pflanzte?

> Ich bin dir nicht imstande, selbst zu sagen,
> Woher ich sei, wer mich hierher gesandt;
> Von fremden Zonen bin ich her verschlagen
> Und durch die Freundschaft fest gebannt.

In einer Mittsommernacht ritt er von Apolda,
wohin er seinen fürstlichen Freund zum Vogelschießen
begleitet hatte, heim. Die Husaren des Herzogs ritten
vor ihm und erzählten sich was; er hörte zuweilen zu,
zuweilen versank er in seine eigenen Gedanken. Da
fiel's ihm mit einemmal auf, wie so lieb ihm das Land
ringsum war: dort im Norden der breite Rücken des
Ettersberges und überall herum die Hänge und Hügel.
„Wenn du nun auch Das einmal verlassen mußt!“ fuhr's

ihm durch die Seele. „Das Land, wo du so viel gefunden haft! Alle Glückseligkeit gefunden haft, die ein
Sterblicher träumen darf! Wo du zwischen Behagen
und Mißbehagen in ewig blühender Exiftenz schwebft!
Wenn du auch Das zu verlaffen gedrungen würdeft
mit einem Stab in der Hand, wie du dein Vaterland
verlaffen haft!"

Es traten ihm Tränen in die Augen, während die
rotröckigen Kerle vor ihm im Mondenschein ihr Liedlein
pfiffen.

Oft kamen ihm solche Gedanken: das Bleiben und
das Gehen schien beides gegen die Natur der Dinge zu
sein. „Geftern nacht", schrieb er am 3. November der
Vertrauten, „haben mich Stadt und Gegend und Alles
so wunderlich angesehen. Es war mir, als ob ich nicht
bleiben sollte."

ᘓ

Wenn ihm sein eigenes Herz zuweilen sagte, daß
er hier ein Fremder sei, so nannten ihn die Stimmen
Anderer geradezu einen Eindringling und Schädling.
Seine Anstellung in Weimar war zwar gesichert, denn
der Wille des Herzogs blieb feft; aber der Widerftand
des Geheimen Rats v. Fritsch war doch äußerft empfindlich. Juft am Tage, wo Goethe Eigentümer des
Gartens ward, erklärte der steifnackige Beamte dem
Herzoge: ihm, dem Landesherrn, werde der Entschluß,
dem Dr. Goethe ein hohes Amt zu geben, von aller
Welt verdacht werden, und Goethe selber müffe, wenn
er wahre Liebe und Anhänglichkeit für den Herzog habe,
ihm diesen Schritt widerraten. Jedenfalls werde er,

Fritſch, in einem Kollegio, deſſen Mitglied gedachter Dr. Goethe werden ſollte, nicht länger verbleiben.

Fritſch war im Rechte; künftige Wandlungen eines jungen Dichters vorauszuſehen, war nicht ſein Amt; er hatte nach den bisherigen Leiſtungen zu fragen. Goethe war jung und landfremd, hatte noch in keiner Verwaltung gedient, hatte zwar die Rechtswiſſenſchaft ſtudiert, beſaß aber keine Liebe zur Juriſterei. Sein bisheriges Auftreten in Weimar hatte dem Herzoge nach allgemeinem Urteil geſchadet; man durfte es gewiß Goethen in hohem Maße anrechnen, daß der Herzog ſeit ſeinem Regierungsantritt eine Art wilden Studentenlebens geführt und ſich dabei um die Regierungsgeſchäfte ſo gut wie gar nicht gekümmert hatte. Fritſch, der ein gelehrter Mann war, wußte zwar, daß Goethe trotz ſeiner Jugend ſchon einen großen Ruhm errungen hatte und für einen der feinſten Köpfe galt; aber das Dichten iſt keine Vorübung für die Landesverwaltung. Und ſodann war es wohlbekannt, welche ſeltſamen, aller Ordnung zuwiderlaufenden Geſinnungen gerade Goethe durch ſeine poetiſchen Werke verbreitete. Er hatte mehrere unartige Poſſen verfaßt, die ehrbare und verdiente Männer kränken mußten; in ſeinem ,Götz von Berlichingen' hatte er einen Empörer und Rechtsverächter verherrlicht und die gültige Reichs- und Rechtsordnung verſpottet; im ,Werther' hatte er einen weichlichen Selbſtmörder mit großer Liebe und gleichſam als ein Vorbild hingeſtellt, und in ſeinem neueſten Theaterſtücke ſchlug er die Doppelehe als einen ratſamen Ausweg aus Herzensnöten vor!

Fritſch ſprach es nicht aus, aber er ſah es wohl,

daß ein genialischer Mensch wie Goethe keinen wahren und namentlich keinen dauernden Trieb zu der Art Arbeit haben konnte, die in den Amtsstuben eines thüringischen Kleinstaates zu besorgen war. Goethe selber hätte Das erkennen müssen; er nahm aber auch diese Sache sehr burschikos. „Freiheit und Genüge werden die Hauptkonditionen der neuen Einrichtung sein", schrieb er an Merck, als er ihm erzählte, daß er Lust habe, auf dem Schauplatz der Herzogtümer Weimar und Eisenach zu versuchen, „wie einem die Weltrolle zu Gesicht stünde." Freiheit und Genüge: diese beiden suchte er hier am unrechten Orte!

Für seine unerhörte Begünstigung Goethes hatte Karl August gegen die guten Gründe seines pflichtgetreuen Ministers nur Eins einzusetzen: seinen festen Glauben an den Freund. Fritsch hielt sich von allem geselligen Treiben fern; er lebte ganz in seiner Amtsstube und in seiner Bibliothek; er kannte also den jungen Dichter nur aus seinen Schriften und durch die Berichte Anderer. Diesen Umstand konnte Karl August ausnützen; dieserhalb durfte er als der besser Unterrichtete sprechen. Und so antwortete er auf Fritschens Widerspruch:

Wäre der Dr. Goethe ein Mann eines zweideutigen Charakters, würde ein Jeder Ihren Entschluß billigen. Goethe aber ist rechtschaffen, von einem außerordentlich guten und fühlbaren Herzen. Sein Kopf und Genie ist bekannt. Sie werden selbst einsehen, daß ein Mann wie Dieser nicht würde die langweilige und mechanische Arbeit, in einem Landes-Kollegio von unten auf zu dienen, aushalten. Einen Mann von Genie nicht an dem Ort gebrauchen, wo er seine außerordentlichen Talente gebrauchen kann, heißt: denselben mißbrauchen. . . . . Was das Urteil der Welt betrifft, welche mißbilligen würde, daß ich den Dr. Goethe in mein wichtigstes Kollegium setzte, ohne daß er zuvor weder Amtmann, Professor, Kammer- oder Regierungsrat war: Dieses verändert gar nichts! Die Welt urteilt nach Vorurteilen; ich aber und Jeder, der seine Pflicht tun will, arbeitet nicht, um Ruhm zu erlangen, sondern um sich vor Gott und seinem eigenen Gewissen rechtfertigen zu können, und suchet auch ohne den Beifall der Welt zu handeln.

Nach Diesem allen muß ich mich sehr wundern, daß Sie, Herr Geheimer Rat, die Entschließung fassen, mich jetzt in einem Augenblick zu verlassen, wo Sie selber fühlen müssen und gewiß fühlen, wie sehr ich Ihrer bedarf. Wie sehr muß es mich befremden, daß Sie, statt sich ein Vergnügen daraus zu machen, einen jungen, fähigen Mann, wie mehrbenannter Dr. Goethe ist, durch Ihre in einem zweiundzwanzigjährigen treuen Dienst erlangte Erfahrung zu bilden, lieber meinen Dienst verlassen, und auf eine sowohl für den Dr. Goethe als, ich kann es nicht leugnen, für mich beleidigende Art. Denn es ist, als wäre es Ihnen schimpflich, mit Demselben in einem Kollegio zu sitzen, welchen ich doch, wie es Ihnen bekannt, für meinen Freund ansehe und welcher nie Gelegenheit gegeben hat, daß man denselben verachte, sondern vielmehr aller rechtschaffenen Leute Liebe verdient.

Fritsch blieb fest. Die schwärmende Freundschaft eines achtzehnjährigen Jünglings ist schön, aber sie darf keinen verantwortlichen Beamten in seinem pflichtmäßigen Handeln wankend machen.

Es vergingen wieder drei Wochen, und die Parteien standen noch wie zuvor. Da griff auf Wunsch ihres Sohnes die Herzogin-Mutter ein. Sie konnte sich auf ihre oft gerühmte Regentschaft und ihre erprobte Menschenkenntnis berufen; sie durfte zu Fritsch als

seine alte Herrin und Freundin reden. Auch sie hatte
ein großes Wohlgefallen an Goethe, und im Grunde
sagte sie Dasselbe wie ihr Sohn:

Sie sind eingenommen gegen Goethe, den Sie vielleicht
nur aus unwahren Berichten kennen oder den Sie von einem
falschen Gesichtspunkte beurteilen. Sie wissen, wie sehr mir
der Ruhm meines Sohnes am Herzen liegt und wie sehr ich
darauf hingearbeitet habe und noch täglich arbeite, daß er
von Ehrenmännern umgeben sei. Wäre ich überzeugt, daß
Goethe zu den kriechenden Geschöpfen gehörte, denen kein
anderes Interesse heilig ist als ihr eigenes und die nur aus
Ehrgeiz tätig sind, so würde ich die Erste sein, gegen ihn aufzutreten. Ich will Ihnen nicht von seinen Talenten, von
seinem Genie sprechen; ich rede nur von seiner Moral. Seine
Religion ist Die eines wahren und guten Christen; sie lehrt
ihn, seinen Nächsten zu lieben und es zu versuchen, ihn glücklich zu machen. Und Das ist doch der erste, hauptsächlichste
Wille unseres Schöpfers.

Machen Sie doch Goethes Bekanntschaft, suchen Sie
ihn selber kennen zu lernen! Sie wissen, daß ich meine Leute
erst gehörig prüfe, bevor ich über sie urteile, daß die Erfahrung mich in solcher Menschenkenntnis vielfach belehrt
hat und daß ich dann ohne Voreingenommenheit meine
Meinung habe. Glauben Sie einer Freundin, die Ihnen
sowohl aus Dankbarkeit wie aus Zuneigung wahrhaft zu-
getan ist!

Endlich ward Fritsch unsicher; er beriet sich mit
seinen nächsten Kollegen, und sie baten ihn dringend,
zu bleiben und dem jungen Fürsten diesmal nachzugeben, damit größeres Unheil verhütet werde. Was
der Herzog bisher Goethen zudachte: die vierte Stelle
im Geheimen Konsilio, Das war zwar eine unverdiente
Ehrung und ein allzu hohes Amt, aber noch keine

wichtige Besorgung. Goethe hatte damit noch keine
Abteilung der Geschäfte unter seiner Gewalt, war viel-
mehr zunächst nur eine Art vornehmer Lerner oder
Zuschauer. Vermutlich würde er zu den Geschäften
nie Liebe fassen. Sollte er sich aber zu einem wirklichen
Beamten entwickeln, so wäre es ja auch möglich, daß
er sich infolge der dann entstehenden Kenntnis der
Dinge den anderen redlichen Beratern als ein Bundes-
genosse gegen die jugendliche Unverständigkeit des
Herzogs anschlösse.

Im Grunde hatten die Geheimen Räte weniger
gegen Goethe einzuwenden, eben weil er als Beamter
noch ein gänzlich Unbekannter war und vermutlich recht
untätig bleiben würde, als gegen den jungen Herrn
v. Kalb, den man sehr wohl kannte, aber nicht sehr wohl
angreifen konnte. Ihn wollte der Herzog gleichzeitig
zum Nachfolger seines Vaters machen, zum Präsidenten
der Kammer, also zum Herrn und Meister über diejenige Abteilung der Verwaltung, die alle andern er-
nährte; in jedem Staatswesen hat der Finanzverwalter
eine verdrießliche Macht! Kalb war seit Jahren ein
lieber Kamerad des Herzogs, war Einheimischer, war
Rat in der Abteilung gewesen, wo er jetzt Präsident
werden sollte, hatte von Kindheit auf durch seinen Vater
manche brauchbaren Kenntnisse erworben, war auch klug
und geschickt: das Mißtrauen gegen ihn ließ sich also
nicht in gute Gründe kleiden.

Fritsch blieb im Amte, Kalb wurde Kammerpräsident,
Goethe Mitglied des Geheimen Konsiliums. Vom
11. Juni 1776 an trug er den Titel ‚Geheimer Legationsrat' und bezog 1200 Taler Gehalt.

Der Herzog hatte also seinen Willen durchgesetzt. Über alle Fürstenmacht aber geht der innewohnende Zug und Druck der Zustände, der Bedürfnisse, der Aufgaben und der angeborenen Eigenschaften.

☙

Um die gleiche Zeit, wo Goethe bemerkte, welche Mißachtung der oberste weimarische Beamte für ihn hatte, erfuhr er auch recht empfindlich, wie übel sein Ruf draußen im Reiche geworden war. Der Herzog und seine Gesellen, sie boten mit Willen den Philistern Trotz und lebten rücksichtslos nach dem Motto: „Erlaubt ist, was gefällt." Nicht bloß die Spießbürger hielten sich darüber auf, sondern auch die eigenen guten Freunde am Orte, besonders Die, deren Hoffnungen nicht erfüllt wurden. Die junge Herzogin konnte ihren Verwandten in Karlsruhe und Darmstadt nicht verbergen, wie wenig glücklich sie war; Graf Görtz, der Erzieher des Herzogs, zu dem der Schüler bisher gläubig aufgeschaut hatte, stand plötzlich im Schatten, und selbst Siegmund v. Seckendorff, der als Soldat, Dichter und Tonsetzer sehr wohl in den Kreis Karl Augusts paßte, war mißvergnügt, weil der Herzog über seinen ersten Günstling Goethe auch ihn vernachlässigte.

Alle Tage gibt es neue, ungewöhnliche Vergnügungen,

schrieb er dann über den Herzog in Briefen, deren Inhalt weiter erzählt wurde.

ohne Rücksicht auf Das, was man davon sagt, weil es nach dem leider zu getreulich befolgten Systeme seiner Ratgeber keine Konvenienz und Schicklichkeit in der Welt geben soll.

und die bestehenden, wie man lehret, nur aus Launen ge-
flossen sind, welche der Erste im Staate beseitigen könne und
müsse. Die wunderlichsten Dinge wurden durch die Gewohnheit geheiligt; man müsse deshalb, um neue Sitten und Ge-
bräuche einzuführen, die ersten Angriffe des Tadels unbeachtet
lassen und durch festen Willen und Befehl Das autorisieren,
dem das allgemeine Vorurteil entgegenstehe.

Oder er erzählte:

Jetzt zerfällt das Ganze in zwei Teile, von denen
jener des Herzogs der geräuschvolle, der andere [der Kreis
der Herzogin] der ruhige ist. In dem ersten rennt, jagt,
schreit, hetzt, peitscht und galoppiert man! Seltsamerweise
pikiert man sich, alles Dies mit Geist zu tun, und zwar
wegen der Schöngeister, die dazu gehören. Es gibt keine
Extravaganz, die man sich nicht erlaubt. Der zweite Teil
langweilt sich größtenteils.

Solche Berichte wuchsen unter Mitwirkung der
Frau Fama zu tollsten Gerüchten heran. Von Goethe
habe man nichts mehr zu hoffen, weil er sich alle Tage
in Branntwein besöffe, erzählte man sich in Berlin, und
anderwärts ward versichert, die Freundschaft zwischen
dem Fürsten und dem Dichter ginge so weit, daß sie
eine gemeinsame Liebste benutzten. Sie liefen nachts
mit einander durch die Gassen, hieß es in Zürich, und
einmal hätten sie einer ehrbaren Frau die Röcke über
dem Kopf zusammen gebunden. Dergleichen aber wurde
auch von Leuten geglaubt, an deren Meinung Goethen
gelegen sein mußte. Der berühmte Arzt und Schriftsteller Johann Georg Zimmermann in Hannover schrieb
ihm den ersten warnenden Brief. Selbst Graf Christian
Stolberg, der vor kurzem in Weimar gewesen war, der

mit Goethe vor einem Jahre auf einer Reise in die Schweiz vertrauteste Freundschaft gehalten hatte, meinte jetzt:

Der Herzog und er eine gemeinschaftliche Mätresse — Das wäre abominabel, Das habe ich Mühe zu glauben; aber Beide sind unbändig, und Beiden ist der Umgang mit einander höchst gefährlich.

Auch zu Klopstock drangen solche Erzählungen; er war der Mann, den rasenden Jünglingen als getreuer Eckart entgegenzutreten. Der Dichter des ‚Göz‘ durfte nicht mit Schande zugrunde gehen, und ebensowenig der junge Herzog von Weimar, der die Dichter ehrte. Und Klopstock schrieb:

Hier ein Beweis meiner Freundschaft, lieber Goethe! Er wird mir zwar ein wenig schwer, aber er muß gegeben werden. Lassen Sie mich damit anfangen, daß ich es glaubwürdig weiß, denn ohne Glaubwürdigkeit würde ich schweigen. Denken Sie auch nicht, daß ich Ihnen, wenn es auf Ihr Tun und Lassen ankommt, drein reden wolle. Auch Das denken Sie nicht, daß ich Sie deswegen, weil Sie vielleicht in Diesem oder Jenem andere Grundsätze haben als ich, streng verurteile.

→ Aber Grundsätze, Ihre und meine, bei Seite! Was wird der unfehlbare Erfolg sein, wenn er so fortfährt? Der Herzog wird, wenn er sich fortwährend bis zum Krankwerden betrinkt, anstatt, wie er sagt, seinen Körper dadurch zu stärken, erliegen und nicht lange leben. Die Deutschen haben sich bisher mit Recht über ihre Fürsten beschwert, daß Diese mit ihren Gelehrten nichts zu schaffen haben wollen. Sie nehmen itzund den Herzog von Weimar aus. Aber was werden andere Fürsten, wenn sie in dem alten Tone fortfahren, zu ihrer Rechtfertigung nicht anzuführen haben, wenn es nun wird geschehen sein, was ich fürchte, daß es geschehen werde?,

Die Herzogin wird wahrscheinlich ihren Schmerz jetzt noch niederhalten können, denn sie denkt sehr männlich. Aber

dieser Schmerz wird Gram werden. Und läßt sich Das etwa
auch niederhalten? Luisens Gram, Goethe! — Nein, rühmen
Sie sich nur nicht, daß Sie sie lieben wie ich!

Ich muß noch ein Wort von meinem Stolberg sagen.
Er kommt aus Freundschaft zum Herzoge. Er soll doch also
mit ihm leben? Wie aber Das? Auf seine Weise? Nein!
Er geht, wenn er sich nicht ändert, wieder weg.

Was soll ich Ihnen schreiben? Es kommt auf Sie an,
ob Sie dem Herzog diesen Brief zeigen wollen oder nicht.
Ich habe nichts dawider. Im Gegenteil, denn da ist er
gewiß noch nicht, wo man Wahrheit, die ein treuer Freund
sagt, nicht mehr hören mag.

Goethe trug zwei Monate den bösen Brief mit sich
herum, ehe er antwortete. Was war da zu erwidern?
Daß die junge Herzogin Leid trug, war richtig. Daß der
Herzog Gesundheit und Leben gefährdete, wenn auch
nicht gerade durch den Trunk, ließ sich nicht leugnen,
denn der junge Fürst lag just im Frühjahr 1776
wochenlang krank danieder: es waren Rheumatismus-,
Schwindel- und Fieberanfälle. Daß man über den weimarischen Hof in Weimar selbst und außerhalb viel
Übles redete, erfuhr Goethe von allen Seiten.

Endlich entschloß er sich zu ein paar raschen Zeilen.

Verschonen Sie uns in's künftige mit solchen Briefen,
lieber Klopstock! Sie helfen nichts und machen uns immer
ein paar böse Stunden.

Sie fühlen selbst, daß ich nichts darauf zu antworten
habe. Entweder müßte ich als Schulknabe ein pater, peccavi
anstimmen oder mich sophistisch entschuldigen oder als ein
ehrlicher Kerl verteidigen, und dann käm' vielleicht in der
Wahrheit ein Gemisch von allem Dreien heraus. Und wozu?

Also kein Wort mehr zwischen uns über diese Sache!
Glauben Sie, daß mir kein Augenblick meiner Existenz über-

bliebe, wenn ich auf all' folche Briefe, auf all' folche Anmahnungen antworten follte!

Dem Herzog tat's einen Augenblick wehe, daß es von
Klopftock wäre. Er liebt und ehrt Sie. Von mir wiffen
und fühlen Sie eben Das.

Graf Stolberg foll immer kommen. Wir find nicht
fchlimmer und, will's Gott, beffer, als er uns felbft gefehen hat.

Das war freilich eine hochfahrende Antwort, wie
fie der Dichter des „Meffias' nicht zu empfangen pflegte.
Klopftock erwiderte:

Sie haben den Beweis meiner Freundfchaft fo fehr
verkannt, als er groß war, groß befonders deswegen, weil
ich unaufgefordert mich höchft ungern in Das mifche, was
Andere tun. Und da Sie gar unter „all' folche Briefe" und
„all' folche Anmahnungen" — denn fo ftark drücken Sie fich
aus — den Brief warfen, welcher diefen Beweis enthielt, fo
erkläre ich Ihnen hierdurch, daß Sie nicht wert find, daß ich
ihn gegeben habe.

Stolberg foll nicht kommen, wenn er mich hört, oder
vielmehr, wenn er fich felbft hört.

Und Graf Stolberg kam wirklich nicht. Er fchrieb
nicht ab, aber er meldete fich auch nicht, das angenommene
Amt anzutreten. Friß Stolberg, der Tyrannenmörder
und Freiheitsfchwärmer, der Hainbündler und Freimaurer, der Philifterverächter und Jugendkraftprahler
— felbft für ihn alfo war die Gefellfchaft Goethes und
Karl Augufts unrein geworden!

Goethe fühlte die Kränkung tief. Wochenlang
fchwieg er; dann trat der Schmerz in einem Briefchen
an die Gräfin Augufte zutage:

Es geht mir wie Dir, Guftchen, ich hab auch was auf
dem Herzen. Alfo heraus damit! Von Friß habe ich noch

keinen Brief. Der Herzog glaubt noch, er komme, und man
fragt nach ihm, und ich kann nichts sagen. Lieb Gustchen,
mir ist lieber für Fritzen, daß er in ein wirkendes Leben
kommt, als daß er sich hier in Kammerherrlichkeit abgetrieben
hätte. Aber Gustchen: er nimmt im Frühjahr den Antrag
des Herzogs an, wird öffentlich erklärt; in allen unseren
Etats steht sein Name! Er bittet sich noch aus, den Sommer
bei seinen Geschwistern zu sein; man läßt ihm Alles — und
nun kommt er nicht! Ich weiß auch, daß Dinge ein Ge-
heimnis bleiben müssen — aber — Gustchen, ich habe noch
was auf dem Herzen, das ich nicht sagen kann — — —
Und Die, die man so behandelt, ist Karl August, Herzog zu
Sachsen, und Dein Goethe, Gustchen!

Stolberg kam nicht; aber andere Genies erschienen,
die man nicht geladen hatte.

Als Goethe am 4. April von einer Reise nach
Leipzig zurückkehrte, überreichte man ihm einen Zettel:

Der lahme Kranich ist gekommen; er sucht, wo er
seinen Fuß hinsetze.

Das war Jakob Lenz!

Ein Bekannter von Straßburg her; als Goethe
dort sein letztes Studienjahr verbrachte, kam Lenz,
ein livländischer Pastorensohn, als Begleiter zweier kur-
ländischer Herren v. Kleist nach dem Elsaß. Nachher
gerieten sie in brieflichen Verkehr, und Lenz, der immer
die besonderen Einfälle liebte, nannte ihr Verhältnis
geradezu eine Ehe. Er fühlte sich mit Goethe innigst
verbunden als Anführer einer literarischen, sittlichen
und gesellschaftlichen Umwälzung, daneben als Verehrer
und Verkünder Shakespeares; Goethe aber ließ sich
Lenzens Liebe und Vertrauen gern gefallen.

Es war ein nettes, kleines Kerlchen, blauäugig,
blondhaarig, hübsch von Gesicht, zurückhaltend, fast
schüchtern von Benehmen; er hatte einen sanften, gleichsam vorsichtigen Schritt, eine angenehme, nicht ganz
fließende Sprache; Gedichte, besonders seine eigenen,
las er sehr gut vor. Seine poetische Begabung war
sehr stark, sowohl im Tragischen wie im Komischen; er
erschien zum Dichter und zu nichts Anderem geboren;
er selber sah in sich freilich auch einen Umgestalter der
Kriegskunst. Vieles in seinem Wesen und Verhalten
war seltsam und krankhaft. In jenen Zeiten dachte man
nur bei grober Verrücktheit und Raserei an eine Krankheit des Gehirns, und so wurde denn auch Lenz nur
als ein launischer, sonderbarer, unartiger und dann
auch wieder als ein artiger und liebenswerter Junge
angesehen. Manche hatten ihn recht gern, der Herzog
und Einsiedel zum Beispiel; die Damen bemutterten ihn,
und auch die Spötter liebten ihn: weil er sich Blößen
gab und Geschichten hervorrief.

Seit er hier ist, ist kaum ein Tag vergangen, wo er
nicht einen oder den anderen Streich hätte ausgeführt, der
jeden Andern als ihn in die Luft gesprengt hätte; dafür wird
er nun freilich auch was rechtes geschoren; aber Das sicht ihn
nichts an: er geht seinen Weg fort und wischt sein Fiedle
an's Tor, wie die Schweizer sagen.

So schrieb Wieland am 13. Mai; und vierzehn
Tage später:

Lenz liefert alle göttlichen Tage regulièrement seinen
dummen Streich; fragt, wo er hinkömmt, es sei auf dem
Felde oder in der Stadt, sobald er eine halbe Stunde da-
gewesen: Habt ihr Feder, Tinte und Papier? und schmiert
und schmiert, wie sich's gebührt.

Wieland sagte trotzdem: „ein herrlicher Junge" und erst im nächsten Jahre: „ein guter Junge, der mit soviel Genie ein dummer Teufel und mit' soviel Liebe bisweilen ein so boshaftes Äffchen ist". Viele Andere grinsten von Anfang an über diese Probe der Genie-Partei. Mit Wollust schilderten sie, wie Lenz, als auf der Straße die junge oder die alte Herzogin daher kam, vor ihr auf die Knie gesunken sei und sie wie ein Anbetender gegrüßt habe; mit Wollust erzählten sie alle seine Affenstreiche und Eseleien. Von seinen Aussprüchen wurde einer in der Stadt noch lange wiederholt: „Welche Wonne, ein Kuhfladen zu sein und in der Sonne zu liegen!"

Zehn Wochen nach Lenzens Ankunft war, ebenso unangemeldet, ein anderes Genie da: Klinger. An einem Juni-Abend trat er vor Goethe, warf sich ihm an den Hals, und Dieser drückte ihn freudig an sich. „Närrischer Junge!" rief Goethe aus und küßte den unerwarteten Gast von neuem. „Toller Junge!"

Klinger war im Gegensatz zu Lenz ein sehr gesunder Bursche; seine Tollheit war nur Jugendübermut und ein überspanntes, aber nicht unberechtigtes Selbstgefühl. Sein Vater war ein armer Kanonier in Frankfurt gewesen; seine früh verwitwete Mutter lebte als Waschfrau und Händlerin; trotzdem hatte ihr Friedrich den Weg in die Gelehrtenschule und zur Universität gefunden. Der Student hatte sich auch schon einen Namen als Dichter gemacht, denn 1775 gewann er mit seinen ‚Zwillingen' den von Schröder in Hamburg für

das beſte neue Trauerſpiel ausgeſetzten Preis. Er war
in ſeinen erſten Werken ein Nachahmer oder Geiſtes-
verwandter Goethes; dieſen Landsmann, auf deſſen
Koſten er eine Zeitlang in Gießen gelebt hatte, liebte
und bewunderte er von ganzem Herzen. Aber Goethe
laſſe ſich ſo wenig ſagen, als man über den Sohn Gottes
ſagen ſollte, ſchrieb er einige Tage nach ſeiner Ankunft
in Weimar. Alle böſen Gerüchte über ihn und Weimar
ſeien unwahr:

> Goethe iſt geliebt durchaus und des Landes Heil.
> Er iſt ein erſchrecklich großer, guter Menſch . . .
> Goethe iſt ſo groß in ſeinem politiſchen Leben, daß
wir's nicht begreifen.

Und er konnte hinzufügen:

> Goethes Liebe für mich iſt unendlich reich und groß;
mein Schickſal quälte und drängte ihn, ſeit er hier iſt, und
er geſtand mir, daß ich ganze Tage vor ſeinem Geiſt geſtanden.

Klinger ſollte in Weimar bleiben, meinte Goethe
in der Freude des Wiederſehens. Aber wie? Man konnte
und mochte nicht ſchon wieder ein Genie in eine Akten-
ſtube ſchieben; auch verlangte Klinger nicht nach ſolcher
Gebundenheit. Sein Äußeres empfahl den jungen
Mann; er war groß, ſchlank, wohlgebaut, mit regelmäßigen Geſichtszügen und ſtolzer Naſe; er hielt auf
nette Kleidung und war zu feinem Benehmen geſchickt.
Unwillkürlich dachte man ſich dieſen Sohn des Kon-
ſtablers und der Waſchfrau als Offizier; die Herzogin-
Mutter ſuchte ihm auch eine Offiziersſtelle, zuerſt in
Preußen und dann bei den braunſchweigiſchen Miets-
truppen gegen Nordamerika, zu verſchaffen.

Auch den Prinzen Konstantin machte sich Klinger
zum Freunde, ebenso den Erbprinzen von Darmstadt,
der in Weimar zu Besuch war. Aber bei längerem
Zusammenleben hielt die erste Liebe nicht vor. Seine
gewollte Rousseauische Natürlichkeit, die sich in vielen
und wilden Liebschaften und angenommenen Brutali-
täten entlud, fiel den Meisten doch auf die Nerven.
„Bessert's sich mit dem jungen Manne oder säuft er
noch Löwenblut?" fragte Wieland im nächsten Jahre,
und Bertuch erzählte später gern: er habe Klinger einmal auf eine Fleischbank hingewiesen und ihm im
Scherz gesagt: als echter Sohn der Natur müsse er
doch rohes Fleisch dem künstlich zubereiteten vorziehen;
darauf habe Klinger wirklich ein Stück Fleisch roh verschlungen.

✧

Gegen den Herbst erschien ein neuer wunderlicher
Heiliger: Christoph Kaufmann aus Winterthur, ein
junger Arzt und Apotheker, sehr warm empfohlen von
Goethes Freunde Lavater. Er kam in einer groben
grünen Friesjacke einher, die nackte Männerbrust der
frischen Luft bietend; er trank nichts Gegorenes, aß
nichts von Tierleichen Stammendes und ließ — wie
damals nur die Juden — kein Scheermesser an seinen
Bart kommen. Er predigte gewaltiglich; der Kraft-
apostel ward er genannt, weil er vornehmlich die wunderbare Kraft des festen Willens und Vorsatzes verkündete.
Der junge Mann — er zählte vier Jahre weniger als
Goethe — machte auf Viele einen starken Eindruck.
Auch Goethe hörte ihm gern zu; Klinger ließ sich von

ihm bewegen, ein wildes Schauspiel, das er eben gedichtet hatte, ‚Sturm und Drang‘ zu nennen, und dieser
Titel ward alsbald unter den Zeitgenossen zum Namen
für die ganze neue, junge, unruhige Dichtergruppe.
Als Herders nach Weimar kamen, waren sie sogleich
entzückt von diesem Schweizer, der ihren Bruder Flachs-
land nach Weimar begleitet hatte. „Einer der edelsten
Menschen, ein Märtyrer für die Wahrheit und das
Beste der Menschen“ — so heißt Kaufmann im ersten
weimarischen Briefe der Karoline Herder; „ach, man
entweiht sein ganzes Wesen, wenn man nur von ihm
schwätzt und ihm nicht nachfolgt!“

ᴧ

Herders wurden schon im Sommer erwartet, und
Goethe sorgte mit größter Liebe für die künftige Wohnung der Freunde, die bisher der Konsistorialrat Seidler
mit seinen zehn Kindern nach Kräften abgenutzt hatte.
Er lief wegen der Reinigung, Erneuerung und Einrichtung der Zimmer herum und bedachte sogar, wo
Herders „Weibele“ ihre erwartete zweite Niederkunft
abhalten sollte; er hatte sie ja schon gekannt, als sie
in Darmstadt schwärmerische Mädchenjahre verlebte.
Wenn sie ankämen, ehe die Superintendentur beziehbar
sei, so sollten sie in seinem eigenen Stadthause einstweilen wohnen, schrieb ihnen Goethe nach Bückeburg;
„und ich möchte wohl ein Faunchen in meinem Schlafzimmer geboren haben“.

Herders trafen aber erst am 2. Oktober ein, als
die Frau die Wochen überstanden hatte, und nach

wenigen Tagen erkannte Goethe, daß sein Freund mit
Dem, was man ihm in Weimar mit großer Mühe er-
kämpft hatte, keineswegs zufrieden war. Jetzt war es
deutlich, daß Herder leider immer noch so hochmütig-
anspruchsvoll, so kritisch-spöttisch zu sein beliebte, wie
damals in Straßburg, wo er sich zum Studiosus Goethe
gnädig herabließ, um ihn aus seinen Irrtümern heraus
auf den rechten Weg zu führen.

Es kam zu keinem Streite; manches Mal hatten sie
auch schöne Stunden miteinander, denn Herder konnte
sehr liebenswürdig sein; aber eine stille Enttäuschung
blieb es für Goethe doch. Herder hatte den Ruf nach
Weimar in der Erwartung angenommen, daß er hier
so ein Patriarch sein werde wie Abt Jerusalem in
Braunschweig: der geistliche Beherrscher des Herzogtums,
der oberste Lehrer und Berater der Jungen und Alten,
der große Verbesserer im Kirchen- und Schulwesen;
aber bald mußte er erkennen, daß im Konsistorium eine
geschlossene Gegnerschaft ihm gegenüberstand und daß
auch seine Freunde, der Herzog und Goethe, für seine
Ansprüche und Pläne nur wenig Sinn hatten. Er
ward ferner rasch gewahr, daß der Herzog in Goethen
nicht nur einen Trink- und Fahrtgesellen, sondern auch
einen geistlichen Oberen liebte. Herder paßte, obwohl
er als ganz armer ostpreußischer Schulmeisterssohn auf-
gewachsen war, nicht in die bescheidene Stellung eines
evangelischen Predigers; vielmehr hätte er trotz aller
Freidenkerei einen vortrefflichen katholischen Erzbischof
abgegeben. Er ließ sich nur zu Wenigen als Mensch,
Freund und Kamerad herab; am liebsten trat er als
ein Erleuchtender und Entscheidender auf.

„So oft ich ihn ansehe," schrieb Wieland acht Tage
nach Herders Ankunft, „möcht' ich ihn zum Statthalter
Christi und Oberhaupt der ganzen Ecclesia Catholica
machen können; Weimar ist seiner nicht wert."

Aber bald:

Der Mann ist wie eine elektrische Wolke. Von fern macht
das Meteor einen ganz stattlichen Effekt, aber der Henker
habe solch' einen Nachbar über seinem Haupte schweben!
Niemand ist alle Augenblicke bereiter als ich, das Gute, Vortreffliche, Große an Andern zu erkennen und gegen jeden
herrlichen Kerl sich für Nichts zu achten; aber ich kann für
den Tod nicht leiden, wenn ein Mensch seinen eigenen Wert
so stark fühlt! Und wenn vollends ein starker Kerl ewig
seine Freude daran hat, Andere zu necken und zu gecken ...

Und später, als Goethe Wielands neuestes Gedicht
gelobt hatte, Herder aber stumm blieb:

Mich dünkt bei Allem, was der wunderbare Mann liest,
fällt ihm immer zuerst ein, daß er's anders und besser gemacht hätte.

Oder ein andermal, als Herder verreist gewesen war:

Die Oberpriesterin — brozt ... Ihr Mann ist seit acht
Tagen wieder hier; es fällt ihm aber auch nicht ein, nach uns
zu gucken, wiewohl wir seine Schafe und er unser Hirte.

Dieses „Brozen" des Oberpriesters und der Oberpriesterin und andere Erscheinungen ihres Selbstgefühls
und gekränkten Ehrgeizes hatte nun auch Goethe zu ertragen. Und wenn Herder auf Weimar schalt oder wenn
man in Weimar auf Herder schalt, dann sagte sich
Goethe, daß er selber ganz unnötigerweise „mit trefflichen Heßpeitschen die Kerls zusammengetrieben", um
diesen mißvergnügten Mann an einen falschen Ort zu
stellen.

Zu solchen Nöten von Mann zu Mann gesellte sich in Goethes Herzen noch die Liebesnot, und diesmal fing ihn Eros mit ganz besonderer List.

Goethe fühlte sich bei seinem Eintritt in Weimar den Damen gegenüber ganz sicher, denn zunächst war sein Herz noch wund von der Liebe zu Lilli:

> Wie ein Vogel, der den Faden bricht
> Und zum Walde kehrt —
> Er schleppt des Gefängnisses Schmach,
> Noch ein Stückchen des Fadens, nach —
> Er ist der alte freigeborne Vogel nicht,
> Er hat schon jemand angehört!

Und sodann hatte er an Lilli einen Maßstab für die Mädchen, die ihn hier umflatterten; er hatte auch durch Lilli und ihre Vorgängerinnen Maxe, Lotte, Riekchen und Käthchen und namentlich durch seine Schwester Kornelia und ihre Freundinnen eine solche Kenntnis des weiblichen Seelenlebens, daß er nicht mehr so leicht wie ein weltfremder Jüngling anbeten und verehren konnte. Jetzt waren die jungen liebenden Mädchen für ihn nur „Misels", Mäuschen, die vor seiner Phantasie hin und her huschten. Und auch die verheirateten Frauen empfanden es verdrießlich, daß der schöne junge Mann so sehr verwöhnt war und so wenig Respekt vor ihnen hatte.

Trotzdem hatte ihn Frau v. Stein als ihren „Bruder" angenommen. Und als er nun den Garten einrichtete und das Wohnhaus darin, da mußte sie als wahlverwandte Schwester manchmal kommen, das Neue sehen und zum Alten und Neuen ihren Frauen-Rat geben; da schenkte sie Dies und Jenes, da bekam sie

die Erstlinge des Gartens von ihm geschenkt. Und es
dauerte nicht lange, so hielten sich die Leute über das
sonderbare Freundschaftsverhältnis auf. Die Sticheleien
kamen auch zu Charlottens Ohren; sie hatte ja nicht
nur den Gatten, sondern auch Vater, Mutter und zwei
Brüder im Städtchen. Nun mußte sie den Freund wieder
zum Fernbleiben, zur Zurückhaltung ermahnen.

Also auch das Verhältnis,

antwortete er ihr sogleich,

das reinste, schönste, wahrste, das ich außer meiner Schwester
je zu einem Weibe gehabt, auch das gestört!

Ich will Sie nicht sehen! Ihre Gegenwart würde mich
traurig machen.

Wenn ich mit Ihnen nicht leben soll, so hilft mir Ihre
Liebe so wenig als die Liebe meiner Abwesenden, an der ich
so reich bin. Die Gegenwart im Augenblicke des Be-
dürfnisses entscheidet Alles, lindert Alles, kräftiget Alles; der
Abwesende kommt mit seiner Spritze, wenn das Feuer nieder ist.

Und Das alles um der Welt willen! Die Welt, die mir
nichts sein kann, will auch nicht, daß Du mir was sein sollst!

Aber wann hat ein Einspruch der Welt eine echte
Liebe ausgelöscht? Goethe war häufig mit Charlottens
Gatten zusammen. Dieser kannte den kühlen Verstand
seiner Frau und vertraute auf Goethes Ehrenhaftigkeit;
so machte er selber oft den Boten zwischen Beiden.
Das tat wohl viel, „die Welt" zu beruhigen.

Goethe versuchte es redlich, in Charlotten eine liebe
Schwester zu sehen, und Wochen, Monate lang glückte
es auch. Darum schrieb er ihr auch offen von seinen
„Miseleien". Wenn er behauptete, daß er sich auf dem
Vogelschießen zu Apolda in die Christel von Artern

verliebt habe, so war Das wohl nur ein Scherz, denn
diese Christel mag eine hart gesottene Marktbezieherin
gewesen sein; aber er sagte auch im Ernst von einigen
Schönen: so eine wünsche er sich zur Gattin. Als er
die Sängerin Korona Schröter in Leipzig aufsuchte, um
sie für Weimar zu gewinnen, gestand er offen, wenigstens als Augenblickswunsch: „Wenn mir doch Gott so
ein Weib bescheeren wollte, daß ich Euch könnt' in
Ruhe lassen!" Und als Charlotte verreist, dagegen ihre
jüngere und noch schönere Schwester, Frau v. Imhof,
in Weimar zu Besuch war, schrieb er der entfernten
Freundin, daß er ihrer Schwester Rosen schicke und daß
sie an seinem Garten vorbei gehe:

> Es ist ein liebes Geschöpf, wie ich eins für mich haben
> möchte, und dann nichts weiter geliebt! Ich bin des Herz-
> teilens überdrüssig!

Aber das Herzteilen sollte noch lange dauern. Seine
Gefühle für Charlotte sättigten nicht das ganze Liebe-
bedürfnis. Sie sollten und durften es nicht sättigen;
aber sie ließen auch nicht Raum für eine andere große
Liebe.

Daß Lillis Bild in's Ferne, Fremde rückte, war
freilich eine willkommene Erleichterung. Noch vor
einigen Monaten hätte ihn der Gedanke, daß Lilli einem
Andern gehören wollte, auf's äußerste erregt; am 8. Juli
lag er schon im Bette, schlief schon halb, als ihm sein
Philipp einen Brief herein brachte: er reißt ihn auf,
dumpfsinnig liest er, daß sich Lilli verlobt hat, kehrt sich
auf die andere Seite und schläft vollends ein. Und am
andern Morgen dankt er den Göttern: „Wie ich das

Schicksal anbete, daß es so mit mir verfährt! So Alles
zur rechten Zeit!"

Die Ablösung von Lilli war jedoch der einzige
Vorteil; sonst plagte ihn dies halbe Bündnis mit
Charlotte v. Stein, das kein ganzes werden konnte und
kein anderes ganzes zuließ, doch manchen Tag. "Wir
können einander nichts sein und sind einander zu viel."
Selbst wenn er im lieben Ilmtale sich dem anspannen-
den Schauen und Abzeichnen hingab, kam ihm sein beständiges Liebesunglück in den Sinn:

> Hier bildend nach der reinen, stillen
> Natur, ist ach! mein Herz der alten Schmerzen voll —
> Leb' ich doch stets um Derentwillen,
> Um derentwillen ich nicht leben soll.

Und oft konnte er dann mit dem Stift nichts hervorbringen, weil die Gedanken an die Entfernte so heftig
aufwallten:

> Ach, wenn Du da bist,
> Fühl' ich, ich soll Dich nicht lieben!
> Ach, wenn Du fern bist,
> Fühl' ich, ich lieb' Dich so sehr!

"Wie soll ich fliehen? Wälderwärts ziehen?" hatte
er in einem anderen Gedichte gefragt; aber als er
wälderwärts zog, in die Wälder von Ilmenau, in die
Einsamkeit der Felsen und Schluchten, da wurde die
Sehnsucht nur noch ärger.

> Ach, so drückt mein Schicksal mich,
> Daß ich nach dem Unmöglichen strebe!
> Lieber Engel, für den ich nicht lebe,
> Zwischen den Gebirgen leb' ich für Dich.

Und selbst wenn sie beide in Weimar waren, hatten
sie es dann viel besser? Mußte er nicht hundertmal
vergeblich hoffen, daß sie ihren Spaziergang über die
Wiesen nach Oberweimar zu richten wagte? Ging er
nicht oft vergebens aus, nur um ihr zu begegnen?

Ich hab' meine Glieder in ‚Stern' geschleppt. Sie
noch zu sehn und einen Tropfen Anodynum[1]) aus Ihren
Augen zu trinken. Sie waren nicht da! Und ich zog
mich zu Wieland und nach Haus; nun fühle ich, daß ich
müde bin.

Mußte er nicht oftmals Gleichgültigkeit heucheln,
was gerade ihm so sauer fiel? In Gesellschaft hörte er,
daß Frau v. Stein auf längere Zeit verreise, und
der Herzogin-Mutter entging nicht, daß ich mich auf einmal
veränderte.

Und ein paar Tage später:

Im Wälschen Garten getanzt. Deine Schwester war
da; sie lachte mich aus, da ich Umwege machte, ihr zu sagen,
was ich von Dir wüßte.

Es war nicht bloß die brennende heimliche Liebe,
von der Andere nichts wissen sollen, sondern die Liebenden wollten ihre Liebe auch vor sich selber und vor
einander verbergen. „Jetzt nenn' ich ihn meinen Heiligen", schrieb Charlotte am 10. Mai an ihren Freund
Zimmermann; aber dieser Versuch, eine Heiligkeit in ihr
Verhältnis zu bringen, war noch aussichtsloser als das
Bemühen um Geschwisterlichkeit.

Du hast recht, mich zum Heiligen zu machen!

rief ihr Goethe bitter zu;

---

[1]) Schmerzstillendes, Nerven betäubendes Mittel.

Das heißt, mich von Deinem Herzen zu entfernen. Dich, so heilig Du bist, kann ich nicht zur Heiligen machen, und hab' nichts, als mich immer zu quälen, daß ich mich nicht quälen will.

Oder ein andermal:

Wenn ich mein Herz gegen Sie zuschließen will, wird mir's nie wohl dabei.

So kam es dahin, daß er stets nach ihrer Gegenwart verlangte und dennoch manchmal die Entfernung pries. Öfter noch bemerkte er ihre stille Bitte, sie nicht zu besuchen.

Ich werde nicht nach Kochberg kommen, denn ich verstand Wort und Blicke.

Und er begrüßte es sogar, wenn eine der vielen Reisen des Herzogs ihn mit von Weimar entführte.

Es ist mir lieb, daß wir wieder auf eine abenteuerliche Wirtschaft ziehen, denn ich halt's nicht aus. So viel Liebe, so viel Teilnehmung, so viel treffliche Menschen und so viel Herzensdruck!

Nicht ohne Grund beginnt dieser Brief vom 1. September:

Wenn Das so fortgeht, beste Frau, werden wir wahrlich noch zu lebendigen Schatten.

In einen so schweren Stand mit den Menschen hätte Goethe nicht treten, soviel üble Nachrede, Mißtrauen und Mißachtung hätte er nicht auf sich nehmen dürfen, wenn er nicht eine große Kraft in sich gefühlt und noch immer neue Stärkung eingenommen hätte. Er konnte ja allen diesen Übeln jeden Tag ein Ende machen; er konnte nach Frankfurt oder, wie der Vater es längst wünschte, nach Italien reisen. Aber er blieb und harrte aus.

Dies Ausharren lag in seiner Natur. Seine Kraft ging selten auf kühne Entschlüsse und Neuerungen; sie zeigte sich jederzeit besser im Ertragen Dessen, was das Schicksal ihm auflud, und in immer neuer Ermannung gegen das Eindringende und Drohende.

Mut! Mut! rief er sich oftmals zu. Er lehrte die Vornehmen Weimars gleich im ersten Winter das ihnen bisher unbekannte Schlittschuhlaufen; wenn er ihnen voran als der Kühnste dahinglitt, war ihm Das ein Bild seines Lebens:

> Stille, Liebchen mein Herz!
> Kracht's gleich, bricht's doch nicht!
> Bricht's gleich, bricht's nicht mit dir!

Von der alten Heimat her schrieben die Verwandten und Freunde besorgt um sein Schicksal; auch Das ward ihm zum Bilde: sie dort, er hier, sie am festen Lande, er auf wütender See.

> Ach, warum ist er nicht hier geblieben!
> Ach, der Sturm! Verschlagen weg vom Glücke,
> Soll der Gute so zu Grunde gehen?
> Ach, er sollte, ach, er könnte? — Götter!
> Doch er stehet männlich an dem Steuer:
> Mit dem Schiffe spielen Wind und Wellen,
> Wind und Wellen nicht mit seinem Herzen!
> Herrschend blickt er auf die grimme Tiefe
> Und vertrauet, scheiternd oder landend,
> Seinen Göttern.

Ähnlich hatte er schon im März an Lavater geschrieben:

Ich bin nun ganz eingeschifft auf der Woge der Welt,
voll entschlossen: zu entdecken, gewinnen, streiten, scheitern
oder mich mit aller Ladung in die Luft zu sprengen.

So sah er sich am liebsten! Es war nur ein Ideal,
aber es war doch sein Ideal. Er wuchs zu ihm empor
er hatte es erkannt, er faßte es bereits.

> Feiger Gedanken
> Bängliches Schwanken,
> Weibisches Zagen,
> Ängstliches Klagen
> Wendet kein Elend,
> Macht dich nicht frei.
> Allen Gewalten
> Zum Trutz sich erhalten,
> Nimmer sich beugen,
> Kräftig sich zeigen,
> Rufet die Arme
> Der Götter herbei!

Die Arme der Götter — wer könnte sich gegen
Leben und Welt ermannen, wenn er das All für ein
wüstes Spiel zufälliger, sinnloser, herzloser Gewalten
halten müßte! Goethes religiöser Glaube war um diese
Zeit nicht sehr stark und nicht sehr klar; aber auch jetzt
besaß er ein gefühlsmäßiges, dunkles, dumpfes Gottvertrauen. „Schicksal" sagte er jetzt gern statt Gott. „Wie
ich das Schicksal anbete, daß es so mit mir verfährt",
hieß es, als Lilli sich zu gleicher Zeit von ihm löste,
wie er von ihr. Und an das Schicksal richtete er in
des Sommers Mitte einen „Gesang des dumpfen Lebens",
als es ihm wieder einmal wie ein Rätsel vorkam, daß

er jetzt in Thüringen als Freund und Gehilfe eines
jungen Fürsten saß:

> Was weiß ich, was mir hier gefällt,
> In dieser engen, kleinen Welt
> Mit leisem Zauberband mich hält!
> Mein Karl und ich vergessen hier,
> Wie seltsam uns ein tiefes Schicksal leitet;
> Und ach! ich fühl's: im Stillen werden wir
> Zu neuen Szenen vorbereitet.

Und dann redete er „das Schicksal" selber an:

> Du hast uns lieb, du gabst uns das Gefühl,
> Daß ohne dich wir nur vergebens sinnen,
> Durch Ungeduld und glaubenleer Gewühl
> Voreilig dir niemals was abgewinnen.
> Du hast für uns das rechte Maß getroffen,
> In reine Dumpfheit uns gehüllt,
> Daß wir, von Lebenskraft erfüllt,
> In holder Gegenwart der lieben Zukunft hoffen.

Vor Jahren, als er noch nicht Hütte und Haus
besaß, hatte er trotzig dem Zeus da oben zugerufen:

> Mußt mir meine Erde
> Doch lassen stehn!
> Und meine Hütte, die du nicht gebaut!
> Und meinen Herd,
> Um dessen Glut
> Du mich beneidest!

Jetzt, wo ihm wirklich ein eigenes Herdfeuer brannte,
dachte er viel frömmer und hoffte auf freundliche Führung durch die Hand des Weltenmeisters.

Bei aller Plage hatte er doch auch manchen Genuß
und durchweg ein Gefühl des Wachsens und Aufsteigens.
Als er einige Monate in Weimar war, reiste er im

Auftrage des Herzogs nach Leipzig, und da fand er sich denn auf derselben Straße wieder, die er im Herbst 1765, als Sechzehnjähriger, zum ersten Male gefahren war.

Wie anders! Lieber Gott, wie anders, als da ich vor zehn Jahren als ein kleiner, eingewickelter, seltsamer Knabe in eben das Posthaus trat! Wieviel hat nicht die Zeit durch den Kopf und das Herz müssen, und wieviel wohler, freier, besser ist mir's nicht!

So schrieb er in Naumburg auf.

Und als er am 7. November 1776 den ersten Jahrestag seiner Ankunft in Weimar feierte, brach er in die Worte des Psalmisten aus:

Was ist der Mensch, daß du sein gedenkest, und das Menschenkind, daß du dich sein annimmst!

Vor einer Woche hatte er Linden in seinen Garten gepflanzt: auch bei dem Anblick seiner jungen Bäume wandte er sich betend nach oben, zum Schicksal:

Schaff, das Tagwerk meiner Hände,
Hohes Glück, daß ich's vollende!
Laß, o laß mich nicht ermatten!
Nein, es sind nicht leere Träume:
Jetzt nur Stangen, diese Bäume
Geben einst noch Frucht und Schatten!

Und am 8. November schrieb er seiner Freundin: das Schicksal, das ihn hierher nach Weimar versetzt habe, sei ebenso mit ihm verfahren, wie der Gärtner mit den jungen Linden tut. „Man schneidet ihnen den Gipfel weg und alle schönen Äste, daß sie neuen Trieb kriegen: sonst sterben sie von oben herein. Freilich stehen sie die ersten Jahre wie Stangen da." — —

„Seine Religion ist Die eines wahren und guten Christen," hatte Herzogin Amalie behauptet, und als Inhalt dieses Christentums gab sie: „seinen Nächsten zu lieben und es zu versuchen, ihn glücklich zu machen." Das war in der Tat neben dem Gottvertrauen das zweite Hauptstück in Goethes Religion. Diese Güte und Opferlust Goethes ward hier und jetzt noch nicht Vielen deutlich, aber einige Wenige sahen sie doch so gut wie die Herzogin-Mutter.

Im Oktober 1776 schrieb Wieland an Merck:

Goethe ist immer der Nämliche, immer wirksam, uns alle glücklich zu machen oder glücklich zu erhalten und selbst nur durch Teilnehmung glücklich: ein großer, edler, herrlicher, verkannter Mensch! Eben darum verkannt, weil so Wenige fähig sind, sich einen Begriff von einem solchen Menschen zu machen.

Ja, Wieland, der Enthusiast, sprach damals oft von Goethe wie von einem Heiland: er trage die Sünden der Welt; er werde Weimar zum Berg Ararat machen, wo die guten Menschen Fuß fassen können, während die allgemeine Sündflut die übrige Welt bedeckt.

Wie gesagt, nur Wenige sahen Goethes liebreiches Herz, und Wieland war der Einzige, der solchen Strahlenkranz um ihn dichtete. Goethes wohlmeinende Arbeit geschah im mündlichen Hin und Her zwischen den fürstlichen Personen und ihrer Gesellschaft; es war Einfluß, Einrede, Vermittlung, Versöhnung, Leitung. Das war alles nicht sehr erkennbar, wenn es auch wirkte. Seine Amtstätigkeit war zunächst nicht eben wichtig; er hatte keine Abteilung zu leiten, sondern nur im Geheimen Rat das Mithören und Mitreden, und zum letzteren

war nicht viel Gelegenheit, denn die sachverständigen und
arbeitswilligen alten Herren hatten die ihnen gebührende
Übermacht. Als Goethes eignes Arbeitsgebiet verblieben
unter diesen Umständen nur die besonderen Aufträge
des Herzogs, die Gelegenheits-Aufgaben, die Allotria.

Nur an einer wichtig scheinenden Unternehmung
beteiligte sich Goethe schon im ersten Sommer. Karl
August hatte eine besondere Liebe für die Landschaft von
Ilmenau: die weiten, einsamen Gebirgswälder taten es
dem Jäger und Naturfreund an, und sodann barg dieser
Bezirk vielleicht große Reichtümer. Jetzt freilich wohnte
hier ein ganz armes Volk, weil der Boden gar wenig
hergab und weil die Leute zu einem faulen und fröhlich-
liederlichen Dahinleben neigten. Das Städtchen Ilmenau
war schon ein paarmal abgebrannt und hatte öfters
Hilfe vom Lande begehrt, statt den gemeinen Säckel zu
speisen. Aber einst, schon im vierzehnten Jahrhundert,
war hier ein Silberbergwerk gewesen, das zeitweise
großen Gewinn gebracht hatte; im siebzehnten Jahrhundert war es von manchem Mißgeschick betroffen;
um 1740 endlich war es durch den Durchbruch eines
großen Teiches und durch andere Unfälle, aber auch
durch schlechte Verwaltung, ganz zum Stillstand gekommen. In den Jahren 1752 und 1765 waren schwache
Versuche gemacht worden, das Werk wieder aufzu-
nehmen. Was damals mißlungen war, Das getraute
sich Karl August mit junger Kraft zu vollbringen.
Seine mächtigen und prächtigen Vettern von Kursachsen
verdankten ihren Reichtum größtenteils ihren Silber-
gruben; was ihnen Freiberg war, konnte hier Ilmenau
werden!

Am 3. Mai kam ein Bote nach Weimar und meldete, daß es in Ilmenau wieder einmal gewaltig brenne. Der Herzog war krank, und so bat er den Freund, statt seiner hinzureiten und bei dieser Gelegenheit jenen Landesteil zu sehen. In sechs Stunden ritt Goethe mit einem Husaren das Ilmtal hinauf, so rasch als die Pferde es eben aushielten. Das Feuer war gelöscht, als er ankam; aber nun blieb er eine Woche lang oben im Gebirge und schon am Morgen nach der Ankunft ließ er sich zum „Bergwerk" führen. „Habe traurig die alten Öfen gesehen, aber die Gegend ist herrlich, herrlich", schrieb er dem Herzog.

Von jetzt an sorgte er mit für dies Stück Erde. Man bildete eine neue Kommission für die Wiederaufnahme des Ilmenauer Bergwerks; sie trat schon am 13. Juli zusammen; Goethe, der junge Kalb und ein Jenaer Jurist, Professor Eckardt, waren die Mitglieder. Da im eigenen Lande kein wirklicher Sachverständiger war, berief man den aus dem Weimarischen gebürtigen Bergkommissionsrat v. Trebra aus Zellerfeld als Gutachter und Ratgeber, und dieser spendete die Ermutigung, die man gern hören wollte. Vom 18. Juli bis 14. August war nun eine fröhliche Zeit oben im Gebirge: der Herzog, sein Schwager, der Erbprinz von Darmstadt, v. Trebra, Geheimrat v. Fritsch, Kammerpräsident v. Kalb, Oberforstmeister v. Staff, Kammerherr Moritz v. Wedel, Kammerherr Friedrich Hildebrand v. Einsiedel, Oberkonsistorialpräsident v. Lyncker, der Maler Georg Melchior Kraus und Andere waren mit von der Partie; aus der Nachbarschaft wurden die angesehensten Herren zugezogen, z. B. der alte Oberhofmarschall v. Witzleben.

dem Elgersburg gehörte, und der Professor Wahl, ein
tüchtiger Mineraloge in Ilmenau; aus Erfurt kam der
Statthalter Karl v. Dalberg herauf, den sein geistlicher
Stand nicht hinderte, mit den protestantischen Welt-
kindern zu birschen, zu trinken und zu schwärmen; ebenso
aus Gotha der Oberst v. Berbisdorf. Goethes ganz
eigener Besuch aber war Frau v. Stein, die, vom Pyr-
monter Bade nach Kochberg zurückkehrend, ihm zu Liebe
den Weg über Ilmenau nahm. „Den Engel, die Stein
hab' ich wieder", jubelte Goethe in einem Briefe an
Herder; „einen ganzen Tag ist mein Aug' nicht aus dem
ihrigen kommen, und mein gnomisch verschlossenes Herz
ist aufgetaut." Das Bergwerk selbst konnte noch nicht
viel Zeit in Anspruch nehmen; am 20. Juli wurde der
Beschluß, es wieder zu beginnen, förmlich gefaßt und
unterschrieben; aber Das bedeutete zunächst nur die
Heranziehung einiger kundiger Arbeiter zu den ersten
Vorbereitungen. Die Besichtigung anderer gewerblicher
Unternehmungen in der Nachbarschaft nahm etwas
mehr Zeit weg; die meisten Stunden jedoch gehörten
dem Jagen und fröhlichen Herumtreiben im Walde,
den Gelagen und Tanzereien in Ilmenau, Gabelbach
Elgersburg und Stützerbach. Goethe aber stahl für
sich manche Stunde der Gesellschaft ab, um sie dem
geliebten Zeichnen in freier Natur zu widmen. „Er
zeichnet Tag und Nacht die ganze Hennebergische
Natur ab," drückte es Wieland aus, „unbekümmert,
daß die Welt, die er vergessen hat, soviel von ihm und
gegen ihn spricht."

In den ersten Septembertagen war Goethe schon
wieder in Ilmenau, und nun erschien ihm dies stille

Gebirgsstädtchen bereits wie eine Art Heimat: denn es bot ihm schon schmerzliche und glückliche Erinnerungen, und manche Stunde seiner Arbeit bezog sich schon auf das Wohl der Bewohner.

Solche Arbeit, solche Ableitung auf die Nöte anderer Menschen war ein allerbestes Mittel gegen die Gedanken an eigene Zustände. „Wenn der Mensch über sein Physisches oder Moralisches nachdenkt, findet er sich gewöhnlich krank“ — diese Erfahrung war ihm jetzt schon bekannt.

Von Geschäften bin ich eben nicht gedrückt,

berichtete er am 6. November den Seinen in Frankfurt,

desto mehr geplagt von Dem, was den Grund aller Geschäfte macht: von den tollen Grillen, Leidenschaften und Torheiten und Schwächen und Stärken der Menschen. Davon hab ich den Vorteil, daß ich nicht über alles Das Zeit habe, an mich selbst zu denken; und wie sich Frau Aja erinnert, daß ich unleidlich war, da mich Nichts plagte, so bin ich geborgen, da ich geplagt werde.

Auch der Umtrieb der Geselligkeit hatte eine ähnliche Wirkung. An seinem ersten Geburtstage in Weimar fühlte er sich sehr wohl. „Gott sei Dank,“ schrieb er abends an Gustchen Stollberg, „ein Tag, an dem ich gar nicht gedacht, an dem ich mich bloß den sinnlichen Eindrücken überlassen habe!“ Da hatte er frühmorgens, als noch der Tau auf den Gräsern blitzte, eine Ente geschossen; dann war er Kalbs Mutter begegnet, hatte mit dem Husarenrittmeister v. Lichtenberg gefrühstückt, mit dem Herzog zu Mittag gegessen; gegen Abend war die Hofrätin Wieland mit ihren Kindern da gewesen, und dann kam Lenz noch, um zu schwätzen.

Am meisten beschäftigte ihn die Freundschaft mit dem Herzog; sie hatten viele Gänge und Ritte und noch mehr Mittagsmahlzeiten und Abendgespräche miteinander. Manchmal blieb Goethe auch die Nacht im Fürstenhause und streckte sich auf ein Kanapee neben des Herzogs Bett aus; einmal schlief auch der Herzog im Gartenhause des Freundes. Sie saßen oft tief in die Nacht hinein über Gesprächen von Kunst und Natur und Menschen und Erlebnissen; es war nicht selten, daß sie beide in ihren Sopha-Ecken einschliefen.

Goethe als der Ältere war manchmal der Lehrer und Erzieher. Er tadelte den jungen Fürsten wegen seiner Hast und Hitze, wegen seines Redens, wo Zurückhalten und Schweigen besser gewesen wäre; auch auf größere Sparsamkeit drang er bereits. Der schwierigste Gesprächsstoff war die junge Ehe zwischen Herzog und Herzogin; aber noch suchte Goethe sich einzureden, daß nur jugendliche Ungeschicklichkeit und zeitliches Mißverständnis zwischen Beiden stehe.

Über Karl und Luisen sei ruhig! Wo die Götter nicht ihr Possenspiel treiben, sollen sie noch eins der glücklichsten Paare werden, wie sie eins der besten sind —,

schrieb er an Lavater.

Eins der glücklichsten Paare: diesen Namen verdienten schon längst Freund Wieland und seine Dorothea. Es war eine schöne Philisterei in ihrer großen kinderreichen Wohnung vor dem Frauentore; zu ihnen ging Goethe am liebsten, wenn er Trost und Pflege brauchte. Wieland war zwar als Denker und Dichter, als Mensch und Weltbürger durchaus kein Philister, aber sein Hauswesen hatte er sich ganz altbürgerlich eingerichtet. Als er sich die Hausfrau wählte, eine Kaufmannstochter aus Augsburg, wußte er von ihr weiter nichts, als daß sie wohlhabend, demütig, häuslich und ganz ungelehrt war; nur einmal sah er sie vor der Verlobung. Und nun schenkte sie ihm alljährlich ein Bübchen oder ein Mädchen und sie pflegte ihn und ihre Brut gar trefflich. Seine Werke las sie nicht; zu den geistreichen Festen Weimars ging sie nicht und in den genialen Gästen, in Goethe zum Beispiel, sah sie nur Menschen, die wie Andere regelmäßig Hunger und Durst und gelegentlich Zahnschmerzen und Schnupfen hatten.

In meinem Hause ist er wie einer, der zu uns gehört,

schrieb Wieland über Goethe an Lavater;

er atmet wieder Ruhe und Liebe bei uns, und Das hilft dann dazu, daß er das Herumtreiben in dem großen Rade wieder desto besser aushalten kann.

Und an Gleim:

Sein Angesicht zu sehen ist für mich eine Art Bedürfnis geworden. Wenn er hier [in Weimar] ist, sehen wir uns beinahe alle Tage. Alles in meinem Hause, Mutter, Weib und Kinder, lieben ihn.

Wieland und Goethe hatten eine Freundschaft miteinander, die namentlich dem älteren Dichter zur größten Ehre gereichte. Goethe hatte ihn als junges Frankfurter Genie öffentlich durch die Farce ‚Götter, Helden und Wieland‘ verspottet und gerade sein Lieblingskind, die ‚Alceste‘, eine erste deutsche ernste Oper, lächerlich machen wollen. Wieland hatte dann Goethes erste Schriften um so gerechter und freundlicher beurteilt.

Nun erkannte er die höheren Gaben des Jüngeren
nicht bloß notgedrungen, sondern mit ehrlicher Be-
geisterung an.

Wissen Sie ein Beispiel, daß jemals ein Dichter den
andern so enthusiastisch geliebt hat?

fragte er den gemeinsamen Freund Merck und fügte
hinzu:

Bald merk' ich, daß es auch wohl mit daher kommen
mag, weil ich gegen ihn doch nur ein schwacher Erden-
kloß bin.

Wie ein Liebender sprach Wieland damals in
Vers und Prosa von seinem Goethe; „das größte, beste,
herrlichste menschliche Wesen" nannte er ihn, und eifersüchtig war er manchmal auf den Herzog und die Hofleute, die diesen Mann zu ihren Vergnügungen, Ausflügen und Geschäften brauchten und auch mißbrauchten.
Allmählich kühlte sich zwar sein Enthusiasmus für den
neuen Freund ab, aber warme Freundschaft blieb zurück
und ein Alles-zum-Besten-Kehren, wenn Goethes Tadler
das Wort nahmen. Man erkundigte sich auch bei ihm
nach dem tollen Leben in Weimar.

Goethe hat freilich in den ersten Monaten die Meisten
(mich niemals) durch seine damalige Art zu sein skandalisiert,

antwortete Wieland dann einem Freunde, der's weiter
trug,

und dem Diabolus prise über sich gegeben; aber schon lange
und von dem Augenblick an, da er dezidiert war, sich dem
Herzog und seinen Geschäften zu widmen, hat er sich mit
untadelicher Sophrosyne und aller ziemlichen Weltklugheit
aufgeführt.

Daneben sah freilich auch Wieland das Unruhige, Krankhafte in Goethes Seele, und „orandum est, ut sit mens sana"[1]) murmelte er, der Zitatenfreund, in seinen Bart.

Der beste Freund Goethes war in diesem Sommer aber doch der Garten am Stern. Ein sehr anspruchsvoller Freund, aber Das war günstig: er zog seinen Herrn von der Not mit den Menschen ab in das stillere Leben der Pflanzen, Gesteine und Tiere hinein. Goethe verehrte die unberührte wilde Natur; aber auch er machte hier im Garten sofort die Erfahrung, daß selbst der größte Naturfreund das Ursprüngliche in seiner nächsten Umgebung nicht duldet, sondern sofort auf ein Umbilden und Zurichten bedacht ist. Bis Ende Juni ließ Goethe durch eine ganze Schar von Arbeitern den Garten und das Haus umgestalten; noch im Juli stieg ihre Zahl bis auf sechsundzwanzig. Die mühsamste Arbeit war, den Abhang in eine Reihe von Terrassen umzubauen, Wege hinaufzuführen, steinerne Treppen anzulegen, unfruchtbaren Boden und wildes Gestein fortzuschaffen (ein Mann wurde dabei durch eine Kreuzotter gebissen und lag lange krank daran) und dann wieder behauene Steine, Rasen und gute Erde anzufahren und hinaufzuschaffen. Zu reichlichem Pflanzen kam man also noch nicht. In dem Garten wurden vier gewöhnliche Gartenbänke aufgestellt; eine davon scheint Frau v. Stein geschickt zu haben, denn er schreibt ihr am 7. Juni: „Die Bank steht prächtig in dem ihr ge-

---

[1]) Aus einem Roman Fieldings: man muß beten, daß der Geist gesund bleibe.

weihten Heiligtum." Das Bienenhäuschen mußte in
Stand gesetzt, eine Hundehütte aufgestellt werden, und
vielleicht wurde vor dieser Hütte der junge Fuchs an
die Kette gelegt, den ihm am 21. Mai ein Jäger brachte
und dessen Pflege er von Einsiedel erbat, als er eine
Reise antrat: „Da sind die Schlüssel, brauch' Alles
nach Lust, vergiß nicht meinen Fuchs, gleich heute

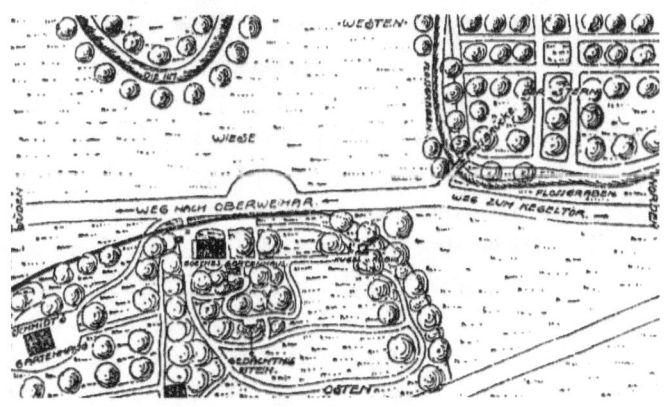

Lageplan. Von Hans Saal.

früh!" Auch für einen menschlichen Wärter des Grundstücks ward eine Hütte aufgebaut, denn nicht immer
konnte sich sogleich ein Freund Goethes hier einquartieren, wenn er verreiste. Gleich daneben richtete man
eine Stange zum Vogelschießen auf. Eine schöne zwei-
flügelige Eingangstür wurde in die Umzäunung an der
Straße eingebaut.[1])

---

[1]) Diese nördliche Tür war zu jener Zeit der einzige
oder der Haupteingang, denn aus Weimar kam man zum
Grundstück vom Südrande des Sterns.

Zu gleicher Zeit ward das Wohnhaus von Maurern
und Dachdeckern ausgebessert; dann kamen die Tüncher
und Maler. Nur die vier oberen Zimmer wurden in
Farbe gesetzt, alles Übrige nur geweißt. Unten waren
die Wirtschaftsräume, namentlich die Küche und ein
kühles Speisezimmer. Oben trat man aus dem Vorsaal,
der die Treppe umgibt, zuerst in das Empfangszimmer,
das nach Süden liegt; darauf folgte das Arbeitszimmer nach Süden und Westen, das Bücherzimmer
nach Westen und das Schlafzimmer nach Westen und
Norden. Alle diese Stuben waren klein und niedrig.[1]

An Möbeln, die zumeist Mieding anfertigte, war
am Ende des Sommers schon viel da: ein dreisitziges
Kanapee, ein zweites Kanapee aus Kiefern, zwei
niedrige Fauteuils, 6 Tafelstühle, 6 neue Rohrstühle
und 6 altgekaufte Stühle mit roten Leinwandkissen,
2 Strohstühle, 3 Tische von Tannenholz, die zu einer
langen Speisetafel zusammengesetzt werden konnten, 2 von
Nußbaumholz fournierte Tische, 1 Schreibtisch nach
Wiener Art, 1 braun gebeizter Aktenschrank, 2 große
Spiegel in schwarz polierten Rahmen, die mit ver-
goldeten Eierkopf-Leisten geziert waren, ein weiß an-
gestrichenes Postament für eine Gipsfigur, zwei Bett-
stellen, ein Kleiderschrank, ein Nachttischchen mit Reh-
füßen u. a. m.

Die ganze innere Einrichtung kostete 354 Taler
4 Groschen 11 Pfennige. Das Grundstück hatte 600 Taler
gekostet; über 300 Taler gingen auf die erste Aus-

---

[1] Die größte hat 4 × 4 Meter Fläche, die Schlafstube
nur 3,50 × 2,70.

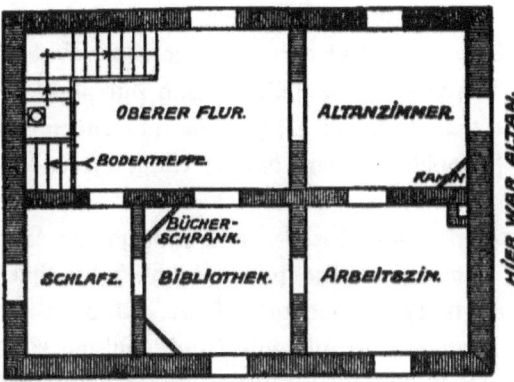

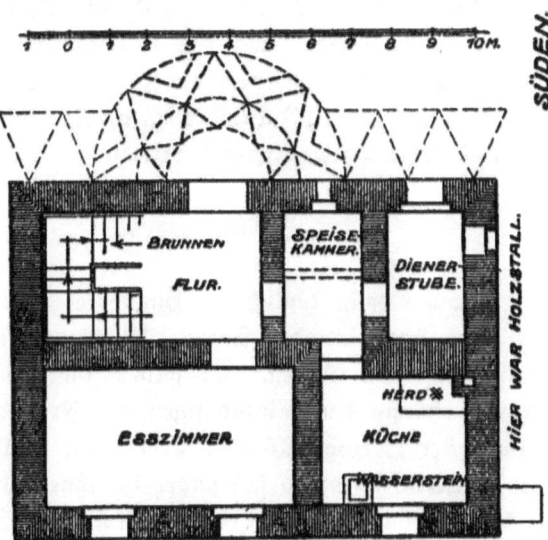

Grundriß des Gartenhauses.
Von Hans Saal.

besserung von Haus und Garten darauf. Im ganzen
hatte der Herzog für diese Zuwendung an seinen Freund
1294 Taler und 16 Groschen zu bezahlen. Dabei wurden
einige Geschenke an Tafelsilber und dgl. nicht gerechnet.
Goethe war auch mit Tischwäsche und anderem Nötigen
schon so wohl versehen, daß er einige Freunde zu Tisch
einladen konnte.

Es ging jetzt bereits, wie sein ganzes Leben hindurch, abwechselnd knapp und reichlich bei ihm zu. Er
verbrauchte 1776 schon 1411 Taler. Auch seine Dienerschaft vermehrte er allmählich; mit Philipp Seidel aus
Frankfurt hatte er angefangen: hinzu traten Christoph
Sutor, der achtzehn Taler Lohn und acht Taler Biergeld im Jahre bekam, und der siebzehnjährige Paul
Götze aus Weimar; außerdem die Köchin Dorothee, die
außer Weihnachts- und Jahrmarktsgeschenken zehn Taler
Lohn und sechs Taler Biergeld erhielt.

So war Goethe täglich mit Hausvatergedanken be-
laden, oft auch mit der Sorge für Bewirtung und
Unterhaltung von Gästen. Er selber folgte nach wie
vor recht häufig den Einladungen der Freunde: des
Herzogs, der Herzogin-Mutter, Wielands, Kalbs, der
Frau v. Stein, oder lud sich selber bei ihnen ein; aber
jetzt kamen sie auch zu ihm, einige Male zum Mittagessen, öfter zum Kaffeetrinken oder Abendbrot, oder auch
nur zum Spazieren und Herumtollen in seinem Garten.
„Nach Tisch gefürstenkindert, Jagd im Garten", schreibt
er einmal in's Tagebuch; die Fürstenkinder Karl August

und Konstantin waren zu knabenhaftem Herumtollen und Balgen noch manchmal aufgelegt, der eine trotz seiner Regierungssorgen, der andere trotz seiner Verliebtheit in Karoline v. Ilten. War der Nachmittag schön, so zog man vom Garten aus das Ilmtal hinauf nach Belvedere oder in die Dörfer. „Heut mag ich nicht aus meinem Garten", schrieb Goethe am 9. Juni früh an die Freundin, aber abends in's Tagebuch: „Lenz, Einsiedel, die Lynckers zu Mittag bei mir; abends mit Einsiedel über Oberweimar, Ehringsdorf, Taubach, Mellingen, Köttendorf." Ein paar Garten-Festtage machte man sich aus dem Vogelschießen und dem Scheibenschießen, denn auch zwei Schießscheiben gehörten zu Goethes Ausstattung.

Aber die wahrhaft festlichen Stunden verlebte er doch für sich allein, wenn er nämlich über der Natur oder der Kunst sich und allen Ärger der Welt vergaß. Manchmal lockte ihn der nahe Fluß zum Baden, obwohl er nicht schwimmen konnte. „Nachts halb Eilf, der Mondschein war so göttlich, ich lief noch in's Wasser", schreibt er vom 1. Juli. Oder er warf die Flinte über und schoß eine Ente oder dachte auch nicht an's Schießen und streifte nur so herum. Schön war es auch, wenn er den fernen Waldhornbläsern Wedels oder nahen Klarinettisten lauschte, die er sich bei der Stadtmusik bestellt hatte.

Zum Dichten trieb es ihn in diesem Sommer kaum; einmal baute er sich Szenen im Kopfe zusammen, zu denen ihm eine Geschichte des Boccaccio die Fabel gegeben und in denen eine Heldin die Züge der Lilli und der neuen Geliebten vereinigen sollte; aber dieser

„Falke" (so sollte das Stück heißen) flog ihm nach ein
paar Tagen davon.

Seine Lieblingskunst war das Zeichnen. Er zog
mit der Mappe an der Ilm auf und ab und hielt
schöne Blicke fest. Bei Ausflügen ward fast noch fleißiger
gezeichnet als daheim. Wieland bewunderte auch sein
Genie im Zeichnen: „er zeichnet völlig, wie er dichtet
und schreibt." Goethe selber glaubte gleichfalls, daß er
nach gehöriger Übung und Belehrung durch erfahrene
Meister den gleichen Ruhm als Maler erreichen könne
wie als Dichter. In der Regel war er noch unzufrieden
mit seinen Bildern, aber manchmal spürte er desto
freudiger sein Vordringen in dieser angenehmen Kunst;
manchmal schien es ihm, daß jetzt die Liebe zu Charlotte
ihn zum Maler mache, wie solche Liebe ihn so oft schon
zum Dichter gemacht hatte.

Ich sitze oft unter meinem Himmel in Gedanken an Sie,
schrieb er am 12. September der in Kochberg weilenden
Freundin;

Sie helfen mir abwesend zeichnen, und einen Augenblick, wo
ich Sie recht lieb habe, sehe ich die Natur auch schöner, vermag sie besser auszusprechen. Wieland sagt: meiner Zeichnung,
die ich jetzt mache, sähe man recht an, wen ich lieb hätte.

Großen Beifall fanden seine Bildnisse von Personen,
z. B. Die von Wieland, Charlotte v. Stein und Luise
v. Imhoff. Wieland urteilte über Das, welches ihn
darstellte:

Es ist wunderbar charakteristisch und unstreitig das
einzige, das mir ganz ähnlich sieht.

Und der Gatte der Imhoff, der selber ein begabter
Maler war, fühlte vor Goethes Zeichnung gar Eifer-

Wieland.

Zeichnung von Goethe.
Goethe-National-Museum in Weimar.

Am Herde des Hauses.
Zeichnung von Prof. Otto Rasch in Weimar.

sucht. Er war auf seinem Gute in Franken, seine Frau
in Weimar, um im Vaterhause ihre erste Entbindung
abzuwarten.

Hüte Dich vor den Herren und Frauen mit großen
Geistern! Sie möchten dafür sorgen, daß Du nicht zu viel
Anteil an mir nimmst. . . . Dein Porträt, von Goethe gezeichnet, ist schön, daß ich beinahe jaloux bin. Ich habe
gestern das meinige in Miniatur begonnen, in englischer
Uniform, was freilich nicht so lieblich aussieht, aber doch
das Bild Deines besten Freundes ist und ebenso gut als
irgend ein Götze in Menschengestalt. . . . Die Zeichnung
Goethes von Frau v. Stein hat mich interessiert, weil wirklich
eine Gleichheit von Dir im Gesicht ist, die Du schwerlich zugestehen wirst.

Wenn Goethe daheim zeichnete, so setzte er sich am
liebsten unter seinen Wacholderbaum, der neben seinem
Hause, nahe der Nordostecke stand,[1] also im Schatten,
wenn die Mittagssonne brannte. Dieser Baum war
die größte Merkwürdigkeit in seinem Garten, denn der
Wacholder ist sonst in der Gegend nur als Strauch zu
finden: hier aber war er 43 Fuß hoch. Sein Alter
wußte Niemand zu schätzen; er stammte jedenfalls noch
aus der Zeit, wo hier Wildnis und Dickicht war, und
es ward erzählt, daß ein Schulrektor, dem der Garten
einst gehörte, unter diesem Baume begraben liege. Man
wußte auch, daß zuweilen gespensterhafte Mädchen
zwischen dem Baum und dem alten Hause hin und her
huschten und den Gang rein kehrten. Goethe selber
sah zwei von diesen Gespenstern, die hier an passendem
Orte ihr Wesen trieben. Er lag oben in seiner Schlafstube auf dem Bette und hatte die Tür nach dem Vor-

---

[1] Das ist nur Vermutung. Vgl. das Bild neben S. 305.

saal offen. Da stand dort an der Treppe eine alte Frau,
die ein junges Mädchen im Arme hatte und es vor dem
Umsinken schützte. Die Alte wandte sich zu ihm und
sagte:

„Seit fünfundzwanzig Jahren verbringen wir hier
jede Nacht mit der Bedingung, vor Tagesanbruch fort
zu sein. Nun ist sie ohnmächtig geworden, und ich darf
nicht ohne sie gehen.“

Als Goethe genauer zusah, war sie verschwunden.

ba

Goethe verwuchs mit seinem Garten; dem Herder-
schen Paare mußte man wünschen, daß es ihnen in
ihrem großen Hause hinter der Kirche allmählich wohler
werde; aber die drei anderen Originalgenies — was
sollte man mit ihnen auf die Dauer anfangen?

Über Kaufmann brauchte sich Goethe nicht viele
Sorgen zu machen; die Apostel lieben das Wandern,
und Kaufmann ahnte neue Stätten, wo man ihn und
seine Botschaft noch besser zu ehren wußte; es gab ja
unter den deutschen Fürsten und Herren und ihren Ge-
mahlinnen genug hungrige Seelen, die nach dem Ab-
sonderlichen, Geheimnisvollen, Erlösenden verlangten.
Zunächst stand dem Freunde Lavaters am Hofe zu
Dessau eine gute Aufnahme in Aussicht.

Als Klinger etwa sechs Wochen in Weimar war,
sagte ihm Goethe gerade heraus, daß sie nicht weiter
so mit und neben einander leben könnten. „Klinger
kann nicht mit mir wandeln“, schrieb er danach an den
gemeinsamen Freund Merck. „Er drückt mich. Ich hab's
ihm gesagt, darüber er außer sich war und's nicht ver-

stand und ich's nicht erklären konnte noch mochte."
Goethe riet dem jüngeren Freunde, nach Frankfurt
zurückzukehren und in der Heimat Amt und Brot zu
suchen. Aber Das mochte Klinger nicht; er hoffte noch
auf eine Offiziersstelle durch die Briefe der gütigen
Herzogin-Mutter, und außerdem hielt ihn ein „wildes
liebes Ding" an der Esplanade fest, und dies liebe
Ding hatte eine Mutter, die fast noch hübscher und
lebenslustiger war. Goethe sah ihm zu. „Klinger ist
uns ein Splitter im Fleisch", berichtete er an Merck
in der Mitte Septembers; „seine harte Heterogeneität
schwürt mit uns, und er wird sich herausschwüren."

Schließlich flüsterte Kaufmann, der ein Ränkeschmied
war, Goethen noch verdrießliche Gedanken über seinen
Landsmann ein, und so gab es einen kühlen Abschied,
als Klinger am 9. Oktober nach Leipzig weiterreiste.
Dort war ihm eine Stelle als Theaterdichter der
Seylerschen Komödianten-Gesellschaft angeboten.

Aber auch Lenz „drückte" ihn. Goethe litt unter
einem solchen Zerrbilde des Geniewesens um so mehr,
da er gerade jetzt beweisen mußte, daß ein Genie zu
Rat und Tat am gemeinen Wohl fähig sei. Er litt
darunter, daß just sein Freund, mit dem er auch jetzt
noch manche schöne Stunde allein im Gartenhause verbrachte, zuweilen die Hofnarren-Rolle spielte, und er
litt endlich unter der zunehmenden Kenntnis von Lenzens
absonderlichem Charakter und Zustande. Je länger, je
mehr erschien ihm der Freund wie ein krankes Kind.
Um ihm zu helfen und ihn vor sich selber und den
Spöttern zu beschützen, ließ er ihn zunächst in das nahe
Waldstädtchen Berka ziehen. „Lenz ward endlich lieb

und gut in unserem Wesen", glaubte er Ende Juli an
Merk berichten zu können, „sitzt jetzt in Wäldern und
Bergen allein, so glücklich als er sein kann." Im
September ward es dem fahrenden Poeten noch besser
geboten; Frau v. Stein wünschte, daß Lenz zu ihr
nach Kochberg komme, und Goethe schickte ihn. Mit
blutendem Herzen, denn er selber sehnte sich ja dorthin:

Er soll Sie sehen, und die verstörte Seele soll in Ihrer
Gegenwart die Balsamtropfen einschlürfen, um die ich Alles
beneide. Er war ganz betroffen, da ich ihm sein Glück an-
kündigte, in Kochberg mit Ihnen sein, mit Ihnen gehen, Sie
lehren, für Sie zeichnen. Sie werden für ihn zeichnen, für
ihn sein. Und ich — zwar von mir ist die Rede nicht, und
warum sollte von mir die Rede sein! Er war ganz im Traum,
da ich's ihm sagte, bittet nur, Geduld mit ihm zu haben,
bittet nur, ihn in seinem Wesen zu lassen.

Schon einige Wochen darauf mußte Goethe diesen
Versuch in der Seelenheilung als hoffnungslos aufgeben.
Lenzens Krankheit erschien zuweilen als ein unwider-
stehlicher Hang zu Ränken, und zwar zu Ränken an
sich, ohne verständige oder eigensüchtige Zwecke; er
pflegte sich immer etwas Fratzenhaftes vorzusetzen, war
immer wieder ein Schelm in der Einbildung, wie
Goethe es ausdrückte. Daß er beständig dichtete und
das Gedichtete auf Papier warf, ist schon erwähnt;
solche dramatischen Szenen oder Erzählungen ent-
hielten sehr oft persönliche Erlebnisse, Schilderung der
Umgebung, Anspielung auf bekannte Personen oder
Ereignisse; und er durfte in dieser Hinsicht starke Dinge
wagen, teils weil man ihn nicht ernst nahm, teils
weil in jenem Frühjahr und Sommer in Weimar
diese Art literarische Neckerei allgemein und recht dreist

betrieben wurde. Aber Lenz vergaß sich gar zu häufig und schließlich allzu gröblich; am 26. November beging er nach Goethes Ausdruck eine Eselei, die seinen alten Freund bewog, auf seine Entfernung zu dringen. Der Herzog gab Goethen freie Hand; am 1. Dezember mußte Lenz abreisen.[1])

---

[1]) Lenz ging zunächst an den Oberrhein zurück; bei Goethes Schwager und Schwester Schlosser kam sein Wahnsinn zu deutlichem Ausbruch; doch hatte er danach auch wieder gesunde Zeiten. Von 1779 an lebte er, meist in tiefem Elend, in seiner baltischen Heimat und in Rußland. Er starb in Moskau 1792. Goethe scheint über die Geisteskrankheit dieses Freundes nie ins Klare gekommen zu sein.

Kaufmann fing zunächst noch einige fette Fische in seinen Netzen, verfiel aber bald allgemeiner Abneigung und Verachtung. Schließlich kam er jedoch als Arzt in der Brüdergemeinde zur Ruhe; er starb 1795 in Berthelsdorf bei Herrnhut. 1814 schrieb Klinger an Goethe über den „widrigen Schwärmer, der sich zwischen uns stellte": „Als ich 1779 in Zürich bei Lavater war, erzählte er mir in seinem gewaltigen Grimme solche Schurkenstreiche und solche unsaubere Dinge von seinem ehemaligen Apostel, daß man einen Profanen damit erfreuen könnte."

Klinger blieb nur kurze Zeit bei der Theatergesellschaft; er machte als österreichischer Leutnant den bayrischen Erbfolgekrieg mit; 1780 ging er nach Rußland, wo er zu hohen Ehren emporstieg: Offizier, geadelt, Hofmeister bei Kaiser Paul, Direktor des Kadettenkorps, der Ritterakademie, Kurator der Universität Dorpat, Generalleutnant. Verheiratet war er mit einer natürlichen Tochter der Kaiserin Katharina. Er traf mit Goethe nicht wieder zusammen, doch wurden freundliche Grüße zuweilen ausgetauscht. Klinger starb ein Jahr vor Goethe.

III. Das zweite Jahr.
November 1776 bis November 1777.

Als Goethe auf sein erstes Jahr in Weimar zurückblickte, fühlte er das gleiche Behagen wie der Seefahrer, der in den letzten Zeiten beständig Abenteuer, Stürme und Gefahren erlebt und durchgekämpft hat und nun, zwar dem Hafen noch fern, an einem stillen Tage ausruhend, sich von erwünschten Winden weitertreiben läßt. Oder wie der Kriegsmann, wenn er nach vielen Schlachten und Gefechten ein paar Stunden auf keinen Feind zu achten braucht. Man hat den freiwilligen Kriegern und Seeleuten oft vorgehalten, daß sie Toren seien, sich so vielen Gefahren überhaupt auszusetzen, da ihnen doch in der Heimat Ruhe und Sicherheit und allerlei Freuden des Lebens viel reichlicher und bequemer sich bieten würden. Und dennoch nehmen immer wieder Menschen, die sonst nicht törichter sind als die braven Bürger, solche Plagen und Gefahren auf sich; sie suchen ihr Glück zwischen vielem Unglück und suchen Ruhe in einem Leben der Unruhe. So bedurfte in diesen Jahren des „Umtriebs" auch Goethe die vielfältigen, rasch aufeinander folgenden neuen Eindrücke, wie sie ihn seit seiner Ankunft in Weimar ohne viel Ruhepausen beschäftigt hatten.

„Die Welthändel frischen mich immer wieder neu an", schrieb Goethe an Merck, und „es ist ein wunderbar Ding um's Regiment, so einen politisch-moralischen Grindkopf nur halbwegs zu säubern und in Ordnung zu halten." Und ähnlich an Lavater: wie wunderlich es auch sei, daß er an diesem Platze stehe, und ob es vielleicht auch nicht lange währe,

so hab' ich doch ein Musterstückchen des bunten Treibens der Welt recht herzlich mitgenossen. Verdruß, Hoffnung, Liebe,

Arbeit, Not, Abenteuer, Langeweile, Haß, Albernheiten, Torheit, Freude, Erwartetes und Unversehenes, Flaches und Tiefes, wie die Würfel fallen: mit Festen, Tänzen, Schellen, Seide und Flitter ausstaffiert — es ist eine treffliche Wirtschaft!

Es schien, als ob er sich sogar auch mit seinem Garten vor dem Tore mutwillig noch eine Menge neuer Plagen und Bedrohungen zuziehen wolle. Anfangs, in den Sommermonaten, als er Garten und Häuschen einrichtete, halfen die Freunde mit Beifall und Anteil; als er aber Miene machte, auch im Winter draußen zu bleiben, staunten sie, nannten es Grille und Unverstand. Ein solches Sich-Absondern von den Sitten seiner Umgebung: war es etwa eine gewollte Entfernung von den eben erst gewonnenen Freunden? Um so anstößiger erschien dies Draußen-Hausen, als Goethe noch eine Wohnung in der Stadt hatte und auch in der Folge beibehielt.[1]

----

[1] Um Dies nachzuholen und auch vorwegzunehmen: vom 7. November 1775 bis zum 18. März 1776 hatte Goethe bei dem alten Kammerpräsidenten v. Kalb, am jetzigen Herderplatze, gewohnt; von da bis Johanni in einem anderen, nicht mehr festzustellenden Hause, vermutlich einem herzoglichen, vielleicht im Fürstenhause selbst. Von Johanni 1776 bis Ostern 1777 war er für 15 Taler im Vierteljahr Mieter einer großen Wohnung in dem Hause, das jetzt Burgplatz 1 heißt; damals gab es noch keinen Burgplatz, sondern das Haus hatte eine freie Front nach Süden, nach dem Grünen Markte zu, von dem es durch einen Hof und eine Wand aus Steinpfeilern und Eisengitter getrennt war; nach Osten zu lag ihm ein Garten vor, aus dem jetzt der Burgplatz gemacht ist. Die Aussicht war vorn auf das Gelbe Schloß und die (damalige) Hauptwache, seitwärts auf den Schloßturm, das abgebrannte Schloß und ein paar Gärtchen und Häuschen am Lottenbache, der bei der nahen Burgmühle in die Ilm floß. Das Haus

Auch Charlotte machte ihm Vorwürfe, daß er so
weit ab von ihrer Wohnung den Winter verbringen

Erste v. Steinsche Wohnung

wolle. Da sah er eines Tages nach der Uhr, als er
sie verließ (sie hatte ihm eben einen Mantel aufgenötigt
gegen das rauhe Novemberwetter) und triumphierend
schrieb er ihr am nächsten Morgen, als er den Mantel
zurückschickte: „Akkurat 20 Minuten brauch' ich von
Ihrer Stube in meine." Charlotte wohnte am Erfurter
Tore: heute würde ein guter Gänger fünf Minuten

---

war ein sehr altes Ritterhaus; Goethe hatte hier jedenfalls
eine passende und bequem gelegene Wohnung. Ostern 1777
verließ er sie jedoch und richtete sich zunächst im Fürstenhause
ein kleines Quartier ein. Vom 2. August 1779 bis zum 2. Juni
1781 hatte er dann für 5 Taler vierteljährliche Miete das
Obergeschoß im Hause Seifengasse 16, dem Fürstenhause
gegenüber, Wand an Wand mit Charlotte v. Stein. Auch
hier waren es hübsche, ziemlich große, wenn auch nicht hohe
Zimmer; im Winter wenigstens war es hier ein viel behag-
licheres Wohnen als draußen im Gartenhause. Goethe hat
jedoch diese Stadtwohnungen erstaunlich wenig, nur als Not-
und Nebenquartier benutzt.

weniger gebrauchen, und Das erinnert uns daran, wie
schlecht, umständlich und gefährlich manche Wege waren,
die wir Heutigen als die glattesten und sichersten kennen.
Schon im August war Goethe einmal, als er von der
Freundin abends heimging, von Landstreichern angegriffen; im Oktober rannte er auf dem gleichen nächt-
lichen Heimwege gegen einen Schlagbaum und stürzte.
Er mußte allemal ein paar Brücken überschreiten, die
durch Gattertüren verschlossen waren, die er also erst
auf- und zuschließen mußte.

Und wenn er glücklich im Hause war, da war nun
der Kampf gegen Wind und Wetter, Frost und Schnee
zu kämpfen. „Ich balge mich mit der Jahreszeit
herum", schrieb er an Merck, und Das konnte er manchmal wiederholen. Am 7. November, dem Jahrestage
seiner Ankunft in Weimar, begann er nach seinem Tagebuche den „Feldzug gegen die Jahreszeit"; am nächsten
Tage fuhr er fort. Am neunzehnten kehrte er seine
Wirtschaft noch einmal völlig um; in der Nacht vorher hatte ein Sturm, der sich erst gar nicht beruhigen
wollte, ihn fünfmal aus dem Schlafe geweckt und ihm
erst recht deutlich gezeigt, wo die schwächsten Stellen
des Häuschens waren. Er suchte nun das geschützteste
Eckchen aus und kalfaterte an den Türen und Fenstern,
wie der Seemann sein Boot kalfatert, daß das Wasser
draußen bleibt.

Es ist einem in dem Gartenhüttchen bald wie in einem
Schiff auf dem Meere.

Immer behielt er den fröhlichen Kampfesmut:

Ich will doch sehen, wie lange ich mich halte.

Und es ging. Erleichtert wurde das Ringen mit
dem Winter diesmal und in den folgenden Jahren
dadurch, daß er gerade in der kalten Jahreszeit manche
Reisen machte. Wenn er aber in Weimar war, verbrachte er im Winter wie im Sommer die Tage oft
in den Amtszimmern oder bei den Freunden oder in
seinem Nebenquartier und blieb auch die Nächte nicht
selten in der Stadt. Er hielt es nicht aus, wie die
meisten andern Menschen, Jahr für Jahr und Tag für
Tag in der gleichen Wohnung und Umgebung die
gleichen Geschäfte und Späße zu treiben. Aber immer-
hin war noch manchen Tag und manche Nacht das
weimarische Klima in diesem Häuschen und auf den
Wegen hin und her zu ertragen.

☙

Mit großem Fleiße aber fuhr er fort, Garten und
Häuschen zu verbessern: in ihnen sah er doch bereits seine
eigentliche Heimat. „Ich sitze noch in meinem Garten,“
schrieb er am 6. November 1776 der Mutter heim,
„pflanze und mache allerlei Zeugs, das künftig soll schön
aussehn und uns in guten Augenblicken Freude machen.
Heut hab' ich einen neuen Gang machen lassen, hab'
auf die Arbeiter getrieben, denn ich hatte einmal Ruh;
es waren wenig Menschen da.“ Als er am nächsten
Tage seine Bienen zur Winterruhe brachte, konnte er
ihnen für künftige Sommer Lindenblüten versprechen,
denn sechs Tage vorher hatte er Linden angepflanzt.
Am 2. April 1777 begann die Gartenarbeit von neuem;
am 3. April wurden Hecken gepflanzt, um den Garten
unten und oben von den Wegen besser abzuschließen;

am 6. April trafen Weymutskiefern ein, die er aus
Frankfurt bestellt hatte; auch Fichten und Buchen
wurden gesetzt, die ihm der Herzog aus dem nahen
Webicht gab. Im Herbste kamen Geißblatt, Jasmin
und virginische Zedern hinzu; am 12. November wurden
Eichen gepflanzt.

Er erfuhr aber auch schon in diesem zweiten
Sommer, daß es mit dem Pflanzen allein nicht getan
ist. Trotz der unzähligen Vögel, die hier nisteten, litten
manche junge Bäume unter Ungeziefer; andere mußten
verschnitten werden. Einen schönen Nachmittag im Juni
wandte er daran, die Schädlinge abzudrücken und die
Wunden mit Baumwachs zu verschmieren. Die Mücken
stachen, aber er harrte aus; schon seit Wochen hatten
ihn diese Bäume und Sträucher mit dem Vorwurf angesehen: „Du bist ein Poet, ein schlechter Hausvater,"
und er hatte sich dann gefragt: „Ist's wohl, weil der
Poet zugleich ein Liebhaber oder weil der Liebhaber
ein Poet ist?" Freilich dachte er fleißiger daran, für
die Geliebte Aurikeln und andere Blumen zum Strauß
zu sammeln, als seine Bäume sattsam zu begießen.
Eine kleine Plage im Garten hatte er zuweilen an
dem Hofgärtner Johann Reichert von Belvedere;
Goethe bedurfte noch der Hilfe eines solchen Fach-
mannes; aber Künstler und Handwerker reiben sich
leicht aneinander, und Reichert schulmeisterte den jungen
Anfänger manchmal ungeschickt. „Die Natur läßt sich
wohl forcieren, aber nicht zwingen", war eins seiner
Weisheitsworte.

Ein Haus macht viel mehr Not als ein Garten,
wenigstens so ein unzulängliches, gebrechliches, geflicktes

Haus, wie es Goethe besaß. Zunächst dachte er an
Erweiterung: ein Angebäude an der Südfront sollte
unten als Schuppen für Holz und Geräte dienen; oben
sollte es ein Altan sein. Am 17. März wurde der
Grundstein gelegt, in den auch Charlotte Denkzeichen
hineinstiften mußte[1]); in den nächsten Tagen wurde das
Gebäude errichtet, zumeist aus Balken und Brettern.
Im Obergeschoß des Wohnhauses wurde dann eine
Tür zum neuen Altan ausgebrochen, damit das Empfangs-
zimmerchen zugleich ‚Altanzimmer‘ wurde[2]).

Es scheint, daß auch die Fenster und der Kamin
gründlich erneuert werden mußten, denn Goethe schreibt
am 27. April der Freundin: „Ich habe wieder Fenster,
kann wieder Feuer anmachen, was bei der Witterung
sehr zustatten kommt." Nur die Nachtigall, die er nach
der Sitte jener Zeit im Käfig hielt, hatte er aus dem
Hause getan, damit sie bei diesen Unbilden nicht er-
friere; er selber harrte aus und mußte zur Kälte auch
noch den Ärger ertragen, daß die Arbeiter am Bau
viele Fehler machten. „Ich fürchte, es wird immer
dümmer", seufzte er, als er wieder einmal den ganzen
Tag zu Hause bleiben und den Leuten aufpassen
mußte.

Im Sommer mußte er wieder einmal ausziehen,
weil Zimmerleute und Maurer wieder zur Hilfe ge-
rufen werden mußten. Ein Träger war gebrochen, als

---

[1]) Diese Grundstein-Erinnerungsstücke harren heute noch
des gelehrten Wühlers.

[2]) Karl v. Stein hat im Alter angegeben, daß zwei
Türen auf den Altan führten; danach müssen wir uns auch
das Südfenster der Arbeitsstube zur Tür erweitert denken.

Pflanzimmer im Gartenhause.
Zeichnung von Prof. Otto Rasch in Weimar.

An der Sternbrücke um 1777.

Zeichnung von Goethe.

Goethe-National-Museum in Weimar.

er am 14. Juli von Kochberg zurückkehrte. Erst am
26. konnte er wieder in den Garten ziehen.

Auch die Maler hatte er dies Jahr wieder, im
Frühjahre schon und dann im November, wo er indeſſen
ihnen eine Woche lang das Feld räumte und im Fürſtenhauſe wohnte. Aber er erreichte mit dieſer Plackerei
doch auch, daß es behaglicher um ihn wurde.

Ich war geſtern nachmittag bei Goethen auf ſeinem
Altan,

ſchrieb Wieland am 8. November an Merck,

kein lieberes, ſich wärmer an einen anlegendes, oder wie
die Schwaben ſagen: einen mehr anheimelndes Plätzchen auf
Gottes Boden müſſen Sie nie geſehen haben. Es iſt recht,
als ob Goethens Genius Das alles von Jahrhunderten her
ſo angelegt, gepflanzt und gepflegt hätte, damit er's einſt in
Weimar völlig und fertig fände und ſich nur hineinzulegen
brauchte.

ထ

Solche Eindrücke empfing man aber nur an ſchönen,
warmen Tagen. Im Winter drückten die tiefen Wolken
den Rauch in's Zimmer, und auch an vielen Tagen im
Frühling und Herbſt drangen Wind und Kälte durch
die Wände und durch die Kleider. Goethe aber war
zart von Natur; er hatte manchmal Katarrh und Zahn-
weh und empfand alle Witterung mehr, als ihm lieb
ſein konnte, mit.

Ich fange an, zu glauben, daß [jede] Witterung, in
der ich immer lebe, auch ſo den immediateſten Einfluß auf
mich hat und die große Welt meine kleine immer mit ihrer
Stimmung durchſchauert.

Eben weil er so weich war, ging er um so eifriger auf Abhärtung aus. Es wurde ihm fast so schwer wie dem jungen Herzoge, sich bei einem Leiden oder einer Wunde rechtzeitig zu schonen und zu pflegen; er brauchte häufig genug Mittel gegen verdorbenen Magen; im übrigen aber vertraute er gern der Natur, daß sie ohne seine Mitarbeit ihn wiederherstelle.

Er vertraute sich aber auch sonst wie ein Sohn der Mutter Natur an, lebte so viel, als irgend möglich, im Freien und betrieb so viele körperliche Übungen, wie irgend die Zeit erlaubte. In diesem seinen achtundzwanzigsten Jahre erstieg er die Höhe seiner leiblichen Kraft und Gewandtheit. „Er war sehr mager, behende und zierlich," erzählte sein Diener Sutor viele Jahre später; „ich hätte ihn leicht tragen können." Dabei war der Körper sehr sehnig; die beständige Übung machte ihn immer geschmeidiger und ausdauernder. Am 23. April 1777 schrieb Goethe als einzige Eintragung in sein Tagebuch: „Körperliche Übungen allerlei Art"; aber das ganze Jahr betrieb er solche Übungen fleißig. Das Tanzen, Reiten, Wandern, Fischen, Jagen, Scheibenschießen, Baden, Eislaufen, Schlittenfahren, Fechten, Kegeln, sie wechselten nach der Jahreszeit mit einander ab. Beim Kegeln ist an das Wurfspiel nach der Trou-Madame zu denken, die im ‚Stern' stand. Das Wandern war zumeist ein vergnügtes Herumstreifen mit Anderen, zuweilen ein einsames, scharfes Marschieren zu bestimmtem Ziele; z. B. ging er an einem Juli-Abend von halb Sechs bis halb Zehn nach Kochberg. Im Reiten brachte er es zu viel besseren Leistungen als früher; von Leipzig bis Weimar ritt er von früh halb

Sieben bis mittags um Drei; von Eisenach bis Weimar von früh Fünf bis halb Zwölf, obwohl er eine starke Stunde in Erfurt beim Statthalter saß; von Kochberg bis Weimar in zwei Stunden fünf Minuten. Das machten ihm bei dem damaligen Zustande der Straßen nicht Viele nach! Auch junge Pferde zuzureiten, betrieb er als Vergnügen. Am 15. Mai begann er das Schwimmen zu erlernen, zunächst mit einem Schwimmwams und nur im Floßgraben.

Im Winter war der Eislauf schon ein allgemeines Vergnügen der Hofgesellschaft geworden. Auch die Herzogin zeigte sich als eine geschickte Schlittschuhläuferin; sonst ließen sich die Damen meist in Stuhlschlitten von den Kavalieren herumfahren. Der Herzog liebte es, auf dem Eise mit einigen Freunden fröhliche Tafel zu halten; zuweilen wurde die Lust abends bei Fackeln, Laternen und Feuerwerk fortgesetzt, und die Musikanten spielten auf zum Fackeltanz. Unfälle erhöhten manchmal die Aufregung; Goethe selber brach am 17. Januar ein, kümmerte sich aber nicht um Schreck und nasse Kleider, ging abends auf die Redoute, am andern Morgen wieder auf's Eis, aß dort mit dem Hofe, tollte weiter herum, bis er abends an der Tafel der Herzogin-Mutter plötzlich ohnmächtig hinsank. Die nächsten Tage aber war er wieder auf dem Eise. Wieland, der an den schönsten Sommerabenden den Mantel nicht zu Hause ließ, schalt auf solche gewaltsamen Abhärtungsversuche:

Goethe leidet zeither immer an Zahnschmerz comme un damné,

schrieb er im Oktober an Merck;

aber er macht's auch danach, mort-diable! „Man muß die bestialische Natur brutalisieren", pflegte der alte Mort-diable v. Bassenheim zu Mainz zu sagen: Goethe und der Herzog sind auch von diesem Glauben, aber sie befinden sich meist so übel dabei, daß ich keine Versuchung kriege, ihr Proselyt zu werden.

Ein neues Mittel der Abhärtung und der gewollten Verbindung mit der Natur war für Goethe der neue Altan: hier konnte er im Freien schlafen. Am 2. Mai war abends ein herrliches Gewitter, das den ganzen südlichen Himmel überleuchtete. Goethe sah vom Altan aus zu, obwohl die Frösche von der Ilm aus gar schrill den kommenden Regen verkündeten. Schließlich wurde er müde, wickelte sich in seinen blauen Mantel, suchte sich ein Fleckchen, das der Regen nicht erreichen konnte, und schlummerte bei Blitz, Donner und Regen ein. Als er später das noch nicht abgekühlte Schlaf- zimmer aufsuchte, war's ihm fatal in der Schwüle, und von nun an schlief er öfters entweder im Altanstübchen bei geöffneter Türe oder auf dem Altan selbst; einen Strohsack hatte er unter, seinen Mantel über sich. Und es war ihm die größte Augenlust, wenn er in der Nacht aufwachte und ein neues Stück Sternhimmel über ihm strahlte, oder wenn sich die erste Morgenhelle mit dem Mondschein zu einem seltsamen fahlen Lichte vermischte.

Ↄↄ

Auch die Zeichenkunst, die er am meisten liebte, führte ihn immer wieder in's Freie und gab ihm immer neue Freuden an Formen und Farben. Zwar versuchte

er sich auch noch manchmal in Bildnissen; zwar hatte er
auch das Radieren wieder aufgenommen, vielleicht, weil
sein ehemaliger Lehrer, Professor Oser aus Leipzig, zu
Besuch in Weimar gewesen war; aber viel öfter saß er
doch im Freien, unter seinem Wacholderbaum oder
irgendwo vor einer Brücke oder Dorfkirche, und wenn
es zu regnen begann, kroch er in eine Höhle oder unter
einen Busch und fing ein neues Blatt an. Am eifrigsten
betrieb er seine Kunst in den neuen Gegenden, wohin
ihn seine Reisen führten, und dabei war der Hauptzweck
seiner Bilder oft: der Freundin statt eines Briefes zu
sagen, wo er sei und woran er seine Freude habe.
Denn ihr schickte er Alles und sie munterte er immer
wieder auf, gleichfalls zu zeichnen und ihre Bildchen
ihm zu senden. Oft war der Hauptzweck des Zeichnens
freilich auch: die Beruhigung des aufgeregten Innern;
einmal kam ihm sogar der drollige Einfall, sein Zeichnen
sei für ihn das Gleiche wie für Säuglinge das Lutschen
am Saugläppchen, das man ihnen in den Mund tut,
damit sie still sind.

Daß er eigentlich ein Dichter war, hatte er im
ersten weimarischen Jahr fast vergessen. Mit der
deutschen Leserschaft mochte er nichts mehr zu tun haben.
Die herrlichsten Werke hatte er vorher, in Frankfurt, im
Kopfe bewegt, einen ‚Faust‘, einen ‚Ewigen Juden‘,
einen ‚Mahomet‘; auch von einem ‚Egmont‘ hatte er ein
paar Szenen aufgeschrieben; in der neuen Heimat aber
rückte Nichts vorwärts: nur ein paar Stoßseufzer und
Liebesklagen steigerten sich zu höheren Formen, und das
einzige größere Gedicht, ‚Hans Sachsens poetische Sendung‘, verdankte er nur der Langweile einer Post-

kutschenfahrt nach Leipzig. In Weimar drang das Leben selber zu stark auf ihn ein[1]).

Doch diese Lähmung konnte nur eine zeitweilige sein. Im echten Dichter richtet sich die Gestaltungskraft wieder auf, wenn sie eine Zeit lang darniederlag; sie versucht sich dann zunächst nach Art der Genesenden an kleinen Aufgaben und stärkt sich daran rasch zu größeren Werken. Der ‚Falke‘ war ihm im August 1776 in Ilmenau nicht gelungen; aber vom 26. bis 29. Oktober schrieb er im Gartenhause ein kleines Stück völlig nieder: ‚Die Geschwister‘. Im Anfang Januar entstand dann das Drama ‚Lila‘, das schon am 30. Januar, zum Geburtstage der Herzogin Luise, aufgeführt wurde; nur eine spätere Fassung ist uns davon erhalten. Bald danach ward das sehr ernste Monodrama ‚Proserpina‘ aufgeschrieben. Am 12. September kam ihm auf der Wartburg zwischen heftigen Zahnschmerzen die lustige Idee zum ‚Triumph der Empfindsamkeit‘. Und das ganze Jahr über, vom Februar an, schrieb er zuweilen kleine Anfänge zu einem großen Romane auf, den er ‚Wilhelm Meisters theatralische Sendung‘ nennen wollte.

Alle diese Dichtungen hatten durch Ursprung und Zweck einen innigen Zusammenhang mit dem vergangenen oder künftigen Erlebnis und mit dem weimarischen

---

[1]) Goethe äußerte sich später über diese Unfruchtbarkeit: „An allen nach Weimar mitgebrachten unvollendeten Arbeiten konnte man nicht fortfahren: denn da der Dichter durch Antizipation die Welt vorwegnimmt, so ist ihm die auf ihn losdringende wirkliche Welt unbequem und störend: sie will ihm geben, was er schon hat, aber anders, daß er sich's zum zweiten Male zueignen muß.“

Kreiſe, aus dem ſie kamen und zu dem ſie gingen; zugleich jedoch waren ſie als Dichtungen weit genug von
der Wirklichkeit abgetrennt und über ſie emporgehoben,
viel mehr, als Das bei ſeinem ‚Werther‘ geſchehen war.
In dem einen Stückchen wurde der arme Lenz, deſſen
Wahnſinn man noch nicht erkannt hatte, wegen ſeiner
ſentimentalen Einfälle verſpottet; doch nur für nächſte
Freunde war das Perſönliche erkennbar. An einigen
Stellen ſagte der Dichter dem Herzoge und der Herzogin
in ſeiner Umhüllung gute Mahnungen. Anderwärts
floß ein liebreicher Brief der Frau v. Stein in die Szene
mit hinein. Unter verſchiedenen Masken trat Goethe
ſelber auf, um ſeine Meinung zu den Vorgängen der
letzten Jahre zu ſagen. Alle dieſe Dichtung aber war
nicht für „das Publikum“, für eine unbekannte Menge
an unbekannten Orten, beſtimmt, ſondern durchaus für
den weimariſchen wohlbekannten Kreis und deſſen auswärtige Freunde. Ebenſo waren die dramatiſchen
Arbeiten nicht für auswärtige Theater, ſondern ganz
für die Liebhaber-Bühne der Hofgeſellſchaft gedacht und
gemacht.

Dieſer Liebhaber-Bühne erſter und wichtigſter Zweck
war das Vergnügen. Man hatte früher, als die alte
Wilhelmsburg noch ſtand, in Weimar ſchon einige Male
ein richtiges Hoftheater von Berufskomödianten gehabt;
jetzt kamen nur zuweilen einzelne Künſtler oder Künſtler-
familien und gaben bei Hofe Vorſtellungen; Anton
Berger führte ſeine dramatiſchen Sprichwörter auf; auch
Friedrich Koch und ſeine Gattin Franziska Romana,
die vor drei Jahren in Weimar als Alceſte deren Dichter
Wieland in Entzücken verſetzt hatte, erſchienen wieder;

aber Das waren nur Erscheinungen wie zu andern
Zeiten die Geiger und Harfenspieler oder auch die Seil-
tänzer und englischen Reiter. Eine ständige Schauspieler-
gesellschaft hätte zuviel gekostet; auch war seit dem Schloß-
brande von 1774 keine passende Bühne mehr da. Und
namentlich: selber zu spielen, machte den Hofleuten doch
noch mehr Unterhaltung. Sie hatten schon angefangen,
ehe Goethe kam; aber rasch wurde er der Eifrigste, der
Leitende unter ihnen.

Dies Theaterwesen bereitete auch ihm viel Spaß.
Das Einüben der Stücke wurde nebenbei als Gelegenheit zum Augeln und Necken zwischen Herren und Damen
benutzt, und für das bißchen Lern-Arbeit belohnte man
sich durch nachfolgenden Tanz. Aber der Direktor darf
sich nicht dem gleichen Leichtsinn hingeben wie die Mit-
wirkenden, und so hatte Goethe neben dem Vergnügen
seine liebe Not; bald mußte Knebel, bald Einsiedel, bald
Stein, bald Prinz Konstantin gebeten, gescholten und
angetrieben werden, die Rolle zu Hause einzulernen, und
oft genug ging bei der Vorstellung das Stück doch nur
stümperig, eben weil die Herren Liebhaber die Sache zu
cavalièrement genommen hatten.

An sehr ernsthafte Stücke wagte man sich ja nicht;
Singspiele und Possen waren das Übliche, aber auch
seine ‚Mitschuldigen‘ oder ‚Erwin und Elmire‘ ärgerten
Goethe, wenn sie mißhandelt wurden. Die wichtigsten
Männerrollen übernahm er darum gewöhnlich selber;
zu andern zog er begabte und fleißige Männer heran,
die nicht eigentlich zur leichtsinnigen Hofgesellschaft gehörten: Bertuch, Musäus und den Konsistorialsekretär
Seidler; der Tanzmeister Aulhorn, der eine schöne Baß-

stimme befaß, war schon durch seinen Beruf zu den
sicheren Gehilfen berufen. Die kleineren weiblichen Rollen
wurden durch die kluge Hofdame Luise v. Göchhausen
und die hübsche, geistreiche, lebenslustige Stallmeisterin
Emilie v. Werthern recht gut gegeben; die eben dem
Backfischalter entwachsende Demoiselle Amalie Kotzebue
hatte auch ein hübsches Talentchen; von den Hofsänge-
rinnen war die Neuhaus in den Operetten recht brauch-
bar. Aber eine Heldin fehlte, die große Rollen sprechen
und singen konnte; deshalb warb Goethe die von ihm seit
seiner Studienzeit verehrte Korona Schröter für Weimar
an. Im November 1776 ging sie vom großen Leipzig
zur kleinen thüringischen Residenz über; am 24. November „sang Krone das erste Mal". Und von nun an
dachte er an sie, wenn er in eine Frauengestalt das
Höchste und Schönste legte, was Erfahrung und Phantasie ihm eingaben.

So waren Bühne, Ausstattung und Spiel ein Gemisch von roher Ursprünglichkeit und feinen Erfindungen,
von vergnügter Geselligkeit und Künstler-Absichten. Die
Theaterabende waren ähnliche Belustigungen wie die
Redouten, die damals erstaunlich häufig abgehalten
wurden, und nicht selten vereinigte man beide Vergnügungen, so daß ein geregeltes Spiel oder ein ge-
regelter Maskenzug zur Einlage im Tanz und Wirr-
warr wurde. Aber dieses Theater-Flickwerk war für
Goethe gerade jetzt von großem Werte. Selbst der be-
scheidenste Bühnensaal bietet doch allemal die Bretter,
die die Welt bedeuten. Und weil sie die Welt nur
bedeuten, so wird auf ihnen jeder Mensch, jeder Vor-
gang, jeder Gegenstand aus der Wirklichkeit heraus-

7*

gehoben und in eine künstlerische Höhe und Ferne ge-
rückt; durch solche Theaterarbeit gewann Goethe also
leicht wieder das Künstler-Verhältnis zu Leben und
Umgebung. Und wie der Geistliche auch in seinem
Innern emporsteigt, wenn er zur Kanzel hinaufschreitet
und von der Kanzel zu einer Gemeinde herabsieht, die
Führung und Trost von ihm erwartet, so erwächst im
Dichter Mut und Drang, von der Bühne herab sein
Bestes und Tiefstes auszusprechen, auch wenn die
Theatergemeinde zunächst und zumeist nur auf Zeitver-
treib und Scherz rechnet. Im wirklichen Leben verbietet
uns oft eine fromme Scham, unsere edelste Gesinnung
in Worte zu bringen und den Freunden oder den Fremden
unser Bestes zu sagen; der gestaltende, umgestaltende
Dichter dagegen darf öffentlich als ein Edelster und als
ein Mahner auftreten. Und weil er es darf, erwarten
es Viele von ihm, und so wächst er an dieser hohen
Aufgabe selber empor.

Goethe hatte endlich von diesem Theatertreiben einen
dritten Vorteil, der ethisch gering war, den aber gerade
er brauchte. Er war doch einmal ein geborener Dichter,
und zwar war es seinem Geiste von Jugend auf eigen-
tümlich gewesen, Alles, was ihn sehr beschäftigte, in
Szenen, in Gesprächsform zu gestalten; insofern war
er zum Dramatiker bestimmt. Hier an dieser schlechten
Bühne konnte er nun das Bühnen-Handwerk vortrefflich erlernen, gerade weil ihn hier alle Augenblicke
ein Mangel oder Fehler deutlich erkennen ließ, was
der Dichter, der Direktor, der Schauspieler Alles zu bedenken hat, damit eine befriedigende Darstellung zustande
komme. Wie sehr dieses Lernen jetzt dem Dichter an-

gelegen war, zeigt uns am deutlichsten der Roman, den
er jetzt erfand: der 'Wilhelm Meister'; er war, zumal
in seiner ersten Anlage, halb ein Roman mit den
üblichen Liebesgeschichten und Abenteuern, halb aber
auch eine Durchdenkung des gesamten Theaterwesens.

So war Goethe maître de plaisir am Hofe geworden, und Das war unter seinen Nebenämtern —
ein Hauptamt hatte er nicht — das zeitraubendste.

౸

Für das Wohlbefinden der fürstlichen Personen
und seiner Freunde sorgte er aber auch als eine Art
Bau-Amtmann. Er hatte Geschick und Geschmack; deshalb verlangte man seinen Rat bei allen Plänen, die
Häuser oder Gärten betrafen. Oben auf Belvedere
und oben auf Ettersburg, also zu beiden Seiten des
weimarischen Tales, half er die Sommerschlösser und
ihre Umgebungen verschönern; auch in den Trümmern
der abgebrannten Wilhelmsburg stieg er herum, um
den Wiederaufbau zu bedenken. Den Bauhof, der
zwischen dem Wälschen Garten, der Schießmauer und
den Felsen an der Ilm lag, wünschte der Herzog seinen
Soldaten zum Übungs- und Paradeplatz zu geben; auch
an dieser Zubereitung half Goethe, und es scheint, daß
er selber im Eifer mit Hand anlegte.

Doch auch seine Tätigkeit als drittes Mitglied des
Geheimrats-Kollegiums[1]) wurde allmählich wichtiger;

---

[1]) Es hatte jetzt nur drei Mitglieder: v. Fritsch, Schnauß
und Goethe. Den früher dazugehörenden, sehr tätigen Geheimrat Dr. Ludwig Schmid hatte Karl August daraus entfernt, indem er ihn gleichzeitig zum Kanzler der Regierung,
d. h. zum Vorsteher des Justizwesens, ernannte. Schmid war

er lernte Gesetze und Einrichtungen, Land und Leute
besser kennen, und so ward auch sein Votum wertvoller.
Der Herzog brachte ihn mit den benachbarten Fürsten
in Verbindung; Goethe sprach sich mit ihren Räten aus;
mit dem Statthalter in Erfurt ward er befreundet; den
Herzog Ernst von Gotha und seinen Bruder, den Prinzen
August, sah er öfters; mit dem Prinzen Joseph von
Hildburghausen traf er in Jlmenau zusammen. Herzog
Ferdinand von Braunschweig, der Sieger von Minden,
kam nach Weimar; namentlich aber reiste Karl August
mit Goethe nach Dessau, dessen Fürst, Leopold der Dritte
Friedrich Franz, ihm der beste Ratgeber zu sein schien.

Unterdessen kam Goethe auch in ein besseres Ver-
hältnis mit den einheimischen hohen Beamten, mit
Fritsch, Schnauß, Kanzler Ludwig Schmid, Hofrat
Christoph Schmidt, Witzleben, Bechtolsheim, Schardt,
Hendrich, Kaufberg, Koppenfels, Lyncker, Oppel, Hetzer
und Anderen. Er sah in diesem Jahre auch einmal die ganze weimarische, jenaische und eisenachische
Verfassung und Verwaltung vor Augen: denn in diesem
Sommer wurden seit 1768 zum ersten Male die Land-
stände dieser drei Gebiete nach einander einberufen.
Goethe figurierte sehr ungern dabei; aber er lernte bei
diesen Begrüßungen, Beratungen und Verabschiedungen
doch auch wieder tüchtige Menschen kennen, mit denen
er sich leicht verstand, z. B. in Eisenach den Rat Appelius

---

jetzt der tüchtigste der hohen Beamten, da Fritsch steifer und
zurückhaltender wurde, auch häufig Urlaub nahm. Aber
Schmid ließ sich nichts dareinreden; deshalb gab man ihm
sein eigenes Gebiet. Mit dem nachgiebigen Schnauß war
Goethe durch die gleiche Liebe zum Zeichnen verbunden.

und den Handelsmann und Fabrikunternehmer Lorenz
Streiber; im übrigen gewann er einen Überblick über
die einflußreichen Personen der verschiedenen Landesteile.

Sein Ruf war nun schon an einigen Stellen beffer
als vor'm Jahre, wenigstens in den Herzogtümern; draußen
im Reiche wurde allerdings das Gerede über das wilde
Leben in Weimar noch weitergetragen. In der Nähe
sah man doch, daß Goethe nicht bloß ein Poet und
Possenreißer, sondern eigentlich ein ernster Mann, ja
manchmal ein übermäßig ernster Mann war. Er konnte
nicht zu den gewöhnlichen Gunstjägern gerechnet werden,
die die Länder plündern, indem sie den Fürsten schmeicheln.
Zwar bezog er ein hohes Gehalt für geringen sichtbaren
Dienst, aber es war offenkundig, daß er um ein Drittel
mehr in Weimar sitzen ließ, als er vom Herzog bekam;
und so mischte sich bei den Philistern mit dem Neide
die Genugtuung, daß ein guter Zahler mehr im Städtchen war. Man sah, daß er recht im Unterschied von
den anderen zugereisten Genies, die vom Herzog mit
Gasthaus- und Reisegeld versehen, wenn nicht gar bekleidet und beschuht werden mußten, ein feiner Herr von
eigenen Mitteln war. Auch die Vornehmeren erkannten,
daß Goethe nicht das Seine suchte und um Niemands
Gunst buhlte. Als es wegen Lenzens Entfernung zu
Meinungsverschiedenheiten kam, antwortete Goethe auf
Einsiedels Vorwürfe:

Ich habe mich gewöhnt, bei meinen Handlungen meinem
Herzen zu folgen und weder an Mißbilligungen, noch an
Folgen zu denken. Meine Existenz ist mir so lieb wie jedem
Anderen; ich werde aber just am wenigsten in Rücksicht auf
sie irgend etwas in meinem Wesen ändern.

Solche stolze Selbständigkeit gibt Ansehen; wenn
der Herzog schon einen Günstling haben mußte, so war
es ein Glück, daß ein äußerlich und innerlich unab-
hängiger Mann diesen Platz besetzt hielt. Wieland
rühmte ihn nach wie vor in seiner entzückten Art;
Andere fingen an, Goethes Tugenden gelten zu lassen,
und Merck wagte, die Berichte, die er von Weimar
hatte, so zusammenzufassen:

χ Goethe gilt und dirigiert Alles, und Jedermann ist
mit ihm zufrieden, weil er Vielen dient und Niemandem
schadet: Wer kann der Uneigennützigkeit des Menschen
widerstehen?

Verzeihen Sie, daß ich schon wieder allerlei Zeug schicke,

schrieb Goethe in diesem Jahre einmal an Charlotte
v. Stein:

Sie sehen daraus, daß ich von der älteren Kirche bin, da
man sich den Göttern ohne Gaben nicht zu nähern traute.

Er dachte dabei nur an Blumen, Obst und Gemüse, wie er sie aus seinem Garten weggab; er verriet
aber in diesen Worten einen Grundzug seines Wesens.
Das Bedürfnis vieler Menschen, namentlich einsamer
Menschen, ihre Liebe und ihre Gaben irgendwo an-
zubringen, ist eine große Ursache der Götter- und
Heiligenverehrung; Mönche und Nonnen wetteifern in
dieser Art Frömmigkeit, aber auch viele weltliche Freund-
schafts- und Liebesverhältnisse kommen daher, daß der
Eine den Andern als ein Glas nimmt, in das er die
Blumensträuße der Liebe steckt, oder, wie man damals

gern mit dem Prediger Salomo sagte: als eine silberne Schale, auf die er goldene Äpfel legt.

An sich gezogen hatte ihn Charlotte durch ihre Klarheit und Klugheit, ihre mütterlich-schwesterliche Freundlichkeit und die von ihr ausströmende Beruhigung; aber bald waren seine Gegengaben kaum geringer. Ihr Mann, vom Hofdienst in Anspruch genommen, kümmerte sich weder viel um sein Hauswesen, noch auch um seine Hausfrau; Goethe besuchte sie fleißig, fragte nach ihren Freuden und Leiden, besorgte Dieses und Jenes, half ihr beim Englischlernen und Zeichnen, brachte ihr Bücher; ja er richtete sogar eine neue Wohnung für die Familie ein.

Er bemühte sich namentlich viel um die „Grasaffen", nämlich um die drei Knaben des Hauses, Karl, Ernst und Fritz, die zu ihm genau so aufblickten, wie andere Kinder zu einem recht lieben und freigebigen Vaters- oder Muttersbruder. Sie besuchten ihn häufig in seinem Garten, spielten darin herum, blieben auch wohl einmal zur Nacht, um ein herrliches Gewitter abzuwarten und unterdessen recht viel Eierkuchen zu essen. Dann schliefen sie mit ihrem Hauslehrer Kästner auf dem Boden unter dem Schindeldach, und am Morgen liefen sie heim, um der Mutter zu erzählen, wie schön es gewesen. Goethe war gegen alles Kindervolk gütig. Der vierzehnjährige August Kotzebue, Malchens Bruder, hatte die Erlaubnis, im Garten der Vogelstellerei nachzugehen[1]). Einige Male lud Goethe

---

[1]) In Kotzebues Selbstbiographie (Wien 1811, S. 25) heißt es: „Wenn ich nun des Morgens um sechs Uhr, auch wohl noch früher, hinaus wanderte, um zu sehen, ob ich einen

eine Anzahl Kinder zu Gartenfesten ein, zu Tänzen am
Tage, zu kleinen Feuerwerken abends, und namentlich
auch zum Ostereier-Suchen am Gründonnerstage.
Dies Jahr wurde nach dem Suchen und Finden ihre
Lust noch erhöht, indem sich plötzlich im Garten zwei
Pyramiden zeigten, die sich hin und her bewegten und
deren Seiten mit Eßwaren behangen waren. Das
reizte die Knaben zum Angriff: unter ihrem Ungestüm
purzelte die eine Pyramide um, und Christoph Sutor,
der zweite Diener, kroch heraus.

Am besten aber hatten es immer die Knaben der
Freundin bei ihm; er belehrte sie in Dingen, die Knaben
gern lernen, z. B. den Ältesten im Eierkuchen-Backen;
sie durfte er an sich drücken und beschenken, und die
Mutter empfand freudig diese mittelbaren Liebeszeichen.

Gebende Liebe ist ruhiger als verlangende, aber
Goethe fand sich auch aus anderen Gründen jetzt leichter
in das vorgeschriebene geschwisterliche Verhältnis. Seine
Arbeit, die politische und poetische, nahm seine Gedanken

Krammetsvogel oder ein Rotkehlchen erbeutet hätte, so kam
er oft zu mir herab, unterhielt sich freundlichst mit mir und
munterte mich auf zum Fleiße. Er hat Das vermutlich längst
vergessen, aber ich werde es nie vergessen, denn jedes seiner
Worte war mir höchst merkwürdig und machte einen tieferen
Eindruck auf mich als die schulgerechten Ermahnungen meines
Konrektors." August und Malchen Kotzebue wuchsen mit
noch einem Bruder der Stadtwohnung Goethes gegenüber,
nämlich im ‚Gelben Schlosse', auf, wo ihre Mutter, die
Witwe des früh verstorbenen Geheimschreibers der Herzogin
Amalie, eine Freiwohnung hatte. „Goethe besuchte damals
oft unser Haus", erzählt K. und erwähnt, daß Goethe sich ein
Lustspiel des Vierzehnjährigen zum Durchlesen ausgebeten habe.

und Gefühle mehr in Anspruch als im vorigen Jahre. Die „Miseleien" bei den vielen Redouten- und Theaterabenden und Proben zogen seine Phantasie und sein Herz doch auch ein wenig von ihr ab, und besonders war ja nun Korona Schröter da, als schöne, begabte Helferin bei allen Festlichkeiten, als Freundin, die oft zu ihm kam und zu der er oft ging.

Manchmal schien es, als ob aus der einen oder andern Liebelei eine Liebe werden könnte. Als er zu den Landtagsverhandlungen und -festen den September in Eisenach verbrachte und die dortigen Honoratiorentöchter manchmal um ihn herumschwärmten, da schrieb er abends ein paar Mal in sein Tagebuch: „War Viktorchen mit" oder „War Viktorchen da." Dieses Viktorchen aber war Viktoria Streiber, die Tochter des reichen und tüchtigen Bürgermeisters Lorenz Streiber und seiner Frau Marie, die ehemals Klopstocks „Fanny" gewesen war. Viktorchen war also die Nichte seines weimarischen Kollegen und Gartennachbars Schmidt. Zu solcher Heirat hätten ihm kluge Freunde geraten!

Alle diese Schönen milderten seine Liebe zur Frau Oberstallmeisterin v. Stein, aber sie konnten sie nicht ganz ersticken. Charlotte bemerkte es, daß Goethe jetzt ruhiger und stärker gegen sie war; sie wurde manchmal eifersüchtig, aber dann antwortete er:

Sie werfen mir vor immer, daß ich ab- und zunehme in Liebe; es ist nicht so; es ist nur gut, daß ich nicht alle Tage so ganz fühle, wie lieb ich Sie habe.

Oder:

Ich habe Sie doch ganz allein lieb: Das spür' ich an der Wirtschaft mit den übrigen Frauen.

Oder er tröstete sie von der Wartburg aus mit einem Spott über die Eisenacher Damen:

Morgen hab ich Mifels herauf gebeten. Sie versichern mir alle, daß sie mich lieb haben, und ich versichere, sie seien scharmant; eigentlich aber möchte Jede so einen von uns, wer er auch sei, haben, und dadrüber werden sie Keinen kriegen.

Sein starkes Bedürfnis, Anderen Gutes und Liebes zu erweisen, konnte er an dem Freunde Karl August und der Freundin Charlotte und ihren Knaben noch nicht völlig befriedigen; sie brauchten zwar seine Dienste, aber nicht die nötigsten, augenfälligsten, auf die Erhaltung des Daseins und Vertreibung groben Mißgeschicks gerichteten.

Besonders hatte Goethe einen Trieb in sich, für junge bedürftige Wesen zu sorgen und sie aufzuziehen. Von dem Wilhelm Meister, dessen Geschichte er jetzt begann, erzählt er, daß er einen Knaben Felix zu sich nahm: solche „Wilhelmiaden" beging Goethe selber gern. Einst hatte er der Mutter von Mainz aus einen hübschen Buben mitgebracht, dessen Harfenspiel ihm gefallen, und hatte gemeint, der Knabe sollte während der Messe bei ihnen wohnen und vielleicht auf die Dauer vom Vater und der Mutter versorgt werden. Jetzt, wo er selber zwar noch ledig, aber doch Hausvater war, erschien am 12. August 1777 an seiner Gartentür ein etwa zwölfjähriger halbwilder schweizerischer Hirtenknabe, der eine Tabakpfeife im Munde hatte und einen schwarzen Spitz „Hänsli' bei sich führte. Dieser Bub hieß ‚Peter im Baumgarten', weil er in einem Baumgarten des Dörfleins Meiringen im Berner Oberland als verlassenes Kind aufgefunden worden war, verlassen, aber nicht hülflos, denn er wußte die Euter der Ziegen zu finden und sich daraus Nahrung zu verschaffen. Man kam später dahinter, wer seine Mutter sei, aber seinen Namen behielt er nach dem Garten. Als Hirtenbube erwarb er sich irgendwie die Liebe eines Reisenden; dieser Herr war der hannöversche Baron v. Lindau, mit dem Goethe dann im Jahre 1775 in Zürich Freundschaft schloß. Lindau ging im nächsten Jahre als Offizier nach Nordamerika und vermachte für den Fall, daß er nicht zurückkehre, dem Knaben 2000 Taler. Er bat Goethe dringlich um seinen Beistand für den Knaben, den er einstweilen in die von Salis geleitete Erziehungsanstalt zu Marschlins in Graubünden gab. Dort wollte man ihn nicht behalten, und so schickte man ihn zu Goethe.

Der Junge ist nun mein,

schrieb Dieser zwei Tage nach Peters Ankunft an Lavater,

und wenn ich's recht kann, so soll er, wenn ich die Augen zutue oder ihn verlasse oder er mich, von Niemandem abhängen, weil er von Allen abzuhängen fühlen muß.

Da Goethe bald danach auf sechs Wochen verreiste, gab er den Peter so lange nach Kochberg zur Freundin Charlotte: der gute Hauslehrer Kästner möge auch dem Schweizerknaben Unterricht und Erziehung gönnen. Peter erwies sich aber als sehr störrig und anspruchsvoll. Weil im Schlafzimmer der Kinder ein weiteres Bett sich nicht aufstellen ließ, nahm der zwölfjährige Karl v. Stein den neuen Kameraden mit in sein Bett. Da

nun Peter aber auch im Bette von seinem Hänsli nicht
zu trennen war und der gutmütige Karl diese dreifache
Lager- und Flohgemeinschaft doch nicht aushielt, so bereitete sich der Sohn des Schloßherrn auf dem Fuß-
boden ein hartes Lager und redete sich ein, er wolle
sich abhärten. Den beiden Schweizern war Karls Abhärtung eben recht; daß diese abligen Kinder etwas
Höheres sein sollten als er, begriff Peter so wenig wie
sein Hänsli. Magister Kästner kam eines Tages hinter
die neue Verteilung der irdischen Güter und hob sie
wieder auf; auf die Dauer aber mußte er sich über
Peters beständiges Tabakrauchen ärgern. Er wollte es
ganz verboten haben; Goethe, dem sonst das Rauchen
recht widerwärtig war, meinte jedoch: der Junge sei zu
sehr daran gewöhnt, man dürfe ihm das Gift nicht auf
einmal nehmen; er riet also, dem Knaben nur e i n i g e
Pfeifen am Tage zu entziehen.

Nach der Heimkehr hatte er selber abwechselnd
seinen Spaß und seinen Ärger mit dem Buben. Einmal
beschmierte Peter die Büste Lavaters ganz mit Tinte,
„ließ ihm nur weiße Augen und Schnauz" und fand
den Kopf nun viel lustiger anzuschauen. Ein ander
Mal lief er auf Stelzen durch die Stadt und zog mit
seinen Possen die Gassenkinder hinter sich her. Und Tag
für Tag klagten Seidel oder Götze oder Sutor oder die
Köchin Dorothee über diesen schmutzigen Naturburschen.
Schließlich gab ihn Goethe zu einem Wildmeister nach
Ilmenau; noch manches Jahr hatte er durch ihn Kosten,
Sorgen und Mühen.

In kleinen und großen Verdrießlichkeiten tröstet sich
die Jugend mit der Überzeugung, daß sich noch Alles
gut machen lasse und daß man die gemachten Fehler
in Zukunft vermeiden werde. Aber am 16. Juni 1777
erhielt Goethe einen Brief, der ihn die entsetzliche
Ohnmacht der Menschen so tief fühlen ließ wie nie
zuvor.

Daß seine Schwester Kornelia gestorben sei, stand
in dem Briefe. Aber nicht eigentlich der Tod der
sechsundzwanzigjährigen Frau nach ihrer zweiten Entbindung war das Niederdrückende; gegen das Sterben
der Nächsten war man damals besser als heute ab-
gehärtet, da der Tod bei der damaligen schlechten Ge-
sundheits- und Krankenpflege viel reichlichere Ernten
hatte als in unserer Zeit. Wäre Kornelia diese letzten
Jahre glücklich gewesen, so hätte sich der Bruder an
dem Gedanken getröstet, daß sie das volle Leben des
Weibes erlebt und doch noch in blühender Jugend die
Erde verlassen habe. Aber Kornelia fühlte sich in eben
dieser Blütezeit des Menschen sehr selten froh, sondern
fast immer bedrückt, und nicht etwa, weil ihr das Schicksal
eine besonders schwere Last aufgelegt hätte — sie hatte
gute Eltern und bekam einen braven Mann, ihr Haus
war wohlbestellt, und Freundschaft und Ehre boten sich
ihr von allen Seiten —, sondern weil ihr Inneres nach
den Kinderjahren sich nicht nach der Weiblichkeit und
Hausmütterlichkeit hingebildet hatte, die die Ehe voraus-
setzt. Sie war körperlich kränklich, aber viel mehr noch
am Gemüte leidend, und die seelische Mißstimmung war
schuld, daß sie nicht leiblich gesünder und schöner ward.
„Der Gedanke, sich einem Manne hinzugeben, war ihr

widerwärtig," erzählte Goethe später von ihr; „ich konnte
daher meine Schwester auch nie als verheiratet denken;
vielmehr wäre sie als Äbtissin in einem Kloster recht
eigentlich an ihrem Platze gewesen." Vielleicht auch
Das nicht, denn es fehlte ihr auch die fromme
Schwärmerei, die so vielen Frauen über innere und
äußere Not hinweghilft.

Mit dieser nur um fünfzehn Monate jüngeren
Schwester war Goethe in einer so innigen Weise verbunden gewesen, wie es Bruder und Schwester selten
sind. Man hielt sie zuweilen für Zwillinge; sie selber
fühlten sich manches Jahr hindurch als ein mit und für
einander geborenes Paar, als Verbündete dem Vater
und der Mutter, den Freunden und der ganzen Welt
gegenüber. Wolfgangs Abwesenheit auf hohen Schulen
änderte daran nichts; auch kleine Liebeleien entfremdeten
sie nicht; eine starke Liebe zu einem andern Jüngling
fühlte Kornelia nicht, und solche Liebe konnte sie auch
nicht erwecken. Im dreiundzwanzigsten Jahre verlobte
sie sich mit dem hervorragenden, wohlmeinenden Rechts-
gelehrten Georg Schlosser, weil es keinen erheblichen
Grund gab, seinen Antrag abzulehnen. Das war der
erste große Schritt vom Bruder weg, zumal da Dieser
mit Schlosser, einem älteren Freunde, bald weniger als
früher übereinstimmte.

Goethe sah die Schwester in eine andere Welt eintreten. Sie kränkelte und verzagte, und er konnte
nichts zu ihrer Rettung tun. „So mußt du sein, dir
kannst du nicht entfliehen", mußte er jetzt im Innern zu
der Schwester sagen, die ihm bisher wie ein Teil seiner
selbst gewesen war. Er durfte sich nicht dagegen auf-

lehnen, daß sie in Schloffers Händen war, der ihr
Innerstes nicht verstand. Daß der närrische Lenz in ihr
Amtshaus zu Emmendingen einrückte, als er Weimar
hatte verlassen müssen. Daß noch andere Freunde,
deren Wert ihm zweifelhaft geworden war, ihre Ein-
samkeit unterbrachen. So schmerzlich wurden ihm die
Gedanken an die Schwester, daß er diese Gedanken mit
Willen verscheuchte und daß es ihm unmöglich wurde,
ihr zu schreiben; die Freundinnen Charlotte Stein und
Auguste Stolberg flehte er an, seine arme Schwester mit
Briefen zu erfreuen, während er selber schwieg.

Nun hatte der Tod das Siegel auf die Tatsache
gedrückt, daß das Leben seiner nächsten Blutsgenossin
ein krankes und peinliches geworden war, ohne irgend
eines Menschen Schuld, nur durch den harten Spruch
des Schicksals. Und damit er dieses Leid noch tiefer
empfinde, sah er hier in Weimar eine Artverwandte
seiner Schwester immer wieder mit Augen, immer am
vornehmsten Platze: die Fürstin des Landes, die Gattin
seines besten Freundes. „Aber Karl und Luise sei
ruhig!" hatte er noch im vorigen Jahre an Lavater geschrieben, dem das Unglück der jungen Herzogin durch
ihre eigenen traurigen Briefe bekannt war; „wo die
Götter nicht ihr Possenspiel mit den Menschen treiben,
sollen sie noch eins der glücklichsten Paare werden."
Aber wenn nun auch mit der edlen Fürstin die Götter
ihr Possenspiel durchaus treiben wollten wie mit seiner
armen Schwester?

Der entsetzliche Gedanke an die unbarmherzige
Härte der Götter überfiel ihn; die alten Bilder der
Griechen für diese fühllose Grausamkeit standen vor ihm.

Ach! das fliehende Waffer
Möcht' ich dem Tantalus schöpfen,
Mit lieblichen Früchten ihn sättigen!
Armer Alter,
Für gereiztes Verlangen bestraft!

In Jxions Rad möcht' ich greifen,
Einhalten seinen Schmerz!

Trostlos für mich und für sie,
Wohn' ich unter ihnen und schaue
Der armen Danaiden Geschäftigkeit:
Leer und immer leer!
Wie sie schöpfen und füllen!
Leer und immer leer!
Nicht einen Tropfen Waffer zum Munde,
Nicht einen Tropfen Waffer in ihre Wannen!
Leer und immer leer!
Ach! so ist's mit dir auch, mein Herz!
Woher willst du schöpfen? Und wohin?

„Schwere Hand der Götter“, steht in diesem Jahre einmal in seinem Tagebuche, und in einem Briefe an Charlotte:

Soviel weiß ich, daß die Götter Geistern Macht über mich gegeben haben, die denn in ihrem Streit mich treten und treiben.

༄

Aber es waren nicht immer übelwollende Geister oder Götter. Kam es ihm manchmal so vor, als ob er tiefer litte als andere Menschen, so erlebte er an anderen Tagen, daß er die Schönheit der Natur und Kunst tiefer genießen, daß er ausgelaffener lustig oder auch im Stillen inniger beseligt sein konnte:

> Alles geben die Götter, die unendlichen,
> Ihren Lieblingen ganz:
> Alle Freuden, die unendlichen,
> Alle Schmerzen, die unendlichen, ganz.

Am 5. April 1777 ließ er in seinem Garten ein Denkmal oder einen Altar bauen: einen gewaltigen steinernen Würfel und darauf eine große Kugel. ‚Agathe Tyche' nannte er das Mal im Tagebuche, denn dem guten Glücke ist's geweiht, dem Rollenden auf dem Festen, dem Wandelbaren über dem Unabänderlichen. Auf dem Festen, dem Ruhenden müssen wir unser Leben begründen, doch unsere Hoffnung setzen wir auf „ein Wandelndes, das mit und um uns wandelt". Der Wechsel, der Umtrieb erlaubt uns und zwingt uns, zu wählen und zu handeln, an unserm Schicksal mit-zubilden. Aber oft ist uns das Beständige, Feste viel nötiger und lieber; wir werden reich oder arm, je nachdem wir nach dem Bleibenden oder dem Flüchtigen greifen. Wer festhalten will, darf nur Weniges um-fassen. Da wir immer nur eine geringe Macht über die Außenwelt haben, sollten wir alle unsere Kraft und Liebe in einem kleinsten Bezirke versammeln: ein Häus-chen und Gärtchen, zwei oder drei liebe Menschen, wenig Besitz, wenig Herrschaft, wenig Getreibe — Das ist das Rechte.

Solche Gedanken hatte Goethe jetzt öfter als früher.

Als er am 21. August in Weimar fortritt, um in den nächsten sechs Wochen vielerlei Besuche und Ver-handlungen, zuerst im Gebirge und danach in Eisenach, abzumachen, da empfand er dies Fortgehen wie eine Torheit und ein Unrecht gegen sein kleines Gütchen

8*

und gegen sich selber. Oft drehte er sich im Sattel um, sah nach seinem Garten zurück und dachte: was alles, wieviel Fremdes ihm durch die Seele müsse, ehe er sein armes Dach wieder sähe. Und langsamer als sonst ließ er das Pferd dahin trotten.

Selbst oben auf der Wartburg blieb das Verlangen nach seiner kleinen Welt stark. Es entzückte ihn hier der weite Blick nach allen Seiten; er zeichnete mit Lust die einzelnen Schönheiten der Nähe in sein Skizzenbuch und er hätte sich auch darein gefunden, wenn er hier oben wie einst Luther in aller Heimlichkeit zehn Monate als ein Junker Jörg hätte leben müssen. Aber diese Heimlichkeit, diese Einschränkung, ward ihm eben nicht gegönnt. Der Herzog zwar störte ihn kaum, denn er „kriegte ihn täglich lieber"; aber Freund Merck, der von Darmstadt zu Besuch eintraf, rührte mit seiner scharfen Kritik schon manchmal im Unangenehmen herum, und Freund Knebel, der gleichfalls angeritten kam, raubte ihm mit seinen Grüßen und Berichten aus der weimarischen Gesellschaft alles Wohlgefühl der Abgeschiedenheit. Und dann waren da hundert Andere, alte, neue und neueste Bekannte, die nach Rang und Verdienst geehrt sein wollten; da war allerlei Hoftreiben und Jagen, Tanzen, Besuchen hin und her. Und mitten darin war Goethe mehr denn je wie ein Mann, der in ein fremdes Volk verschlagen ist, das eine andere Sprache spricht und andere Gedanken denkt. „Tiefes Gefühl des Alleinseins", verzeichnete er in seinem Tagebuche, oder: „ich war stumpf gegen die Menschen" oder: „die Kluft zwischen mir und denen Menschen allen fiel mir so groß in die Augen."

Eines Tages kamen der Statthalter v. Dalberg aus
Erfurt und der Baron Friedrich Melchior v. Grimm
aus Gotha. Der Deutschfranzose Grimm war auch ein
bürgerlich Geborener, in Fürstengunst Gewachsener, auch
ein Literat, dazu ein Freund der berühmtesten französischen Schriftsteller; er kam eben von der Kaiserin
Katharina und reiste nach Frankreich zurück. Man
erwartete, daß Goethe und Grimm sich auf den ersten
Blick befreunden würden, aber Goethe schrieb nachher
in seinen Kalender:

Die Ankunft des Statthalters schloß mich auf einige
Augenblicke auf, Grimms Eintritt wieder zu. Ich fühlte
inniglich, daß (alles Andere bei Seite) ich dem Manne
Nichts zu sagen hatte, der von Petersburg nach Paris geht.

Es war noch keine zwei Jahre her, daß auch
Goethe mit dem Gedanken gespielt hatte, „auf dem
Theatro mundi was zu tragieren". Jetzt sehnte er sich
vor allem nach seinem Schindeldache im kleinen Tale.
Still beging er seinen letzten Abend auf der Wartburg:

Hier nun zum letzten Mal auf der reinen ruhigen Höhe
im Rauschen des Herbstwindes. Unten [in der Stadt und
unter den Menschen] hatt' ich heut ein Heimweh nach
Weimar, nach meinem Garten ... Gern kehr' ich doch
zurück in mein enges Nest, nun bald in Sturm gewickelt, in
Schnee verweht. Und will's Gott, in Ruhe vor den
Menschen, mit denen ich doch nichts zu teilen habe.

Und er fuhr fort:

Hier habe ich weit weniger gelitten, als ich gedacht
habe, bin aber in viel Entfremdung bestimmt, wo ich doch
noch Band glaubte. Der Herzog wird mir immer näher
und näher, und Regen und rauher Wind rückt die Schafe
zusammen.

IV. Das dritte Jahr.
November 1777 bis November 1778.

Man kann nicht Herzensfreund eines Fürsten und zugleich Einsiedler sein. Wenigstens dann nicht, wenn der Fürst der Gehülfen in der Landesverwaltung so nötig bedarf wie der junge Herzog Karl August.

Als 1777 der Winter kam, bemerkte Goethe jeden Tag deutlicher, daß er trotz aller „Entfremdung von den Menschen" sich unter den Menschen tummeln müsse. Die Herzoginnen zogen von Belvedere und Ettersburg in die Stadt; die Hoftage und Konzerte begannen wieder; Theaterstücke waren vorzubereiten. Der Herzog kam mit Gesprächen über innere und äußere Zustände zu ihm oder ließ ihn in's Fürstenhaus rufen, oft mit dem Beifügen, er solle sich nicht erst mit Kleiderwechseln aufhalten. Dazu kamen die regelmäßigen Sitzungen des Geheimen Rats, in dem seine Mitarbeit wertvoller und nötiger wurde. Oft ging er erst im Mondenscheine durch das Gebüsch und über den Fluß in sein stilles Haus zurück; in dunkeln Nächten begleitete ihn zuweilen ein Fackelträger.

Er, der geborene Privatmann, mußte also den Hofmann und ‚Geschäftsmann' spielen. Nun wohlan, so lange er es mit Ehren vor seinem eigenen Gewissen und zur Hilfe des geliebten fürstlichen Jünglings tun konnte! „Heiliges Schicksal!" so schrieb er am 14. November in sein Tagebuch, und Schicksal war bei ihm noch immer der Name Gottes:

Heiliges Schicksal, du hast mir mein Haus gebaut und ausgestattet über mein Bitten. Ich war vergnügt in meiner Armut unter einem halbfaulen Dache. Ich bat dich, mir's zu lassen, aber du hast mir Dach und Beschränkung vom

Haupte gezogen wie eine Nachtmütze. Laß mich nun auch frisch und zusammengenommen der Reinheit genießen! Amen!

Die Reinheit, die er als Staatsdiener verehrte, war Reinheit von Launen, Grillen, Vorurteilen, Zu- und Abneigungen, und vor allen Dingen Reinheit von Eigennuß. Man war damals noch gar offen und dreist im Kampf für den eigenen und der Anverwandten Vorteil; es galt kaum für ein Unrecht, wenn ein Beamter seine Amtsgewalt zu Nebengewinn für sich selber ausnüßte; die Begünstigung der Anverwandten ward fast als Pflicht angesehen, und nur wer Das allzu gröblich betrieb, erregte Ärgernis. Auf einem Ausfluge hörte Goethe einen Fuhrmann, der ihn nicht kannte, von einem habsüchtigen Pastoren erzählen: dieser Lehrer des Christentums hatte das Kornmaß, mit dem er den ihm zukommenden Zehnten am Getreide abmaß, zu groß machen lassen, der Schmied hatte es bemerkt und das Maß deshalb nicht beschlagen wollen. Der Pastor hatte zu einem zweiten und dritten Schmiede geschickt; auch sie weigerten sich, an das ungerechte Maß ihre Hand zu legen: so suchte sich das Volk zu verteidigen.

Solche Übervorteilung und Selbstigkeit bemerkte Goethe je länger je öfter bei den Beamten um sich herum. Die Gehälter waren immer sehr knapp gewesen; von jeher war es üblich, daß die Beamten Geschenke annahmen; von jeher hatten Viele den Fürsten und das Land fein und grob betrogen und betrügen lassen. Es war Karl Augusts und Goethes eigenstes Werk gewesen, daß ihr junger Freund Johann August v. Kalb über die Einkünfte des Landes gesetzt ward; auf diesem

Posten hatte schon sein Vater sich selber aus der Armut zu großem Wohlstand emporgearbeitet; jetzt wurde es auch bei dem Sohne immer zweifelhafter, ob er mehr seinem eigenen oder des Herzogs Vorteile nachging. Andere wieder waren Augendiener und Achselträger und fragten wenig, was die Sache gebot. Der höchste Beamte des Landes, der Geheime Rat v. Fritsch, hatte freilich solche Fehler nicht, aber nicht selten hinderte ihn seine gewollte und angewöhnte Beschränkung auf die vorgeschriebene Amtsarbeit, die Zustände vollständig zu übersehen und das Nötige zu tun.

So fühlte Goethe, daß er selber als der Bewegliche, Vorurteilslose, Selbstlose unter den höchsten Staatsdienern noch allerlei Arbeit auf sich nehmen müsse. Denn tüchtige Beamte von auswärts zu gewinnen, war selten möglich; es wäre schwer gewesen, sie nach ihren Ansprüchen zu besolden, teils weil das Geld knapp war, teils weil dann auch die Einheimischen besser bezahlt werden mußten; sodann hätte jeder Fremde Jahre gebraucht, ehe er die thüringischen Verhältnisse und Gesetze genugsam gekannt hätte. Der Herzog dachte einmal daran, den Kriegsrat Merck von Darmstadt nach Eisenach zu berufen und ihn dort zum Kammerrat zu machen, aber Goethe war dagegen. Er fürchtete jetzt den Schein der Parteilichkeit, der auf ihn fallen mußte, wenn einer seiner auswärtigen Freunde eine Stelle bekam, die auch Landeskinder begehrten.

Erst im Oktober 1778 übernahm Goethe ein eigentliches, festes Amt: den Vorsitz in der Kriegskommission. Ein sehr reizloses Amt! Diese ganze ‚Kriegskommission‘ war, so lange sie bestand, unbeliebt gewesen und Vielen

unnötig erſchienen, da ihre Obliegenheiten von andern
Behörden hätten mitbeſorgt werden können. Ihr unter-
ſtanden die Kanzleigeſchäfte des Militärs, die Proviant-
bäckerei, die Marſchkommiſſion und andere wirtſchaft-
liche Militär-Angelegenheiten; auch die Aushebung der
Rekruten, die alle drei Jahre geſchah, war ihr anvertraut.

Goethe übernahm gerade dieſen, ſeinen Neigungen
am allerfernſten liegenden Poſten, weil er Zweierlei erkannte: hier war eine Mißwirtſchaft entſtanden, der
man durch Fleiß und Strenge abhelfen konnte, und
hier war die beſte Gelegenheit, Geld zu erſparen. Der
Wert der Sparſamkeit, ihr Zuſammenhang mit einer
allgemeinen Einſchränkung, die ſowohl Schonung wie
Verſammlung der Kräfte auf kleinem Gebiete bedeutet,
trat jetzt ſehr deutlich in Goethes Erkenntnis. „Schöne
Aufklärungen über mich ſelbſt und unſere Wirtſchaft“,
ſchrieb er im Februar 1778 in ſeinen Kalender; „Bitte
und Vorahnung der Weisheit, immer fortwährende
Freude an Wirtſchaft, Erſparnis, Auskommen.“ „Be-
ſtimmteres Gefühl von Einſchränkung und dadurch der
wahren Ausbreitung.“ Der junge Hauswirt ward jetzt
zum Volkswirt; „das ökonomiſche Fach“ reizte ihn zum
erſten Male. Die öffentlichen Kaſſen der Herzogtümer
ſah er in kläglichen Verhältniſſen; die Kammergüter und
die gewöhnlichen Steuern brachten nicht ſoviel ein, wie
vom Hofe und den Behörden gebraucht wurde; die
Hoffnungen auf das Ilmenauer Bergwerk, an deſſen
Vorbereitung Goethe nach wie vor beteiligt war, konnten
erſt nach Jahren in Erfüllung gehen. Das Geld war
ſo knapp, daß man 1778 den ungewöhnlichen Schritt

tat, im Herzogtum Weimar und in der jenaischen Landesportion auf sechs Jahre Personensteuern auszuschreiben;
auf den Kopf kamen je nach Stand und Vermögen
4 Groschen bis 16 Taler; z. B. auf Goethe als einen
Geheimen Legationsrat 14 Taler.

Nur an zwei Stellen konnten die Ausgaben ver-
ringert werden: am Hofe und am ‚militare‘. Einen
Kampf gegen die fürstlichen Vergnügungen und die
fürstliche Prachtentfaltung — sie waren nach früheren
und späteren Begriffen übrigens recht bescheiden —
hielt Goethe noch nicht für zeitgemäß; dagegen schien
es möglich, selbst den Herzog, der so viel Liebe für
seine Soldaten hatte, daß er sie zuweilen selbst ein-
exerzierte, zu überzeugen, daß das Ländchen noch immer
zu viel Militär hatte. Sein Großvater Ernst August
war bekanntermaßen ein Soldatennarr und hierin wie
in andern Dingen ein arger Verschwender gewesen;
seitdem hatte man die Garde du Corps, die Husaren,
Infanteristen und Artilleristen vermindert, aber es waren
ihrer immer noch übermäßig viele. Nun war zwar
gerade 1778 wieder ein Krieg zwischen Preußen und
Österreich in Aussicht, und man bangte davor, daß
dabei der weimarische Kahn, wie im Siebenjährigen
Kriege, zwischen die beiden Orlogschiffe geraten würde;
aber für die Siegesaussichten der deutschen Mächte blieb
es sich gleich, ob die weimarische Heeresmacht verdoppelt
oder gehalbt wurde; gar nicht gleich aber war es für
den Haushalt der Herzogtümer. So wurde denn am
30. Juni 1778 bekannt gegeben, daß „Serenissimus
clementissime regens in Rücksicht auf den beträchtlichen Aufwand, welchen das in dem hiesigen Fürsten-

tume fowohl als in der jenaifchen Landesportion an-
geftellte Landregiment und Landbataillon zeither jährlich
erfordert und in Erwägung der Seltenheit der Gelegen-
heiten, wo einiger Gebrauch von felbigen zu machen
gewefen*, diefe Heeresteile eingehen zu laffen befchloffen
habe. Das bedeutete eine Verringerung der Armee
von 600 auf 310 Mann.

An diefem Entfchluffe hatte Goethe gewiß ein großes
Verdienft gehabt. In der Kriegskommiffion konnte er
nun Herr über andere Urfachen der finanziellen Aus-
zehrung werden, über große und auch kleine. „Acht'
in der Haushaltung keinen Riß zu eng, eine Maus
geht durch!" Das ift nur ein Stück Philifterweisheit,
aber Goethe fchrieb fie fich jetzt als wichtige politifche
Maxime in's Tagebuch. Und in einen Brief an die
Freundin fchrieb er die andere Hausvater-Erkenntnis,
daß man in der Dürre zwar einem ganzen Lande keinen
Regen verfchaffen, wohl aber einen Garten begießen
kann.

Zu wirklicher Arbeit in der Kriegskommiffion kam
Goethe erft zu Ende des Jahres, von dem wir reden.
Bis dahin war er wie bisher Vergnügungsmeifter, Hof-
baukünftler und namentlich Begleiter und Gefellfchafter
der herzoglichen Familie.

Die wichtigfte Ausfahrt, die er diefes Jahr mit
dem Herzoge machte, führte über Leipzig nach Deffau
und von da nach Potsdam und Berlin. Was er in
der Refidenz des großen Preußenkönigs fah, machte
auf ihn einen tiefen Eindruck. Der alte Fritz war
zwar abwefend, in Schlefien, des drohenden Krieges
wegen, aber Goethe war zu Tafel bei des Königs

Bruder, dem Prinzen Heinrich, fah auch viele der
Generäle und Oberften, die aus dem Siebenjährigen
Kriege berühmt waren oder im bevorftehenden neuen
Ringkampfe mit Öfterreich Lorbeern erringen wollten.
Und er fah taufend andere Menfchen und Dinge neuer
Art; denn hier, wo er fich in mehr als einem Sinne
fremd fühlte, befchränkte er fich noch mehr als fonft
auf das Sehen und Hören, felbft auf die Gefahr hin,
ein ftummer Gaft gefcholten zu werden. Er habe in
dem preußifchen Staate kein Wort hervorgebracht, was
fie nicht könnten drucken laffen, erzählte Goethe fpäter
an Merck; dafür fei er aber auch als ftolz und kalt
ausgefchrien worden.

Und dem alten Fritz bin ich recht nah geworden, da ich
hab' fein Wefen gefehen, fein Gold, Silber, Marmor, Affen,
Papageien und zerriffene Vorhänge, und hab' über den großen
Menfchen feine eigenen Lumpenhunde räfonieren hören.

Er hatte bereits ein Vorurteil gegen die „große
Welt" mit ihren Künftlichkeiten und Unwahrheiten; er
hatte noch vor einem halben Jahre auf einer einfamen
Streiferei im Harz das Leben der „kleinen" Leute fo
viel ehrlicher, wahrer, natürlicher, nötiger gefunden;
hier in Berlin, wo zum vornehmen Gefellfchaftstreiben
noch das Preußentum und der Wachtftubengeift hinzu-
kamen, fühlte er fich nicht bloß fremd, nicht bloß ab-
geftoßen, fondern zuweilen geradezu angeekelt.

Je größer die Welt, defto garftiger wird die Farce,
fchrieb er der vertrauten Freundin heim.

Keine Zote und Efelei der Hanswurftiaden ift fo ekel-
haft als das Wefen der Großen, Mittleren und Kleinen
durcheinander. Ich hab' die Götter gebeten, daß fie mir

meinen Mut und Geradsein erhalten wollen bis an's Ende und lieber mögen das Ende vorrücken, als mich den letzten Teil des Ziels lausig hinkriechen lassen.

Vielleicht trat es nicht in Goethes Bewußtsein, warum er so hart gegen Berlin fühlte. Seine Natur war immer auf's Bejahen gerichtet, und hier erwarb er für sich nur ein Verneinen, nämlich noch ein weiteres Stück Entfremdung von den Menschen, um nicht zu sagen: Menschenverachtung. Noch mehr am Herzen lag ihm aber, was sein junger Freund hier Gutes oder Übles lernen mochte. Karl August war ein Nachkomme von eifrigen Soldaten und tapferen Heerführern; Karl August liebte das Jagen und Reiten im freien Felde, und für den Herzog der kleinen Fürstentümer Weimar und Eisenach gab es schließlich nur einen Weg zur Macht und Größe: den Weg, der zuerst zum General führte. Seines Oheims, Friedrichs des Großen, Siege und Erfolge erschienen in ihrer Größe unerreichbar, aber warum sollte Karl August nicht auf derselben Bahn vordringen und gleichfalls Kriegsruhm und Siegesbeute davontragen? Den militärischen Ehrgeiz seines jungen Fürsten konnte Goethe nur mit Angst bemerken: um so eifriger wird er die Kehrseite vom preußischen Siegesglanze aufgesucht und seinem Herrn deutlich gemacht haben. „Den Wert, den wieder dies Abenteuer für mich, für uns alle hat, nenne ich nicht mit Namen", schrieb er aus Berlin heim.

Nicht Berlin, sondern Dessau war nach seiner Meinung das für Weimar taugliche Vorbild. Nicht der Kriegskönig Friedrich, sondern der kleinstaatliche Landesvater Franz. Dieser freundliche Herr, der Wohlsein um sich verbreitete, höhere Bildung begünstigte, Notstände milderte, begabte Menschen unterstützte, damit sie an Mit- und Nachwelt ihre Kräfte weitergaben: solche Fürsten waren ein Segen für die deutschen Länder!

Geradezu mit einem Paradiese konnte man seinen Park in Wörlitz vergleichen. An einem schönen Maitage gingen und fuhren Karl August, Goethe und Wedel darin herum.

Hier ist's jetzt unendlich schön,

berichtete Goethe der Freundin.

Mich hat's gestern abend, wie wir durch die Seen, Kanäle und Wäldchen schlichen, sehr gerührt, wie die Götter dem Fürsten erlaubt haben, einen Traum um sich herum zu schaffen. Es ist, wenn man so durchzieht, wie ein Märchen, das einem vorgetragen wird, und hat ganz den Charakter der Elysischen Felder. In der sachtesten Mannigfaltigkeit fließt Eins in's Andere; keine Höhe zieht das Aug' und das Verlangen auf einen einzigen Punkt. Man streicht herum, ohne zu fragen, wo man ausgegangen ist und hinkommt. Das Buschwerk ist in seiner schönsten Jugend, und das Ganze hat die reinste Lieblichkeit.

Ein solcher Park erscheint zwar gleichfalls unerreichbar, aber etwas Ähnliches konnte im Kleinen und schrittweise in Goethes Nachbarschaft erstehen. Breitete sich nicht vor den Fenstern seines Gartenhauses das liebliche Wiesental? Floß nicht schon ein Wasser in mancherlei Windungen hindurch? Standen drüben nicht Felsen? War nicht dahinter, war nicht davor, nach dem ehemaligen Schlosse zu, schon vor alter Zeit ein Anfang von künstlichen Anlagen gemacht? In Tiefurt änderten

Prinz Konſtantin und Knebel die Umgebung des Pacht-
gutes, deſſen Herrenhaus ſie ſich angeeignet hatten, in
kühner Weiſe um; in den Gärten von Belvedere hatte
er ſelber ſchon geholfen, zwiſchen der Vorgänger Geſchmack und den gegenwärtigen Wünſchen zu vermitteln.
Hier in Weimar war man voriges Jahr durch die Anlage des Exerzierplatzes öfters in die mißachteten Gegenden des Bauhofs und Pulverturms geraten, die nach
Verbeſſerung ſchrien. Sie waren bisher ſchon Goethes
Nachbarſchaft geweſen, aber ſeit dem 14. November 1777
wohnte die Familie v. Stein in der neu eingerichteten
Wohnung über den Huſarenſtällen an der Ackerwand,
und nun ging der nächſte Weg ſowohl zur beſten
Freundin, wie zum beſten Freunde durch dieſe Felſen-
und Flußwildnis. Manchmal, wenn das Wetter es
zuließ, und wenn er Bedürfnis hatte, Andern zu begegnen, ging er jetzt auf den neuen Exerzierplatz oder
auf die älten Spazierwege im Stern und Wälſchen
Garten. Nicht ſelten ſuchte er allein neue Wege und
malte ſich neue Anlagen aus.

Die Gegend um meinen Garten wird auf's Frühjahr
unendlich ſchön,

ſchrieb er Neujahr 1778 an Merck;

Ich hab' einige ſeltſam romantiſche Fleckchen ge- und
erfunden.

Am 16. Januar 1778 ſprang Chriſtel v. Laßberg,
eine Tochter des Obriſten v. Laßberg, von der Floßbrücke in die Ilm. Am andern Vormittage (es war
ein Sonntagmorgen, und Goethe lief mit dem Herzoge
auf dem Schwanſeeteiche Schlittſchuh) fanden ſeine

Schnede   v. Stein   v. Riedel   Bibliothek   Turm der   Schloßturm
Dahinter: Dach des Fürstenhauses   Schloßturm   Stadtmauer

Zwischen dem Wälschen Garten und der Ilm

Leute die Leiche. Man trug ſie ins nächſte Haus der
Stadt, alſo zu Frau v. Stein; man rief Goethe herzu,
und er mußte gegen Abend auch zu den Eltern gehen
und mit ihnen das Weitere beſprechen. Alle Welt
redete nun von der Verzweiflungstat des armen Fräuleins;
man erzählte, man dichtete hinzu. Sie habe Goethes
Unglücksroman ‚Werthers Leiden‘ in der Taſche gehabt,
ſagten die Einen; ſie habe ſich eingebildet, ihr Liebſter,
ein ſchwediſcher Offizier, ſei ihr untreu, ſagten die Andern.

Goethe war im Innerſten ergriffen. Seine Diener
wagten jetzt nicht mehr einzeln über die Brücke zu gehen,
ja zu zweien kaum: alle drei machten ſie ſich auf den
Weg, wenn in der Stadt etwas zu beſorgen war. Ihr
Herr dagegen fühlte ſich jetzt wie von Geiſterhand zu
dieſem Platze hingezogen. Er malte ſich Alles in's
einzelne aus: wie die arme Chriſtel aus der väterlichen
Haustür, die gleich neben Herders Tür lag, geſchlüpft,
wie ſie aus dem Dunkel hinter der Kirche hervorgetreten,
über den Töpfenmarkt in die engen Gaſſen geeilt; dann
über den Markt, dann am Fürſtenhauſe vorbei über die
Brücke des Schützengrabens zum neuen Exerzierplatz,
endlich über die Felſen zum Fluſſe hinab. Er ſuchte
dort den Pfad, den ſie wohl mochte gewählt haben; er
ſuchte einen Platz, wo er dieſen Pfad und den Ort
ihres Todesſprungs überſehen konnte. Der Orion ſtand
ſo ſchön am Himmel und ſpiegelte ſich in dem Waſſer,
das jetzt friedlich dahinglitt und doch zwei Tage vorher
das junge Leben verſchluckt hatte.

Noch nie hatte er die Anziehung des Waſſers ſo
ſtark gefühlt. „Es war eben ſo ein Abend,“ ſagte er
für ſich, „als ſie dort verſank.“

Und als er dann in seinem warmen Stübchen saß,
graute auch ihm, wieder hinaus zu gehen; er schickte
lieber seine drei „Jungen" hinüber zu Charlotten mit
einem Zettelchen:

Gute Nacht, Engel, schonen Sie sich und gehn nicht
herunter! Diese einladende Trauer hat was gefährlich An-
ziehendes wie das Wasser selbst. Und der Abglanz des
Himmels, der aus beiden leuchtet, lockt uns!

Die Tage aber zwangen ihn zu mancherlei Tätigkeit; ja gleich nach Christels Tode mußte er sich um
Ballett- und Possenspiel zu der Herzogin Geburtstag
kümmern. Zwischendurch jedoch wandten seine Gedanken
sich immer wieder dem unheimlichen Flusse zu; Sterne und
Mond erinnerten an das arme Mädchen, dem es nicht
vergönnt gewesen, an der Seite des Geliebten gegen Welt
und Leben stark zu sein. Und er sprach zum Monde zurück:

Füllest wieder 's liebe Tal
Still mit Nebelglanz,
Lösest endlich auch einmal
Meine Seele ganz!
Breitest über mein Gefild'
Lindernd deinen Blick,
Wie der Liebsten Augen mild,
Über mein Geschick.
Das du so beweglich kennst,
Dieses Herz im Brand
Hallet ihr wie ein Gespenst
An den Fluß gebannt,
Wenn in öder Winternacht
Er vom Tode schwillt
Und bei Frühlingslebenpracht
An den Knospen quillt.

— — — — — —

Selig, wer sich vor der Welt
Ohne Haß verschließt,
Einen Mann am Busen hält
Und mit Dem genießt,
Was den Menschen unbewußt
Oder wohl veracht',
Durch das Labyrinth der Brust
Wandelt in der Nacht!

An einem Sonnabend war das arme Fräulein in den Tod gegangen; am Montag darauf traf Goethe den Hofgärtner Jentsch und seine Arbeiter in der Nähe der Todesstätte. Sogleich war der Gedanke da: hier für Christel ein Denkmal zu errichten, hier in den Felsen und aus den Felsen, die sie zuletzt betreten, etwas wie einen Altar zu bilden. Hart am Wege sollte es nicht sein, Das wäre kein Platz zum Beten und liebenden Gedenken. So machte er sich mit Jentsch und den Leuten sogleich daran, in die Felsen einen Gang, eine Höhle zu bauen, und als die Feierabendstunde der Gärtner schlug, arbeitete er noch allein mit Spitzhacke und Schaufel weiter. Das sollte eine seltsame Grotte geben, wo das Andenken des Mädchens, eine Urne, eine Büste, auf dem Altar gut verborgen stehen sollte.

Doch — es ist schon gesagt — die nächsten Tage brachten dringendere Geschäfte; Goethe sah sich zu ernster Arbeit und zu „theatralischem Leichtsinn" gezwungen — und wozu auch an die Nöte und Verzweiflungstaten erlöster Seelen noch erinnern? Christels Denkmal ward nicht errichtet, aber nun hatte man einmal angefangen, die Felsen und ihre Nachbarschaft umzugestalten. Nun gewann das Werk eigenes Leben: der Herzog hatte seine Wünsche, Bertuch und Kraus machten Vorschläge, und Goethe selber war der Erfinderischste. Im März und April rückten die Arbeiten gut voran, und Goethe schrieb in sein Tagebuch über die Wochen vor Ostern: „Wühlte ich still an Felsen und Ufern fort." Im Mai sah er dann die Wunder von Wörlitz: nun ging er erst recht mutig zu Werke.

Aber noch einmal sollte ein äußeres Ereignis seinen Vorsätzen Richtung geben. In seiner Heimat war es Sitte, den Namenstag geliebter Menschen zu feiern; er hatte nicht vor, diese Sitte in Thüringen einzuführen, aber er benutzte sie gern als eine gute Gelegenheit, die junge Herzogin zu ehren. Ihr Geburtstag fiel in den Winter, ihr Namenstag dagegen in die schönste Jahreszeit, auf den 9. Juli. So beschloß man, zum 9. Juli ein Wald- und Buschfest nach ältern italienischen Mustern vorzubereiten. Es sollte im Stern abgehalten werden. In den uralten Baumgängen, auf den breiten Plätzen sollten sich Nymphen, Faunen, Jäger, Schäfer, Schäferinnen begegnen und das ewige Liebesspiel von Erhörung und Abweisung, Eifersucht und Versöhnung spielen.

Aber in den ersten Julitagen fielen gewaltige Regenmassen. Es entstand eine Überschwemmung, die den tiefgelegenen Stern und die Wiesen daneben auf Wochen hinaus zu Festplätzen untauglich machte.

Da richtete sich das Auge von selbst auf das höhere Gelände am andern Ufer. Unter der alten Schießhausmauer lag ein wüster, nie betretener eirunder Platz; eine Gruppe alter Eschen beschattete ihn. Goethe trommelte seine Gärtner, Zimmerleute und Hilfsarbeiter zusammen; der Platz ward gesäubert, geebnet, und daran ward eine ‚Einsiedelei' erbaut; ein Zimmer mäßiger

Größe, das man eilig mit Stroh deckte und mit Moos
bekleidete. Ein wenig unterhalb stand das Pulver-
häuschen, es bekam rasch noch ein Türmchen mit
einer Glocke. In drei Tagen und Nächten ward Alles
getan, ohne daß man bei Hofe oder in der Stadt etwas
davon wußte. Zugleich ward ein ganz neues Festspiel
ausgedacht; Freund Seckendorff übernahm diesmal das
Dichten, und in wenigen Stunden ward es einstudiert.

Am 9. Juli ward Herzogin Luise mit ihren Damen
geladen. Als sie den Weg am linken Ufer der Ilm
herankamen, schritt ihnen eine Schar Mönche mit großen
Bärten und in weißen Kutten entgegen.

Der Pater Orator begrüßte die Damen, der Pater
Provisor, Pater Guardian, Pater Dekorator, Pater
Florian, Pater Küchenmeister nahmen auch das Wort.
Das böse Unwetter, so berichteten sie, habe auch ihr
Kloster ergriffen und fortgerissen; sie seien nun mit der
neuen Sintflut über Berg und Tal geschwommen, bis sie
hier an den Felsen hängen geblieben. Und sie stellten
sich gegenseitig vor; z. B. die Patres, als die sich der
Herzog und Goethe vermummt hatten:

Der dicke Herr ist der Pater Guardian,
Ein überaus heilig' und stiller Mann,
Den wir, dem löblichen Kloster zum besten,
Mit Allem, was lecker und nährend ist, mästen.
Und Dieser hier: Pater Dekorator,
Der all unsern Gärten und Bauwerk steht vor,
Der hat nun beinahe drei Nacht nicht geschlafen,
Um uns hier im Tal ein Paradies zu verschaffen.
Denn wenn Der was angreift, so hat er nicht Ruh,
Stopft Tag und Nacht die Löcher mit Heckenwerk zu,
Macht Wiesen zu Felsen und Felsen zu Hänge,
Bald gradaus, bald zickzack die Breit und die Länge. . . .

Die Damen wurden nun in die Einſiedelei geführt, deren einzigen Raum man hochtrabend das ‚Refektorium‘ nannte. Dort ſtand auf grobem Tiſchtuche eine Bierkaltſchale; die Teller waren irdene und die Löffel gemeine Blechlöffel. Schon wollten einige ſchnippiſche Huldinnen bemerken, daß dieſe Art Abſpeiſung nur groben Witz verrate: da wandte ſich auch ſchon der dickvermummte Herzog an ſeinen Freund Goethe:

> Herr Dekorator, der Platz iſt ſehr enge,
> Und unſere Klauſur iſt eben nicht ſtrenge:
> Ich dächte, wir führten die Damen ins Grüne.

Der Angeredete machte Schwierigkeiten, ging aber hinaus, wie wenn er ſich umſehen wolle, und trat dann wieder herein:

> Euer Hochwürden! Der Platz iſt erſehen;
> Wenn's Ihnen gefällig iſt, wollen wir gehen.

Und nun öffnete ſich eine hintere Tür: auf dem neuen geebneten Platze unter den alten Eſchen ſtand eine wohlgeſchmückte fürſtliche Tafel, und aus dem Grün erklang heiterſte Muſik. Dazwiſchen erbrauſte ein Waſſerfall, den man für dieſen Tag hierher geleitet hatte. Die Damen traten mit Ah! und Oh! heraus. Die Mönche wollten ihre vornehmen Gäſte bedienen, aber die Damen verlangten, neben ihren Mönchen zu ſpeiſen. Und ſo geſchah es; es war ihnen allen wie ein Märchen.

Die Herzogin-Mutter war diesmal nicht von der Partie, denn ſie erfreute ſich gerade auf einer Rheinreiſe. Als ſie wiederkam, bereitete Goethe auch ihr ein kleines Feſt. Am 22. Auguſt trat ſie abends um Sechs mit ihren Damen und den nächſten Freunden in ſein Häuschen; als der Garten beſehen war, geleitete er ſie

über die Brücken und in die neue Einſiedelei. Hier ward
ein Eſſen aufgetragen, und es war ein fröhliches Erzählen
von der Reiſe, vom Beſuche bei Goethes Mutter, von
dem trefflichen Merck, der in den Rheinſtädten als Führer
gedient hatte. In den Gläſern leuchtete Johannisberger
Sechziger; er rühmte in ſeiner Sprache gleichfalls die
ſonnigen Ufer des Rheins.

Als dann aber die einzige Tür des Häuschens ſich
auftat, da bot ſich ein Anblick, wie man ihn in dieſer
beſonderen Schönheit auch am Rhein nicht geſehen hatte.
Das Ufer der Ilm war auf und ab in Rembrandts
Geſchmack beleuchtet, ein wunderbares Zaubergemiſch
von Hell und Dunkel. Herzogin Amalie und Alle
waren entzückt; man hatte in letzter Zeit ſo viel von
Rembrandts Landschaften geſprochen: hier lebte eine!
Man ſtieg die kleine Treppe hinunter und ſchritt
zwiſchen Felſenſtücken und Buſchwerken den Fluß ent-
lang und über die Brücke nach dem Stern hinunter: nach
und nach zerfiel die ganze Viſion in eine Menge kleiner
Nachtſtücke; man ſah die Freunde und ſich ſelber von
dieſen Fackeln und Feuern bald hell, bald matt erleuchtet,
und Jeder war dankbar und glücklich geſtimmt. „Ich
hätte Goethen vor Liebe freſſen mögen“, erzählt Wieland,
der auch dabei war, im nächſten Briefe an Merck.

Mit dieſen beiden Feſten war der neue Bezirk für
die Geſelligkeit erobert und eingeweiht. Namentlich
aber verliebte ſich der Herzog in das Plätzchen und er
gewöhnte ſich bald, in der Moos- und Strohhütte, die
er im Andenken an das Feſt ſein Kloſter nannte,
ſtunden- und tagelang zu hauſen. So mußte man das
Häuschen feſter und wohnlicher machen; man umgab es

mit einer Galerie, führte eine Treppe herab nach dem Flusse, in dem der Herzog nun auch zu baden begann. Goethe und er waren jetzt nächste Nachbarn und konnten noch vertraulicher mit einander die innersten Gedanken austauschen. Manchmal schrieben sie auf ein Blatt ihre Briefe; der Eine begann, der Andere schrieb das Nachwort; z. B. an die Frau v. Stein reimte der Fürst in seiner Natur-Einsiedelei:

> Ich schlafe, ich schlafe von heute bis morgen,
> Ich träume die Wahrheit ohne Sorgen,
> Habe heute gemacht den Kammer-Etat,
> Bin heute göttlich in meinem Selbst gebadt.
> Die Geister der Wesen durchschweben mich heut,
> Geben mir dumpfes, doch süßes Geleit.
> Wohl dir, Gute, wenn du lebest auf Erden,
> Ohne Anderer Existenz gewahr zu werden!
> Tauche Dich ganz in Gefühle hinein,
> Um liebvollen Geistern Gefährtin zu sein!
> Sauge den Erdsaft, saug' Leben dir ein,
> Um liebevoller Geister Gefährtin zu sein!

Goethe las es und schrieb weiter:

> Und ich geh' meinen alten Gang
> Meine liebe Wiese lang,
> Tauche mich in die Sonne früh,
> Bad' ab im Monde des Tages Müh,
> Leb' in Liebesklarheit und -kraft,
> Tut mir wohl des Herrn Nachbarschaft,
> Der in Liebesdumpfheit und -kraft hinlebt
> Und sich durch seltnes Wesen webt[1]).

---

[1]) Dies Gedicht wird sonst in den August 1777 verlegt, aber des „Herrn Nachbarschaft" hatte Goethe erst vom Sommer 1778 an, und Karl Augusts Naturevangelium paßt am besten in die Zeit, wo er der Erde so nahe wohnte.

Goethe   Schmidt   Stolle zum Stern   Seidlerin   Luisenkloster   Schreibmann

Im Umtal 1778.

Federzeichnung von G. M. Kraus.

Der Altar des guten Glückes.
Aufnahme von Prof. Otto Rasch in Weimar.

Die Arbeiten am „Kloster' gingen weiter; im Anfang September ward es inwendig ausgemalt, zu Ende
desselben Monats ein englischer Kamin eingemauert.
Auf diesem Herde ließ sich der Herzog morgens den
Kaffee kochen, wenn er die Nacht hier verbrachte. Sein
ganzes Mobiliar war: ein Tisch, sechs Stühle und
eine Ottomane zum Schlafen. Gleich danach hatte sich
Goethe als pater decorator oder Hausminister mit
Änderungen und Nachbesserungen im Fürstenhause zu
plagen, die Arbeiter anzutreiben, die Kammerdiener
auszulogieren; ja sogar das Bettchen für das erwartete
erste Kindchen der Herzogin hatte er mit der Oberhofmeisterin Gräfin Gianini und dem Hoftapezier Schüntzel
zu bedenken. Im Anfang November stand die Rückkehr der Herzogin vom Sommeraufenthalt in Belvedere
bevor; „und ich werde also auch für diesmal die
Sorge für Fußböden, Öfen, Treppen und Nachtstühle
los sein, bis es wieder von vorn angeht", meinte Goethe
zur Freundin.

Ꮖ

Im eigenen Haus und Garten war dies Jahr
nicht mehr soviel zu beginnen wie in den ersten beiden
Sommern. Er ließ sich von Oser steinerne Gartenbänke, „ganz simpel, aber schöne Formen", zeichnen,
die er für seinen Lieblingsplatz in halber Höhe des
Abhangs bestimmte. Er pflanzte an der Vorderseite
des Hauses Rebenfechser an, die im Februar aus der
Vaterstadt geschickt waren; sonst hatte er von dorther
im Herbste immer reife Trauben bekommen, nun hoffte
er auf eigene Ernte, die zugleich der alten und der

neuen Heimat Ehre machen sollte. Um sich gegen die
Kälte noch besser zu schützen, ließ er zwei Fenster im
Obergeschoß zumauern und besorgte sich von Pflug in
Jena einen der damals berühmten Pyramidenöfen;
trotzdem mußte er oft am Küchenherde ein behagliches
Plätzchen suchen, zumal wenn er erst nach des Tages
Geschäften bei einfallender Abendkälte heimkehrte.

Immer lieber wurde ihm sein Tal; sein Heimweh
danach kleidete er einmal in das Bild: wie ein Klotz
hänge es an ihm, wenn er es eine Woche nicht gesehen.
Und als er mit den Felsengängen drüben fertig war,
auch allerlei Moose und ausdauernde Kräuter dort gepflanzt hatte, schrieb er an Merck:

In meinem Tal wird's immer schöner. Das heißt: es
wird mir näher und Anderen genießbarer, da ich die vernach-
lässigten Plätzchen alle mit Händen der Liebe polstere und
putze und jederzeit mit größter Sorgfalt die Fugen der Kunst
der lieben, immer bindenden Natur zu befestigen und zu
decken übergebe. Das herzige Spielwerk ist ein Kahn, auf
dem ich oft über flache Gegenden meines Zustandes weg-
schwimme. Im Innersten aber geht Alles nach Wunsch.
Bäume pflanz' ich jetzt, wie die Kinder Israel Steine legten
zum Zeugnis.

そ

Wenn die Philister über die neuen Anlagen, das
„Kloster" und Goethes Garten sprachen, dann wußten
sie auch, daß hier ein abgegrenztes Reich war, in dem
gewöhnliche Sterbliche unwillkommen und einige Huldinnen um so erwünschter waren. Etwas von diesen
Philisterreden floß auch in Wielands Briefe. Der
Herzog mit seinem Goethe und seinem Wedel treffe sich

....

dort mit einigen Göttinnen und Halbgöttinnen zu vergnügten Abenden, hieß es.

Goethen bekomme ich gar nicht mehr zu sehen,

erzählt Wieland im Frühjahre dem gemeinsamen
Freunde Merck,

denn er kommt weder an den Konzerttagen nach Hof, noch
zu mir.

Und zu ihm zu kommen, wiewohl unsere Domänen
eben nicht sehr weit von einander liegen, ist auch keine Möglichkeit, seitdem er beinahe alle Zugänge barrikadiert hat.
Denn alle näheren Wege zu seinem Garten gehen über die
Ilm und teils durch eine ehemals öffentliche Promenade,
der Stern genannt, teils über eine herrschaftliche Wiese.
Nun hat er zwar im vorigen Jahre 3 bis 4 Brücken über
die Ilm machen lassen, aber Gott weiß warum! Sie sind
mit Türen versehen, die ich, so oft ich noch zu ihm gehen
wollte, verschlossen angetroffen habe. Da man nun nicht
anders zu ihm dringen kann als mit einem Zug Artillerie
oder wenigstens mit ein paar Zimmerleuten, die einem die
Zugänge mit Äxten öffnen, so ist ein gemeiner Mann wie
unsereins gezwungen, das Abenteuer ganz aufzugeben[1]).

[1]) Wieland übertreibt hier, wie gewöhnlich, und ver-
schweigt den prosaischen Grund, weshalb alle Brücken ver-
gattert und verschlossen waren: es sollte keine Gelegenheit
„zu Defraudationen derer herrschaftlicher Gefälle" gegeben
werden. Man wollte die Leute zwingen, sich am Frauentor
oder am Kegeltor zu zeigen und Torgeld zu zahlen. Auch
die nahe Schloßbrücke war seit jeher verschlossen, und nur
eine Anzahl vertrauenswürdiger Personen hatte Schlüssel;
als im Sommer 1775 diese Gattertür sowohl bei Tage wie
bei Nacht öfters unverschlossen gefunden war, drohte man
zur Strafe für die Nachlässigkeit eine Änderung des Tür-
schlosses an. Vermutlich sah Goethe das Zudringen zu seinem
Häuschen gern erschwert, aber daß er die Gatter veranlaßte,
darf man auf Wielands Scherze hin nicht glauben.

Ein paar Wochen später wollte Wieland seiner Frau und seinen beiden größten Töchtern die neuen Anlagen, die „goethischen Poemata an der Ilm", zeigen; der Herzog begegnete seinem alten Lehrer auf dem Exerzierplatze, ging ihm entgegen, begrüßte ihn und die Seinen herzlich.

Sein Anschauen war mir eine wahre Herzstärkung,

erzählt Wieland nachher:

so gesund und kräftig sah er aus, und so edel, gut, bieder und fürstlich zugleich fand ich ihn im Ganzen seines Wesens. Ich werde je länger je mehr überzeugt, daß ihn Goethe recht geführt und daß er am Ende vor Gott und der Welt Ehre von seiner sogenannten Favoritschaft haben wird.

Der Herzog verließ Wielands, aber unten an der Felsgrotte traf man sich wieder, und da war dann auch Goethe in Gesellschaft der schönen Schröterin,

die in der unendlich edlen attischen Eleganz ihrer Gestalt und in ihrem ganz simpeln und doch unendlich raffinierten und insidiosen Anzug wie eine Nymphe dieser anmutigen Felsengegend aussah.

Die schöne Sängerin kam aber auch manches Mal in Goethes Garten, saß manche Stunde im Hause an Goethes Tische; ebenso oft sprach er bei ihr vor; hundert Mal spielten sie in Proben und Aufführungen zusammen. Eines frühen Morgens im April dieses Jahres sah man die beiden herrlichen Menschen mit einander ausreiten, das Ilmtal hinauf, dem Gebirge zu. In Kranichfeld aßen sie zu Mittag, und erst in Klein-Hettstedt vor Stadtilm kehrte Krone um, während der Freund nach Ilmenau weiter ritt.

Daß sie einander liebten, verhehlten sie sich nicht; daß aber diese Liebe zwischen dem neunundzwanzigjährigen feurigen Manne und der schönen Sängerin nur eine gesteigerte Freundschaft war: wer wollte es glauben! Und doch war es nur eine gute Kameradschaft! Auch in diesem Falle geschah in Goethes Herzensleben das Unwahrscheinliche.

Korona, die „Hofvokalistin", war zwar in fürstlichem Dienst auf Lebenszeit angestellt; aber ihre Berufsverwandten, ihre Schwestern sozusagen, waren doch jene Komödiantinnen in den reisenden Theatergesellschaften, auch die Sängerinnen, Harfenistinnen usw., über deren Nebenberuf Niemand im Zweifel war. „Vor Hunger kaum, vor Schande nie bewahrt", fuhren sie von Ort zu Ort, ihr bißchen Schönheit und ihr bißchen Kunst feilzubieten. Wenn sich Korona weit über sie erhoben, wenn sie sich als Priesterin des Schönen, als wahre Künstlerin fühlte, so mußte sie auch mehr als jede Andere den Schein der Leichtfertigkeit vermeiden. Als sie nach Weimar berufen wurde, lag die Vermutung, daß sie Mätresse des Herzogs oder eines andern vornehmen Herrn am Hofe werden solle, den guten Bürgern recht nahe. Korona brachte aber ihre beste Freundin, die dicke und gar nicht schöne Wilhelmine Probst aus Leipzig, mit, wohnte mit ihr zusammen und sorgte dafür, daß Wilhelmine immer dabei war, wenn die Herren gern unter vier Augen von Liebe geredet hätten.

Es gab nur wenig schöne Frauen in Weimar, und Korona war so sehr schön, daß der Herzog, Goethe, Einsiedel und mancher Andere recht fleißig sie zu sehen suchten und eifrig um ihre Freundschaft warben. Sie mochte diese jungen Männer alle gern leiden, mochte gern von ihnen geliebt und bewundert sein. Aber welche sollte sie zurückstoßen, um einem Einzigen zu Willen zu sein? Zwar wenn sie des Herzogs Geliebte wurde, mußten sich die Andern darein finden; aber diesen Stand und Zustand eben verachtete sie.

Nun hätten freilich alle verständigen und tugendhaften Erwägungen gegen die fortgesetzten Werbungen liebenswerter Männer nicht stand gehalten, sie hätte sich dem Einen, für den ihr Herz am lautesten sprach, ergeben — wenn ihr Herz eine laute Sprache gehabt hätte. Aber das Herz überschrie bei ihr den Verstand nicht, und die Sinne waren bei ihr nicht stärker als die guten Grundsätze. Ihre Gestalt wurde von Anfang an den schönsten Marmorstatuen verglichen; allmählich fügte man hinzu, daß sie auch sonst dem Marmor gleiche. Oder man sagte, sie sei von ihren Lobrednern und diensteifrigen Liebhabern verwöhnt und daher unempfindlich geworden.

> Wir möchten gern, Du kannst es glauben,
> Nur auf ein Jahr
> Dir die Gestalt und die Verehrer rauben,

dichteten Goethe und Seckendorff sie auf einem Neujahrszettel an:

> Du wärest glücklich ganz und gar:
> Du ehrtest mehr die seltenen Gaben,
> So schön zu sein und so viel Dienst zu haben.

Die Zahl der Bewerber half ihrer Tugend sehr: sie hielten sich gegenseitig in Schach. Goethe wußte, daß der Herzog in sie verliebt war, und der Herzog wußte, daß Goethe in sie verliebt war; Goethe paßte dem Herzog auf und machte ihm, dem jungen Ehemann, dessen Gattin sich schon oft zu beklagen hatte, Vorhaltungen; aber nun durfte Goethe erst recht nicht das schöne Weib für sich selber erobern.

Charlotten gegenüber wäre er wohl im Rechte gewesen, wenn er von Krone begehrt und angenommen hätte, was die ältere Freundin nicht gewähren konnte. Seine Liebe zu Charlotten war jetzt auch ruhiger als früher; sie war mehr zärtliche Freundschaft als Leidenschaft, aber sie war doch noch zu stark, um von einer anderen Liebe verdrängt zu werden. So besaß Goethe statt einer sein-eigenen Geliebten zwei bloße Freundinnen.

Charlotte lobte ihn und schalt ihn wie früher, nannte ihn immer noch einen Bären, und er antwortete, der Bär gehöre zwar nicht zu den feinen, aber zu den treuen Tieren, wie im ‚Reineke Fuchs‘ zu lesen sei. Charlotte schickte ihm fertige oder halbfertige Mahlzeiten, und er erbat sich von ihr eine Zugabe, wenn seine eigene Köchin nur Erbsen und Wurst zu Mittag versprach; er sandte ihr Blumen, Erdbeeren, Obst, Gemüse, Kuchen und Malagawein. Sie schickte ihm gern auch ihre Jungen und freute sich, daß Goethe sich immer mehr zu einem zweiten Papa für ihren Lieblingssohn Fritz ausbildete. Und ihm war es auch lieb, wenn Fritz im Hause herumspielte, wenn er die Nacht mit ihm in derselben Kammer schlief: wer zuerst aufwachte, weckte den Andern mit dem Pantoffel. Goethe genoß in der Freundin vor allem auch die Vertraute, vor der er alle seine Erlebnisse, Gedanken und Stimmungen im Gespräch oder in Briefen ausgießen, der er jedes

Bildchen, das er malte, zeigen konnte, die zu Allem etwas Kluges und Wohlgemeintes sagte. Manchmal fühlte er sich ihr fremder, aber sogleich danach wieder so nah, so verwandt.

Liebste, ich habe gestern abend bemerkt, daß ich Nichts lieber sehe in der Welt als Ihre Augen und daß ich nicht lieber sein mag als bei Ihnen; es ist schon was Altes, und doch fällt mir's immer einmal wieder auf.

Als er ihr an einem nassen Tage im Frühling eine junge Hyazinthe aus dem Boden von der Mutterzwiebel ablöste, kam ihm ein neues Bild für seine ausdauernde Liebe:

> Aus dem Zaubertal dortnieden,
> Das der Regen still umtrübt,
> Aus dem Taumel der Gewässer
> Sendet Blumengruß und -frieden
> Der Dich immer treu und besser,
> Als Du glauben magst, geliebt.
> Diese Blume, die ich pflücke,
> Neben mir vom Tau genährt,
> Läßt die Mutter still zurücke,
> Die sich in sich selbst vermehrt.
> Lang entblättert und verborgen,
> Mit den Kindern an der Brust,
> Wird am neuen Frühlingsmorgen
> Vielfach sie des Gärtners Lust.

☙

Zwei nächste Freundinnen hatte er, aber nur einen nächsten Freund: den Herzog. Warum trat Wieland in die zweite Reihe, neben die Knebel und Wedel? Der Unterschied des Alters und der Lebensweise trennte

die beiden Dichter. Wieland' war zwar nur sechzehn
Jahre älter, aber er war trotzdem durch gutes Glück
schon ein paar Jahre Emeritus. Er wollte vom Staatswesen und von den Ereignissen am Hofe nichts wissen:
seine Familienstube, seine Bibliothek und sein Garten
waren seine Welt. Wie anders war Goethes Lage,
der allerlei Kampf immer noch vor sich sah und auch
nicht entbehren mochte! Daß sie beide Dichter waren,
vereinigte sie ein wenig und trennte sie noch viel mehr.
Denn auch hier: welcher Unterschied!

Der Poet Wieland war ein feiner Studierstuben-
Arbeiter. Er hatte ein köstliches Talent, aus dem
alten Fabelschatz der Völker neue Geschichten heraus
zu fabulieren; er konnte auch die höchsten und spitzesten
Gedanken der Grübler aller Zeiten und Länder in leichte
Worte fassen und über solche Gedanken und solche
Geschichten gar vergnüglich schwätzen. Man hörte ihm
immer mit Gewinn und Behagen zu, wenn man Zeit
genug hatte. Für Goethe war das Dichten ganz etwas
Anderes: eine Nachwirkung des Erlebnisses, ein Ge-
bären nach langem Tragen, ein zeitweiliges Müssen
und Können. Die Rösser von Wielands Talent liefen
an jedem Tage leicht dahin, sobald er die Zügel in die
Hand nahm; Goethe konnte durch eigenes Wollen oder
auf Wunsch Anderer kaum je etwas aus sich heraus-
bringen, wie gern er auch oft Gelegenheitsdichtungen
gemacht hätte. Ein Erlebtes, Tiefgefühltes mußte vorher
in seinem Innern schon ruhen und im Stillen sich ge-
formt haben.

Wieland redete in seinen Romanen und Vers-
novellen von Nichts so häufig als von Liebe, aber

wie fremd mußte gerade das wielandische Darstellen
der Liebe seinem jungen Freunde vorkommen! Denn
Wieland plauderte von sämtlichen Erscheinungen und
Wirkungen der erotischen Leidenschaften mit dem vergnügten Behagen des reifen Mannes, der seine Narr-
heiten und Unruhen hinter sich hat, der in seiner Ehe
nach Wunsch versorgt ist und nun mit Wohlwollen zu-
sieht, wie die Andern noch zappeln. Er redete gar gern
als Zyniker und Spötter darüber, um den Heuchlern
und Pfaffen etwas zu versetzen, die ihre natürlichen
Triebe hinter einem heiligen Brimborium verleugnen
möchten und sich statt ihrer Unwahrhaftigkeit ihrer Leib-
lichkeit schämen. Er war ein Liebes-Philosoph, und der
arme Goethe war nichts weniger als Das! Wieland
hätte ihm recht guten Rat geben können, wenn nur
verliebte Leute mit gutem Rat etwas anzufangen wüßten.
In anderen Jahren hätte Goethe wohl ein Ohr für
Wielands Lehre gehabt, daß auch an den gereinigtsten
Liebesgefühlen ein sinnlicher Körper hängt, dessen Be-
gierden und Bedürfnisse nicht wegphantasiert werden
können; aber gerade jetzt hätte Goethe gern alle Leib-
lichkeit abgestreift und ganz überwunden.

So rückten sie langsam voneinander ab, während
Wieland und Herder sich in derselben Zeit näherten.
Aber sie blieben sich gut gesinnt. Wieland hatte nicht
wie Herder das Bedürfnis, der Erste und Größte zu
sein; er bewunderte gern den Stärkeren, wußte auch
wohl, daß dem Stärkeren vom Schicksal schwerere Lasten
aufgeladen werden.

Goethe war zwar simpel und gut, aber äußerst trocken
und verschlossen,

erzählte er Merck im Juni 1778 von einem Zusammentreffen in den neuen Anlagen und philosophierte dann weiter:

> Vor zwei Jahren lebten wir noch mit einander; Dies ist jetzt nicht mehr und kann nicht mehr sein, da er Geschäfte, Liaisons, Freuden und Leiden hat, an denen er mich nicht teilnehmen lassen kann und an denen ich meines Orts ex parte auch nicht teilnehmen könnte noch möchte . . . Und da seine Spirallinie immer weiter und die meine immer enger wird, so ist's natürlich, daß wir immer weiter auseinander kommen. Indessen ist und bleibt er mir einer der herrlichsten und liebsten Menschen auf Gottes Erdboden, und damit punktum!

ᘓ

Dichter wie Wieland gleichen den Gärtnern und Landleuten, die den Erdboden nur ritzen und nach leichter Saat bald ernten. Goethe pflanzte wie ein Forstmann Bäume, die tief wurzeln und Jahrhunderte hindurch sich erhalten. In seinem Herzen wurzeln seine Dichtungen. Jene Christel Laßberg erfüllte ihn mit so tiefer Trauer, weil er neben ihr alle ihre Schwestern und Brüder sah, die in ihrem Herzeleid verzweifeln, und weil auch er selber als einer, der viel Leid ertragen hatte und noch trug, jene Stimme des Wassers hörte: Entzieh' dich den Menschen, versinke in eine andere Welt und erfrische dich in kühler Ruhe nach des Lebens heißem Streit!

> Labt sich die liebe Sonne nicht,
> Der Mond sich nicht im Meer?
> Kehrt wellenatmend ihr Gesicht
> Nicht doppelt schöner her?

Lockt dich der tiefe Himmel nicht,
Das feuchtverklärte Blau?
Lockt dich dein eigen Angesicht
Nicht her in ew'gen Tau?

So entstand in diesem Jahre „Der Fischer", und
so entstand auch die „Harzreise im Winter". Die Verse, die
er so überschrieb, sind hingekritzelte Zeilen, die ein Kunst-
richter leicht zerzausen könnte; aber wer sie lesen gelernt
hat, wer Goethes äußere und innere Erlebnisse aus jenen
Dezembertagen von 1777 mitempfindet, fühlt sich tief ergriffen von diesem Rufen und Beten einer ringenden Seele.

Mit solchem Quellendrang verglichen, ist „Wilhelm
Meister", den der Dichter auch in diesem Jahre förderte,
ein breit hinfließendes Gewässer; aber auch hier entdeckt
der Kenner in großen und kleinen Zügen das Erlebte,
und der Leser spürt, auch wenn ihm solche Wissenschaft
abgeht, die Kraft wahren Lebens.

Das Theaterstück dieses Jahres, „Der Triumph der
Empfindsamkeit", sieht völlig wie eine tolle Erfindung
und Posse aus; Goethe konnte mit Recht spotten oder
schelten, als das Publikum nach der Aufführung zu der
Herzogin Geburtstag sich an's Auslegen machte und An-
spielungen fand, wo keine waren. Und dennoch war
auch dies Stück eine Frucht von allerlei Erlebtem: von
Lenzens Phantastereien im besonderen, von den Schwärme-
reien und Empfindsamkeiten der jüngstvergangenen Zeit
und Umgebung im allgemeinen. Dazwischen kamen
dann Scherze über Das, was man zurzeit noch trieb,
z. B. über die Anlage des Parkes, bei dem die verschiedenen Geschmäcker auf recht verschiedene Ziele hin,
also oft gegen einander strebten.

Das Theaterspiel ward dies Jahr mit größerem
Ernste als früher betrieben; es ward mehr Arbeit und
mehr Geld daran gewendet; für die Aufführung des
‚Triumphs der Empfindsamkeit‘ bezahlte der Hof die
Kosten mit 398 Talern. Gespielt wurde in dem Redouten-
hause, das der Hofjäger, Gastwirt und Bauunternehmer
Hauptmann an der Esplanade ganz nahe dem Palais
der Herzogin Amalie hatte erbauen dürfen; für jede
Vorstellung wurde die Bühne von Mieding allemal erst
aufgebaut. Die Auswahl an Stücken war nicht klein;
im Jahre 1778 gab man von Goethe außer dem
‚Triumph‘ das schon früher beliebte Singspiel ‚Erwin
und Elmire‘ und das zum erstenmal versuchte ‚Jahrmarktsfest zu Plundersweilern‘. Außerdem spielte man
den ‚Westindier‘ (von Bode nach dem Englischen des
Cumberland), ‚Geschwind, eh man’s erfährt‘ (von Bock
nach Goldoni), die ‚glücklichen Bettler‘ (von Gozzi), den
‚Barbier von Sevilla‘ (mit Musik von Paisiello) und
den ‚Arzt wider Willen‘ (von Einsiedel nach Molière).
Ein deutliches Zeichen, daß auch ein gutes Spiel ernstlich angestrebt wurde, war es, daß man in diesem
Jahre den Ersten der großen deutschen Schauspieler,
den alten Ekhof, von Gotha herüberholte und ihn veranlaßte, im ‚Westindier‘ neben den Liebhabern aufzutreten. Eine Woche lang blieb Ekhof in Weimar,
ließ sich ausfragen und gab manchen guten Wink. An
einem Nachmittage, den er im Gartenhause verbrachte,
erzählte er Goethen seine Lebensgeschichte und plauderte
von der Zeit, wo die Seylersche Theatergesellschaft,
der er angehörte, hier im nahen, nun abgebrannten
Schlosse gespielt hatte.

So war die Dichtkunst Goethes mit dem Leben innig verflochten.

CR

Im Vergleich damit erschien das Zeichnen als ein stillfröhlicher Feierstunden-Zeitvertreib. Unmerklich verbanden sich freilich auch bei'm Zeichnen oder Malen Leben und Kunst.

Es sollte Nichts dabei herauskommen als ein kleines Vergnügen für ihn und die Allernächsten. Nichts als ein leidlich gelungenes Bildnis oder ein Landschäftchen zur Erinnerung an einen Ausflug. Durch dieses Talent konnte er sich Ansichten aus dem Park von Wörlitz oder von der Wartburg mitnehmen; durch dieses Talent brachte er jetzt Bilder der befreundeten Hofdame Adelaide von Waldner und ihres Verehrers Friedrich v. Einsiedel zustande, wie es ihm früher mit Korona Schröter, Charlotte v. Stein und Herzogin Luise gelungen war. Auch das Schattenreißen versuchte er, wie es damals viele Laien betrieben; man stellte die Person, deren Umriß begehrt wurde, zwischen Lampe und Wand, heftete an die Wand ein weißes Blatt und zog nun die Schattenlinie nach. Mit Hilfe des ‚Storchschnabels' wurde dann dies übergroße Lichtbild auf ein handliches Maß verkleinert.

Selbst wenn Goethe mit solchen Liebhabereien sich in eine künstliche Welt hätte einspinnen wollen, so hätten ihn sein Herzog und seine Freunde nicht dazu kommen lassen. Man brauchte in Weimar einen Kenner der bildenden Künste, einen Geschmacksmeister, einen Ratgeber bei allen Bauten und Verzierungen, und Niemand war dazu besser berufen als Goethe.

Denn es war damals noch die Zeit der Handwerks-
kunſt; die „Künſtler" fingen eben erſt an, von den Handwerkern ſich zu unterſcheiden, gewöhnlich durch Hof-
ſtellungen oder ein Reiſeleben, und auch viele Handwerker wurden noch als „geſchickte Künſtler" gerühmt.
„Architekten" beſaß man noch nicht[1]: die Maurer- und
Zimmermeiſter fühlten ſich ſelber noch jeder Aufgabe
im Entwerfen, Einrichten und Verzieren von Gebäuden
aller Art gewachſen. Auch gab es noch keine Muſeen[1],
in denen ſich Gelehrſamkeit und Kunſtliebe verſchwiſtern;
man begnügte ſich auch an den Höfen noch mit ein
paar Bilderkammern, die den vornehmen Gäſten neben
den Waffenſammlungen und dem Kabinett der natur-
geſchichtlichen Seltſamkeiten gezeigt wurden. Ebenſo
gab es noch keine Kunſtakademien[1], und alle Bücher
über die bildenden Künſte hätte man noch in einem
Zimmer bequem aufſtellen können. Aber man wuchs
doch ſchon aus dieſer Zeit der allgemeinen, ungelehrten
Volkskunſt allmählich heraus und in die neue Zeit hinein, wo das Handwerk verwahrloſte und ein Künſtler-
weſen für die Reichen und Gelehrten um ſo üppiger
ſich entwickelte.

Im damaligen Weimar gab es noch höchſt geſchickte Handwerker, die nichts anderes als Handwerks-
meiſter ſein wollten, z. B. den öfters genannten Tiſchler
und Drechſler Mieding und den Maler Schuhmann.
Eine unbeſtimmte Stellung hatte ſchon der Hofbildhauer

---

[1] Dieſe Sätze ſind ſummariſch zu verſtehen; die wenigen
vorhandenen Sammlungen und Kunſtſchulen in Leipzig,
Dresden, Mannheim und Düſſeldorf hatten um ſo größeren
Eindruck auf Goethe gemacht.

Martin Klauer, der zwar ein sehr geschickter Künstler
mit höheren Zielen war, sich jedoch nach Herkunft und
Lebensweise von seinem Nachbar Bäcker oder Klempner
nicht unterschied. Der Bildermaler Kraus stand wieder
eine Stufe höher, weil er von Frankfurt her als ein
schon berühmter Künstler an den Hof gezogen worden
war und weil er sich als Junggeselle ein bequemes
Leben gestatten konnte. Hofmaler von früher her war
Heinsius, der treffliche Bildnisse machte. Angesehener
noch waren die auswärtigen Künstler, die zeitweilig
nach Weimar kamen, der Kupferstecher Bause und
der Bildnismaler May z. B., namentlich aber der
Professor Oser, den die verwitwete Herzogin sehr gern
um sich hatte.

Die weimarischen Kunstsammlungen waren durch
den Schloßbrand großenteils zerstört, aber der junge
Herzog und seine Mutter hatten viel Lust, neue und
alte Gemälde zu kaufen, auch Kupferstiche zu sammeln
und Gipsabgüsse berühmter Büsten und Standbilder den
damit herum reisenden Italienern abzunehmen. Da
ward denn Goethe oft um Rat gefragt. Oder er machte
den Vermittler zu seinen Freunden Merck und Lavater,
die sich an solchem Handel gern beteiligten. Auch bestand
schon die Absicht, eine Zeichenschule einzurichten, damit
die Zahl der „geschickten Künstler" im Lande zunehme:
Kraus konnte der Hauptlehrer sein, Klauer, Heinsius
und Andere seine Gehülfen.

Die Lust am Theaterspiel mußte den Wunsch hervor-
rufen, ein herrschaftliches Komödien- und Redoutenhaus
zu bauen; denn auf Hauptmanns Saal mochte man doch
nicht auf die Dauer angewiesen sein. Die Entwürfe

hatte Steiner zu machen, ein Braunschweiger, der seit 1774 als herzoglicher Hofbaumeister angestellt war: ein erfinderischer Kopf, aber man durfte ihn nie allein gewähren lassen. Namentlich aber war ja die große Aufgabe, ein neues Fürstenschloß zu erbauen, noch zu bewältigen: sie war allzugroß für die jetzigen armen Zeiten, aber man mußte sich vorbereiten. Und Goethe tat es; er studierte in seinem Häuslein nicht nur allgemeine ästhetische Bücher wie die ‚Gedanken über die Schönheit und den Geschmack in der Malerei' von Raphael Mengs, sondern machte sich auch lesend und abzeichnend hinter das fünfbändige Architekturwerk des Pariser Baumeisters François Blondel. Dann stieg er wieder in den Trümmern des alten Schlosses herum und erwartete nach seiner Art Lichter vom stillen Anschauen. Sein verweilendes Auge entdeckte auch wirklich Etwas, das ihm Freude machte: einen schönen, festen, grauen Sandstein, der die Mitte zwischen gewöhnlichem Sandstein und Marmor hielt, und dieser edle Stein war billig im Lande selber zu brechen, in einem vergessenen Steinbruche bei Ottern. Goethe holte sogleich Klauern herbei und ließ ihn den Stein versuchen; der Fachmann fand ihn ganz vortrefflich: er sei auch zu Büsten ein ganz vorzügliches Material, versicherte er. Sechs Wochen später ließ Goethe seine eigene Büste von Klauer aushauen, und bald darauf erhielt der Bildhauer den Auftrag, den kleinen Fritz v. Stein abzubilden. Nun war Goethe lobend, tadelnd, beratend auch der Mitarbeiter eines Bildhauers, und bei Klauer lohnte es sich, denn sein Auge war scharf, seine Hand sicher; über den kleinlichen Zeitgeschmack, in dem er

bisher steckte, konnten ihn gerade Goethes Mahnungen
herausheben.

Daß er ebenso mit den Hofgärtnern als ihr Aufseher und Anführer in Verbindung gekommen war, ist
schon berichtet; und bei den Erneuerungen im schlecht
gebauten Fürstenhause, sowie bei den Einrichtungen der
neuen Stücke für die Liebhaberbühne wirkte er immer
wieder auf Handwerker und Arbeiter ein. Lernen und
Lehren folgte sich immer bei ihm wie Ein- und Ausatmen.

So hatte er beständig mit Vertretern aller Stände
und der verschiedensten Berufe in derselben Zeit zu tun,
wo er als seinen inneren Zustand „fortdauernde reine
Entfremdung von den Menschen" aufschrieb oder gar
behauptete: „war zugefroren gegen alle Menschen."

Er war sich oft nicht bewußt, wie sehr er die
Menschen liebte und wie sehr er das Bedürfnis hatte,
ihnen wohlzutun. Trotz aller weimarischen Armut und
obwohl seine eigenen Mittel nur eben zureichten, half
er dazu, daß der Kreuznacher Maler und Dichter
Friedrich Müller eine Ausbildungszeit in Rom genießen
konnte, und sein eigenes Werk war es, daß Gottfried
August Bürger ein ansehnliches Geldgeschenk (765 Mark
in heutigem Gelde) aus Weimar bekam, damit er seine
angekündigte Übersetzung der Ilias ausführe. Das
waren Gesellschaftswerke; in größter Heimlichkeit
aber ging er einigen Briefschreibern nach, die sich
gerade ihm anvertrauten, weil er als der Dichter des
‚Werther' ein feines Mitgefühl für leidende Seelen
bewiesen hatte.

Als er im Dezember 1777 zum Harz hinauf ritt,
hatte er drei Wünsche: den Brocken zu besteigen, den
er nun schon einige Male bei klarem Wetter von den
weimarischen Höhen als das nördliche Oberhaupt der
Landschaft erblickt hatte; zweitens: in den Bergwerken
von Klausthal und Andreasberg sich für das Unter-
nehmen in Ilmenau zu unterrichten; drittens aber wollte
er in Wernigerode einen Altersgenossen, den Sohn des
dortigen Oberpredigers Plessing, von Angesicht sehen,
dessen verzweifelte Briefe ihn bekümmerten.

> Ach, wer heilet die Schmerzen
> Deß, dem Balsam zu Gift ward,
> Der sich Menschenhaß
> Aus der Fülle der Liebe trank?
> Erst verachtet, nun ein Verächter,
> Zehrt er heimlich auf
> Seinen eigenen Wert
> In ungenügender Selbstsucht.

Goethe hoffte ihm den Weg, der aus diesem Unglück herausführt, zeigen zu können. Er besuchte ihn
unter falschem Namen: als einen Maler Weber aus
Gotha stellte er sich vor; er aß mit ihm, ging mit ihm
auf die Berge, sprach das Beste aus, was er selber
wußte. Ein Vierteljahr später erschien Plessing vor der
Tür Goethes in Weimar und war nicht sonderlich er-
staunt, als er bemerkte, daß der Dichter und jener Maler
Weber dieselbe Person war. Drei Tage lang blieb er.
„Ward mir's nicht wohl mit ihm", schrieb Goethe auf,
aber ganz ohne Vorteil ging Plessing gewiß nicht von
dannen; es wurden noch viele Briefe gewechselt; Plessing
ist noch ein brauchbarer Gelehrter geworden, und Goethe

hat ihn manches Jahr später in Duisburg aufgesucht und wieder mit ihm mündlich die höchsten Fragen verhandelt.

Als er nach den ersten Gesprächen mit diesem Selbstquäler zwischen den Bergen des Harzes weiter vordrang, kam ihm in den Sinn, daß um dieselbe Jahreszeit vor neun Jahren Vater, Mutter und Schwester auch um ihn sehr bekümmert gewesen waren. Er hatte damals nach den Studentenjahren in Leipzig an einer gefährlichen Krankheit des Leibes im Vaterhause zu Frankfurt darniedergelegen und seelisch krank war er dazu gewesen. In der äußersten Not ihres Herzens schlug damals seine Mutter ihre Bibel auf, und sie traf die Stelle:

Man wird wiederum Weinberge pflanzen an den Bergen Samariä, pflanzen wird man und dazu pfeifen.

Ja, jetzt war ihm zu Mute, wie einem, der Reben pflanzt und fröhlich dazu pfeift und summt. Als er am 10. Dezember alle Widerstände überwunden hatte und nun wirklich in der Mittagsstunde auf dem Brocken stand — noch ein paar Stunden zuvor hatte ihm der Förster im Torfhause eine solche Besteigung im Winter als unmöglich und wahnwitzig hingestellt —, als nun dort oben alle Nebel unter ihm lagen und völlige Klarheit und reinste Luft ihn umgaben, da kamen ihm die Lobpreisungen des Alten Testaments auf die Zunge: „Was ist der Mensch, daß du sein gedenkest?" und „Was soll ich vom Herrn sagen mit Federspulen, was für ein Lied soll ich von ihm singen?" Er sprach zu sich selber: „Mit mir verfährt Gott wie mit seinen alten Heiligen, und ich weiß nicht, woher mir's kommt."

Aber er wußte doch auch, worin sein jetziger Reichtum bestand: er hatte falsche Ansprüche an das Leben und die Mitmenschen abgeworfen; er hatte ein großes Stück Demut und Entsagung gelernt; er hatte namentlich Sachlichkeit gelernt: Hinnehmen der Dinge so, wie sie sind, und Liebe zu ihrer von Gott gewollten Beschaffenheit. „Das Ziel meines Verlangens ist erreicht", schreibt er in übersprudelnder Freude auf und nennt dann als das Erreichte: „Demut, die sich die Götter zu verherrlichen einen Spaß machen, und die Hingegebenheit von Augenblick zu Augenblick." Er erzählt der Freundin und sich selber:

Wenn ich so allein bin, erkenn' ich mich recht wieder, wie ich in meiner ersten Jugend war, da ich so ganz allein unter der Welt umhertrieb. Die Menschen kommen mir noch ebenso vor, nur macht' ich heute eine Betrachtung. Solange ich im Druck lebte, solange Niemand für Das, was in mir auf- und abstieg, einig Gefühl hatte, vielmehr, wie's geschieht, die Menschen erst mich nicht achteten, dann wegen einiger widerrennender Sonderbarkeiten scheel ansahen, hatte ich mit aller Lauterkeit meines Herzens eine Menge falscher, schiefer Prätensionen. . . . Da war ich elend, genagt, gedrückt, verstümmelt. . . .

Jetzt ist's kurios, besonders die Tage her in der freiwilligen Entäußerung, was da für Lieblichkeit, für Glück darinnen steckt. Die Menschen streichen sich recht auf mir auf wie auf einem Probierstein: ihre Gefälligkeit, Gleichgültigkeit, Hartleibigkeit und Grobheit. Eins mit dem Andern macht mir Spaß! Summa Summarum: es ist die Prätension aller Prätensionen: keine zu haben.

Als er dann in Goslar beim Gastwirt Scheffler in der warmen Stube saß, ward ihm seine Liebe zur ganzen Welt deutlicher als je. Sein Taschenmesser, ein paar dicke Strümpfe: wie gute Freunde waren sie ihm diese Tage über gewesen!

Ich trockne nun jetzt an meinen Sachen. . . . Sie hängen um den Ofen. Wie wenig der Mensch bedarf und wie leicht es ihm wird, wenn er fühlt, wie sehr er das Wenige bedarf! . . . Nur das Stückchen Papier, wo die Zwiebäcke eingewickelt waren: zu wie vielerlei mir's gedient hat!

Und ebenso liebt er die Menschen, z. B. gleich da den alten Scheffler: „Bei einem Wirte, der gar viel Väterlich's hat", fühlt er das Kluge und das Liebenswerte der vor ein paar Jahren noch so heftig verspotteten Philister.

Es ist eine schöne Philisterei im Hause, es wird einem ganz wohl. . . . Wie sehr ich wieder auf diesem dunkeln Zuge Liebe zu der Klasse von Menschen gekriegt habe, die man die niedere nennt, die aber gewiß für Gott die höchste ist! Da sind doch alle Tugenden beisammen: Beschränktheit, Genügsamkeit, gerader Sinn, Treue, Freude über das leidlichste Gute, Harmlosigkeit, Dulden, Ausharren.

Freilich wird er auf seiner einsamen Reise auch an die Untugenden des armen wie des reichen Volkes immer wieder erinnert, aber er kommt aus dem ästhetischen Vergnügen des unbeteiligten Zuschauers nicht heraus.

In meiner Verkappung sehe ich täglich, wie leicht es ist, ein Schelm zu sein, und wieviele Vorteile einer, der sich im Augenblick verleugnet, über die harmlose Selbstigkeit der Menschen gewinnen kann. Niemand macht mir mehr Freude als die Hundspfütter, die ich nun so ganz vor mir gewähren und ihre Rolle gemächlich ausspielen lasse. Der Nutzen aber, den Das auf meinen phantastischen Sinn hat, mit lauter

Menschen umzugehen, die ein bestimmtes, einfaches, dauerndes wichtiges Geschäft haben, ist unsäglich; es ist wie ein kaltes Bad, das einen aus einer bürgerlich-wollüstigen Abspannung wieder zu einem neuen, kräftigen Leben zusammenzieht.

So wird er mit der Welt einiger oder, was Dasselbe sagt, er wächst im Gottvertrauen.

Ich weiß noch nicht, wie sich diese Irrfahrt endigen wird; so gewohnt bin ich, mich vom Schicksal leiten zu lassen, daß ich gar keine Hast in mir spüre. Nur manchmal dämmern leise Träume von Sorglichkeit wieder auf. Die werden aber auch schwinden.

V. Das vierte Jahr.
November 1778 bis November 1779.

Vor zwei, drei Jahren war Goethe faſt Allen noch nicht würdig erſchienen, das hohe Amt eines Mitglieds im weimariſchen Geheimen Rate zu verſehen; und jetzt ſchon konnten ſeine Freunde mit Recht fragen, ob er nicht zu groß und zu gut für dieſes Amt ſei.

Zu groß für ſeine Aufgaben war er inſofern, als er es faſt immer mit kleinlichen Menſchen und ihren kleinlichen Zielen, Urteilen und Beweggründen zu tun hatte, während ihm ganz andere Dinge am Herzen lagen. Das Trachten und Treiben dieſer Selbſtlinge war ihm zwar keineswegs unbekannt; er ·hatte es manchmal nach Dichterart mit Vergnügen beobachten und dramatiſch wiedergeben können; aber es fiel ihm doch ſehr ſauer, in der Wirklichkeit des Lebens die Perſonen, die ihm nahe traten, immer wieder als ganz kleine Ichler in Rechnung zu ſtellen, die nur ihren eigenen Vorteil, ihre eigene Ehre und Beförderung ſuchten und die für und um Lappalien ſich erhitzten, wenn ſie ihren Stolz, ihren Rang, ihre Rechte oder Vorrechte oder gar ihren Beutel gefährdet glaubten.

Dieſe Leute wandten ſich wohl auch einmal feindlich gegen ihn; ſollte er ſie dann mit denſelben Waffen bekämpfen, mit denen ſie angriffen? Zuweilen dachte er: es wäre beſſer, „wenn einer menſchlichere Leidenſchaften hätte.“

Ich bin zu abgezogen, um die rechten Verhältniſſe, die meiſt Lumperei und Armut Geiſtes und Beutels ſind, zu finden und zu benutzen.

Und weiter:

Ich bin nicht zu dieser Welt gemacht: wie man aus seinem Haus tritt, geht man auf lauter Kot, und weil ich mich nicht um Lumperei kümmere, nicht klatsche und solche Rapporteurs nicht halte, handle ich oft dumm.

Er hatte ja auch ohne sein Zutun „Rapporteurs", denn sein reines Leben erweckte ihm Freunde. So kam einmal der Oberstallmeister v. Stein und warnte ihn vor Diesem und Jenem; Goethe war dankbar für Steins Gutheit, aber er dachte doch weiter, daß solche Winke zuweilen nützlich seien, aber auch nur zuweilen: öfter ziehen solche Ratgeber einen in ihre enge, arme Vorstellung hinunter, denn jedes Menschen Gedanken und Sinnesart hat etwas Magisches.

Ein andermal verfiel Knebel, der ihm dies Jahr näher trat als bisher, im Gespräch darauf, ihm zu sagen, wie seine Stellung sich von außen ausnehme. „Jawohl: von außen!" war Goethes Antwort zu sich selber, „und eigentlich nur von einem Punkte der Außenwelt." Knebel hatte einen weiten Gesichtskreis und eine vornehme Gesinnung, aber er war doch nur Einer. Will man Einen hören, so muß man Viele hören; Viele zu hören, wäre jedem Lenkenden wohl anzuraten, aber dagegen sträubt sich eben der große, starke Mensch, der einen Gott im Busen trägt. Und hat er erst ein paarmal den verdeckten Eigennutz so mancher Ratgeber aufgedeckt, so warnt ihn auch die Klugheit davor, nach Anderer Meinung zu fragen.

So schwer ist der Punkt, wenn einem ein Dritter etwas rät oder einen Mangel entdeckt und die Mittel anzeigt, wie

Dieses gehoben werden könnte, weil so oft der Eigennutz der
Menschen in's Spiel kommt, die nur neue Etats machen
wollen, um bei der Gelegenheit sich und den Ihrigen eine
Zulage zuzuschieben, neue Einrichtungen, um sich's bequemer
zu machen, Leute in Versorgung zu schieben usw.   Durch
diese wiederholten Erfahrungen wird man so mißtrauisch, daß
man sich fast zuletzt scheut, den Staub abwischen zu lassen.

Solche Gedanken trafen nun freilich auf die beiden
mächtigsten Personen im kleinen Staate, auf den Herzog
und den sehr uneigennützigen Minister v. Fritsch, nicht
zu; aber auch gegen sie war Goethe oft ein Übergroßer,
der sich unbequem bücken mußte.   „Leidig Gefühl der
Adiaphorie so vieler wichtig sein sollender Sachen",
schrieb er nach einer Beratung mit ihnen in's Tagebuch.
Wie oft mühten oder erregten sie sich um Fragen, die
ihm gleichgültig schienen!   Fritsch war ein Aktenstuben-
Pedant, der gegen solche jungen Füllen, wie der
Herzog und Goethe in seinen Augen waren, um so
strenger auf seine Paragraphen und Herkömmlichkeiten
hielt.   Der Herzog entwickelte sich, wie Goethe am
besten sah, durchaus zum großen, frei über die Welt
schauenden Geist, aber er litt zunächst doch noch an
manchen Vorurteilen der Jugend und seines besonderen
Standes.   Die stärkste Versuchung für jeden ehrliebenden
Kleinstaats-Fürsten ist: den großen Herrschern es
möglichst gleichzutun, und da Das in Macht und Umfang nicht zu erreichen ist, um so mehr auf den Schein
zu halten und für diesen Schein übermäßige Opfer zu
bringen.   Es war lächerliche Verschwendung, wenn die
kleinen Landesväter mehr Soldaten hielten, als sie zu
Reichskriegen durchaus stellen mußten, denn sie konnten
keine eigenen Kriege führen, und es lag ihnen auch nicht

daran, Preußen oder Österreich zu neuem Ruhm und neuen Provinzen zu verhelfen; aber diese Durchlauchtigkeiten und Hoheiten hätten sich nicht für richtige Fürsten gehalten, wenn sie nicht ein halbes Dutzend Truppengattungen mit recht bunten Uniformen in verschiedenen Regimentern oder Kompanien zu Paraden hätten aufmarschieren lassen können. Goethe hatte mehr als einmal Streit mit Karl August „über die militärischen Makaronis", wie er's nannte.

Der Herzog steht noch immer an der Form stille; falsche Anwendung auf seinen Zustand, was man bei Andern gut und groß findet; Verblendung am äußerlichen Übertünchen,

schrieb er nach einem solchen Streite auf.

Wie die Lust zur Prachtentfaltung und die Lust am Soldatenleben den Fürsten und Rittern von den Vorfahren her im Blute liegt, so ist ihnen auch der Glaube angeboren, daß sie die Völker in Ordnung halten müssen. Polizei, Strafgesetze, Gerichtswesen sind für sie etwas Selbstverständliches; wer in die von ihren Vätern und ihnen selbst geschaffenen Einrichtungen nicht hineinpaßt, muß gepeitscht, an Ketten gelegt oder geköpft werden. Die Aufrechterhaltung der Ruhe, Sicherheit und Ordnung, die genaue Durchführung der Gesetze, sie sind der erste Wunsch und die oberste Pflicht der Fürsten und ihrer Beamten. Aber wie gerät ein Goethe unter solche Ordnungs-Zuchtmeister? Der Dichter des ‚Götz', des ‚Werther', des ‚Faust'! Teilt auch er die Handlungen der Menschen ein in gute und böse, in zulässige und strafbare? Teilt er die Menschen in brave Bürger und Verbrecher ein? Schickt er den Mann eigenen Rechtes, den Götz von Berlichingen, in's Ge-

11*

fängnis und das arme verführte, halb wahnsinnige
Gretchen auf's Hochgericht? Im Dezember 1778 hatte
Goethe einmal über diese Frage: Ordnung, Polizei und
Gesetze ein Gespräch mit dem Herzoge, und da war er
fast zum ersten Male in der üblen Lage, daß er sich
nicht völlig aussprechen durfte. Denn wenn er seine
Vorstellung dargelegt hätte, so ging sie doch nicht in
Diejenige des Herzogs ein, war nicht mit ihr zu verbinden; es wären nur Mißverständnisse entstanden und
dazu willkommene Angriffspunkte für seine Gegner.
In sein Tagebuch und namentlich in seine poetischen
Werke flossen seine Gedanken darüber: sie waren freilich
sehr unpolitisch. Zu Gottes Schöpfung gehört mit
gleichem Rechte alles Bestehende, Geschehende und
Entstehende, mag es den einzelnen Menschen oder
ihren Vorstehern gefallen oder nicht, mögen sie es gut
oder böse nennen. Die verbotene Handlung bildet sich
mit der gleichen Notwendigkeit wie die erlaubte oder
gelobte, und es ist sowohl Grausamkeit wie Pfuscherei,
wenn die Wächter der Völker durch Hängen und
Einsperren die lebendigen Kräfte vernichten, die ihnen
schädlich erscheinen.

Indem man unverbesserliche Übel an Menschen und
Umständen verbessern will, verliert man die Zeit und ver-
dirbt noch mehr, statt daß man diese Mängel annehmen
sollte gleichsam als Grundstoff und nachher suchen, Diese zu
kontrebalancieren.

Aber solche Anschauungen sprach Goethe nicht laut
aus, denn er sah nirgends Regenten, die zu dieser Art
göttlichem Regiment tauglich gewesen wären. Er sah,
daß die Menschen, sobald sie ihren Zielen nach-

gehen, taub sind für alle höheren Mahnungen und Erfahrungen.

Lehrbuch und Geschichte sind gleich lächerlich dem
Handelnden, aber auch kein stolzer Gebet als um Weisheit,
denn Diese haben die Götter ein- für allemal den Menschen
versagt. Klugheit teilen sie aus, dem Stier nach seinen
Hörnern und der Katze nach ihren Klauen; sie haben alle
Geschöpfe bewaffnet.

Sie hatten auch ihn, der nach Weisheit strebte und
die gewöhnliche Klugheit verschmähte, mit Waffen versehen. War es nicht Lanze und Schwert, so war es
doch Schild und Helm. Geduld und Entsagung helfen
im Kampfe mit der Umwelt nicht weniger als Kühn-
heit und Mut. „Durch Ruhe und Geradheit geht doch
Alles durch", sagte er sich vor, als er die Kriegskommission übernahm; nach ein paar Wochen verzeichnete er: „gute Hoffnung in Gewißheit des Ausharrens."
Und nach ein paar Monaten:

Das Elend wird mir nach und nach so prosaisch wie
ein Kaminfeuer, aber ich lasse doch nicht ab von meinen Gedanken und ringe mit dem unerkannten Engel, sollt' ich mir
die Hüfte ausrenken! Es weiß kein Mensch, was ich tue
und mit wieviel Feinden ich kämpfe, um das Wenige hervor-
zubringen. Bei meinem Streben und Streiten und Bemühen
bitt' ich euch, nicht zu lachen, zuschauende Götter! Allenfalls
lächeln mögt ihr und mir beistehen!

Mit diesen Gesinnungen konnte er nicht nach den
Aufgaben verlangen, die sonst für die höchsten im Staate
gelten, nach der Leitung der äußeren Politik oder nach
der Sorge für Gerechtigkeit oder Religion. Er wünschte

allerdings in diesem Jahre Fritschens Abgang, aber ihn
gelüstete nicht nach der ersten Stelle im Staatswesen.
Denn er wußte, wie wenig auch die besten Beamten
diesen schwersten Besorgungen gewachsen sind, wie ihre
Pläne beständig durchkreuzt, ihre Arbeiten durch Gegen-
arbeiten wieder aufgehoben werden, wie selbst die angesehensten Staatsmänner sich in Wahrheit nur von
einem Tage zum andern forthelfen. Er verglich dieses
Hinfristen mit einem Kartenspiel, „wo man mit denen
Karten spielt, die man in diesem Momente aufhebt".

Mit solcher spielerischen, durchaus ungewissen Arbeit,
meinte er, dürfe gerade er keine Zeit mehr verlieren,
denn er habe schon soviel Lebenszeit vertändelt. Als
er einmal in seinen Papieren kramte und „alte Schalen"
verbrannte, stand sein vorweimarisches Leben vor ihm
als ein Herumschweifen, Antasten, Ankosten, als eine
große Betriebsamkeit ohne rechte Leistung.

Wie ich besonders in Geheimnissen, dunkeln imagina-
tiven Verhältnissen eine Wollust gefunden habe, wie ich alles
Wissenschaftliche nur halb angegriffen und bald wieder habe
fahren lassen ... wie des Tuns, auch des zweckmäßigen
Denkens und Dichtens so wenig, wie in zeitverderbender
Empfindung und Schattenleidenschaft gar viele Tage vertan,
wie wenig mir davon zu Nutz kommen und, da die Hälfte des
Lebens vorüber ist, wie nun kein Weg zurückgelegt, sondern
ich vielmehr nur dastehe wie einer, der sich aus dem Wasser
gerettet und den die Sonne anfängt, wohltätig abzutrocknen.

Seine Seele suchte nach Vorbildern für eine rechte,
würdige Mannesarbeit. Der Handwerker und der Landmann! Sie wissen, was sie tun; sie wissen, warum und
wozu sie es tun; sie schaffen sicherlich der Welt zu Dank

und sich selber zur Befriedigung; sie sind keine Pfuscher, oder, wenn sie es doch sein möchten, liegt ihr Fehler alsbald zutage.

Man beneidet jeden Menschen, den man an seine Töpferscheibe gebannt sieht, wenn vor einem unter seinen Händen bald ein Krug, bald eine Schale nach seinem Willen hervorkommt.

Ebenso konnte er auf Augenblicke Luft zur Landwirtschaft haben.

Gar schön ist der Feldbau, weil Alles so rein antwortet, wenn ich was dumm oder gut mache .... Will's Gott, daß mir Acker und Wiese noch lieb werden und ich für das simpelste Erwerb der Menschen Sinn kriege!

Aber zu damaliger Zeit stand das Handwerk hoch und die Landwirtschaft tief. Das verführte ihn, das Handwerk an sich über den Ackerbau zu stellen.

Jeder Handwerker scheint mir der glücklichste Mensch; was er zu tun hat, ist ausgesprochen; was er leisten kann, ist entschieden; er besinnt sich nicht bei Dem, was man von ihm fordert; er arbeitet ohne zu denken, ohne Anstrengung und Hast, aber mit Applikation und Liebe, wie der Vogel sein Nest, wie die Biene ihre Zelle herstellt. Er ist nur eine Stufe über dem Tier und ist ein ganzer Mensch. Wie beneid' ich den Töpfer an seiner Scheibe, den Tischler hinter seiner Hobelbank!

Der Ackerbau gefällt mir nicht, diese erste und notwendige Beschäftigung der Menschen ist mir zuwider. Man äfft die Natur nach, die ihre Samen überall ausstreut, und will nun auf diesem besonderen Feld diese besondere Frucht hervorbringen. Das geht nun nicht so: das Unkraut wächst mächtig, Kälte und Nässe schadet der Saat, und Hagelwetter zerstört sie. Der arme Landmann harrt das ganze Jahr, wie etwa die Karten über den Wolken fallen mögen, ob er sein Paroli gewinnt oder verliert.

Also ein Handwerk oder eine damit vergleichbare Arbeit war das Rechte. Doch beim Weiterdenken war ihm nicht zweifelhaft, daß sein angeborenes Wesen keine Beschränkung auf einen einzigen Beruf vertrug.

Ich darf nicht von dem mir vorgeschriebenen Wege abgehen; mein Dasein ist einmal nicht einfach. Nur wünsch' ich, daß nach und nach alles Anmaßliche versiege, mir aber schöne Kraft übrig bleibe, die wahren Röhren nebeneinander aufzupumpen.

Das Beneidenswerte am Handwerker und Landmann, am Jäger und Fischer und ähnlichen Leuten war ja nicht eigentlich ihr Geschäft, sondern ihre Sicherheit und Meisterschaft darin und ihr Verwachsensein damit. Sie können nicht nach besonderen Neigungen oder Grillen darin herumschweifen; sie können nicht Kenntnis, Fleiß und Übung durch Amtsmiene oder Klugschwätzerei ersetzen, können nicht Jahre, Jahrzehnte hindurch ihre Sache verkehrt machen und dennoch ihre Stelle behalten oder gar Ansehen gewinnen, wie Das bei Künstlern, Staatsmännern, Gelehrten leider häufig ist; sondern ihr Beruf zwingt sie geradezu zur Meisterschaft, wenigstens zu der bei ihren Gaben erreichbaren Meisterschaft.

Auch unter Beamten, höheren und niederen, fand Goethe einige solche Meister, die alles Persönliche zurückdrängten und nur fragten, was die Sache, das Amt verlange. Z. B. war ihm ein Rentsekretär Hebenstreit in Dornburg, im übrigen ein arger Sonderling, dadurch merkwürdig, daß er alle seine Rechnungen, Holzzettel usw. für die nächsten zwei Jahre schon im voraus fertig liegen hatte, daß er keinem Bauer Zinsen abnahm, die nicht um die bestimmte Stunde gebracht wurden, und daß er den Untertanen aus eigenen Mitteln Geld borgte, damit sie ihre Steuern pünktlich bezahlten.

Viel wertvoller war jedoch Battys Vorbild für Goethe: so ein Beamter wünschte er zu sein!

Das ist mein fast einziger lieber Sohn, an dem ich Wohlgefallen habe,

schrieb Goethe einmal in's Tagebuch.

So lang ich lebe, soll's ihm weder fehlen an Nassem noch Trockenem.

Mit dem Nassen und Trockenen nämlich hantierte der Engländer Georg Batty, den der Herzog auf Mercks Rat berufen und zum ‚Landkommissar' ernannt hatte: Berieselung und Trockenlegung von Wiesen und sonstige Bodenverbesserungen waren sein Geschäft; namentlich sollte er es auf den zahlreichen Kammergütern aus-führen, deren Erträgnisse von jeher die wichtigste Staats-einnahme waren. Der Herzog war sogleich entzückt von Battys praktischen Maßregeln und namentlich auch davon, daß dieser Ausländer, der das Deutsche nur radebrechte, die Bauern im Handumdrehen zur ge-wünschten Mitarbeit bewog: weil er nämlich von ihnen sofort als Sachverständiger und Wohlmeinender er-kannt wurde. Und ebenso sah Goethe mit Freuden zu.

Jedes Werk, was der Mensch treibt, hat, möcht' ich sagen, einen Geruch,

schrieb er in Gedanken an Batty in sein Tagebuch.

Wie im groben Sinne der Reiter nach Pferden riecht, der Buchladen nach leichtem Moder und um den Jäger nach Hunden, so ist's auch im Feinern. Die Materie, woraus einer formt, die Werkzeuge, die einer braucht, die Glieder, die er dazu anstrengt. Das alles zusammen gibt eine gewisse Häuslichkeit und Ehestand dem Künstler mit seinem Instrument. Diese Ruhe zu allen Saiten der Harfe, die Gewißheit und Sicherheit, womit er sie rührt, mag den Meister anzeigen in jeder Art. Er geht, wenn er bemerken soll, grad auf Das los, wie Batty auf einem Landgut; er träumt nicht im Allgemeinen wie unsereiner ehemals um bildende Kunst. Wenn er handeln soll, greift er grad Das an, was jetzt nötig ist.

„Er träumt nicht im Allgemeinen" — der Dichter Goethe mußte seine starke Phantasie und sein warmes Herz fürchten, sobald er als Verwaltungsmann Gutes leisten wollte. Darum eben übernahm er Besorgungen, die ihn im Innern kalt ließen: die Leitung der Kriegskommission und gleich darauf diejenige der Wegebauten.

Die Kriegskommission werde ich gut versehen, weil ich bei dem Geschäft gar keine Imagination habe, gar nichts hervorbringen will, nur Das, was da ist, recht kennen und ordentlich haben will; so auch mit dem Wegbau.

Mit dem größten Eifer ging er an diese ihm so fremde Arbeit. Während die Freunde im Januar 1779 die Vergnügungen der Eisbahn genossen, kramte er in den alten Akten und Federfuchsereien, durchstöberte die unordentliche Repositur, legte neue Akten an und wies jedes andere Interesse von sich. „Es fängt an, drin heller zu werden": dies Bewußtsein und die Ruhe nach hartem Tagewerk war jetzt sein Lebensgenuß.

Der Druck der Geschäfte ist sehr schön der Seele: wenn sie entladen ist, spielt sie freier und genießt das Leben. Elender ist Nichts als der behagliche Mensch ohne Arbeit; das schönste der Gaben wird ihm ekel.

Sich immer arbeitstüchtiger zu machen, darüber
ſann er manchesmal. Ganz „rein“ wünſchte er zu
werden, rein von allem Störenden, Verwirrenden,
Herabziehenden.

Daß ich nur die Hälfte Wein trinke, iſt mir ſehr
nützlich; ſeit ich den Kaffee gelaſſen, die heilſamſte Diät,

ſchrieb er am 13. Januar ein. Und am 7. Auguſt:

Gott helfe weiter und gebe Lichter, daß wir uns nicht
ſelbſt ſo viel im Wege ſtehen, laſſe uns vom Morgen zum
Abend das Gehörige tun und gebe uns klare Begriffe von
den Folgen der Dinge, daß man nicht ſei wie Menſchen, die
den ganzen Tag über Kopfweh klagen und gegen Kopfweh
brauchen und alle Abend zu viel Wein zu ſich nehmen.
Möge die Idee des Reinen, die ſich bis auf den Biſſen er-
ſtreckt, den ich in den Mund nehme, immer lichter in mir
werden!

Dem jungen Herzog zuliebe hatte er dieſe Bürde
auf ſich genommen, und die andauernde Liebe zu Karl
Auguſt erleichterte ſie ihm.

Die Beobachter hatten an dem zweiundzwanzigjährigen Fürſten immer noch viel auszuſetzen, zumal
dann, wenn ſeine unbändige Kraft ſich in einer Derbheit oder Ausgelaſſenheit entlud. Goethe faßte Dergleichen als Wachstums-Erſcheinungen auf und achtete
den Herzog über alle anderen Männer am Hofe:

Außer dem Herzog iſt Niemand im Wachſen; die
Andern ſind wie Dreſſelpuppen,

d. h. ſie können höchſtens neuen Anſtrich bekommen.

Knebel iſt gut, aber ſchwankend und zu geſpannt bei
Faulenzerei und Wollen, ohne was anzugreifen; der Prinz

in seiner Verliebtheit höchst arm; der Herzog sich immer ent-
wickelnd. Und wenn sich's bei ihm merklich aufschließt, kracht's,
und Das nehmen die Leute übel auf.

Oder ein andermal:

Er nimmt sich außerordentlich zusammen und an innerer
Kraft, Fassung, Ausdauer, Begriff, Resolution fast täglich zu.

Die Beiden waren ja durchaus nicht immer einig;
manchmal sprach Goethe wie ein Vormund auf den
Jüngling ein: er solle im Konsilium nicht so viel reden,
solle nichts in der Hitze zur Sprache bringen, solle nicht
so sehr im Kleinen und unmittelbar regieren wollen,
er kenne die Menschen noch nicht genug, mache sich im
Anfang oft eine falsche Meinung von neuen Bekannten.
Karl August hielt dann tapfer Widerpart, verteidigte
z. B. seinen alten Fritsch gegen Goethes Tadel und
wollte unter keinen Umständen undankbar gegen diesen
redlichen Diener sein.

Auch die häuslichen und innerlichsten Sachen wurden
zwischen Beiden durchgesprochen: die Ehe, die Sorge
für das erste Kindchen der Herzogin. Und dann wieder
Staatsfragen, z. B. das Verhältnis zu Friedrich dem
Großen, der seine Werbeoffiziere auch im Weimarischen
ihre Seelenfängerei betreiben ließ und dem man dabei
leider nicht auf die Finger klopfen durfte. Oder die
verdrießlichste einheimische Militärsache: die Soldaten-
mißhandlungen, die sich der Husarenrittmeister v. Lichtenberg immer wieder zu schulden kommen ließ. Er ward
wegen seiner Grausamkeit von der guten Gesellschaft fast
geächtet, aber der Herzog bewunderte seine soldatische
Strammheit und mochte ihn nicht fortschicken. Goethe

hob selber in diesem Jahre einige Wochen hindurch in
Weimar, Jena, Dornburg, Buttstädt und Allstädt die
Rekruten aus; dabei mußte er die Bitten, Klagen und
Einsprüche der jungen Burschen und ihrer Angehörigen
über sich ergehen lassen; die Krummen wollten gern
dienen und die schmucken Burschen gern zu Hause bei
ihren Liebchen bleiben. Da lag es ihm besonders nahe,
vom Herzog eine gute Behandlung der Ausgehobenen
zu verlangen.

Es fehlte auch nicht an ersten Regierungsfreuden,
die Beide gemeinsam genossen. Das Bergwerk in
Ilmenau war zwar noch immer Zukunftsbild; Battys
Arbeit dagegen, die zwar auch erst begann, gereichte
dem Herzogtum schon zur Ehre; mit Vergnügen vernahm man, daß würzburgische Untertanen heimlich in
einer Mondscheinnacht über die Grenze gekommen
seien, um eine Anlage Battys zu besehen und die
Gräben auszumessen, damit sie seine Geheimnisse ab-
lernten. „So einen Menschen wie Batty zu haben,
ist ein Glück über Alles," rief Goethe aus; „wenn ich
ihn entbehren sollte und müßte meinen Garten geben,
ihn zu erhalten: ich tät's!" Schon konnte man auch
von einem neuen, kräftigeren Leben der Akademie
zu Jena reden. Goethes Landsmann, der Theologe
Griesbach, war ein Lehrer von großem Wert, und Karl
August hatte namentlich mit der Berufung des fünf-
undzwanzigjährigen Dr. Loder zum Professor der Arznei-
wissenschaft einen glücklichen Griff getan. Loder rief
auch rasch die Entbindungsanstalt und die Hebammen-
schule in's Leben, die man schon lange im Lande als
bitter notwendig empfunden hatte.

Noch mehr Freude hatte Goethe, als im September 1779 die weimarische Zeichenschule ihre erste Ausstellung hielt und ihre ersten Ehrenzeichen verteilte. Denn hier war ein Werk von großer Bedeutung so still und bescheiden in's Werk gesetzt, wie es nach seinem Sinne war:

Es wird gut, weil's angefangen wird, als wär's gar nichts,

schrieb er in sein Tagebuch, und an die Freundin, deren ältester Knabe, Karl, auch einen Preis erhielt:

Übrigens haben wir's ohne Sang und Klang und Prunk auf die gewöhnliche Weise gemacht. Den Herzog hat's vergnügt, daß er doch einmal was gesehen hat, das unter seinem Schatten gedeiht, und daß ihm Leute dafür dankten, daß er ihnen zum Guten Gelegenheit gibt.

Karl August aber rechnete manches Gute, was getan wurde, der Begabung, der Anstrengung und Selbstlosigkeit seines Freundes Goethe zu. Er gab seiner Dankbarkeit dadurch öffentlichen Ausdruck, daß er den ,Geheimen Legationsrat' am 3. September 1779 zugleich mit zwei erheblich älteren Beamten zum ,Geheimen Rat' ernannte.

Der Herzog hat Schnaußen, Lynckern und mir den Geheimrats-Titel gegeben,

schrieb Goethe der Freundin:

es kommt mir wunderbar vor, daß ich so wie im Traum mit dem dreißigsten Jahre die höchste Ehrenstufe, die ein Bürger in Deutschland erreichen kann, betrete.

Es blieben Manche der Meinung, daß Goethe zum Staatsdiener nicht tauge, daß er z. B. vom Wegebau nichts verstehe und deshalb manche Summe schlecht verwende, daß zumal das Ilmenauer Bergwerk nur Geld verschlingen werde. Trotzdem schlief die Abneigung oder vielmehr das Mißtrauen gegen Goethe in Weimar allmählich ein; seine Freunde wurden zahlreicher und betonten lauter, daß der Mensch in Goethe noch bewunderungswürdiger sei als der Dichter. Hauptmann v. Knebel, der mit seinem Prinzen Konstantin und mit sich selber viel Verdruß hatte, kam häufig in's Gartenhaus, um sich die Seele zu erleichtern. Herder und seine begabte Gattin rückten auch wieder näher an den alten Freund heran, und Wieland hatte wieder Stunden der Verliebtheit. Im Juli malte der württembergische Hofmaler May im Auftrage der Gattin seines Herzogs, der Gräfin Franziska v. Hohenheim, sowohl Wieland wie Goethe; um sich das Stillsitzen zu erleichtern, bat Goethe den Freund, ihm seine neueste Dichtung, den ‚Oberon‘, der damals halb fertig war, vorzulesen. Es war ein Fest für Beide. Goethe war so amüsabel wie ein Mädchen von Sechzehn, erzählte Wieland:

Tag meines Lebens habe ich Niemand über das Werk eines Andern so vergnügt gesehen.

Namentlich an dem fünften Gesange, wo Hüon nach Kaiser Karls Auftrag vom Kalifen vier Backenzähne und eine Handvoll Barthaare holt, hatte Goethe großen Spaß.

So was macht ihm Niemand nach.

schrieb Goethe über den ‚Oberon‘ in seinen Kalender, und als die Dichtung vollendet war, schickte er dem

Freunde als Sinnbild der dankbaren Anerkennung einen Lorbeerkranz:

Empfange aus den Händen der Freundschaft, was Dir Mit- und Nachwelt gern bestätigen wird!

Mit den Freundinnen hatte er jetzt ebenfalls das beste Verhältnis. „Auch dünkt mich, sei mein Stand mit Kronen fester und besser", sagte er sich, als er in der Mitte Sommers wieder einmal Rundschau über sein Äußeres und Inneres abhielt, diesmal angeregt durch Freund Mercks Besuch, dessen scharfe Augen und scharfe Zunge ihm jedesmal in der Aufklärung über sich selber vorwärts halfen. Für die schöne Sängerin hatte er noch immer die freundlichsten Gefühle, aber der Herzog stellte ihr nach, und Das verdarb ihm zuweilen Koronas Bild. An einem Sonntage im Januar, wo sie vor dem Hofe sang, begleitete er nachher den Herzog auf sein Zimmer und hatte mit ihm eine „radikale Erklärung über Kronen". Seine Vermutungen wurden teils bestätigt, teils vernichtet: der Herzog war freilich verliebt, aber die Sängerin blieb fest in ihrer stolzen Sprödigkeit. Und als nun bald der Herzog unter den Bann der edeln Gräfin v. Werthern-Neunheilingen kam, sah Goethe in Kronen ohne störende Furcht die angenehme Freundin, die ihm manche Stunde wohltat.

Mittags Krone; abends gingen wir nach Belvedere, war ein überschöner Abend,

heißt es im Kalender am 29. August, und für die Woche vom 15. bis 21. August:

Die ganze Woche mehr gewatet als geschwommen ... sonst mit Kronen gut gelebt und Einiges mit Liebe gezeichnet.

Der abwesenden Frau v. Stein schreibt er's mit vorsichtiger Abwendung der Eifersucht:

In mein Haus kommt nun gar kein Mensch außer dem schönen Mifel; wir sind gar artig zusammen, denn wir sind in gleichem Falle: mir ist mein Liebstes verreist, und ihr fürstlicher Freund hat andere Wege gefunden.

Charlotte blieb sein „Liebstes", aber auch sie blieb ihm nur Freundin. Immer noch konnte ihr Gatte ruhigen Herzens die Briefchen lesen — sie mögen ihm freilich als Phantastereien erschienen sein —, immer hatte Goethe mit ihm ein gutes kameradschaftliches Verhältnis. Charlotte besuchte den Freund öfters in seinem Garten, aß jetzt auch oftmals an seinem Tische, aber sie brachte dann ihren Mann oder ihre Mutter oder ihre Knaben und den Hauslehrer mit. Der Austausch von Speisen ging weiter vor sich; Goethe lieferte das in der Küche Brauchbare, sie schickte zur Essenszeit das Zubereitete hinüber. Die Blumen aus seinem Garten („Hieroglyphen der Natur, mit denen sie uns andeutet, wie lieb sie uns hat"), die eigenen Zeichnungen, die Kupferstiche, die Bücher kamen wie zuvor von ihm, dazwischen zärtliche Verse und immer neue Wendungen für seine sanfte Liebe. Zum neuen Jahre schmiedete er mit Seckendorff Reime für die ganze Hofgesellschaft; Charlotten rühmten sie als Zauberin und hielten ihr ihre Neigung vor, das Feuer der Jugend mit dem kalten Wasser verständiger Kritik zu dämpfen:

Du machst die Alten jung, die Jungen alt,
Die Kalten warm, die Warmen kalt,
Bist ernst im Scherz, der Ernst macht Dich zu lachen.

Dir gab auf's menschliche Geschlecht
Ein süßer Gott sein längst bewährtes Recht,
Aus Weh ihr Wohl, aus Wohl ihr Weh zu machen.

Als dann ein vorzeitiger Frühling Goethes Tal überraschte, klang seine Liebe und die Lebenslust der Natur in Eins zusammen.

Deine Grüße hab' ich wohl erhalten,

rief er der Freundin zu, und dann:

Liebe lebt jetzt in tausend Gestalten,
Gibt der Blume Farb' und Duft,
Jeden Morgen durchzieht sie die Luft,
Tag und Nacht spielt sie auf Wiesen, in Hainen,
Mir will sie oft zu herrlich erscheinen!
Neues bringt sie täglich hervor,
Leben summt uns die Biene in's Ohr.
„Bleib!" ruf ich oft, „Frühling, man küsset dich kaum,
Engel, so fliehst du wie ein schwankender Traum!
Immer wollen wir dich ehren und schätzen,
So uns an dir wie am Himmel ergötzen!"

Der Nachwinter vertrieb noch einmal den fürwitzigen Lenz.

Nun heißt mich das Wetter häuslich sein,

lautete jetzt der Gruß an Charlotte;

am Kaminfeuer drück' ich mich und höre dem Sausen zu und dem spitzen Regen: Wenn Sie da wären, ließe sich's schön schwätzen!

Am Pfingstsonntage war es wieder Frühling:

Wenn ich nur was Anderes hätte, Ihnen zu schicken, als Blumen! Und immer dieselben Blumen! Es ist wie mit der Liebe, Die ist auch monoton.

Und am nächsten Sonntag:

Sie auf unseren Wegen vergnügt zu wissen, ist mein ganzer Wunsch. Und daß Sie mich lieben mögen und mögen mir's gerne zeigen, denn der Glaube lebt von dem himmlischen Manna der Sakramente.

Manchmal fühlte er sich auch ihr fremder, doch Das war immer der Anfang einer neuen Annäherung. Leidenschaftlichen Klang nahmen seine Worte nicht an, aber voll Wärme und Innigkeit waren sie oft. Von seinen kleinen Fahrten schickte er immer Boten zu ihr, meist die Husaren, die zwischen ihm und dem Herzog Nachrichten trugen. In der Baum-Anlage an der Saale bei Jena, die man das Paradies nennt, dachte er daran, daß Frau v. Stein sich hier ergangen habe, ehe sie mit ihm bekannt war.

Es ist mir fast unangenehm, daß eine Zeit war, wo Sie mich nicht kannten und nicht liebten. Wenn ich wieder auf die Erde komme, will ich die Götter bitten, daß ich nur einmal liebe, und wenn Sie nicht so feind dieser Welt wären, wollt ich um Sie bitten zu dieser lieblichen Gefährtin.

☙

Solche wirkliche Lebens-Gefährtin blieb ihm noch lange versagt, und wie seine Mannesliebe zum Weibe noch keinen warmen Platz am eigenen Herde fand, so schweiften auch seine väterlichen Gefühle noch umher, auf Diesen und Jenen sich senkend. Fritz v. Stein blieb sein Liebling unter den Kindern der Freunde, Peter im Baumgarten, der jetzt in Ilmenau die Jägerei erlernte, sein Schutzbefohlener. In seine Freundschaft für den zweiundzwanzigjährigen Herzog mischte sich, Beiden unbewußt, viel väterlich Bedürfnis.

Am stärksten aber zeigte es sich in diesem und den nächsten Jahren in einem Verhältnis, das er ganz heimlicher Weise — selbst die Freundin wußte nichts davon — zu einem Manne hatte, der sich Johann Friedrich Kraft nannte. Man weiß nicht, woher er stammte und wie er in's Unglück geriet; er war irgendwo ein höherer, gut bezahlter Beamter gewesen und hatte durch eigene Schuld Amt und Einkünfte verloren. In größter Armut stand er plötzlich da; ein Amt konnte er nirgends erwarten, auch von gewöhnlichen Menschen kein Mitleid. Aus Gera schrieb er an Goethe; es war wohl sein erstes Bittgesuch, und sogleich spürte der Dichter des ‚Werther', daß ihn hier ein Ertrinkender anrufe.

Er antwortete dem Fremden, daß er ihm nicht helfen könne, fuhr dann aber sogleich fort:

Nehmen Sie das Wenige, was ich Ihnen geben kann, als ein Brett, das ich Ihnen in dem Augenblick zuwerfe, um Zeit zu gewinnen!

Und von nun an sorgte er für diesen Frembling wie für einen in Unglück geratenen Sohn, der sich verborgen halten muß.

Fassen Sie wieder Fuß auf der Erde!

rief er ihm zu.

Ich weiß im ganzen Umfang, was Das heißt, sich das Schicksal eines Menschen mehr zu den übrigen Lasten auf den Hals binden, aber Sie sollen nicht zu Grunde gehen!

Kraft, von soviel Güte überrascht, wollte fast abwehren, aber Goethe erwiderte:

Sie sind mir nicht zur Last; vielmehr lehrt's mich wirtschaften. Ich vertändle viel von meinem Einkommen, das ich für den Notleidenden sparen könnte, und glauben Sie denn, daß Ihre Tränen und Ihr Segen Nichts sind?

Goethe schlug seinem Schützling vor: er solle in Jena leben, als eine Art älterer Student; eine Wohnung bei guten Wirtsleuten stehe bereit; dem Rektor der Akademie werde von Weimar aus das Nötige gesagt werden. Kraft aber war voreingenommen, ja voller Angst gegen das wilde Jena, und Goethe antwortete geduldig:

Sie sollen in Nichts gezwungen sein. Sie sollen die hundert Taler haben, wo Sie sich aufhalten . . . Ich weiß, daß dem Menschen seine Vorstellungen Wirklichkeiten sind, und obgleich das Bild, das Sie sich von Jena machen, falsch ist, so weiß ich doch, daß sich nichts weniger als solch' eine hypochondrische Ängstlichkeit wegräsonieren läßt. . . . Wie wär's, wenn Sie eine Probe machten? Doch ich weiß, daß den Menschen von zitternder Nerve eine Mücke irren kann und daß dagegen kein Reden hilft.

Kraft zog vor, in dem stillen Waldstädtchen Ilmenau seine Stätte zu suchen; auch hier verschaffte ihm Goethe Wohnung und Kost, gab ihm auch das Bewußtsein, daß sein Leben einen Nutzen habe, denn Goethe ließ sich Berichte über die wirtschaftlichen und sittlichen Zustände von Ilmenau und Vorschläge zur Aufbesserung dieser Zustände machen und schickte ihm namentlich den Peter im Baumgarten gleichsam als ein Mündel zu.

Er hat einen Anfang im Französischen: wenn Sie ihm darin weiterhülfen! Er zeichnet hübsch: wenn Sie ihn dazu anhielten! Ich wollte Zeiten bestimmen, wenn er zu Ihnen kommen sollte. Sie würden mir viel Sorge, die ich oft um ihn habe, benehmen, wenn Sie ihn in freundlichen Unterredungen ausforschten, mir von seinen Gesinnungen Nachricht gäben und auf sein Wachstum ein Auge hätten. Alles kommt darauf an, ob Sie eine solche Beschäftigung mögen. Wenn ich von mir rechne: der Umgang mit Kindern macht mich froh und jung. Wenn Sie mir darauf antworten, will ich Ihnen schon nähere Weisung geben. Sie würden mir einen wesentlichen Dienst erzeigen, und ich würde Ihnen von Dem, was zu des Knaben Erziehung bestimmt ist, monatlich etwas zulegen können!

Um dieselbe Zeit, wo Goethe zu aller übrigen Arbeit die Fürsorge für Kraft übernahm, schrieb er einige neue Szenen vom ‚Egmont‘ nieder. Aber auch jetzt wollte das Stück nicht recht vorwärts rücken. Neue Gestalten waren jetzt in seiner Phantasie lebendiger: Iphigenie, Orestes, Pylades, Thoas. Von Kindheit auf kannte er sie, von der Frankfurter Bühne her, und bei Euripides fand er sie in ihrer ersten Kraft; aber er schuf sie sich neu, brachte sie seinem eigenen Wesen näher, indem er ihnen das Barbarische grausamer Zeiten und das Verschmitzt-Listige des Griechentums nahm. Er fühlte sich in Orestes hinein — wie oft hatte auch er solche Stunden gehabt, wo die Eumeniden ihn mit ihren unsichtbaren Geißeln verfolgten! Er gestaltete auch den braven Freund Pylades aus sich heraus, den treu Ausharrenden, nimmer Mutlosen — glücklicherweise gaben erst Beide zusammen, der Verzweifelnde und der Unverzagte, sein eigenes Wesen wieder.

Er schuf namentlich auch die Iphigenie sich zum Bilde: Das war seine Seele in ihren besten Stunden! Das war die Reinheit, nach der er immer wieder die Arme ausstreckte! Wohl lieh er einige ihrer Züge von

den beiden nächsten Freundinnen Korona und Charlotte, aber viel mehr Stoff zur hehren Priesterin nahm
er aus der eigenen Brust. Was er sonst schon als
Liebender in Charlotte v. Stein hineinzulegen, ihr
schmückend anzudichten gesucht hatte. Das konnte er
hier viel feiner und ungestörter einer Gestalt der
hellenischen Sage verleihen. Und wenn er sie in der
Phantasie herrlich stehen und schreiten, die Arme erheben, das Gesicht verhüllen sah, da verschmolz ihr
Bild leicht mit dem wohlbekannten der schönen und
keuschen Korona.

Am 14. Februar, einem Sonntage, fing er in der
Frühe an, die „Iphigenie‘ seinem Philipp zu diktieren;
doch alsbald kamen die Stein’schen Rangen Karl und
Fritz und zogen ihn zu einem Spaziergang in's Tal
mit. Und als sie unterwegs waren, kam sie die Lust
an, sich auszuziehen und in den Fluß zu steigen: um
die Jahreszeit kümmerte sich Goethe bei'm Baden
immer nur so weit, daß er im Sommer etwas öfter
badete als im Winter. Als er nach Hause kam,
meldete man ihm, daß wieder einmal einer von Lichten-
bergs Husaren flüchtig sei. Nach Tische durchstöberte
er im Garten Bäume und Sträucher. Dann ließ er
sich Musikanten kommen, um die Seele zu lindern und
die Geister zu entbinden. Und als die Töne aus der
Nebenstube quollen, ließ er Philipps rasche Feder
wieder über's Papier gleiten. In Prosa ließ er seine
Personen reden, doch ihre Sprache hob und senkte sich,
offenbar ungewollt, in jambischem Rhythmus, nicht selten
in den Blankversen, wie sie die Engländer im Drama
liebten.

Acht Tage später rief er wieder die Musik, vier Mann von der Stadtkapelle, zu Hilfe:

Meine Seele löst sich nach und nach durch die lieblichen Töne aus den Banden der Protokolle und Akten; ein Quatro neben in der grünen Stube, sitz' ich und rufe die fernen Gestalten leise herüber.

Nun war der Anfang gemacht, und nun kam Szene auf Szene hinzu, wenn er mit sich allein war. Auf seiner Aushebungsfahrt schrieb er in den freien Stunden, daran: im Schlosse zu Jena, in einem der Schlößchen über Dornburg, im Amtshause zu Apolda, soviel ihn dort ein paar bellende Hunde und die Gedanken an die hungernden Strumpfwirker dazu kommen ließen; dann im Geleithause zu Buttstädt und im Schlosse zu Allstädt, wo er schon die drei ersten Akte zusammenarbeiten konnte. Genau einen Monat, nachdem er das Gedicht begonnen, las er in Weimar im Gartenhause diese drei Akte dem Herzoge und Knebeln vor und am nächsten Tage gab er schon die Handschrift zum Rollen-Ausschreiben hin.

Der vierte Akt entstand am 19. März auf einem einzigen Ruhetage der weiteren Rekrutierungsfahrt, die ihn jetzt in's Gebirge geführt hatte. Auf der einsamen Höhe des Schwalbensteins bei Jlmenau, in einer Holzhütte über düsteren Felsengründen, saß er allein und schrieb rasch die herrlichen Reden, in denen die Priesterin ihre Seelenkämpfe ergießt, in denen sie mit Arkas und Pylades ringt, in denen sie endlich die furchtbare alte Wahrheit sich eingestehen muß, daß die Götter fröhlich ihre Feste feiern und keineswegs nach den

Titanen fragen, die sie eine Zeitlang mit ihrer Gunst
verwöhnten und die sie dann in die Not und Schande
zurückwarfen.

> Sie aber lassen sich's ewig wohl sein
> am goldenen Tisch.
> Von Bergen zu Bergen
> Schreiten sie weg.
> Und aus der Tiefe
> Dampft ihnen des Riesen erstickter Mund.
> Gleich andern Opfern ein leichter Rauch.

Am 28. März schon ward auch der fünfte Akt
geendigt; am nächsten Tage las er den ganzen Schluß
in Tiefurt am Tische des Prinzen Konstantin vor.

Schon am 6. April, am Osterdienstag, war in
Hauptmanns Saale[1] die erste Aufführung. Goethe
spielte den Orestes, Prinz Konstantin: Pylades, Knebel:
Thoas, Konsistorialsekretär Seidler: Arkas, und Korona
die Iphigenie. Die musikalische Begleitung einiger
Stellen hatte Hofkapellmeister Wolf rasch gesetzt und
eingeübt.

Der Dichter sah, daß das Stück „gar gute Wirkung" tat, „besonders auf reine Menschen". Sechs
Tage später wurde es wiederholt und am 12. Juli
noch einmal gespielt, jetzt auf Ettersburg. Diesmal
war die Absicht besonders, daß auch Merck es sehe,
der dort bei der Herzogin Amalie zu Gast war, und
der Herzog selber spielte den Pylades, weil sein
Bruder sich weigerte, noch einmal aufzutreten.

---

[1] Ich habe früher Andern nachgeschrieben: auf Ettersburg. Hauptmanns Haus stand bis 1915 als Café Ober-
dörfter oder Sperling in der Schillerstraße.

Alle fanden das Stück „schön und vortrefflich"; besonders bewunderten sie an der Schröterin, Goethen und den übrigen Darstellern die griechischen Gewänder, denn Diese waren damals noch etwas Neues auf den Bühnen.

Daß er seinen Orest meisterhaft gespielt hat,

meldete die Göchhausen der Mutter des Dichters;

sein Kleid, sowie des Pylades seins, war griechisch, und ich hab' ihn in meinem Leben noch nicht so schön gesehen.

Was für ein unvergänglicher Edelstein diese Dichtung war, erkannte kaum Jemand unter den ersten Zuschauern, so dankbar sie auch lauschten.

Einer noch fremderen Welt mochte der Dichter das Gedicht erst gar nicht vorsetzen. Der Statthalter in Erfurt bat um eine Abschrift und versicherte, daß sein Bruder, der Intendant des Mannheimer National-theaters, gar gern ein neues Stück Goethes aufführen möchte. Aber er hielt sein Werk zurück:

Ein Drama ist wie ein Brennglas: wenn der Akteur unsicher ist und den Focum nicht treffend findet, weiß kein Mensch, was er aus dem kalten und vagen Schein machen soll. Auch ist es viel zu nachlässig geschrieben, als daß es von dem gesellschaftlichen Theater sich so bald in die freiere Luft wagen dürfte . . . Wäre ich in Mannheim und kennte Truppe und Publikum, mit Vergnügen wollte ich, was man verlangte, versuchen; aber ohne diese Data halte ich für mein geringes Talent unmöglich, etwas Treffendes hervor-zubringen.

Die ‚Iphigenie' war das Werk eines Mannes, der nach inneren Kämpfen Sieger geblieben ist. Von jenem vierten Akte, der auf dem Schwalbenstein erwuchs, erzählte der Dichter später, er sei sereno die quieta mente geschrieben: an einem heiteren Tage bei ruhigem Geiste. Dergleichen Tage hatte er jetzt viel mehr als in früheren Jahren. „War diese Zeit her wie das Wetter klar, rein und fröhlich", schrieb er bei Beendigung der Dichtung. Es kamen auch jetzt noch Zeiten, wo „mehr gewatet als geschwommen wurde" oder wo die Last auf seinem Kopfe schwer auflag.

An Orten, wo die Weiber Viktualien und Anderes in Körben auf dem Kopfe tragen, haben sie Kringen, oder wie sie's nennen, von Tuch mit Pferdehaar ausgestopft, daß der harte Korb nicht auf den Scheitel drückt: manchmal wird mir's, als wenn mir eins das Kissen wegnähme und manchmal wieder unterschöbe.

Aber im Ganzen war er doch mit der Welt und mit sich selber zufriedener denn je. Er hatte dies Jahr eine leise Furcht vor Merds Besuch gehabt, denn Merck war zwar ein allerbester Freund und wie Wieland ein neidloser Bewunderer seines größeren Genies, aber er hatte die fatale Gabe, mit Falkenaugen in den Zuständen des Freundes die Punkte zu sehen, wo es nicht just war, und dann legte er allemal mit mephistophelischer Treffsicherheit den Fehler bloß, den man nicht gern eingestehen mochte. Aber Merck hatte diesmal kaum etwas zu verspotten.

Als der Freund davongeritten war, schrieb Goethe auf:

Gute Wirkung auf mich von Merds Gegenwart. Sie hat mir Nichts verschoben, nur wenige dürre Schalen abgestreift und im alten Guten mich befestigt, durch Erinnerung

des Vergangenen, und seine Vorstellungsart mir meine Handlungen in einem wunderbaren Spiegel gezeigt. Da er der
einzige Mensch ist, der ganz erkennt, was ich tu und wie
ich's tu, und es doch wieder anders sieht als ich, von anderem Standort, so gibt Das schöne Gewißheit.

Aber so rein und klar es in der Nähe, in der
jüngsten Vergangenheit, in der nächsten Zukunft aussah: aus der Ferne und aus der Jugendzeit stiegen
noch manchmal Schatten empor, Nachtgeister mit
Fragen und Klagen.

Er hatte mit Lilli gebrochen: war sie nun mit
ihrem neuen Gefährten glücklich geworden? Und das
arme Riekchen Brion! Sie hatte in ihrem Mädchen-
traum geglaubt, durch ihre Liebe sei ihr Leben auf
immer mit Goethes Leben verbunden. . . . Und wie
stand es in Frankfurt im Elternhause? Die noch junge
Mutter hauste mit dem Vater, der einundzwanzig Jahre
älter war als sie. Der Vater wurde immer mehr zum
Grämling und Sonderling, war auch mit der Stellung
seines Sohnes an einem kleinen Hofe und mit der
Verzettelung seiner Geistesgaben in kleinen Dichteleien
recht unzufrieden. Wenn Goethe über das an Freuden
und Taten arme, nun geradezu kranke Seelenleben seines
Vaters nachdachte, dem es doch weder an Geistesgaben, noch an Geld gefehlt hatte — wenn er an das
Grab in Emmendingen dachte, in dem seine junge
Schwester nach vielen leiblichen und seelischen Leiden
ruhte — wenn er an die selbsterlebten Stunden rasender
Leidenschaft, wilder Verzweiflung und trüber Ermattung
dachte, da erfaßte ihn wieder ein Grausen vor der
Macht der fühllosen Götter, und es kam die Frage:

Bin auch ich aus Tantalus' Geschlecht? Dann stand
die Szene seiner eigenen Dichtung vor ihm, wo Orestes
die Nächstverwandten in der Unterwelt versöhnt findet:
stumm aber wenden sie sich von ihm ab, als er nach
dem Ahnherrn fragt. Er, der Dichter, hatte in der
‚Iphigenie‘ das einzige befriedigende Stück aus einer
grausigen Familiengeschichte herausgehoben, hatte sich und
Anderen daran vortäuschen wollen, daß die Götter es
mit den Menschen gut meinen. Ach! des Tantalus
ewige Qual und alle die Greueltaten und Leiden seiner
Enkel lassen sich nicht verdecken und vergessen!

∾

Im Sommer 1779 wuchs in ihm der Gedanke:
es müsse dem Herzoge von großem Nutzen sein, wenn
er einige Monate sein Land verlasse und dann als
ein Neuer, Älterer, an Weltkunde Reicherer zurückkehre. Gern erfaßte Karl August, der das Reisen
liebte, diesen Plan und zu Begleitern wählte er ohne
Besinnen seine besten Freunde: Goethe und Wedel.
Zu Pferde sollte die Reise geschehen; nur ein paar
Reitknechte und Diener sollten mitgenommen werden.
Erstes Ziel war Frankfurt; alles Übrige blieb im
Dunkeln.

So mußte sich Goethe auf das Vaterhaus rüsten
und darauf, daß die beiden Freunde mit ihm zugleich
es betreten würden. Er bat die Mutter um freundlichen Empfang.

Das Unmögliche erwart' ich nicht. Gott hat nicht
gewollt, daß der Vater die so sehnlich gewünschten Früchte,
die nun reif sind, genießen sollte; er hat ihm den Appetit

verdorben. Und so sei's! Ich will gerne von der Seite Nichts fordern, als was ihm der Humor des Augenblicks für ein Betragen eingibt. Aber Sie möcht' ich recht fröhlich sehen und Ihr einen guten Tag bieten wie noch keinen. Ich habe Alles, was ein Mensch verlangen kann, ein Leben, in dem ich mich täglich übe und täglich wachse, und komme diesmal gesund, ohne Leidenschaft, ohne Verworrenheit, ohne dumpfes Treiben, sondern wie ein von Gott Geliebter, der die Hälfte seines Lebens hingebracht hat und aus vergangenem Leide manches Gute für die Zukunft hofft und auch für künftige Leiden die Brust bewehrt hat. Wenn ich Euch vergnügt finde, werde ich mit Lust zurückkehren an die Arbeit und die Mühe des Tags, die mich erwartet.

Voll Jubel war der Mutter Antwort, und voll Jubel der Empfang der drei Freunde im großen Hause am Hirschgarten.

Goethes Elternhaus.

Am 18. September war es; in einer Nachbarstraße stiegen die Reisenden von den Pferden. Der Herzog ging voraus, klingelte bescheiden an der Tür des Herrn Kaiserlichen Rats und ward von dem Mädchen wie jeder andere Gast in die Blaue Stube geführt. Goethe kam gleich hinter ihm. Die Frau Rat saß an ihrem runden Tische; die Tür geht auf, die Rätin erhebt sich, und da hängt ihr auch schon ihr Hätschelhans am Halse. „Frau Aja" war wie betrunken, wußte nicht, ob sie lachen oder weinen sollte, ob sie auch den Herzog küssen durfte und den schönen Kammerherrn v. Wedel, der unterdessen auch eingetreten war. Auch der alte Vater kam herunter; „mir war angst, er stürbe auf der Stelle", erzählte die Frau Rat später, aber auch der Vater war lieb und freundlich.

Die Gäste blieben fünf Tage im Hause; ihre Ansprüche waren so bescheiden, daß es gar nicht ängstlich war, sie zu beherbergen und zu beköstigen. Merck kam aus Darmstadt herüber und spottete möglichst milde, und aus Frankfurt zeigten sich die Großmutter Textor und die andern Verwandten, auch die alten Freunde, auch die „Samstagsmädel" der Frau Rat und was sonst ein Recht hatte, das Haus zu betreten; sie wollten alle des Goethe seinen Herzog sehen und warteten mit Schmerzen, bis Ihro Durchlaucht die Treppe herunterkam, und waren beglückt, wenn er in die Stube trat, sich von Allen beschauen ließ und mit Einem und dem Andern redete. Und sie wollten auch den Wolfgang sehen, der nun schon ein Geheimer Rat war, und den Herrn v. Wedel, der schöner sein sollte als alles frankfurtische Mannsvolk. Und die „hochadeligen Fräulein Gänscher brüsteten sich" und freuten sich darauf, Eroberungen zu machen. Am glücklichsten aber war die Mutter über ihren „Hätschelhans."

Er sieht gesunder aus und ist in allem Betracht männlicher geworden; sein moralischer Charakter hat sich aber zu großer Freude seiner alten Bekannten nicht im geringsten

verschoben. Alle fanden in ihm den alten Freund wieder.
Mich hat's in der Seele gefreut, wie lieb ihn Alles gleich
wieder hatte.

Die Herren ritten weiter: durch die Pfalz und das
Elsaß; Merck begleitete sie ein Stückchen.

An einem Samstagabend, als eben der Vollmond
aufging, lenkte Goethe allein auf eine Seitenstraße,
nach dem Dörflein Sesenheim zu. Er stieg vor dem
Pfarrhause ab, das er nun acht Jahre nicht mehr gesehen hatte. Gar freundlich kamen ihm die Bewohner
entgegen, als sie ihn erkannten, und ihm war bei den
guten, stillen Leuten gleich wieder heimelig.

Mit Riekchen begegnete er sich auf einer Türschwelle,
als er hinein- und sie heraustreten wollte, so daß sie fast
mit den Nasen aufeinander stießen. So lachten sie sogleich, und dann sah sie ihn so lieb und auch so ruhig-
glücklich an, daß ihm gar wohl wurde. Er vergaß
nicht, wie von Herzen sie ihn ehemals geliebt, viel
schöner, als er's verdiente; er hatte sie damals in einem
Augenblick verlassen müssen, wo es ihr fast das Leben
kostete. Eine Krankheit jener Zeit und was ihr davon
übrig blieb, ward erwähnt; doch sie ging leise darüber
weg und dachte an keinen Vorwurf.

Und dann war sie herzlich-freundschaftlich und versuchte doch nie, ein altes Gefühl in seiner Seele zu
erwecken. Sie führte ihn in jede Laube und hatte ihre
Lust daran, wenn er wieder saß, wo er ehemals gesessen. Ein Nachbar, der sie einst hatte künsteln helfen,
ward herbeigerufen und versicherte: erst vor acht Tagen
habe er nach dem Herrn Goethe sich erkundigt. Auch
der Barbier mußte kommen, der ihn damals zu ver-

schönern pflegte. Und Goethe sah die alte Kutsche wieder, die er gemalt und lackiert hatte; auch alte Lieder fand er, die er in's Pfarrhaus gebracht.

Und immer spürte Goethe wieder, wie treu das Gedächtnis dieser Landleute alles Erlebte festhielt: sie sprachen von den Dingen seiner Studentenzeit, wie wenn es erst ein halbes Jahr her sei. Die treuherzigen Alten versicherten gar, er sehe jetzt jünger aus als damals!

Er blieb die Nacht und schied am andern Morgen

Straßburg, von den gedeckten Brücken aus

bei Sonnenaufgang. In freundliche Gesichter sah er noch einmal hinein, als er sich vom Pferde zum letzten Gruße umwandte. Und nun empfand er sich ausgesöhnt mit diesen guten Menschen; von nun an konnte er an dieses Stückchen Jugendland mit Zufriedenheit zurückdenken.

Mit den Gefährten, die in einem nahen Orte übernachtet hatten, ritt er jetzt weiter durch die ihm aus der Studentenzeit so wohlvertraute Gegend nach Straßburg. Und hier war sein erster Gang zu Lilli.

Sie hatte jenen Verlobten, der sie ganz von Goethen abgelöst hatte, durch den Tod verloren und war dann die Gattin des Straßburger Bankiers Bernhard v. Türckheim, eines angesehenen und wohlhabenden Mannes, geworden. Als Goethe bei ihr eintrat, fand er sie über ihr erstes Kind, ein siebenwöchiges Mädelchen, gebeugt; auch sie war ebenso froh wie verwundert, als sie den ehemals Geliebten eintreten sah. Sie zeigte ihm ihr stattliches Haus, sprach mit Stolz und Liebe von ihrem Gatten, der zufällig abwesend war, und nötigte ihn, gleich zu Mittag zu bleiben. Ihre Mutter aus Frankfurt, die sie in den Wochen gepflegt hatte, war noch bei ihr.

Zum Abend mußte er wiederkommen, und als er dann in hellem Mondschein durch die altersgrauen Straßen nach dem Gasthofe zurückging, begleitete ihn eine unsagbar schöne Empfindung.

So prosaisch als ich nun mit diesen Menschen bin, so ist doch in dem Gefühl von durchgehendem, reinem Wohlwollen, und wie ich diesen Weg her gleichsam einen Rosenkranz der treuesten, bewährtesten, unauslöschlichsten Freundschaft abgebetet habe, eine recht ätherische Wollust. Ungetrübt von einer beschränkten Leidenschaft, treten nun in meine Seele die Verhältnisse zu den Menschen, die bleibend sind. Meine entfernten Freunde und ihr Schicksal liegen nun vor mir wie ein Land, in dessen Gegenden man von einem nahen Berge oder im Vogelflug sieht.

Nach einer Woche schon stand er auf einem Vorberge der Alpen und sah am Horizonte die Kette der hohen weißen Spitzen und darunter die Hänge und

Täler, sah in der Nähe die Seen und Flußläufe. Wie
geringfügig waren hiergegen die kleinen Schönheiten
Thüringens! Und er dachte:

Hätte mich das Schicksal in irgend eine große Gegend
heißen wohnen, ich wollte mit jedem Morgen Nahrung der
Großheit aus ihr saugen, wie aus meinem lieblichen Tal
Geduld und Stille!

Also wußte er nicht, daß er längst eine Großheit
in sich trug, die keiner Nahrung von Schneebergen,
blauen Seen und grausigen Talschlünden mehr
bedurfte!

Als sie dann in Genf Besuche machten, sah er zu
seinem Erstaunen, wie berühmt hier sein ‚Werther‘ war.
Die Leute fragten ihn, ob er nicht wieder Dergleichen
schreiben wolle. „Gott behüte mich!“ rief er aus, „Gott
möge mich behüten, daß ich nicht je wieder in Fall
komme, einen ‚Werther‘ zu schreiben und schreiben zu
können!“

Am 13. November war er mit dem Herzog und
einem Jäger auf dem Sankt Gotthard bei den Kapu-
zinern, er zum zweiten Male. Hier war die Scheide
zwischen Nordland und Südland; hier blickten sie auf
den Weg, der nach Italien führt.

Wohl lockte ihn das schöne Land, und doch
ward es ihm leicht, den Weg nach Norden zu wählen.
Er kündigte der Freundin an, daß er ihr nun wieder
näher kommen werde, und sagte ihr seine Gründe für
die Heimkehr. Es waren die Beweggründe eines
mit Weimar und mit der übernommenen Pflicht Ver-
wachsenen:

13*

Daß dem Herzog diese Reise [nach Italien] nichts
nützen würde jetzo — daß es nicht gut wäre, länger von
Hause zu bleiben — daß ich Euch wiedersehen werde: Alles
wendet mein Auge zum zweiten Male vom gelobten Lande
ab, ohne das zu sehen ich hoffentlich nicht sterben werde, und
führt meinen Geist wieder nach meinem armen Dache, wo ich
vergnügter als jemals Euch an meinem Kamin haben und
einen guten Braten auftischen werde. Dabei sollen die Erzählungen die Abende kurz machen von braven Unternehmungen,
Entschlüssen, Freuden und Beschwerden.

VI. Das fünfte Jahr.
November 1779 bis November 1780.

Als die Reisenden über Zürich, Stuttgart, Karlsruhe, Frankfurt und Homburg zurückgekehrt waren, gestand in Weimar jedermann, daß der Herzog großen Vorteil von dieser kühnen Fahrt gehabt habe: er erschien jetzt männlicher, gereifter, erfahrener, milder. Mit Genugtuung erfuhr man auch, daß er an den Höfen, die unterwegs aufgesucht worden waren, einen gar guten Eindruck gemacht habe. Und nun rühmte man allgemein den Geheimen Rat Goethe als den vortrefflichen Führer des jungen Fürsten.

Goethe zuckte die Achseln. „Die Dinge sind immer dieselben, aber das Glück gibt die Titel", erwiderte er den Vertrautesten. Er wußte recht gut, daß die gleichen Leute ihn jetzt als den bösen Geist Karl Augusts verdammen würden, wenn Dieser zufällig oder fahrlässig auf der Furka oder bei Chamonir abgestürzt wäre.

Er hatte freilich in der Alpenwelt, die damals auch im Sommer selten, im November und Dezember aber niemals von Fremden aufgesucht wurde und deshalb auch noch viel gefährlicher war als heute, gar wohl Obacht auf den jungen Freund gegeben. Wäre Goethe allein gewesen, er wäre höher und tiefer gegangen und hätte noch größere Wagnisse aufgesucht; aber der Herzog hatte die böse Art, „den Speck zu spicken und, wenn man auf dem Gipfel des Bergs ist, noch ein Stiegelchen ohne Zweck und Not mit Müh' und Gefahr" zu suchen.

Einmal träumte Goethen im Berner Oberland, er habe sich mit dem Herzoge wegen dieser unnützen Waghalsigkeit überworfen, sei von ihm gegangen und sei den

Leuten, die ihm nachgeschickt wurden, mit allerlei Listen
entschlüpft. Aber im Wachen konnte ihm solche Lust
zur Untreue nicht kommen. Wohl war er manchmal
verdrießlich über den Herzog, aber öfter noch sah er
ihm mit inniger Freude zu. Ja, der Jüngling beschämte
ihn zuweilen; Karl August war manchmal noch aufmerksam, lernbegierig und teilnehmend, wo Goethe in
Träume und Dumpfheit versank. Und in Gesellschaft,
besonders in neuer, vornehmer Gesellschaft war Karl
August in der Regel gewandt und witzig, während sein
berühmter Dichter sich selber wie ein Stück Holz oder
Stein vorkam. Und wenn sie jetzt beide miteinander
lange Gespräche hatten, so war Goethe nur noch selten
der Lehrer; er war oft überrascht, welche hellen Blicke
der junge Freund auf Welt und Menschen tat. Sie
hatten gern „moralische Erörterungen" miteinander:
über den Wert oder Unwert menschlicher Handlungen,
über Verantwortlichkeit, Freiheit, Unsterblichkeit; sie
stiegen im Gespräch, „ohne Teufel oder Söhne Gottes
zu sein, auf hohe Berge und die Zinne des Tempels,
da zu schauen die Reiche der Welt und ihre Mühseligkeit, und wurden von solcher Verklärung umgeben,
daß die vergangene und zukünftige Not des Lebens
und seine Mühe wie Schlacken ihnen zu Füßen lag
und sie, noch im irdischen Gewand, schon die Leichtigkeit künftiger seliger Befiederung durch die noch stumpfen
Kiele ihrer Fittige spürten."

Aber auch wenn Goethe eine Frage über die eigene
sittliche Lebensführung an den Herzog richtete, war die
Antwort gut. Seine Gattin füllte sein Herz nicht aus;
jetzt ging er der Gräfin v. Werthern auf Neunheilingen

Goethe 1779.

Büſte von Martin Klauer,
jeßt im Goethe = National = Muſeum.
Aufnahme von Karl Schwier in Weimar.

Herzog Karl August.
Gemalt von J. H. Lips.
Aus dem Corpus Imaginum der Photographischen Gesellschaft in Charlottenburg.

nach), aber Das war eine ritterliche Verehrung einer
Dame, deren Tugend über jede Versuchung erhaben
war, obwohl sie mit einem Sonderling von Mann gar
böse Tage ertragen mußte. „Wie in einer reinen Luft,
wie an einem heitern Tag ist man neben ihr", fühlte
Goethe, der ihrem ersten Besuche in Weimar nur mit
Besorgnis entgegengesehen hatte.

Und zu Korona hatte der Herzog nun auch sicherlich
das rechte Verhältnis gefunden. Voriges Jahr hatte
Goethe über dies Thema noch in seinem Kalender die
Götter angerufen: „Endet's gut für uns alle, ihr, die
ihr uns am Gängelbande führt!" Dies Jahr hatte er
Kronen und ihre Gesellschafterin eines Abends bei sich;
auch der Herzog kam dazu. Als sie gegangen waren,
schrieb er in's Tagebuch:

Da wir alle nicht mehr verliebt sind und die Lava-Oberfläche
verkühlt ist, ging's recht munter und artig; nur in die Ritzen
darf man noch nicht visitieren: da brennt's noch.

Namentlich aber sah Goethe, daß der Herzog in
seinem fürstlichen Amte erstaunlich an Kenntnis, Um-
sicht und Klugheit zunahm. „Der Herzog wird täglich
besser", urteilte er, und Das war ja auch die allgemeine
Meinung.

∽

So war Goethes Erziehungswerk getan.

Aber bedarf nicht auch noch der fertige Mann
eines vertrauten Freundes? Und braucht nicht der Fürst
geschickte und redliche Gehülfen?

Es war nicht Eitelkeit, wenn Goethe sich im herzoglichen Dienste unentbehrlich dünkte. Fritsch wurde immer

schwerfälliger und war oft mit langem Urlaub auf
seinem Gute. In der Kriegskommission stand der dicke
Herr v. Volgstädt neben Goethen; diesen Mann rechnete
Goethe zu den unnützen und hinderlichen Kostgängern
und er arbeitete deshalb an seiner Entlassung. Am
bedenklichsten aber war für die gesamte Lage des kleinen
Staates, daß der Verwalter seines Vermögens, v. Kalb,
in der Meinung des Herzogs und Goethes, deren naher
Freund er noch vor vier Jahren gewesen war, immer
tiefer sank. Nicht seinen Fähigkeiten, sondern seinem
Charakter mißtrauten sie. Mehr als ihnen lieb war,
mußten sie selber in sein Arbeitsgebiet eingreifen; sie
waren z. B. die Helfer und Beschützer Battys bei seinen
Wiesen- und Ackerverbesserungen, deren Oberleitung
doch eigentlich dem Kammerpräsidenten zugestanden hätte.
Goethe hatte oft stillen Ärger über Kalb, zuweilen auch
erregte Auseinandersetzungen mit ihm.

> Er ist sehr herunter; mir schwindelt vor dem Gipfel
> des Glücks, auf dem ich gegen so einen Menschen stehe,

schrieb er nach einer solchen Erörterung auf.

„So einen Menschen" aber hatte der von ihm be-
ratene Herzog vor vier Jahren gegen Fritschens tapferen
Widerstand in sein Amt gebracht! Jetzt ward es Goethes
Pflicht, Kalb wieder zu verdrängen und, wenn kein
andrer Brauchbarer sich fand, ihn mit seiner eigenen
Person zu ersetzen.

Fast noch eifriger als voriges Jahr gab sich Goethe
den ihm so fremden Geschäften hin. Er verglich sich
selber mit einem Vogel, der sich zu einem guten Zwecke
in's Wasser gestürzt hat und dem, da er am Ersaufen

ist, die Götter seine Flügel in Flossen verwandeln, dem
aber freilich im Wasser nie so wohl sein kann wie den
gebornen Fischen.   Als er nach der Schweizer Reise
zuerst wieder in die Amtsstuben der Kriegskommission
kam, freute er sich herzlich, wie gut seine Untergebenen
jetzt auf die Ordnung hielten, die er eingeführt:

Wenn sie wüßten, daß mich Staub und Moder erfreute, sie schafften ihn auch!

Früher war er so oft auf Widersacher gestoßen;
jetzt war er in seinen Amtsbezirken der anerkannte Ge-
bieter, dem Niemand zu widersprechen wagte.   Und im
Geheimen Rate hatte er oft die Führung.   Einmal
referierte ein Kollege über ein neues Reglement für die
Tuchmanufakturen des Landes; Goethe unterbrach ihn
und trug sogleich seine Einwände gegen das Ganze vor.
Er wußte jetzt besser, was den Tuchmachern in Apolda
not tat, denn er hatte sie gesehen und ausgefragt,
während die alten Herren ihre Wissenschaft nur aus
den Akten hatten.

In meinem jetzigen Kreis hab' ich wenig, fast gar keine
Hinderung außer mir, und in mir noch viel! Die menschlichen Gebrechen sind rechte Bandwürmer: man reißt wohl
einmal ein Stück los, und der Stock bleibt immer sitzen. Ich
will doch Herr werden! Niemand als wer sich ganz verleugnet, ist wert zu herrschen und kann herrschen.

Er ließ es sich wahrlich sauer werden.   Nach
anderthalbjähriger Arbeit war die Kriegskommissions-
Repositur noch nicht, wie er sie haben wollte.

Es wird doch! Und ich will's so sauber schaffen, als
wenn's die Tauben gelesen hätten!

Kraft kam ihm in den Sinn, der ihm aus Jlmenau
Berichte über die dortige Mißwirtschaft schickte.

Für Kraft ist's schade: er sieht die Mängel gut und
weiß selbst nicht eine Warze wegzunehmen. Wenn er ein
Amt hätte, würf' er Alles mit dem besten Vorsatz durcheinander; daher auch sein Schicksal. Ich will ihn auch nicht
verlassen; er nützt mir doch und ist wirklich ein edler Mensch.
In der Nähe ist's unangenehm, so einen Nagwurm zu haben,
der, untätig, einem immer vorjammert, was nicht ist, wie es
sein sollte. Bei Gott, es ist kein Kanzlist, der nicht in einer
Viertelstunde mehr Gescheutes reden kann, als ich in einem
Vierteljahr, Gott weiß: in zehn Jahren, tun kann.

Dafür weiß ich auch, was sie alle nicht wissen — oder
auch wissen. Ich fühle nach und nach ein allgemeines Zutrauen, und gebe Gott, daß ich's verdienen möge! Nicht
wie's leicht ist, sondern wie i ch' s w ü n f ch'.

Was ich trage an mir und Andern, sieht kein Mensch.
Das Beste ist die tiefe Stille, in der ich gegen die Welt
lebe und wachse und gewinne, was sie mit Feuer und Schwert
nicht nehmen können!

Und bald heißt es dann:

Ordnung hab' ich nun in allen meinen Sachen; nun mag
Erfahrenheit, Gewandtheit usw. auch ankommen!

Das eigentliche Hindernis in ihm selber blieb immer
seine — Größe. Er mußte sich immer erst anstrengen,
um sich in kleine Menschen hineinzufühlen und ihre
Forderungen und Beschwerden ernst zu nehmen.

Ich wende alle Sinnen und Gedanken auf, das Nötige
im Augenblick und das Schickliche zur Situation zu finden,
es sei Hohes und Tiefes; es ist ein saures Stückchen Brot,
doch, wenn man's erreichen könnte, auch ein schönes. Die
größte Schwierigkeit ist, daß ich das Gemeine kaum fassen
kann. Unbegreiflich ist's, was Dinge, die der geringste

Mensch leicht begreift, sich drein schickt, sie ausführt, daß ich wie durch eine ungeheure Kluft davon gesondert bin. Auch geht mein größter Fleiß auf das Gemeine[1]).

Er mußte aus den gewöhnlichen Menschen ein förmliches Studium machen, um besser mit ihnen umgehen und rechnen zu können, besonders auch aus den gewöhnlichen Menschen an den Höfen. So zu Anfang des Jahres in Homburg:

Den sogenannten Weltleuten such' ich nun abzupassen: worin es ihnen denn eigentlich sitzt? Was sie guten Ton heißen? Worum sich ihre Ideen drehen und was sie wollen? wo sich ihr Kreischen zudreht?

Mit andern Worten, er mußte sich zwingen, geselliger zu werden. Gleich nach Homburg, als die Reisenden wieder in Weimar waren, nahm er sich vor, fleißiger mit Wieland und Anderen zu verkehren, ja, eine regelrechte „Sozietät" zu begründen. Auch sprach er sogleich mit Bode, dem eifrigen Ordensbruder, über das Logenwesen, und es dauerte nicht lange, so wurde er Freimaurer mit dem offen ausgesprochenen Zwecke, dadurch in bessere Verbindung mit vielen ansehnlichen Leuten zu treten.

----

[1]) „Gemein" hat bei Goethe noch nicht den Sinn, den es heute gewöhnlich hat, wo wir gern etwas Schimpfliches, Verwerfliches, Verkommenes darunter verstehen; es ist nur der Gegensatz zu „außerordentlich", „emporgehoben". Im militärischen Ausdruck „Gemeiner" haben wir den alten Sinn noch. ' „Genießen macht gemein" bedeutet: „bringt mit Vielen in vertraute Nähe", und „was uns Alle bändigt", ist nicht die Niedertracht, sondern die gewöhnliche Menschennatur. Oben ist also das Gemeine so viel wie das Kleine, Alltägliche, Menschliche.

Aber er blieb bei allen Bemühungen so ziemlich, was er war: der geselligste und der ungeselligste Mensch, gar wenig Herr über sich in diesen Dingen.

Die ersten paar Tage sind mir sauer geworden,

bekannte er im Herbste, als er den Herzog an den Meininger Hof begleitet hatte,

weil ich weder Leichtigkeit noch Offenheit habe, mit den Menschen sogleich zu leben. . . . Ich habe gar keine Sprache für die Menschen, wenn ich nicht eine Weile mit ihnen bin.

So müht er sich ab, fühlt sich heimisch und fremd, anerkannt und doch immer wieder allein.

Mir möchten manchmal die Knie zusammenbrechen, so schwer wird mir das Kreuz, das man fast ganz allein trägt. Wenn ich nicht wieder den Leichtsinn hätte und die Uberzeugung, daß Glaube und Harren Alles überwindet! Es könnte ja tausendmal bunter gehn, und man müßte es doch aushalten!

∞

„Fast ganz allein" — auch im eigentlichen Sinne stand Goethe fast ganz allein da, denn er war unbeweibt, kinderlos, fern von den nächsten Verwandten, und wohnte in einem einsamen Häuschen vor der Stadt. Darum auch hatte er trotz aller Amtsarbeit und Geselligkeit, da er weder ein Langschläfer noch Müßiggänger war, doch noch manche freie Stunden; er fand also noch viel Zeit für Wissenschaft und Kunst.

Zum regelrechten Gelehrten, der viele Kenntnisse anzusammeln und durch diese Kenntnisse sich auszuzeichnen strebt, der die „Wissenschaft" bereichern möchte

und sie um ihrer selbst willen verehrt, taugte Goethe
nicht; er ging nur die natürlichen, volkstümlichen Wege
zur Wissenschaft. Er war in früheren Jahren gern
nach Art der Kinder und kindlichen Völker in Wissens-
gebiete eingedrungen, die schon halb im Märchenlande
lagen; er suchte damals ein Wissen, das wie ein Zauber-
stab zu brauchen war, verlangte Enthüllung von Geheimnissen und hoffte auf wunderbare Entdeckungen, die
große Macht über die Menschen oder die Natur ver-
liehen. So hat er als Student Chemie und andere
Naturwissenschaften mit Mystik und Kabbalistik ver-
mengt — seinem ‚Faust‘ war es zugut gekommen; so
hatte er später an Lavaters physiognomischer Halb-
wissenschaft teilgenommen und ihm noch in Weimar
bei diesem Studium, das als Spielerei reizvoll war,
ausdauernd geholfen, indem er ihm Bildnisse und Auf-
sätze für seine ‚Physiognomischen Fragmente‘ sandte.
Jetzt stand er im Mannesalter; jetzt lockte ihn eine
Wissenschaft besonders dann, wenn er ihre Ergebnisse
gerade für eine praktische Aufgabe brauchte. So ver-
senkte er sich mit dem Herzoge einige Tage in die ‚In-
stitutionen‘ Justinians, weil sie bemerkt hatten, daß sie
einer Stärkung ihrer juristischen Begriffe bedurften. Um
dieselbe Zeit las er viel über den Herzog Bernhard
von Weimar, um die Vorfahren seines Fürsten besser
kennen zu lernen und weil er ein poetisches oder ge-
schichtliches Werk über diesen berühmtesten Herzog und
Kriegshelden seiner jetzigen Heimat hervorzubringen
wünschte. In die Geschichte der Baukunst, in die Einzelheiten der Bauformen und -konstruktionen drang er
lesend und zeichnend ein, weil von ihm beständig Rat

in Bausachen verlangt wurde, weil jetzt z. B. das fürstliche Redouten- und Theaterhaus gegenüber dem Palais der Herzogin Amalie im Bau war und weil namentlich der Wiederaufbau des Residenzschlosses eines Tages begonnen werden mußte. Die Hoffnung auf einen künftigen gewinnreichen Bergbau in Ilmenau hatte ihn veranlaßt, in die bergmännischen Wissenschaften einen Einblick zu tun und namentlich auch einige Bergwerke im Harze selber zu befahren. Von der praktischen Bergbaulehre war es dann nur ein Schritt zur wissenschaftlichen Gesteins- und Erdbildungslehre. Der Herzog hatte, immer in Gedanken an künftige Vorteile, zuerst den Vizeberghauptmann v. Trebra als Gutachter an sich gezogen; er hatte ein jüngeres Landeskind, den Voigt aus Allstadt, einen Bruder des Regierungsrats, in Freiberg studieren lassen und ihn nachher beauftragt, eine mineralogische Beschreibung von Weimar, Eisenach und Jena zu liefern. Trebra und Voigt wurden sogleich Goethes Lehrer und Helfer in der Steinkunde: mit ihrer Unterstützung legte er sich selber eine Steinsammlung an, half dann Anderen, z. B. der Göchhausen, bei der gleichen neuen Liebhaberei, und bald wußte er soviel von den Anfangsgründen, daß er auf seinen Reisen Neues entdecken und daß er die Landschaftsbilder, die er früher nur als Künstler genossen, nun auch als Kenner der Erdgeschichte betrachten konnte. Abwechselnd dachte er über die praktische Frage, wie das Vermögen der Untertanen und des Landesherrn vom Erdinnern und der Erdoberfläche aus zu vermehren sei, und über die Frage der Erdschöpfung: „was die Welt im Innersten zusammenhält".

Wir sind auf die hohen Gipfel gestiegen,

schrieb er in Ilmenau der Freundin,

und in die Tiefen der Erde eingekrochen und möchten gar zu gern der großen formenden Hand nächste Spuren entdecken. Es kommt gewiß noch ein Mensch, der darüber klar sieht; wir wollen ihm voraneilen. Wir haben recht schöne große Sachen entdeckt, die der Seele einen Schwung geben und sie in der Wahrheit ausweiten. Könnten wir nur auch bald den armen Maulwürfen von hier Beschäftigung und Brot geben!

Und am nächsten Tage wiederholte er seine große Freude über diese Art der Erderoberung, bei der er nun bereits erkennen konnte, wie Thüringen entstanden ist.

Die Welt kriegt mir nun ein neu, ungeheuer Ansehen!

Der wichtigste natürliche Weg zur Wissenschaft ist die Aufmerksamkeit. Denn der Aufmerksame empfängt durch seine fünf Sinne so viele Eindrücke, macht so viele Erfahrungen, daß er mit vorrückenden Jahren ein Gelehrter werden muß, ob er will oder nicht.

Goethe war nach dem damaligen Sprachgebrauch sehr sinnlich; d. h. er hatte sehr feine, empfängliche, gegenwirkende Sinne; er bekam also starke Eindrücke von den Dingen, die ihn dann zu starker innerer Verarbeitung und Wiedergabe reizten. Er war von Jugend auf ein Beobachter; namentlich durch die Augen liebte er Natur, Kunst und Menschenleben in langen Zügen in sich einzutrinken. Er hatte immer die Gabe, sich vom gegenwärtigen Leben und von seiner eigenen Person gewissermaßen abzusondern und bei einer eindringenden Beobachtung die übrige Welt zu vergessen,

„ganz Auge" oder „ganz Ohr" zu sein, wie es die volkstümliche Übertreibung in kühnen Bildern bezeichnet.

Nun sind wir immer zu gleicher Zeit aufmerksam und unaufmerksam; der Unterschied ist nur, ob wir auf Bedeutendes oder auf Eitelkeiten und Nichtigkeiten achten, ob wir anhaltend oder flatterhaft die Dinge bemerken, ob uns große oder kleine Zwecke bewegen. Die gewöhnlichen Fehler Derer, die wir unaufmerksam nennen, sind, daß sie sich zu viel mit sich selber beschäftigen, oder daß sie gar zu gern aus der Wirklichkeit in Träume, aus klaren und wachen in dumpfe Seelenzustände versinken.

Auch Goethe geriet als geborener Poet gern in Tagesträume und gerade in dem Jahre, wovon jetzt erzählt wird, beschäftigte er sich auch gar viel mit seiner eigenen Person. Trotzdem war er ein Aufmerksamer, denn auch aus der Selbstbeobachtung machte er eine Wissenschaft. Er setzte dieser Wissenschaft von Anfang an eine hohe Aufgabe: die Erhöhung seiner Leistungen, die Steigerung des Tiermenschen zum Übermenschen.

Wie es oft der Fall ist, so vermehrte auch bei ihm eine Krankheit oder Kränklichkeit die Neigung zur Beobachtung der eigenen Person. Die großen Strapazen der Schweizer Reise hatte er in bestem Befinden überstanden, aber drei Wochen nach der Rückkehr packte ihn die Grippe, und nur langsam erholte er sich von ihr. Bald danach plagte ihn eine Mandelentzündung, und noch im Herbste fühlte er sich recht unsicher in seiner Gesundheit und fürchtete, daß er wieder wie im Januar und Februar darniederliegen könnte.

Die Krankheit iſt für den tätigen Mann dadurch entſetzlich, daß ſie ſeine Perſönlichkeit feſſelt, ja aufhebt; er iſt plötzlich ein Gefangener und Ohnmächtiger; ſein Wille hat keine Arme mehr; ſein Zweck und Plan iſt nur noch ein Traum. Nun muß man wohl oder übel die ſchweren Krankheitszuſtände ruhig erleiden, und ſie gehen ja auch meiſtens raſch vorüber; Goethe fragte ſich darum: welches ſind die leichteren, aber häufigen Verdüſterungen und Hemmungen unſeres höheren Lebens? Sind ſie zu vermeiden, zu unterdrücken?

Große Macht über ſeine Seele hatte oft das Wetter; er ſuchte ihm zu trotzen, ſich noch mehr abzuhärten. Aber man kann nicht die drückend niederhängenden Wolken und die elektriſchen Spannungen mit menſchlichen Kräften wegblaſen.

Ein anderes Wetter, ein heiteres oder düſteres, machen ſich die Menſchen ſelber durch ihr Eſſen und Trinken. Noch vor ein paar Jahren hatte Goethe ſich oft den Magen verdorben und dann mit Rhabarber und andern „Schlotfegern" dagegen kuriert. Jetzt war er vorſichtiger und mäßiger im Eſſen und bedauerte den Herzog, der jetzt noch Monate lang an den Folgen von Übermaß und Unvorſichtigkeit kränkelte.

Des Herzogs Gedärme richten ſich noch nicht ein,

ſchreibt Goethe an die Freundin, denn damals beſprach man alle Angelegenheiten des Verdauungsganges noch ohne ſchamhafte Zurückhaltung:

er ſchont ſich und betrügt ſich und ſchont ſich nicht, und ſo vertrödelt man das Leben und die ſchönen Tage.

Auch im Trinken ging Goethe nicht mehr auf Kraft-
proben und ein Zwingen des Körpers aus; er schalt
vielmehr heftig auf den Kaffee, den die Freundin so
sehr liebte, und ward für seine eigene Person immer
vorsichtiger gegen sein eigenes Lieblingsgetränk.

Seit drei Tagen keinen Wein. Sich nun vor'm englischen Bier in acht zu nehmen! Wenn ich den Wein ab-
schaffen könnte, wär' ich sehr glücklich.

So schrieb er am 1. April nieder, und ein paar
Wochen später:

Ich trinke keinen Wein und gewinne täglich mehr in Blick
und Geschick zum tätigen Leben.

Im Juni rief er nach großen Leistungen, an denen
er sich erfreute, aus:

Man könnte noch mehr, ja das Unglaubliche tun, wenn
man mäßiger wäre!

Doch ist hier nicht deutlich, welche Mäßigkeit er meint.

Von den körperlichen Übungen, vom Gehen, Sitzen,
Stehen, Liegen, hängt das Befinden und das Vermögen des Menschen nicht viel weniger ab als vom
Essen und Trinken. Goethe war jetzt so fleißig als
Beamter und als Schriftsteller, daß er nicht mehr so
viel im Freien lebte wie früher. Er mußte sich jetzt
selber zu Spiel und Sport ermahnen.

In den letzten Tagen, weil ich keine Bewegung hatte,
nahm der Schmerz auf der Brust zu. Wenn ich mich nur an-
halten könnte, öfter zu reiten! Habe ich's doch so bequem!

Er brauchte ja nur in den herzoglichen Marstall
zu schicken: der Oberstallmeister mußte ihm jederzeit ein

gefatteltes Pferd ftellen, wenn er's verlangte. Aber weil er nicht mehr genug Luft hatte, fich draußen zum Vergnügen herumzutreiben, mußte er in den Stuben mehr an Bewegung denken, mußte er geiftiges Arbeiten und Gehen verbinden.

An Herzog Bernhards Leben im Gehen viel gedacht,

fchrieb er auf, als er am 21. März zu Fuß nach Belvedere gewefen war;

was ich Gut's finde in Überlegungen, Gedanken, ja Ausbruck, kommt mir meift im Gehen; fitzend bin ich zu Nichts aufgelegt; drum das Diktieren weiter zu treiben.[1]

Aber wie jedermann machte er die wunderbare Erfahrung: bei der gleichen gefunden und klugen Lebens-

---

[1] Diefer Gedanke konnte leicht, da ein Schreiber nicht immer zur Hand oder erwünfcht war, zur Anfchaffung eines Stehpults führen. Am letzten Tage 1780 fchrieb Goethe an Charlotte v. Stein: „Mein ‚Taffo' dauert mich felbft; er liegt auf dem Pult und fieht mich fo freundlich an. . . ." Die 1910 verftorbene Frau Dr. Keil in Weimar befaß ein fehr einfaches Stehpult, das aus Goethes Gartenhaufe ftammen follte; ihr Gatte, einer der früheften Goethe-Forfcher, hatte es vom „Locken-Müller" erworben, und Diefer foll es auf der Verfteigerung des Mobiliars von Goethes Gartenhaus, von der wir auch fonft mündliche Überlieferungen haben, an fich gebracht haben. Es ift ein ziemlich kleines Pult, etwa einen Meter breit, aus billigem Holze kunftlos gemacht. Freund Rafch hat es auf unferem Bilde nachgezeichnet, ebenfo wie einen Pflugfchen Ofen, der gleichfalls nicht mehr im Haufe ift.

Um 1781 benutzte Goethe einen Schreibtifch, der Knebeln gehörte. (Knebel war auf Reifen, Goethe hob feine Sachen auf.) Es gibt ein Epigramm Goethes auf diefen Schreibtifch: „Mich erbaute zuerft ein Denker" ufw.

weiſe und bei gleichem Wetter und Klima iſt doch nicht
ein Arbeitstag wie der andere! Namentlich derjenige
Menſch, der ein Genie in ſich trägt, erfährt, daß er
heute dieſe, morgen jene Fähigkeiten und Unfähigkeiten
hat. Zeitweiſe iſt er ein Dichter, der leicht vermag, was
er ſich vornimmt, und dann folgen Wochen und Monate,
wo Hinz und Kunz eine poetiſche Aufgabe raſcher und
geſchickter ausführen.

Welcher Planetenlauf bewirkt in unſerm Innern
ſolche Tage und Nächte, ſolche Sommer und Winter?

Am 26. März hatte Goethe einen Tag, wo er ſich
ſchwach und eingehüllt fühlte, und er nahm ſich vor:

Ich muß den Zirkel, der ſich in mir umdreht, von
guten und böſen Tagen näher bemerken. Leidenſchaften, Anhänglichkeit, Trieb, Dies oder Jenes zu tun, Erfindung, Ausführung, Ordnung: Alles wechſelt und hält einen regelmäßigen
Kreis; Heiterkeit, Trübe, Stärke, Elaſtizität, Schwäche, Ge-
laſſenheit, Begier ebenſo. Da ich ſehr diät lebe, wird der
Gang nicht geſtört, und ich muß noch herauskriegen, in welcher
Zeit und Ordnung ich mich um mich ſelbſt bewege.

Und nun verſuchte er Buch zu führen:

29. März: Frühe hatt' ich den aufräumenden und ord-
nenden Tag. Viel Briefe weggeſchrieben und Alles ausgepußt.

30. März: Hatt' ich den erfindenden Tag. Anfangs
trüblich; ich lenkte mich zu Geſchäften; bald ward's lebendiger. . . . Abends wenig Momente ſinkender Kraft. Darauf
acht zu geben, woher?

31. März: Die Dämmerung des Schlafs gleich mit
friſcher Luft und Waſſer weggeſcheucht. Sehnte ſich ſchon die
Seele nach Ruh, und ich wäre gern herumgeſchlichen. Raffte
mich [auf] und diktierte. . . .

1. April: Gleich früh friſch gefaßt.

2. April: Früh gleich wieder munter und geſchäftig.

Diese Selbstbeobachtung, die er jetzt mehr betrieb als je, sprach sich auch durch eine Unzahl von Vergleichungen aus, in die er sich mit anderen Wesen stellte. In späteren Jahren sagte der berühmte Schädeldeuter Gall einmal zu Goethen, er könne den Mund nicht auftun, ohne einen Tropus auszusprechen; im Jahre 1780 scherzte Goethe selber: in Gleichnissen laufe er mit Sancho Pansas Sprichwörtern um die Wette. So verglich er sich selber:

mit Prometheus,

mit Polykrates, dem Alles, was er begann, gelang,

mit Odysseus bei der Kirke,

mit dem Mirza in ,Tausend und einer Nacht',

mit dem Bel zu Babel, der ungeheure Mahlzeiten einnehmen konnte, wie Goethe sehr viel geistige Kost einnahm,

mit einem Steinfresser, der nach dem reichlichsten Essen noch Kiesel verschlucken muß,

mit dem weisen Mambres (in Voltaires Roman vom weißen Stier), der sich gleichsam von Gedanken nährte und immer weise Sprüche hören ließ,

mit einem Nachtwandler,

mit einem Vogel, der sich die Füße in Zwirn verwickelt hat,

mit einer Taube, die zu Frau v. Stein immer wieder zum gewohnten Futter fliegt,

mit einem Spiegel,

mit einem ewigen Feuerwerk,

mit einem Pandämonium von unsichtbaren Geistern,

mit einer rikoschettierenden Kugel,

mit Christus, der die Sünden Anderer trägt und
der, wenn er endlich aus gedrängter Seele: Eli, Eli,
lama asabthani ruft, vom Volk die Antwort empfängt:
Anderen hast du geholfen, nun hilf dir selber!

Was solche kühnen Bilder mit der Wissenschaft zu
tun haben, ist nicht sogleich ersichtlich, und doch war
dies blitzartige Erkennen des Ähnlichen oder Gleichen
in sonst sehr unterschiedlichen Dingen Goethes Weg zu
höchsten Erkenntnissen. Hierdurch kam er allmählich an
die Grundkräfte und hauptsächlichsten Erscheinungen allen
Lebens, die sich für gewöhnlich hinter ihren mannigfaltigen Vermischungen und Durchkreuzungen verstecken.
Hierdurch kam er, wie er es nannte, zu den Urphäno-
menen, hinter denen dann nur noch das Eine und Letzte,
Gott, verborgen ist.

Der strenge Mann der Wissenschaft gestattet solche
starke Beteiligung der Phantasie, solches Hoffen auf
geniale Eingebungen, auf Erleuchtungen aus dem
Ganzen heraus, nicht gern; er verlangt ein mühsames
Ansammeln von Kenntnissen; jeder einzelne Schüler soll
ein kleinstes Gebiet gründlich erforschen, und erst aus
der Summe solcher Kleinarbeiten werden dann größere
Ergebnisse abgelesen. Es ist zwar kein völliger Gegensatz zwischen Goethe und den regelrechten Fachgelehrten,
denn Diese erkennen die Unentbehrlichkeit der Phantasie
zum Entdecken und Erfinden an, und Goethe wiederum
hatte gegen ein geduldiges Erforschen der Einzelheiten
nichts einzuwenden und war selber zeitweilig dazu
bereit. Aber er hatte eben doch nicht die Anlagen zum
eigentlichen Gelehrten und war nicht durch Schul- und
Examenzwang dazu erzogen worden.

Über sein Zeichnen schrieb er im Februar 1780 nieder:

Auch hier sehe ich, daß ich mir vergebens Mühe geben [würde], vom Detail in's Ganze zu lernen; ich habe immer nur mich aus dem Ganzen in's Detail heraus arbeiten und entwickeln können. Durch Aggregation begreif' ich nichts; aber wenn ich recht lange Holz und Stroh zusammengeschleppt habe und mich immer vergebens zu wärmen suche, wenn auch schon Kohlen drunten liegen und es überall raucht, so schlägt dann doch endlich die Flamme in einem Winde über's Ganze zusammen.

Ich sprach davon mit dem Herzog; er sagte eine gute Idee: die Sachen haben kein Detail, sondern jeder Mensch macht sich drin sein eigenes; Manche können's nicht, und Die gehen vom Detail aus, die Anderen vom Ganzen.

Wenn man diesen Gedanken bestimmte und ihm nachginge, eigentlich, was er sagen will, nicht was er sagt, beherzigte, würde er sehr fruchtbar sein.

∽

Wie Dem auch sei, besser als für den Forscher ist jedenfalls für den Dichter die Gleichnislust und -kraft verwertbar. Jeder glückliche Vergleich ist ein poetischer Schmuck, und manchmal ist er sogar Kern genug für ein kleines Gedicht.

Als Goethe in den Alpen vor einem viel bewunderten Wasserfalle stand, kam ihm ein Gedanke aus seinem Mohammed-Plane wieder: daß es dem Wasser im Großen und Kleinen wie dem Menschen ergehe. Zwischen Himmel und Erde bewegt es sich hinab und hinauf, und auf der Erde muß es sich nach dem Untergrunde und dem Winde fügen und schmiegen:

> Seele des Menschen,
> Wie gleichst du dem Wasser!
> Schicksal des Menschen,
> Wie gleichst du dem Wind!

Als er dann am 6. September 1780 auf einer thüringischen Höhe, im hölzernen Jagdhäuschen auf dem Gickelhahn, den Abend verbrachte und den Sonnenuntergang still ansah: eine große, einfache Aussicht tat sich vor ihm auf, nur aus verborgenen Kohlenmeilern stiegen hie und da blaue Dämpfe über die Wälder empor — als dann der volle Mond in stiller Pracht heraufkam und nun auch in den Bäumen um ihn herum Alles still ward, die Blätter und alles Waldgetier, und nur in seinem Herzen noch Stimmen laut waren, die von der Freundin in Kochberg und einer andern schönen Freundin, von der er eben einen lieblichen Brief empfangen, redeten und ihn zu Wahl und Entschluß drängen wollten, da kam ihm wieder ein neuer Vergleich seiner unruhigen Seele mit einem Vogel, mit den Vögeln, die hier im Walde die nächsten lebendigen Wesen waren:

> Über allen Gipfeln
> Ist Ruh,
> In allen Wipfeln
> Spürest du
> Kaum einen Hauch,
> Die Vögelein schweigen im Walde . . .
> Warte nur, balde
> Ruhest du auch!

Ein paar Tage später ward ihm die schönste Kraft der Seele, die Phantasie, zu einer lebendigen Gestalt,

einem Götterkinde, das mit den Menschen wandeln darf,
und dies Götterbild erschien ihm als die gewandteste,
geliebteste Tochter des Zeus:

> Sie mag rosenbekränzt
> Mit dem Lilienstengel
> Blütentäler betreten,
> Sommervögeln gebieten,
> Und leichtnährenden Tau
> Mit Bienenlippen
> Von Blüten saugen,
> Oder sie mag
> Mit fliegendem Haar
> Und düstrem Blick
> Im Winde sausen
> Um Felsenwand —
> Und tausendfärbig
> Wie Morgen und Abend,
> Immer wechselnd,
> Wie Mondesblicke
> Den Sterblichen scheinen:
> Laßt uns alle
> Den Vater preisen,
> Den alten, hohen,
> Der solch' eine schöne,
> Unverwelkliche Gattin
> Den sterblichen Menschen
> Gesellen mögen!

Als er dann wieder daheim war und im Mondschein auf den Höhen herumging, die seinem Garten
gegenüberlagen, da wurden die Lichter im Gebüsch und
die Dünste aus dem Flußtal auch zu Personen, zu
Nachtgeistern, wie sie die nordischen Völker so oft gesehen haben. Und die Elfen sangen ihm:

> Um Mitternacht,
> Wenn die Menschen erst schlafen,
> Dann scheint uns der Mond,
> Dann leuchtet uns der Stern,
> Wir wandeln und singen
> Und tanzen erst gern.
> Um Mitternacht,
> Wenn die Menschen erst schlafen,
> Auf Wiesen an den Erlen
> Wir suchen unsern Raum
> Und wandeln und singen
> Und tanzen einen Traum.

Bald darauf aber mischten sich dunklere Schatten in das Mondscheingemälde. Windstöße und schwarzhängende Wolken fahren daher; aus dem Sommer ist Herbst geworden; aus dem Flusse erhebt sich des Erlkönigs Nebelgespenst. Und wie Goethe jüngst mit dem Knaben Fritz v. Stein nach Tiefurt geritten war, so kämpft sich ein Vater mit seinem Sohne auf einem ermattenden Rosse durch dies unheimliche Halbleben der Nacht:

> „Mein Vater, mein Vater, und hörest du nicht,
> Was Erlenkönig mir leise verspricht?" —
> „Sei ruhig, bleibe ruhig, mein Kind!
> In dürren Blättern säuselt der Wind!" —
>   „Willst feiner Knabe du mit mir gehn?
>   Meine Töchter sollen dich warten schön!
>   Meine Töchter führen den nächtlichen Reih'n
>   Und wiegen und tanzen und singen dich ein!"
> „Mein Vater, mein Vater, und siehst du nicht dort
> Erlkönigs Töchter am düstern Ort?" — —

In Goethe war der Dichter jetzt wieder stärker denn je. Eben deshalb fühlte er sich im Akten- und Schreibstubenleben so oft wie Pegasus vor dem Pfluge oder

wie ein Vogel, der gezwungen wird, wie ein Mensch
zu schreiten oder gar wie ein Fisch zu schwimmen, der
an Steinwände anschlägt, wenn er die Flügel spreitet.
Eine Mühle, die er unterwegs sah, brachte noch einen
dritten Vergleich.

In meinem Kopf ist's wie in einer Mühle mit viel
Gängen, wo zugleich geschroten, gemahlen, gewalkt und Öl
gestoßen wird. O thou sweet Poetry! ruf' ich manchmal und
preise den Mark Antonin glücklich, wie er auch selbst den
Göttern dafür dankt, daß er sich in die Dichtkunst und Be-
redsamkeit nicht eingelassen. Ich entziehe diesen Springwerken
und Kaskaden soviel möglich die Wasser und schlage sie auf
Mühlen und in die Wässerungen; aber eh ich's mich versehe,
zieht ein böser Genius den Zapfen, und Alles springt und
sprudelt.

Und wenn ich denke, ich sitze auf meinem Klepper und
reite meine pflichtmäßige Station ab: auf einmal kriegt die
Mähre unter mir eine herrliche Gestalt, unbezwingbare Lust
und Flügel und geht mit mir davon.

Noch deutlicher sehen wir den echten Dichter in
Dem, was er von einem Ritt nach Gotha erzählt. Das
Pferd, das man ihm diesmal aus des Herzogs Stall
gegeben, mochte sich zu keiner schnellen Gangart be-
quemen; der Reiter ward nicht durch den Ritt in Anspruch genommen, und so verfiel er zuerst in ein Phan-
tasiegespräch mit Charlotte v. Stein, dann auf ein
scherzhaftes Gedicht und zuletzt, hinter Erfurt, auf den
Roman, an dem er noch immer an günstigen Tagen
weiterbaute.

Zuletzt führt' ich meine Lieblingssituation im ‚Wilhelm
Meister‘ wieder aus. Ich ließ den ganzen Detail in mir
entstehen und fing zuletzt so bitterlich zu weinen an, daß ich
eben zeitig genug nach Gotha kam . . .

Ich wollt' Geld darum geben, wenn das Kapitel von
‚Wilhelm Meister‘ aufgeschrieben wär'; aber man brächte mich
eher zu einem Sprung durch's Feuer. Diktieren könnt ich's
noch allenfalls, wenn ich nur immer einen Reiseschreiber bei
mir hätte.

Zwischen so einer Stunde, wo die Dinge so lebendig
in mir werden, und meinem Zustand in diesem Augenblick, wo
ich jetzt schreibe, ist ein Unterschied wie Traum und Wachen.

Doch kam dies Jahr auch viel auf's Papier. Zunächst die ‚Schweizerreise‘. Es war sein erster Versuch in
der Berichterstattung über eigene Erlebnisse, aber auch
hier schon verbanden sich Wahrheit und Dichtung. Besonders war Wieland entzückt davon, als Goethe die
Handschrift bei der Herzogin-Mutter vorlas. Er schrieb
an Merck:

Das Ding ist eines von seinen meisterhaften Produkten
und mit dem ihm eigenen großen Sinn gedacht und geschrieben.
Die Zuhörerinnen enthusiasmierten sich über die Natur in
diesem Stücke; mir war die schlaue Kunst in der Komposition
noch lieber, wovon Jene nichts sahen.

Goethe aber schrieb in sein Tagebuch nach dieser
Vorlesung und dem Gespräch darüber:

Wieland sieht ganz unglaublich Alles, was man machen
will, macht, und was hangt und langt in einer Schrift.

Eine zweite Frucht der großen Winterfahrt war
ein Singspiel ‚Jery und Bätely‘. Hier führte er den
weimarischen Daheimgebliebenen das Leben der Schweizer
Bauern in hübschen Bildern vor; ein trutziges Maidschi,
das nicht heiraten will, und ein ausdauernder Bewerber
sind die Hauptpersonen; in ein Loblied auf die Ehe als
Schutz- und Trutzbündnis gegen alle Welt klingt das

Stückchen aus. Der Dichter spricht am meisten aus
Jery, dem Unfreiwillig-ledigen, der als Entbehrender
die eheliche Liebe preist:

> Es rauschen die Wasser,
> Die Wolken vergehen,
> Doch bleiben die Sterne,
> Sie wandeln und stehen.
> So auch mit der Liebe
> Der Treuen geschicht:
> Sie wegt sich, sie regt sich,
> Und ändert sich nicht.

Am 12. Juli 1780 ward ‚Jery und Bätely‘ zum
ersten Male auf der herrschaftlichen Liebhaberbühne
aufgeführt, und schon am 18. August folgte ein neues
Stückchen Goethes: ‚Die Vögel‘ nach Aristophanes. Oser
war wieder Gast auf Ettersburg und wollte eine De-
koration malen; er verlangte von Goethen, daß er ihm
die Idee gebe und das Stück dazu dichte. Und auf
Ettersburg war auch die lustige Hofdame Luise v. Göchhausen, der Goethe seine Einfälle gern diktierte und
bei deren Schreiberdienst ihm namentlich alles Possen-
hafte leicht gelang. Einen besonderen Nebenzweck hatte
er bei diesem Scherze: in Tiefurt verbohrte sich Prinz
Konstantin in Liebeskummer, weil er sein Karolinchen
nicht heiraten sollte und weil seine Nächsten diese seine
Verliebtheit durchaus nicht für ernsthaft und dauerhaft
ansehen wollten. Goethe dachte nun dem Prinzen eine
große Rolle im neuen Stücke zu, damit er eine Zeitlang auf andere Gedanken und in andere Gesellschaft
komme.

Diese Posse gefiel ganz ungemein; der Herzog und
seine Mutter hatten „mächtige Freude“ daran, und

Wieland genoß besonders, daß Goethe unter den unzähligen Plackereien seiner Ministerschaft noch soviel gute
Laune aus dem Sacke holen konnte. Die Vögel wurden
von Personen dargestellt, die in natürlichem Federschmuck
gekleidet waren; die Köpfe waren beweglich, ebenso die
Flügel und Schwänze; der Uhu und die Eule konnten
auch die Augen rollen. Schuhmann und Mieding, der
Hofmaler und Hofdrechsler, hatten erstaunliche Kunst-
stücke geliefert. Dergleichen belustigte freilich manchen
Teilnehmer besser als voriges Jahr die ,Iphigenie'.

Nicht lange dauerte es, so nahm in Goethes Haupt
und Herzen ein neuer großer und sehr ernster Stoff
Wohnung: das Leben eines unglücklichen Dichters, des
Torquato Tasso. Am 30. Oktober fing er an, die ersten
Szenen zu schreiben.

Trotz dieser Hingabe an die Dichtkunst blieb Goethe
doch auch jetzt noch Maler. Er glaubte Fortschritte zu
machen.

Gezeichnet wird nicht viel,

berichtete er an Merck im Frühjahr,

doch immer etwas, auch neulich einmal nach dem Nackten.
Bald such' ich mich in dem geschwinden Abschreiben derer
Formen zu üben, bald in der richtigen Zeichnung; bald such'
ich mich an den mannigfaltigeren Ausdruck der Haltung teils
nach der Natur, teils nach Zeichnungen, Kupfern, auch aus
der Imagination zu gewöhnen und so immer mehr aus der
Unbestimmtheit und Dämmerung herauszuarbeiten.

Und dann im Sommer an Charlotte:

Es fängt an, besser zu gehen, und ich komme mehr in
die Bestimmtheit und in das lebhaftere Gefühl des Bildes;
das Detail wird sich nach und nach herausmachen.

Oser war diesen Sommer lange bei seiner guten Freundin, der Herzogin-Mutter; von ihm lernte sein alter Leipziger Schüler wieder mancherlei.

Ich vernahm ihn recht ad protocollum . . . Er weiß gleich wie's zu machen ist, das Was bin ich wohl eher glücklich zu finden. . . . Wenn ich ihn nur alle Monate einen halben Tag hätte, ich wollt' andre Fahnen aufstecken!

Auch mit dem Bildhauer Klauer arbeitete er weiter zusammen; mit Lust sah er seine Fortschritte.

Ein bildender Künstler anderer Art, der Hoftanzmeister Aulhorn, mußte dies Jahr gleichfalls seinen Lehrer spielen; die Bezeichnungen in den Tänzen wollte er sicherer kennen.

In die Baukunst vertiefte er sich weiter; mit dem Baumeister Steiner ging er alle Arbeiten am Schauspielgebäude durch, sowohl die Pläne wie nachher die Ausführung.

Die Garten-Anlagekunst ruhte auch nicht, denn dies Jahr wurden im oberen Park mehrere neue Wege geschaffen, die vom „Kloster' an den Felsenabhängen weiter nach Süden führten.

Und endlich blieb das Schauspiel- und Vergnügungswesen, bei dem er zumeist Leitender und Mitwirkender sein mußte, — zumal jetzt, wo Seckendorff sich vom weimarischen Hofe loslöste, — eine beständige Schule für Augen und Ohren. Er hatte viele kleine Plagen davon und zählte es doch zu den wenigen Dingen, an denen er noch „Kinder- und Künstlerfreude" genoß. Dies Jahr bemühte man sich sehr in der Musik; das „Alexanderfest' und der „Messias' wurden aufgeführt, und am ‚Messias‘ gewann Goethe neue Ideen über Deklamation.

In aller solcher künstlerischen, wissenschaftlichen und Beamtentätigkeit war neben dem Bestreben, in Kraft und Weisheit sich selber zu steigern, viel Hingebung und Dienenwollen, viel Entsagung. Er schritt auf derselben sittlichen Höhe fort, die er im vorigen Jahre erreicht hatte.

Was drängte sich an Arbeit für Andere oft in einem Tage zusammen! Und er tat sie ohne viel Besinnen und ohne Stolz.

So z. B. verging ihm der 25. Juni, ein Sonntag:

In der Frühe besorgte er zu Hause Einiges, dann ritt er hinauf nach Ettersburg zur Herzogin-Mutter. Dort war Klauer beschäftigt, Osers Büste zu bossieren; damit sein alter Lehrer beim Stillsitzen sich nicht langweilte, holte Goethe seine ‚Mitschuldigen‘ herbei und las dies Jugendwerk vor.

Dann war Mittagessen mit viel Scherz und Munterkeit.

Nach Tisch diktierte er der Göchhausen in ihrem Zimmer Szenen der ‚Vögel‘ und sprach dazwischen viel über allerlei Kunst, denn Osers und Klauers Gespräche regten neue Gedanken auf.

Plötzlich ward Feuerlärm: in Großbrembach brannte es. Die ländlichen Gebäude waren damals aus Holz und Lehm aufgerichtet und mit Stroh bedeckt; wenn also ein Haus brannte, so waren auch immer halbe oder ganze Ortschaften in Gefahr, besonders im Sommer nach trockenem Wetter, wie man's jetzt gehabt hatte.

Goethe ritt sofort hin, ein Husar hinter ihm her.

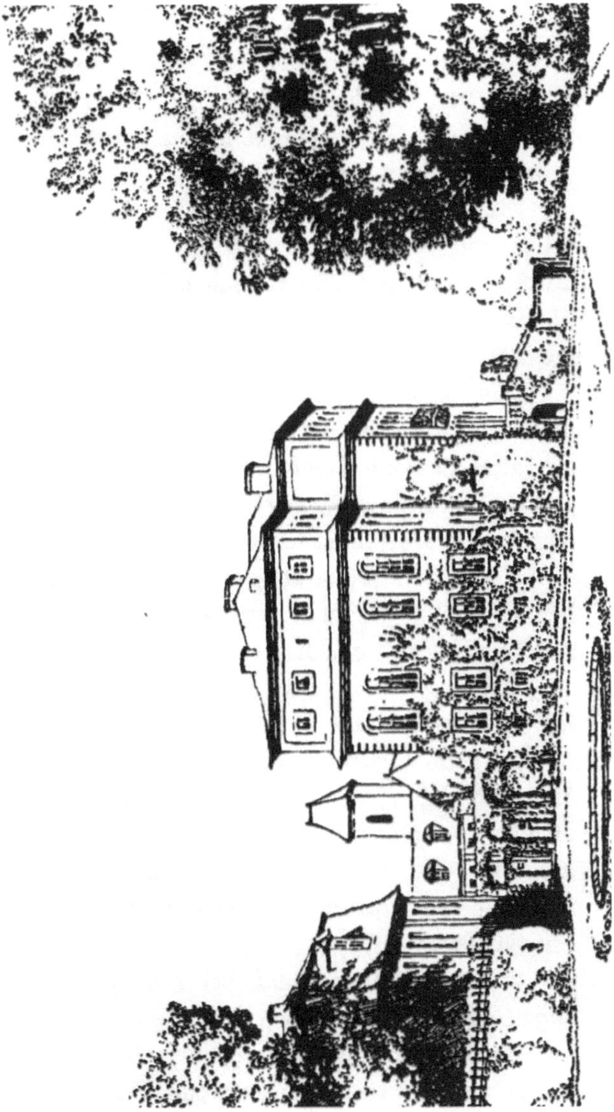

Schloß Ettersburg. Zeichnung von Ludwig Bartning

Als sie an's Dorf kamen, konnten sie nicht hinein: so sehr trieb der Wind ihnen die Glut entgegen. Sie ritten um die Zäune herum und am anderen Ende des Dorfes mit dem Winde hinein.

Alle Einwohner waren aufgeregt beschäftigt, zu retten und zu helfen. Die Einen griffen's geschickt an; Andere sahen nur immer, was nicht getan wurde, und schrien: hier und dort solle man anfassen, und machten die Tätigen irre.

Goethe eilte dazwischen, ermahnte, bat, tröstete, beruhigte und gewann die Herrschaft. Er war schon oft mit dem Herzog und auch allein bei solchen Bränden gewesen und hatte keinen eigenen Verlust zu fürchten, war deshalb besonnener.

Die Kirche suchte er zuerst zu retten, denn sie war das wertvollste Gebäude, und auf ihrem Dachboden lag viel herrschaftliches Korn.

Schlimm war, daß Niemand das Wasser dort schöpfen wollte, wo es reichlich war: im Teiche, denn dorthin gerade trieb der Wind die Flammen der nächsten brennenden Häuser. Goethe eilte dennoch hin und rief: „Kinder, es geht!" und so kamen Einige und schöpften mit ihm. Es ging freilich nur ein paar Augenblicke. Aber die Leute waren nun mutiger und widersetzten sich den Flammen eifriger.

Bald kamen nun auch der Herzog und der Prinz angeritten, und der Herzog übernahm die Anordnungen.

Goethe war fast selber glühend geworden: seine Augenbrauen waren versengt; das Wasser, das in seine Schuhe eingedrungen war, hatte ihm die Zehen gebrüht, so heiß war es gewesen.

Ohnmächtig sank er nach Mitternacht auf's Bett im Wirtshause: ein Husar mußte wachen, um ihn zu wecken, wenn das Feuer auch bis hierher dringe. Das war freilich nicht nötig, denn nach den Feuerfunken fielen nun die Wanzen über den Dichter her — er hatte ja immer für sie eine fatale Anziehungskraft.

Früh stand er auf, beschaffte dem Pfarrer ein neues Quartier und ritt dann heim, unterwegs über die Fehler nachdenkend, die er auch in diesem Kampfe gegen das Feuer bemerkt hatte. Schon oft hatte er mit dem Herzog über eine bessere Feuerwehr hin und her gesprochen.

Aber es gibt härtere Feuerproben für den sittlichen Menschen, zumal für einen dreißigjährigen ledigen Mann.

Als er auf der Schweizerfahrt sein Herz über Friederike Brion und Lilli Schönemann beruhigt hatte, suchte er in Lausanne auf Lavaters Wunsch eine Dame auf, die gar wohl danach geschaffen war, neue Unruhe in seinem Innern anzustiften: die „Marchesa" Antonia di Branconi, geb. v. Elsener. Sie war die Geliebte des Erbprinzen von Braunschweig gewesen; jetzt hatte Karl Wilhelm Ferdinand sein Herz der Frau v. Harte-feld zugewandt, und die Frau v. Branconi, die nun sein und ihr Söhnchen, den Grafen Forstenburg, erzog, hatte nirgends eine rechte Heimat mehr. Solche fürst-liche Nebenfrauen genossen damals nicht selten ganz besondere Achtung; sie waren ja Auserwählteste ihres Geschlechts, und einige erwarben sich um Fürsten und

15*

Länder Verdienſte. So war auch die ſchöne, geiſt-
reiche, gutherzige Branconi überall ſehr angeſehen;
mit dem frommen Lavater ſtand ſie in inniger Seelen-
freundſchaft.

Als Goethe nun in Lauſanne einen Abend bei ihr
verbrachte, kam ſie ihm ſo ſchön und angenehm vor,
daß er ſich etliche Male, wenn er ſie anſah, fragte,
ob's auch wahr ſein möchte, daß ſie ſo ſchön ſei. Ein
Geiſt! Ein Leben! Ein Offenmut! Er wußte nicht,
woran er war. Der Lehrer ihres Knaben, Matthäi,
war mit dabei, und Goethe dachte: Ich möchte nicht an
ſeiner Stelle ſein! Es iſt ein verfluchter Poſten, das
ganze Jahr wie Butter an der Sonne zu ſtehen!

Die Marcheſa ließ es ſich wohl merken, daß er ihr
ſehr gefalle und daß ſie ihn gern näher kennen lernen
möchte. „Und Das glaubt man dieſen Sirenen gerne",
ſagte er zu ſich ſelber.

Er mußte noch ein zweites Mal zu ihr kommen und
vergaß über ſie zwei andere Beſuche, die er ſich für
Lauſanne vorgenommen.

Nach dreiviertel Jahren machte ihm Frau v. Branconi in Weimar einen Gegenbeſuch. Am 26. Auguſt
kam ſie an; er führte ſie ſpazieren und ſaß mit ihr abends
in ſeinem Garten; es war ihm gar nicht recht, daß der
Herzog dazukam und die Stimmung ſtörte.

Am andern Tage fuhr er mit ihr nach Tiefurt, aß
mittags mit ihr im ‚Kloſter' des Herzogs und begleitete
ſie abends nach Belvedere hinauf. Am beſten gefiel
es ihr in Goethes Tale, und er mußte ihr verſprechen,
ihr dies Tal und ſein Häuschen als buntes Bild zu
ſchicken.

Antonia v. Branconi,
geb. v. Elsener.

Nach einem Gemälde im Besitze der
Frau Generalin v. Schwarzkoppen in Merseburg.

Charlotte v. Stein.

Nach einem Medaillon im Besitze der
Freifrau Ilse v. Boineburg in Weimar.

Am nächsten Tage reiste sie ab, zunächst nach Frankfurt, wo sie Goethes Mutter kennen lernen wollte. „Nachklang der schönen Gegenwart" schrieb er in's Tagebuch. Und freudig erregt war er, als ihm am 6. September, wo er im Jagdhäuschen auf dem Gickelhahn die Stille des abendlichen Gebirges genoß, ein Bote aus Ilmenau einen gar lieblichen Brief der herrlichen Freundin heraufbrachte. In jener Sommernacht kam ihm das kleine Gedicht „Über allen Gipfeln ist Ruh."

Nicht lange nachher las er eine Frage Lavaters: wie es denn seinem Herzen bei solchem Angriff ergangen sei? Und Goethe antwortete:

Ich habe mich gegen sie so betragen, als ich's gegen eine Fürstin oder eine Heilige tun würde. Und wenn es auch nur Wahn wäre: ich möchte mir solch' ein Bild nicht durch die Gemeinschaft einer flüchtigen Begierde besudeln. Und Gott bewahre uns vor einem ernstlichen Band, an dem sie mir die Seele aus den Gliedern winden würde!

Sein Bedürfnis, selber hoch zu stehen und in einem so schönen Weibe ein Hohes zu verehren, war ihm die eine Schutzwehr gegen sein Liebesverlangen.

Diese Begierde,

schreibt er an Lavater weiter,

die Pyramide meines Daseins, deren Basis mir angegeben und gegründet ist, so hoch als möglich in die Luft zu spitzen, überwiegt alles Andre und läßt kaum augenblickliches Vergessen zu. Ich darf nicht säumen: ich bin schon weit in Jahren vor, und vielleicht bricht mich das Schicksal in der Mitte, und der Babylonische Turm bleibt unvollendet. Wenigstens soll man sagen: es war kühn entworfen, und wenn ich lebe, sollen, will's Gott, die Kräfte bis hinauf reichen.

Aber hätte wohl dieser höchste und reinste Ehrgeiz für sich allein gegen mächtige Bedürfnisse des Leibes und der Seele stand gehalten? Goethe nennt in seinem Briefe an Lavater sogleich ein zweites Schutzmittel vor einer neuen starken Leidenschaft:

Auch tut der Talisman jener schönen Liebe, womit die Stein mein Leben würzt, sehr viel. Sie hat meine Mutter, Schwester und Geliebten nach und nach geerbt, und es hat sich ein Band geflochten, wie die Bande der Natur sind.

„Jener schönen Liebe" — Goethe rechnete sich nicht aus, daß die Freundin in der Tat seine Mutter, Schwester und Geliebten „geerbt" hatte, aber keineswegs bereit war, völlig wie eine Mutter oder Schwester oder Geliebte an ihm zu handeln.

Frau v. Stein hatte viel Plage und Unruhe durch Goethe gehabt, hatte sie auch jetzt noch zuweilen; aber sie wurde doch für ihre Gaben reich belohnt, als sie, die nicht mehr junge Frau, noch einen solchen Verehrer, als Einsame einen solchen Gesellschafter, als Mutter einen solchen Freund ihrer Söhne gewann und besaß! Sie sah, daß ihr guter Ruf nicht darunter litt, denn weder ihr Gatte, noch die Damen und Herren am Hofe mißtrauten mehr der Liebe dieses seltsamen Menschen. Und es war freilich süß, den schönen, hochbegabten, hochbegünstigten Mann in aller Ehrbarkeit zu lieben, ihn zu loben und zu schelten, ihn zu beraten, für ihn ein wenig zu sorgen, mit ihm immer wieder zu schmollen und immer wieder gut zu werden. Und da er's so haben wollte, machte sie sich keine Gedanken darüber, daß sie mit ihrer halben Liebe und halben Hingabe ihn auf dem Wege zur völligen Gewinnung einer eigenen Ge-

nossin aufhalte. Er war ja herzlich dankbar für dieses
Mittelding von mütterlicher, schwesterlicher und bräut-
licher Liebe!

Warum war er's? Immer wieder, weil er zu ihr
reden konnte, wie zu seiner eigenen Seele, ganz offen
über sich selber, daß er ihr alle seine innersten Regungen,
seine Fehler, seine Schwächen bekennen konnte und daß
er sie danach mit der gleichen Beruhigung verließ, mit
der die katholische Christin den Beichtvater verläßt.
Charlotte hörte ihn nicht nur liebreich an, sondern sie
hatte mit den Beichtpriestern Das gemein, daß sie ganz
feste Überzeugungen besaß, an denen der leidenschaftlich
Schwankende sich anklammern konnte, und daß sie „nicht
von dieser Welt" war. Sie war nicht mehr im kirch-
lichen Sinne fromm, aber noch weniger ein Weltkind;
sie war durch ihre Jahre und ihren scharfen Verstand
über Vieles hinaus, was die jüngeren und wärmeren
Herzen noch beschäftigte und verwirrte, und sie hatte
keine Freude am Possenspiel und eitlen Wesen der
meisten Hofleute. Außerdem verlangte sie von Goethe
stets, daß er edel handele, daß er immer reiner, fester
und stolzer werde.

So erschien sie dem liebenden Goethe, der an
seinen früheren Geliebten solche Höhe und Stärke nicht
erfunden hatte, oft als ein heiliges, erhabenes Wesen,
besonders dann, wenn es in seinem eigenen Innern
brauste und brannte. Weil er immer in Gleichnissen
dachte, kam ihm dann wohl die biblische Geschichte in
den Sinn, wie Gott feurige Schlangen unter die Juden
sandte, weil sie gegen Gott und Moses murrten, die
sie doch eben aus Ägypten geführt. Da kamen die Er-

schrockenen zu Moses und sprachen: „Wir haben ge-
sündigt, daß wir wider den Herrn und wider dich
geredet haben! Bitte den Herrn, daß er die Schlangen
von uns nehme!" Moses betete für das Volk; da sprach
der Herr zu Moses: „Mache dir eine eherne Schlange
und richte sie zum Zeichen auf! Wer gebissen ist und
sieht sie an, Der soll leben!" Da machte Moses eine
eherne Schlange und richtete sie auf zum Zeichen, und
wenn jemanden eine Schlange biß, so sah er die eherne
Schlange an und blieb leben. —

Noch immer kamen Stunden, wo Goethe in seiner
Brust feurige Schlangen spürte,

und wenn ich heimlich nicht mit mir zufrieden bin,

schrieb er der Freundin,

so sind Sie wie die eherne Schlange, zu der ich mich aus
meinen Sünd' und Fehlern aufrichte und gesund werde.

Und zuweilen, wenn auch selten, kamen Augenblicke, wo die mühsam errungene Selbstbeherrschung
und Entsagung nicht anhielt, wo der „wütige Wolf"
wieder in ihm erwachte, wo er sich in heftigen Worten
Luft machen mußte und bereit war, auch gegen die
Liebsten wie scharfe Speere die bittersten Gedanken
herauszustoßen. Das waren Zustände, aus denen er
wie aus einem Traum erwachte; wenn er wieder
Gewalt über sich bekam, dann empfand er die pein-
lichste Reue.

Als er einmal im Herbste zu Kochberg bei der
Freundin zu Besuch war, erinnerte sie ihn beim Ab-
schied an ein solches in der Tollheit begangene Unrecht.
Goethen stiegen vor Scham die Tränen in's Auge, und

wäre nicht der Herzog neben ihm gegangen, er hätte laut aufgeweint. Sein Tun erschien ihm ja selber als Wahnsinn!

Ja, es ist eine Wut gegen sein eigen Fleisch, wenn der Unglückliche sich Luft zu machen sucht dadurch, daß er sein Liebstes beleidigt.

Und abends bat er die Freundin brieflich um Verzeihung und Geduld.

Kochberg. v. Steinsche Burg

Ich werde mich nicht zufrieden geben, bis Sie mir eine wörtliche Rechnung des Vergangenen vorgelegt haben und für die Zukunft in sich einen so schwesterlichen Sinn zu überreden bemühen, der auch von so etwas gar nicht getroffen werden kann. Ich müßte Sie sonst in den Momenten meiden, wo ich Sie am nötigsten habe! Mir kommt's entsetzlich vor, die besten Stunden des Lebens, die Augenblicke des Zusammenseins verderben zu müssen! Mit Ihnen, da ich mir gern jedes Haar einzeln vom Kopf zöge, wenn ich's in eine Gefälligkeit verwandeln könnte! Und dann so blind, so verstockt zu sein! Haben Sie Mitleid mit mir!

So verehrt Tasso die Prinzessin, die ihm schwesterliche Gunst schenkt, die ihn gesund zu machen scheint:

Wie den Bezauberten von Rausch und Wahn
Der Gottheit Nähe leicht und willig heilt.

So sucht er sie in erregter Stunde nach langer Zurückhaltung an sich zu reißen; so wird er zurückgestoßen;
so rast er gegen sich selber, gegen die Geliebte:

Wie lang' verdeckte mir dein heilig Bild
Die Buhlerin, die kleine Künste treibt!

Und so sinkt er wieder in Zerknirschung und Entsagung
vor ihr nieder und hat nur den Trost und Stolz, daß
ihm Gott vor andern Menschen die Gabe verlieh, seine
Leiden in Worte zu ergießen.

છ

Hatte Goethe keine männlichen Freunde, denen er
sein Innerstes offenbaren konnte, die ihn auch über die
Gefahr, die Frau v. Stein für ihn war, aufklärten?

Der Herzog war noch zu jung und ging in Liebes-
nöten selber ratlos in der Irre. Wieland war weise
und wohlwollend, aber er kümmerte sich nie um die
Angelegenheiten Anderer, verschloß mit Willen die
Augen vor Allem, was am Hofe vorging, und wußte
namentlich auch, daß jeder Rat an Liebende in den
Wind geredet ist. Herder und seine Gattin dagegen
waren sehr kritische Beobachter und scheuten sich gar
nicht, Andern mit bitterer Wahrheit wehzutun; aber
Goethe stand jetzt nicht gut mit ihnen und gab auf ihre
Meinung nichts, da er wohl bemerkte, daß Herders
sich und Andern das Leben sauer machten und viel
Schädliches redeten. Merck war auch dieses Jahr ein

paar Tage zu Besuch; dieser Freund sah freilich stets, wo etwas fehlte oder kränkelte, aber in sein Verhältnis zu Frau v. Stein ließ ihn Goethe kaum tief hineinblicken. Merck hatte ihn schon einmal, in Wetzlar, von einer geliebten Charlotte abwendig gemacht; auch verschloß sich Goethe jetzt mit Willen gegen die Mephistopheles-Wahrheiten Mercks, um nicht ebenso arm an Glauben, Hoffen und Vertrauen zu werden. Er klagte sich ja bereits des Mißtrauens an, wenn er unter seinen Amtsverwandten heimlichen Widerstand und heimliche Gegenarbeit vermutete. Zu Charlotte v. Stein „ein unbegrenztes Vertrauen" zu haben, war ihm längst zur Gewohnheit und Notwendigkeit geworden.

Wer dieses Vertrauen-Wollen und innere Vertrauen-Müssen auch gegen das Große und Ganze, gegen Welt und Leben richtet, hat „Gottvertrauen". Und durch das Gottvertrauen besitzt er zwei Beruhigungen und innere Sicherungen. Zunächst die Überzeugung, daß er selber unter einer höheren Führung steht. „Wundersam!" schrieb Goethe in diesen Jahren in's Tagebuch:

Ich habe so Manches getan, was ich jetzt nicht möchte getan haben, und doch, wenn's nicht geschehen wäre, würde unentbehrliches Gute nicht entstanden sein. Es ist, als ob ein Genius unser Hegemonikon[1]) verdunkelte, damit wir zu unserm und Anderer Vorteil Fehler machen.

Hieraus folgt die zweite Beruhigung: daß alles Seiende, auch das Mißfällige, notwendig ist, daß das Schädlich-Scheinende vielleicht ungeahnten Nutzen in

---

[1]) Unsere Vernunft, die uns leiten soll.

sich schließt, daß also alles heftige Ankämpfen gegen das Bestehende unsinnig, dagegen das Sichschicken in die herrschenden Gewalten nicht nur bequem, sondern auch vernünftig ist. Wohl ändert sich alles Bestehende, aber nur langsam und nach den inneren Gesetzen der Wesen. Alles gewaltsame, umstürzende Eingreifen kann erheblich nur den Schein, die äußeren Formen umwandeln; in Wahrheit erlangt Niemand Macht über die Naturgesetze und die Beschaffenheit der Menschen, als wer sie gelten und wirken läßt. „Und wenn du's vollbracht hast", übersetzte Goethe im September 1780 aus dem Griechischen, aus den sogenannten Goldenen Sprüchen des Pythagoras:

Und wenn du's vollbracht hast,
Wirst du erkennen der Götter und Menschen unveränderlich
Wesen,
Drinne sich Alles bewegt und davon Alles umgränzt ist.
Stille schau'n die Natur sich gleich in Allem und Allem,
Nichts Unmögliches hoffen und doch dem Leben genug sein.

Ein paar Tage darauf wandte er diese Geduldslehre auf sein Amt und auf die Beförderung der Volkswohlfahrt an:

In bürgerlichen Dingen, wo Alles in einer gemessenen Ordnung geht, läßt sich weder das Gute sonderlich beschleunigen, noch ein oder das andere Übel herausheben: sie müssen zusammen wie schwarze und weiße Schafe einer Herde unter einander zum Stalle herein und hinaus. Und was sich noch tun ließe, da mangelt's an Menschen, an neuen Menschen, die doch aber gleich auf der Stelle ohne Mißgriff das Gehörige täten.

CRS

Die beste äußere Beruhigung in allen Werther-, Tasso- und Orestes-Stimmungen blieb nach wie vor sein Haus und Garten. Das war doch sein eigenes Stück Welt und großenteils seine eigene Schöpfung! Hier war ihm namentlich auch eine Teilnahme an den Jahreszeiten und Wetterzuständen gegönnt, die Derjenige nur halb erlebt, der aus gemieteten Fenstern auf fremdes Eigentum sieht.

Alles Behagen am Leben ist auf eine regelmäßige Wiederkehr der äußeren Dinge begründet,

hat Goethe später behauptet:

Der Wechsel von Tag und Nacht, der Jahreszeiten, der Blüten und Früchte, und was uns sonst von Epoche zu Epoche entgegentritt, damit wir es genießen können und sollen: Diese sind die eigentlichen Triebfedern des irdischen Lebens. Je offener wir für diese Genüsse sind, desto glücklicher fühlen wir uns. Wälzt sich aber die Verschiedenheit dieser Erscheinungen vor uns auf und nieder, ohne daß wir daran teilnehmen, sind wir gegen so holde Anerbietungen unempfänglich, dann tritt das größte Übel, die schwerste Krankheit ein: man betrachtet das Leben als eine ekelhafte Last.

Der Dichter Leisewitz kam, von seinem niedersächsischen Landsmann Bode eingeführt, im Sommer in Goethes Haus. Man speiste in einem Zimmer, das mit einigen antiken Statuen und mit Naturalienschränken besetzt war; Leisewitz sah mit Staunen, wieviel das kleine Haus an Schätzen enthielt — eine Statue des Apollo wollte für den niedrigen Raum zu groß erscheinen. Die Unterhaltung glitt von den aufgestellten Steinarten bald auf die geologischen Zeugnisse über

das Alter der Welt und dann auf das Leben in ländlicher Umgebung. Goethe bekannte sich sehr glücklich,
daß er außer der Stadt wohne; er sagte, es beruhige
ihn ungemein, wenn er noch so verdrießlich heim käme
und sähe, daß zu Hause noch Alles auf seiner Stelle sei.

Dann sprach man über das immer neue Antlitz der
alten Mutter Natur, und Leisewitz sagte: wie man vor-
dem in den französischen Gärten Bogengänge angelegt
habe, worein die Sonne alle Jahre nur einmal schiene,
so gebe es in der Natur viele Stellen, die nur an
einem Tage im Jahre ihre höchste Schönheit erreichen.
Das war auch Goethes Meinung, und er war das
ganze Jahr über fleißig auf der Jagd nach den eigentümlichen Schönheiten von Ort und Stunde.

So also auch 1780. Schon am 2. Februar, als ein
voreiliges Frühlingslüftlein wehte, schritt er eifrig im
Garten herum, besah sich seine Bäume, erinnerte sich der
Zeiten, da er sie pflanzte, und erkannte jetzt mit Vergnügen die Vorboten künftigen Blühens und Wachsens.

Gebe uns der Himmel den Genuß davon und stäube
allen Akten- und Hofstaub um uns weg!

Dann kamen sehr klare, kalte Tage, wo die Schlitt-
schuhe wieder hervorgeholt wurden; danach die Frühlings-
stürme, die ihn nachts kaum schlafen ließen, deren Wolken-
treiben er aber doch auch mit Lust betrachtete. Dann
wieder Frühlingszeichen, und schon am 4. März fing er
an, dem Garten das Nachtkleid[1]) des Winterschlafes
auszuziehen, und dabei fielen ihm alle die Veränderungen auf, die er nach und nach darin gemacht hatte:

---

[1]) Man las bisher „Pachtkleid", was keinen Sinn gibt.

sie schienen ihm zugleich Veränderungen seiner Sinnesart zu bedeuten.

Am 14. März wurden Apfelkerne gesät; am 21.
brachte er der Freundin Schneeglöckchen; am Oster-
sonntag, den 21. März, war der erste rechte Frühlingstag.

Aber erst am 14. April konnte er die ersten drei
Veilchen für Charlotte finden, und als er am 20. April
ein anderes Sträußchen schickte, schrieb er dazu:

Die Blumen werden sich freuen, aus dem Schnee in
Ihre Atmosphäre zu kommen,

denn sein Tal war plötzlich wieder weiß geworden.

Ende April war dann groß Wasser; es schien, als
ob das Floßholz die Brücken einreißen wollte. Als er
in den ersten Maitagen zu Straßenbesichtigungen auswärts gewesen war, fand er bei der Heimkehr schönste
Lenzespracht.

Die Blüten und ersten Blätter sind höchst lieblich; es
treibt nach der langen rauhen Witterung Alles auf einmal.

Und nun begann auch das Spargelstechen und das
Spargel-Austeilen. Dann kamen wieder Regenschauer,
die bei ihm das Gedeihen und Reifen aufhielten.

Meine Rosen blühen nicht auf, meine Erdbeeren werden
nicht reif,

klagte er in der Mitte Juni der abwesenden Freundin;

sie wissen wohl, daß sie nichts zu eilen haben.

Dann ward es trockenes Wetter, aber die Freundin,
der er alles Schöne des Sommers vor allen gönnte,
war fern in Franken, bei ihrer Schwester Imhof.

Meine Erdbeeren stehen verlassen; bald schick' ich sie
da, bald dort hin: es will nirgends haften.

Dann die Bitte, wiederzukommen:

Meine Rosen blühen bis unter's Dach, und solang, als Das mein Haus deckt, kann nicht ein willkommenerer Gast hineintreten als Sie.

Und am 3. Juli:

Wenn Sie nur eine Rose sehen sollten und genießen sollten den Geruch des Jelängerjelieber und den Duft heut nach dem frischen Regen und das frische Grün von der gemähten Wiese und Erdbeeren, die jetzt die Waldner kriegt!

So lebt er in seinem Garten, in der Jahreszeit und in der Liebe weiter. Auch der Herbst entzückt ihn:

Das Tal ist lieblich, die Blätter fallen einzeln, und jedes wechselt noch erst zum Abschied die Farbe.

Auch noch am 16. Dezember geht er, in warmen Pelz eingehüllt, mit Gärtner- und Liebhabergedanken auf seinen Gartenwegen herum und hat eine „Unterredung mit seinen Bäumen".

> Sag ich's euch, geliebte Bäume,
> Die ich ahndevoll gepflanzt,
> Als die wundervollsten Träume,
> Morgenrötlich mich umtanzt?
> Ach, ihr wißt es, wie ich liebe,
> Die so schön mich wieder liebt,
> Die den reinsten meiner Triebe,
> Mir noch reiner wiedergibt!
> Wachset, wie aus meinem Herzen,
> Treibet in die Luft hinein,
> Denn ich grub viel Freud und Schmerzen
> Unter eure Wurzel ein!
> Bringet Schatten, traget Früchte,
> Neue Früchte jeden Tag,
> Nur daß ich sie dichte, dichte,
> Dicht bei ihr genießen mag!

VII. Das sechste und siebente Jahr.
November 1780 bis November 1782.

Immer wieder stand plötzlich die Frage vor ihm: ob er denn sein ganzes Leben in dem kleinen thüringischen Hofstädtchen verbringen solle. Jetzt war er ein starkes Roß vor dem Lastwagen der weimarischen Landesverwaltung: hatte er kein höheres Ziel?

Von der Heimat her schickte man ihm solche Fragen in's Haus. Merck war gar nicht damit einverstanden, daß sein genialer Freund auf die Dauer einem kleinen Hofe frohndete; und die Mutter, die jetzt neben dem absterbenden Vater Jahre schwerer Entsagung abspann, hätte ihren Wolf gern wieder bei sich gehabt. Sie konnte es ihm im stattlichen Vaterhause behaglich machen: wozu brauchte er in jenem Weimar, wo man oft noch im Juli das Kaminfeuer anzünden mußte, in einer einsamen Hütte allein zu hausen?

Aber auch auf seinen eigenen Wegen stieß Goethe auf diese Lebensfrage. Er war immer tiefer in das Beamtenwesen hineingeraten; er hatte den dicken Volgstädt in der Kriegskommission los sein wollen: nun mußte er auch dessen Arbeit mit tun. Er stimmte bei'm Herzog für die Entlassung Kalbs vom Präsidium der Kammer; Kalb ging am 11. Juni 1782, und Goethe mußte auch an seine Stelle treten. Er ward zwar nicht Kammerpräsident, dieser Posten blieb unbesetzt, und in den Sitzungen hatte der älteste Rat die Leitung; aber der Herzog ordnete an, daß Goethe, wenn er an den Sitzungen teilnehmen wolle, in seinem eigenen fürstlichen Stuhle sitzen und präsidieren solle und daß ihm in allen Dingen Auskunft zu geben sei. Im Geheimen Rate ward seine Meinung mit jedem Jahr gewichtiger; er war nun

einmal auf die Dauer des Herzogs Vertrauter, und
durch seine Reisen im Lande, sein scharfes Beobachten,
sein Ausfragen der kleinen Beamten, der Bauern und
Arbeiter bekam er eine Kenntnis der Zustände, vor der
sich die alten eingesessenen Räte zuweilen verstecken
mußten; mehr Kenntnis bedeutete aber auch mehr Arbeit.
Seine Aufgaben als herzoglicher Haus- und Ver-
gnügungsmeister wurden auch nicht kleiner. Wenn ein
Mann alle diese Ämter gut verwalten wollte, mußte er
seine ganze Kraft dafür hingeben. Das erkannte Goethe
wohl. „Staatssachen sollte Der, der drein versetzt ist,
sich ganz widmen", äußerte er selber gegen Lavater.
Aber wie hätte er dazu bereit sein können?

„Ich bin recht zu einem Privatmenschen erschaffen",
schrieb er am 17. September 1782 auf, „und begreife
nicht, wie mich das Schicksal in eine Staatsverwaltung
und eine fürstliche Familie hat einflicken mögen." Der
Privatmensch war auch zum Künstler erschaffen: Das
wurde ihm wieder deutlich, wenn in glücklichen Muße-
stunden die Seiten zum ‚Meister', zum ‚Tasso', zum
‚Egmont' rasch sich füllten.

Eigentlich bin ich zum Schriftsteller geboren; es gewährt
mir eine reinere Freude als jemals, wenn ich Etwas nach
meinem Gedanken gut geschrieben habe.

Vor ein paar Jahren hatte er seine Kraft zwischen
der ‚Iphigenie' und der Rekrutenaushebung geteilt;
jetzt, im März 1782, mußte er wieder „das alberne
Geschäft der Auslesung junger Leute zum Militare"
besorgen, mußte vier Wochen in kalten oder rauchigen
oder überheizten Stuben von kleinstädtischen Gasthäusern
oder von selten bewohnten Schlössern zubringen und

zwischendurch den ‚Egmont‘ zu vollenden suchen. Den ‚Egmont‘, den er schon vor sieben Jahren in der Vaterstadt angefangen hatte! Und ‚Tasso‘ war fertig zu machen, ‚Iphigenie‘ umzuschreiben, ‚Wilhelm Meister‘ fortzusetzen, ‚Faust‘ desgleichen; ein ‚Roman über das Weltall‘ harrte des ersten Diktats, und was war sonst noch alles niederzuschreiben, fortzusetzen, auszubessern!

Als er in diesem Jahre mit dem Rekruten-Ausheben fertig war, mußte er sich an den thüringischen kleinen Höfen als Gesandter Karl Augusts vorstellen und eine kleine Unterhandlung besorgen, die die Akademie Jena betraf. Das war ja eine ganz hübsche Komödie: „Die Livree auf dem Saal, der Hof im Vorzimmer, an den Türflügeln zwei Pagen und die gnädigsten Herrn im Audienzgemach.“ Aber während er so die Runde nach Gotha, Koburg, Hildburghausen, Meiningen, Barchfeld und Rudolstadt machte, hätte er doch noch viel lieber mit den Personen seines Romans oder seiner Dramen Zwiegespräch gehalten als mit den Fürsten, Prinzessinnen und Geheimen Räten. Er hatte fast Mitleid mit sich, wenn er sich einmal von sich selber absonderte und als Privatmensch Goethe den Geheimen Rat Goethe so einherprunken sah:

> Man lauft, man drängt, man reißt mich mit,
> Was hat Das zu bedeuten?
> Sechs Pferde mit gemeff'nem Schritt
> Erblick' ich schon von weitem:
> Ein Dichter, der so vieles litt,
> Fährt her, begafft von Leuten,
> Steigt aus und kommt mit stolzem Tritt,
> Begrüßt von allen Seiten.

Doch kommt ein Wurm im Herzen mit
Und läßt ihn vieles leiden!
Er muß bei stolzem Tritt und Schritt
Ein armes Volk beneiden.
O Pegasel o nimm ihn mit
In der Begeistrung Weiten!
Er gibt gewiß für einen Ritt
Das Sechsgespann mit Freuden!

„Wieviel wohler wäre mir's," schrieb er bald nach der Rückkehr seiner Freundin, „wenn ich, von dem Streit der politischen Elemente abgesondert, in Deiner Nähe, meine Liebste, den Wissenschaften und Künsten, wozu ich geboren bin, meinen Geist zuwenden könntel"

Aber vielleicht ist es etwas Höheres und Nützlicheres, einem Volke, und wäre es auch nur dies weimarische und eisenachische Völkchen von hunderttausend Seelen, zu besserem Wohlstande, zu allgemeinerem Wohlbefinden, zu höherer Bildung zu helfen. Für solche Zwecke muß man vielleicht seinen angeborenen Neigungen entsagen. Wer möchte dem Dichterruhme nachjagen, wenn er als Staatsverwalter Segen über viele Tausende ausstreuen kann! Welken nicht Tassos Lorbeern, sobald Antonio, der Handelnde, eintritt?

Aber leider! über diese Einbildung, als Staatsmann ein Menschenbeglücker zu sein, war Goethe rasch hinausgewachsen oder er war nie recht in sie hineingewachsen.

Ich habe den Kopf voll Ideen und Sorgen, schrieb er am 20. Januar 1782,

keine für mich, denn mir bläst das Glück in den Nacken,
desto mehr für Andre, für Viele. Für sich kann man wohl
noch den rechten Weg finden, für Andre und mit Andren
scheint es fast unmöglich.

Und ähnlich am 2. April:

Hätte ich die Angelegenheiten unseres Fürstentums auf
einem so guten Fuß, als meine eigne, so könnten wir von
Glück sagen .... Daß es doch ein fast nie befriedigter
Wunsch ist, Menschen zu nützen! Das Meiste, dessen ich
persönlich fähig war, hab' ich auf den Gipfel des Glücks
gebracht oder sehe es vor mir: es wird werden. Für Andre
arbeit' ich mich ab und erlange Nichts.

Auf jener Gesandtschaftsreise durch Thüringen kam
er in Friedrichsroda mit einem Bergrat Baum zusammen,
„kroch mit ihm in den Eingeweiden der Erde herum",
aß zu Mittag mit ihm und schwatzte mit ihm. Und
Baum versicherte ihm bei'm Glase Wein: es gehe Nichts
über das Vergnügen, ein Bergmann zu sein; wenn er
auch die Gaben dazu hätte und Minister sein sollte, er
schlüge es aus und bliebe Bergmann! Goethe dachte
bei sich: „Besonders, wenn er erst wüßte, was Das heißt:
Minister sein!"

∽

Hinter diesem allgemeinen Urteil über die Unkraft
aller freiwilligen und amtlich eingesetzten Volksbeglücker
steckte noch die besondere Unzufriedenheit mit der Lage
in Weimar. Genauer: mit dem Herzoge von Weimar.

Zwar Goethe und Karl August liebten und vertrauten einander nach wie vor; nicht selten hatte Goethe
seine herzliche Freude an dem Wachstum und der Echt-
heit des jungen Fürsten: die Andern alle spielten eine

Rolle, Karl August gab sich, wie er war. Und dennoch
fing das Verhältnis an, kritisch zu werden. Karl
August zählte nun vierundzwanzig Jahre; er fühlte sich
der Lehrzeit entwachsen; es ward immer bemerklicher,
daß er ein selbständiger, sehr wenig lenksamer Geist war.
Er fragte nicht mehr viel um Rat und Meinung,
sondern ordnete an. Die Hofleute mochten sich nicht
den Mund verbrennen; sie schickten Goethe vor, wenn
sie dem Herzog etwas gesagt haben wollten, was er
nicht gerne hörte; aber „ich mag nicht immer der
Popanz sein", erklärte Dieser schließlich und ließ die
Dinge laufen. Selbst in Gefahren und Krankheiten
des Herzogs mußte Goethe mit verschränkten Armen
dabeistehen.

Es ist eine kuriose Empfindung, seines nächsten Freundes
und Schicksalsverwandten Hals und Arm und Beine täglich
als halb verloren anzusehen und sich darüber zu beruhigen,
ohne gleichgültig zu werden.

Auch ihm gegenüber war der Herzog aus dem
Schülerstand herausgetreten; zuweilen mußte sich Goethe
Neckereien gefallen lassen, harmlose zwar, aber doch
Neckereien, besonders über seine Gebundenheit an Frau
v. Stein. Und dann: man gewöhnt sich, wenn man ihn
täglich um sich hat, auch an einen Goethe; man verliert
die Empfindung für seine Größe, seinen Adel, sein Genie,
seinen Ruhm; er wird ein Alltagszubehör, wie dem
schweizerischen Hirten die Aussicht auf die höchsten Firnen
ein Zubehör seiner Matten ist. Goethe wurde sich
dieser allmählichen und natürlichen Entwertung erst bewußt, als er am Hofe zu Gotha mit Staunen bemerkte,

wie sehr man ihn dort als ein seltenes Wesen ehrte. In dieser Erfahrung war ein schmerzlicher Stachel, denn dasselbe Weimar, das jetzt sein Genie vergaß, hatte ihn gehindert, nach seinem ‚Götz‘ und seinem ‚Werther‘ jedes Jahr ein neues Werk von Kraft und Wirkung in die Welt zu senden.

So fühlte sich Goethe manchmal unfreundlicher gegen den Herzog gestimmt. Er sprach in einem Briefe an Charlotte zwar allgemein von Prinzenerziehung und meinte zwei meiningische junge Herren, und doch dachte er an Karl August bei einer prosaischen Wiederaufnahme seines Gleichnisses vom Wasser und Menschenleben:

Die Hofmeister junger Fürsten, die ich kenne, vergleiche ich mit Leuten, denen der Lauf eines Bachs in einem Tal anvertraut wäre. Es ist ihnen nur darum zu tun, daß in dem Raum, den sie zu verantworten haben, Alles fein stille zugehe: sie ziehen Dämme quer vor und stemmen das Wasser zurück. Wird der Knabe majorenn erklärt, so gibt's einen Durchbruch, und das Wasser schießt mit Gewalt und Schaden seinen Weg weiter und führt Steine und Schlamm mit fort. Man sollte wunder denken, was es für ein Strom wäre, bis zuletzt der Vorrat ausfließt und ein jeder zum Bache wird, groß oder klein, hell oder trüb, wie ihn die Natur hat werden lassen, und er seines gemeinen Weges fortfließt.

Geradezu über Karl August klagte er ärgerlich gegen die Freundin, als er ihm im März 1781 in Neunheilingen bei der verehrten Gräfin Werthern zugesehen hatte:

Mich wundert nun gar nicht mehr, daß Fürsten meist so toll, dumm und albern sind. Nicht leicht hat einer so gute Anlagen als der Herzog; nicht leicht hat einer so viel verständige und gute Menschen um sich und zu Freunden als er; und doch will's nicht nach Proportion vom Flecke, und das Kind und der Fischschwanz gucken, eh' man sich's versieht, wieder hervor. .... So passioniert er für's Gute und Rechte ist, so wird's ihm doch weniger darinnen wohl als im Unschicklichen. Es ist wunderbar, wie verständig er sein kann, wie viel er einsieht, wie viel er kennt; und doch: wenn er sich etwas zu gute tun will, so muß er etwas Albernes vornehmen, und wenn es das Wachslichter-Zerknaupeln wäre. Leider sieht man daraus, daß es in der tiefsten Natur steckt und daß der Frosch für's Wasser gemacht ist, wenn er gleich auch eine Zeitlang sich auf der Erde befinden kann.

Noch härter klingt es dann im November:

Der Herzog hat doch im Grunde eine enge Vorstellungsart, und was er Kühnes unternimmt, ist nur im Taumel. Einen langen Plan durchzusetzen, der in seiner Länge und Breite verwegen wäre, fehlt es ihm an Folge der Ideen und an wahrer Standhaftigkeit.

Im Sommer 1781 erhoffte man in Weimar die Geburt eines Erbprinzen, und Goethe bereitete sich auf ein Festspiel vor. Aber seltsam! sein ‚Elpenor‘, der zur Ehrung von Herzog und Herzogin und zur Begrüßung eines künftigen Herzogs bestimmt war, ward während der Arbeit eine Sammlung von kritischen Gedanken gegen die Fürsten! Da wollte er von der Bühne herab über den Fürstendienst schlimmere Dinge sagen, als sein Vater ihm Anno 74 und 75 unter vier Augen vorgehalten hatte:

Wer alt mit Fürsten wird, lernt Vieles, lernt
Zu Vielem schweigen.

Der preise glücklich sich, der von
Den Göttern dieser Welt entfernt lebt!
Verehr' und fürcht' er sie und danke still,
Wenn ihre Hand gelind das Volk regiert!

— — — — — — —

Ein alter König drängt die Hoffnungen der Menschen
In ihre Herzen tief zurück
Und fesselt dort sie ein:
Der Anblick aber eines neuen Fürsten
Befreit die lang gebundnen Wünsche,
Im Taumel dringen sie hervor,
Genießen übermäßig, töricht oder klug,
Des schwer entbehrten Atems.

— — — — — — —

Ein König sollte seiner kühnen Taten
Mitschuldig Niemand machen,
Was er, um Kron' und Reich sich zu gewinnen
Und zu befestigen, tut,
Was sich um Kron' und Reich zu tun wohl ziemen mag,
Ist in dem Werkzeug niedriger Verrat.
Doch ja, Den lieben sie und hassen den Verräter.
Weh ihm!
In einen Taumel treibt uns ihre Gunst,
Und wir gewöhnen uns, leicht zu vergessen,
Was wir der eignen Würde schuldig sind.
Die Gnade scheinet ein so hoher Preis,
Daß wir den ganzen Wert von unserm Selbst
Zur Gegengabe viel zu wenig achten.
Wir fühlen uns Gesellen einer Tat,
Die unsrer Seele fremd war,
Wir dünken uns Gesellen und sind Knechte!
Von unserm Rücken schwingt er sich aufs Roß,
Und rasch hinweg ist der Reiter
Zu seinem Ziel,
Eh' wir das sorgenvolle Angesicht
Vom Boden heben.

Die Herzogin kam diesmal mit einer toten Tochter nieder; das Festspiel brauchte nicht vollendet zu werden. Wie hätte er auch aus diesem Stoffe und mit solchen Gesinnungen ein höfisches Freudenstück machen können!

❧

Am härtesten drückt es den leistungsfähigen Mann, wenn er um die Frucht seiner Arbeit betrogen wird. In der ersten weimarischen Zeit hatte sich Goethe manchmal als schönstes Ziel gedacht, den beiden guten Menschen und dennoch unglücklichen Eheleuten, Karl August und Luise, unvermerkt eine Lebenskunst einzuflößen, die sie zu einem vergnügten, häuslich-behaglichen Paare machte. Jetzt sah er seine Ohnmacht ein; auf den Herzog hatte er wohl einigen Einfluß, auf die Herzogin so gut wie keinen. Auch er konnte ihr nicht verschaffen, was ihr fehlte: Fröhlichkeit, Vertrauen, Hingebung, Liebe, Wärme, Hoffnung. Jetzt gestand er:

Die arme Herzogin dauert mich von Grund aus — auch diesem Übel seh' ich keine Hilfe. Könnte sie einen Gegenstand finden, der ihr Herz zu sich lenkte, so wäre, wenn das Glück wollte, vielleicht eine Aussicht für sie . . . Der Zugeschloßne schließt Alle zu, und der Offne öffnet, vorzüglich wenn Superiorität in beiden ist.

Doch hier machte Goethe nur die allgemeine Lebenserfahrung, daß kein Mensch seine angeborene Natur ablegen kann; in solche Gesetze muß man sich überall schicken. Aber er erlebte auch einen schweren Mißerfolg, den er sich selber zuzog und dem er täglich durch einen raschen Entschluß, für seine Person wenigstens, ein Ende machen konnte. Er hatte mit Selbstüberwindung sich Ämter und Aufgaben aufgeladen, die einen Künstler empfindlich drücken: Kriegskommission, Wegebau, Kammerverwaltung. Wozu? Doch, um dem Herzog und dem Lande Geld zu ersparen, um reichlichere Mittel für eine höhere Kultur zu beschaffen. Aber welchen Sinn hatte seine Mühe, wenn dies ersparte und erarbeitete Geld anderweitig verschwendet wurde? Wenn der Herzog selber es verschwendete?

Die Fürsten jener Zeit waren in der Regel große Kinder in Geldsachen. Sie wußten nur sehr mangelhaft, woher die Mittel zu dem Aufwande, den zu treiben sie für ihr angeborenes Recht, ja für ihre fürstliche Pflicht hielten, kamen und wohin diese Gelder flossen; sie lebten dahin wie jener Kaiser, den Goethe später im zweiten Teil des „Faust‘ geschildert hat. Nun neigte Karl August für seine Person zwar ebenso zur Einfachheit wie sein berühmter Oheim in Berlin, der alte Fritz, und schon dessen Vater; er litt nicht, wie sein eigner Großvater, an der Bausucht, hielt keine Mätressen, liebte zwar Festlichkeiten und Reisen, aber Das waren bei ihm keine kostspieligen Prunkereien; und dennoch mußte Goethe mit ihm zuweilen „stark über Ökonomie reden“. In zwei Dingen hielt der Herzog sich nicht in den engen Grenzen seiner armen Länder: als Soldat und als Jäger. Die militärischen Wünsche des Herzogs waren für Goethe allerdings mehr eine Zukunftssorge. Mit dem weimarischen Heere war kein Krieg zu führen, und in auswärtige Dienste trat Karl August gewiß nicht, so lange sein Großoheim Friedrich noch lebte; denn unter dessen preußischen Krückstock mochte er sich nicht begeben, und in das kursächsische Heer, das ihm

beffer zufagte, weil es die einzige vaterländifche Truppe
in Deutfchland war, konnte er eben des Großoheims
wegen fich nicht wohl aufnehmen laffen. So blieb zu-
nächft die Jagdleidenfchaft als Ausdruck der angeborenen
fürftlichen Liebe zum kühnen Tummeln im freien Felde
und als Gelegenheit zur Verfchwendung. Der übermäßige Wildftand bereitete Tag für Tag dem Lande
großen Schaden, z. B. die Wildfchweine, die Karl
Auguft am Ettersberge eingefetzt hatte. Die Jagden
aber waren damals faft immer fehr umftändliche und
fehr koftfpielige Feftlichkeiten. Goethe nahm wohl auch
einmal ganz gern daran teil und freute fich, wenn feine
vortreffliche Flinte fich bewährte; aber die Häufung
diefer Vergnügungen und die dabei betriebene Verfchwendung ftimmten ihn bitter. Im Dezember 1781
fand er „den Spaß zu teuer", als der Herzog bei
Eifenach eine Woche lang eine Menge vornehmen und
unvornehmen Volks um fich verfammelte.

Er füttert achtzig Menfchen in der Wildnis und dem
Froft, hat noch kein Schwein, weil er im Freien hetzen will,
das nicht geht, plagt und ennuyiert die Seinigen und unter-
hält ein paar fchmarutzende Edelleute aus der Nachbarfchaft,
die es ihm nicht danken, und Das alles mit dem beften
Willen, fich und Andre zu vergnügen ... Der Hofmarfchall
flucht, der Oberftallmeifter murrt, und am Ende gefchieht
Alles ... Der Herzog tut was Unfchickliches mit diefer
Jagd ... Auf den Sonntag gibt der Herzog ein Gaftmahl,
um dem Vater im Himmel auch einmal gleich zu werden,
nur mit dem Unterfchied, daß die Gäfte von den Zäunen
gleich anfangs mit auf dem Fourierzettel ftehen. Des Hin-
und Wiederfahrens, Schleppens, Reitens, Laufens ift keine
Raft ... Wenn diefe Haft und Hatze vorbei ift und wir
wären um eine Provinz reicher, fo wollt' ich's loben; da es

aber nur auf ein paar zerbrochene Rippen, verſchlagene Pferde und einen leeren Beutel angeſehen iſt, ſo hab' ich nichts damit zu ſchaffen.

Er durfte dieſem Treiben nicht zuſtimmen, weil er auf ſeinen Dienſtreiſen durch Thüringen immer deutlicher ſah, wie bitter arm das Land war, wie kärglich beſonders die Dorfbewohner ihr Leben friſteten. „Man hört immer ſagen, wie arm ein Land iſt“, ſchrieb er in dem abgebrannten Creuzburg nieder:

Teils denkt man ſich es nicht richtig, teils ſchlägt man es ſich aus dem Sinn. Wenn man dann einmal die Sache mit offnen Augen ſieht und ſieht das Unheilbare und wie doch immer gepfuſcht wird!

Und dann in Ilmenau an Knebel:

So ſteig' ich durch alle Stände aufwärts, ſehe den Bauersmann der Erde das Notdürftige abfordern, das doch auch ein behaglich Auskommen wäre, wenn er nur für ſich ſchwitzte. Du weißt aber: wenn die Blattläuſe auf den Roſenzweigen ſitzen und ſich hübſch dick und grün geſogen haben, dann kommen die Ameiſen und ſaugen ihnen den filtrierten Saft aus den Leibern. Und ſo geht's weiter, und wir haben's ſo weit gebracht, daß oben in einem Tage mehr verzehrt wird, als unten in einem beigebracht werden kann.

Man ſprach damals noch nicht von einem „ſozialen Gewiſſen“, aber an dieſer Stelle ſeiner Seele fühlte Goethe jetzt eine Pein. Er und ſein Freundeskreis: beuteten ſie nicht die Gutmütigkeit und Schwäche dieſer armen Bauern, Handwerker, Fiſcher und Holzhauer aus? Lebten ſie nicht in Üppigkeit von Dem, was jene Armen ſich abkargen mußten? Schon in Eiſenach kam es ihm vor, als ob dort mehr gutes Gewiſſen und

deshalb mehr Lebensgenuß sei als in der Residenzstadt
Weimar:

> Die Verdammnis, daß wir des Landes Mark ver-
> zehren, läßt keinen Segen der Behaglichkeit grünen.

Und in Eisenach ward ihm die Regierungsnot recht
lebendig, als er dort die Landtagsverhandlungen aushalten mußte. An Herder schrieb er:

> Das arme Volk muß immer den Sack tragen, und es
> ist ziemlich einerlei, ob er ihm auf der rechten oder linken
> Seite zu schwer wird.

Wer so denkt, ist nahe daran, seine Ämter hinzuwerfen und abzureisen. Aber eben weil Goethe jeden
Tag zum Vaterhause zurückkehren konnte, brauchte er
es nicht sogleich zu tun.

> Glauben Sie mir,

antwortete er der Mutter auf ihre Mahnungen,

> daß ein großer Teil des guten Muts, womit ich trage und
> wirke, aus dem Gedanken quillt, daß alle diese Anstrengungen
> freiwillig sind und daß ich nur dürfte Postpferde anspannen
> lassen, um das Notdürftige und Angenehme des Lebens mit
> einer unbedingten Ruhe bei Ihnen wieder zu finden. Denn
> ohne diese Aussicht und wenn ich mich in Stunden des Ver-
> drusses als Leibeigner und Tagelöhner um der Bedürfnisse
> willen ansehen müßte, würde mir Manches viel saurer werden.

Goethe war niemals rasch von Entschlüssen; seine
Kraft zeigte sich immer stärker im Aushalten. Gegen
Knebel erwähnte er selber im Februar 1782 seine „un-
überwindliche Tenazität". Es war nun zwar seine Art
nicht, sich so lange an seinen Aufgaben festzuklammern,
bis sie völlig besorgt waren; er wechselte vielmehr recht

gern, hatte oft ein Neues, was ihm am Herzen lag, war
also scheinbar flatterhaft, aber er kehrte doch auch
immer wieder zu den begonnenen Arbeiten zurück; durch
dies immer erneute Wiederanfassen und Weiterschieben
gewann er sich das Selbstbewußtsein der Treue und
Ausdauer. Sein Fleiß und Tätigkeitstrieb waren so
erstaunlich groß, daß er sich ein Maß von Aufgaben,
Plänen, Vorsätzen gestatten konnte, das bei Andern ein
Übermaß gewesen wäre.

Das Bedürfnis meiner Natur zwingt mich zu einer
vermannigfaltigten Tätigkeit. . . . Sind denn auch Dinge,
die mir nicht anstehen, so komme ich darüber gar leicht weg,
weil es ein Artikel meines Glaubens ist, daß wir durch
Standhaftigkeit und Treue in dem gegenwärtigen Zustande
ganz allein der höhern Stufe eines folgenden wert und sie zu
betreten fähig werden, es sei nun hier zeitlich und dort ewig.

Zu diesem religiösen Grunde für die Ausdauer
gesellte sich der praktische, daß er nicht durch eigene
Untreue die nur erst begonnene Arbeit zu etwas Un-
nützem machen wollte. Er wollte sich nicht umsonst
mit dem Kleinen und Großen der weimarischen Landesverwaltung Jahre lang geplagt haben.

Unverantwortlich wäre es auch gegen mich selbst, wenn
ich zu einer Zeit, da die gepflanzten Bäume zu wachsen anfangen und da man hoffen kann, bei der Ernte das Unkraut
vom Weizen zu sondern, aus irgend einer Unbehaglichkeit
davon ginge und mich selbst um Schatten, Früchte und Ernte
bringen wollte.

Das rief er der Mutter zu, und dem Freunde
Knebel vertraute er, als er auch das halbe Kammer-
präsidium übernommen hatte:

Nun hab' ich zwei volle Jahre aufzuopfern, bis die Fäden nur so gesammelt sind, daß ich mit Ehren bleiben oder abdanken kann.

Um sich selber zu stählen, wiederholte er sich jetzt oft das lateinische Wort: Hic est aut nusquam quod quaerimus; über jede neue Amtsstube, die unter seine Herrschaft kam, schrieb er dies Wort im Geiste: „Hier oder nirgends ist, was wir erstreben."

Er hatte soviel Freunde und Bekannte, die sich an eine neue Stelle sehnten, z. B. Knebel, Herder, Kestner, Bürger; er mochte nicht auch in dies Heer der Unzufriedenen treten, denen nicht bloß an ihrem Platze, sondern schon in ihrer Haut nicht wohl war. Würde er anderwärts nicht neue Verdrießlichkeiten finden? Vor einem Rentnerleben, wie es sein Vater geführt hatte, graute ihm am meisten; er wäre dabei noch grilliger und verdrossener geworden als der Vater. Oder ein Ratsherr in Frankfurt? Das war gewiß soviel wie ein Geheimrat in Weimar; aber in der alten Reichsstadt war das Herkommen allmächtig; es herrschte das Patriziertum nach alten Gesetzen, Ordnungen und Vorurteilen — unter einem jungen, geistig lebhaften Fürsten war doch viel mehr Bewegungsfreiheit. Und sodann: Frankfurt war ein kleines, enges Gebiet; die Fürstentümer Weimar und Eisenach dagegen erstreckten sich in ihren Teilen und Teilchen fast über ganz Thüringen und hatten Städte, Flecken und Dörfer, Berge, Täler und Ebenen, hatten vielerlei Verhältnisse und Lebensbedingungen. Hier war immer etwas Neues zu lernen, und ein beständiges Lernen war Goethes größtes Seelenbedürfnis: es war die Folge seiner reichen Begabung. Und deshalb antwortete er der Mutter:

> Merck und Mehrere beurteilen meinen Zustand ganz falsch; sie sehen Das nur, was ich aufopfere, und nicht, was ich gewinne; und sie können nicht begreifen, daß ich täglich reicher werde, indem ich täglich so viel hingebe. . . .
>
> Sie erinnern sich der letzten Zeit, die ich bei Ihnen, eh' ich hierher ging, zubrachte: unter solchen fortwährenden Umständen würde ich gewiß zugrunde gegangen sein. Das Unverhältnis des engen und langsam bewegten bürgerlichen Kreises zu der Weite und Geschwindigkeit meines Wesens hätte mich rasend gemacht. Bei der lebhaften Einbildung und Ahndung menschlicher Dinge wäre ich doch immer unbekannt mit der Welt und in einer ewigen Kindheit geblieben, welche meist durch Eigendünkel und alle verwandten Fehler sich und Andern unerträglich wird. Wie viel glücklicher war es, mich in ein Verhältnis gesetzt zu sehen, dem ich von keiner Seite gewachsen war, wo ich durch manche Fehler des Unbegriffs und der Übereilung mich und Andere kennen zu lernen Gelegenheit genug hatte, wo ich, mir selbst und dem Schicksal überlassen, durch soviele Prüfungen ging, die vielen hundert Menschen nicht nötig sein mögen, deren ich aber zu meiner Ausbildung äußerst bedürftig war! Und noch jetzt, wie könnte ich mir nach meiner Art zu sein einen glücklicheren Zustand wünschen als einen, der für mich etwas Unendliches hat!

So sah er die Lichtseiten seiner seltsamen Lage; und auch die trüben Ansichten waren nicht immer trüb. Den Herzog liebte er und lobte er doch immer wieder. Litt er zuweilen unter Karl Augusts Hartnäckigkeit und Unlenksamkeit, so mußte er doch viel öfter zugestehn, daß es keinen liberaleren Fürsten gab als ihn. „Ein großer Herr will gehorcht sein." schrieb er, als von einem andern Herrscher die Rede war, an Lavater;

„sie sind nicht alle wie der Herzog von Weimar, der
Jeden gerne auf seine Weise das Gute tun läßt und
doch daran teilnimmt." Zuweilen hatte Goethe mit
dem Fürsten eine gründliche und zugleich erfreuende
Aussprache, und dann entdeckte er in Karl August gute
Gründe für Manches, was ihn verdrossen hatte.

„Beurteile Niemand, bis du an seiner Stelle gestanden hast", schrieb er nach solcher Unterredung auf.
Und manchmal war die Entschuldigung für des Herzogs
Ausschreitungen: „Sein Unglück ist, daß ihm zu Hause
nicht wohl ist."

Was ihn am festesten in Weimar hielt, erwähnte
Goethe gegen die Mutter nicht; aber in Versen, die er
im August 1784 an Charlotte v. Stein schickte, gestand
er es ein:

> Gewiß, ich wäre schon so ferne, ferne,
> So weit die Welt nur offen liegt, gegangen,
> Bezwängen mich nicht übermächt'ge Sterne,
> Die mein Geschick an Deines angehangen,
> Daß ich in Dir nun erst mich kennen lerne,
> Mein Dichten, Trachten, Hoffen und Verlangen
> Allein nach Dir und Deinem Wesen drängt,
> Mein Leben nur an Deinem Leben hängt.

Das Verhältnis ward immer wunderbarer.

Diese Liebe war eine reine Freundschaft und doch
zugleich eine Art Ehe. Goethe durchbrach nicht die
Rechte des Oberstallmeisters, hatte vielmehr mit ihm
das allerbeste Verhältnis; es ward ihm „recht natürlich,
Steinen gefällig zu sein und ihm leben zu helfen", und
doch war er mit Charlotten in so enge seelische Ge-

meinschaft hineingewachsen, wie sie sonst nur in den
besten Ehen vorkommt. Er war während der Arbeits-
stunden des Tages von ihr getrennt, fühlte sich ihr aber
auch dann ganz nahe, denn nur drei Minuten brauchten
die Boten, die zwischen ihm und ihr Zettelchen und
kleine Gaben trugen. Es war zu ihrer Freude kein
Haus zwischen ihren Wohnungen, nur Gehölz, Fluß
und Wiese, und wenn im November das Laub von
den Bäumen fiel, konnte Jeder des Andern Fenster sehen.
Goethes Weg zum Fürstenhause, zur Bibliothek, in die
Stadt überhaupt, ging bei der Freundin vorbei; da
konnte er rasch die Treppe hinaufspringen. Zu Mittag
aß er sehr oft dort; ganz gewiß kam er aber abends
in den schönen Feierstunden zwischen Arbeit und Schlaf.
Man hatte durch ein beständiges Schenken eine Art
Gütergemeinschaft: eingerahmte Bilder hingen bald in
dem einen, bald in dem andern Hause; Bücher und
Zeichengeräte waren bald hier, bald dort; namentlich
wurden die Küchen aus denselben Vorratsstuben ge-
speist. Goethe schickte nicht nur die Gaben seines Gartens,
sondern oft auch seinen Anteil von der Jagdbeute der
herzoglichen Jagden und regelmäßig das Kommißbrot,
das ihm als Aufseher der Militärbäckerei zustand. Er
teilte alle wirtschaftlichen Sorgen der Freundin, lieh ihrer
Mutter Geld, teilte namentlich alle Gedanken über die
heranwachsenden Knaben. Karl war auswärts versorgt;
Ernst sehr kränklich; Fritz, der jüngste und liebste Sohn
der Mutter, war auch sein Liebling, und Goethe übernahm mehr und mehr die väterliche Fürsorge für ihn,
denn der Oberstallmeister war durch das Hofleben
und viele Reisen schon seit langem nur noch ein Gast

in seinem eigenen Hause. Als Karl in Helmstedt und Göttingen zu viel Geld ausgab, verfaßte Goethe den nötigen väterlichen Ermahnungsbrief; als Fritzens Erziehung unzulänglich erschien, nachdem sein bisheriger Lehrer Pagenhofmeister geworden war und Fritzen mit den Pagen zugleich erziehen wollte, griff Goethe ein und nahm schließlich den Knaben zu sich. Fritz hatte in Goethes großem Garten schon vorher sein eigenes Fleckchen. „Wir waren in seinem Gärtchen," erzählte Goethe am 25. Mai 1782 der Mutter, „und seine Bohnen interessieren mich mehr als meine Bäume. Ich danke Gott, der mir in den Sinn gegeben hat, ihm seine Aqueducs nicht zu verderben, sondern zu ehren."

„Wir sind wohl verheiratet", schrieb Goethe der Freundin einmal, und ein andermal:

Meine Seele ist fest an die Deine angewachsen . . .; Du weißt, daß ich von Dir unzertrennlich bin und daß weder Hohes, noch Tiefes mich zu scheiden vermag. Ich wollte, daß es irgend ein Gelübde oder Sakrament gäbe, das mich Dir auch sichtlich und gesetzlich zu eigen machte: wie wert sollte es mir sein!

Nie kam es ihm in den Sinn, daß er durch diese Halbehe um eine wirkliche Ehe und eigene Familie betrogen wurde und daß dieser Zustand für die Freundin vorteilhafter war als für ihn.

Sie hatte lange in Sorge leben müssen, daß der junge, oft so heißblütige Mann ihre innere Ruhe und zugleich ihren guten Ruf zerstören könnte; allmählich überzeugte sie sich, daß er gesetzter, vorsichtiger, fester geworden war und daß ihre Nächsten und „die Leute" seine Liebe zu ihr vielleicht seltsam, aber nicht gefährlich oder sträflich fanden. Nun durfte sie ihm offener ihre Gegenliebe zeigen, durfte ihm das Du zugestehen, das sie früher manchmal verboten hatte, durfte ihn mit kleinen Liebeszeichen, ja sogar mit einem Ring, der ihre Buchstaben C. v. S. trug, beschenken. Sie wechselte noch immer ab mit Anziehen und Abstoßen, Schmeicheln und Tadeln, Vertrauen und Mißtrauen, wie die Frauen Kleidung und Schmuck wechseln, um immer neue Wirkung zu tun. Hatte sie ihn früher manchmal gereizt, er solle doch dieses oder jenes schöne „Misel" heiraten und sie in Ruhe lassen, so verbot sie ihm jetzt alle Liebeleien und verlangte sein Herz für sich ganz allein. Und der gute Junge war beglückt und antwortete ihr:

Den Einzigen, Lotte, welchen Du lieben kannst,
Forderst Du ganz für Dich, und mit Recht.
Auch er ist einzig Dein!
Denn seit ich von Dir bin,
Scheint mir des schnellsten Lebens
Lärmende Bewegung
Nur ein leichter Flor, durch den ich Deine Gestalt
Immerfort wie in Wolken erblicke
Sie leuchtet mir freundlich und treu,
Wie durch des Nordlichts bewegliche Strahlen
Ewige Sterne schimmern . . . .

„Seit ich von Dir bin" — die häufige Trennung half gar sehr, in dieser Seelen-Ehe eine Liebe frisch zu erhalten, die im häuslichen Ehestande bei dem ständigen Beisammensein von Gatten, die einander nichts Neues mehr versprechen können, gar leicht verwelkt. Bald war Charlotte in Weimar und Goethe auf Dienstreisen, bald er in Weimar und sie auf ihrem Landgute; so waren es allemal Feste, wenn sie sich wieder begegneten und einige Wochen oder Monate gute Nachbarschaft in Weimar vor sich hatten.

Und gewiß täuschte sich Goethe nicht, wenn er Jahr für Jahr des Glaubens blieb, daß er dieser Frau unschätzbare Güter verdanke. Auch der Spiegel gibt uns etwas, obwohl er uns unser eigenes Bild zeigt; Charlotte war ihm ein Spiegel im höchsten Sinne, und sie war ihm mehr als Das. Sie war sein zweites Ich, vor dem das erste Ich Alles aussprechen, Alles beichten konnte und das ihn dann zu höherem Leben ermahnte und den Weg wies. Sie war ihm das weibliche Bild, das er mit dichtender Seele zum Ideal schmückte und erhob, zum Ideal, das er dann für sich und Andere in poetischer Gestalt erscheinen und reden lassen konnte. Sie war das Ziel, zu dem er jeden Tag ging: „Wenn ich einen Tag gearbeitet habe, ohne Dich abends zu finden, so weiß ich eben nicht, wozu all die Mühseligkeit soll."

Ganz selten sprach er von dieser Liebe zu seinen Freunden, aber in seine Dichtungen floß sie immer wieder hinein. Am stärksten in den ‚Tasso' — „ich habe im ‚Tasso' schreibend Dich angebetet", schrieb er ihr einmal — und selbst im ‚Elpenor', wo eben von Rache und Kindesmord die Rede war, „betete er sie an", weil er von hoher Freude und tiefen Schmerzen spricht:

Niemand tritt auf diese Welt,
Dem nicht von beiden mancherlei bereitet wäre,
Und den Großen mit großem Maße.
Doch überwiegt das Leben Alles,
Wenn die Liebe in seiner Schale liegt.

So lang' ich weiß. Du wandelst auf der Erde,
Dein Auge schaut der Sonne teures Licht
Und Deine Stimme schallt dem Freunde zu,
Bist Du mir gleich entfernt, so fehlt mir Nichts zum Glück.

Solches „Verehren" und „Anbeten" war bei ihm nicht Wortmacherei, sondern immer wieder ernstes, tiefes Gefühl, für das er dankbar war. Durch Charlotte erlebte er ganz reine, ganz seelische Liebe; sie schien ihn zu reinigen, zu erhöhen, in allem Guten zu stärken. Er glich den Rittern, von denen die romantischen Lieder des Mittelalters berichten: sie hatten dann erst den rechten fröhlichen Mut, durch's Feuer zu reiten und Drachen zu erschlagen, wenn sie von einer hohen Dame angenommen worden, zu deren Ehre sie unerhörte Heldentaten verrichten durften und deren Lob nun ihr schönster Lohn war. Die Natur hat es so gewollt, daß der Mann um des geliebten Weibes willen seine Kräfte auf's höchste steigert; Goethe tat jetzt als Diener am Lande, als Menschenfreund, als Dichter sein Bestes und war für jede eigene Leistung und Selbstüberwindung einer Frau von Herzen dankbar, die nicht viel mehr dabei zu leisten hatte als jene Damen des Mittelalters, die den Turnieren zuschauten oder zärtlichen Blickes von heimkehrenden Rittern die Beutestücke empfingen.

Gestern auf dem langen Weg dacht' ich unsrer Geschichte nach: sie ist sonderbar genug. Ich habe mein Herz einem Raubschloß verglichen, das Sie nun in Besitz genommen haben. Das Gesindel ist daraus vertrieben: nun halten Sie es auch der Wache wert! — —

Die Juden haben Schnüre, mit denen sie die Arme bei dem Gebet umwickeln: so wickle ich Dein holdes Band um den Arm, wenn ich an Dich mein Gebet richte und Deiner

Güte, Weisheit, Mäßigkeit und Geduld teilhaft zu werden
wünsche. Ich bitte Dich fußfällig, vollende Dein Werk, mache
mich recht gut! — —

Liebste, was bin ich Dir nicht schuldig! Wenn Du mich
auch nicht so vorzüglich liebtest, wenn Du mich nur neben
Anderen duldetest, so wär' ich Dir doch mein ganzes Dasein
zu widmen verbunden. Denn hätt' ich wohl ohne Dich je
meinen Lieblingsirrtümern entsagen mögen? — —

Die Offenheit und Ruhe meines Herzens, die Du mir
wiedergegeben hast, sei auch für Dich allein, und alles Gute,
was Andern und mir daraus entspringt, sei auch Dein!
Glaube mir, ich fühle mich ganz anders. Meine alte Wohltätigkeit kehrt zurück, und mit ihr die Freude meines Lebens.
Du hast mir den Genuß im Gutestun gegeben, den ich ganz
verloren hatte; ich tat's aus Instinkt, und es ward mir nicht
wohl dabei. — —

Dein Beifall ist mein bester Ruhm, und wenn ich einen
guten Namen von außen recht schätze, so ist's um Deinetwillen,
daß ich Dir keine Schande mache. — —

Wenn die Menschen Dir zur Freude Gutes von mir
reden, so möcht' ich erst auch um des Rufs willen etwas tun.
Führe Dein gutes Werk aus und erhalte mich im Guten und
im Genusse des Guten!

∾

Der fahrende Ritter, der Strapazen aufsucht und
sein Leben auf's Spiel setzt, und der Heilige, der von
Entsagung zu Entsagung schreitet, sie gleichen sich äußerlich wenig und sind doch Brüder. Charlotte hatte ihn
schon im Frühjahr 1776 ihren Heiligen genannt, um ihn
auf den rechten Weg zu leiten; jetzt war Goethe wirklich
auf dem Wege zum Heiligen. Er ging ihn nicht bis
zu Ende, er kehrte später wieder um, aber jetzt war er
auf diesem Wege. Zwar Glaubensschwärmerei war jetzt
seine Sache gar nicht; er war vielmehr zornig auf Herder,

der in seinen ‚Briefen über's Studium der Theologie'
plötzlich als Starrgläubiger auftrat, und er schalt heftig
auf Lavater ein, der seinen Christus nicht nur bewundert
und verehrt haben wollte, sondern an Dessen Geschichte
aller Menschen Geburt und Grab, A und O, Heil und
Seligkeit knüpfte und der, von diesem Christusglauben
noch nicht gesättigt, die Wundergeschichten von allerlei
Schwindlern und faselnden Schwärmern mit offenem
Herzen aufnahm. Auch insofern war Goethe kein
Heiliger, als er immer wieder in der weltlichen Welt
der Fürstenhöfe lebte und am weimarischen Hofe sogar
ein Vorbereiter und Leiter von Festen und Vergnügungen
war. „Wie Du die Feste der Gottseligkeit ausschmückst,"
scherzte er gegen Lavater, „so schmücke ich die Aufzüge
der Torheit. . . . Man übertäubt mit Maskeraden
oft eigne und fremde Not. Ich traktiere diese Sachen
als Künstler, und so geht's noch." Er war aber
trotzdem nicht von der Welt, und Zeugnisse der frommen
Stimmungen, die oft über ihn kamen, sind uns geblieben.

Demütig sah er jetzt die Grenzen der Menschheit
und blickte zugleich auf das Göttliche, das doch auch in
uns wohnen und wirken kann:

> Wenn der uralte
> Heilige Vater
> Mit gelassener Hand
> Segnende Blitze
> Über die Erde sät,
> Küss' ich den letzten
> Saum seines Kleides,
> Kindliche Schauer
> Treu in der Brust.

Was unterscheidet
Götter von Menschen?
Daß viele Wellen
Vor Jenen wandeln,
Ein ewiger Strom —
Uns hebt die Welle,
Verschlingt die Welle,
Und wir versinken.

Heil den unbekannten
Höheren Wesen,
Die wir ahnen!
Ihnen gleiche der Mensch!
Sein Beispiel lehr' uns
Jene glauben.

Er allein darf
Den Guten lohnen,
Den Bösen strafen,
Heilen und retten,
Alles Irrende, Schweifende
Nützlich verbinden.
Und wir verehren
Die Unsterblichen,
Als wären sie Menschen,
Täten im Großen,
Was der Beste im Kleinen
Tut oder möchte.
Der edle Mensch
Sei hülfreich und gut!
Unermüdet schaff' er
Das Nützliche, Rechte,
Sei uns ein Vorbild
Jener geahnten Wesen!

Er hätte nicht gewagt, dies „Edel sei der Mensch,
hilfreich und gut!" Andern zuzurufen, wenn er sich nicht

zuvor selber dazu ermahnt und erzogen gehabt hätte.
Auf dem Wege zum Heiligen war er seit Jahren durch
sein beständiges Leben für Andere, durch seine große
Wohltätigkeit, durch sein Ankämpfen gegen den eigenen
Wunsch und Willen, seinen Gehorsam gegen das göttliche Gesetz, das eingeschlossen ist in allem Geschaffenen
und Geschehenden. Nur mit Schmerz und Reue sah er
jetzt auf Einiges zurück, was ihm in den ersten beiden
weimarischen Jahren als Vorrecht des Genies, als
Jugendübermut, als freie Erhebung über die Philisterei
behagt hatte. Damals hatte er seine Lust daran gehabt,
bei den Spießbürgern Anstoß zu erregen; jetzt machten
dieselben Spießbürger ihre Glossen über die Scham-
haftigkeit Goethes, weil er nämlich nie in der nahen
Ilm badete, ohne sich ein vollständiges Badegewand
anzulegen. Als er im Sommer 1781 in Ilmenau wieder
an die dort und in Stützerbach erlebten Abenteuer
dachte, gestand er der Freundin:

> Ich sehne mich recht von hier weg; die Geister der
> alten Zeiten lassen mir hier keine frohe Stunde. Ich habe
> keinen Berg besteigen mögen; die unangenehmen Erinnerungen
> halten Alles befleckt.

Und er schloß daran den Gedanken:

> Wie gut ist's, daß der Mensch sterbe, um nur die Ein-
> drücke auszulöschen und gebadet wiederzukommen!

Durch Fritz Jacobi und Jenny v. Voigts, des
alten Mösers Tochter, erfuhr er, daß die fromme Fürstin
Gallitzin in Münster an ihm, dem Heiden, freundlichen
Anteil nehme. „Sagen Sie ihr", antwortete er der
Frau v. Voigts, „sie könne versichert sein, daß ich mir's

in der Welt sauer werden lasse." Und „Soviel kann
ich Sie versichern," schrieb er an jenen Plessing, dessen
Seelenleiden ihn einst nach Wernigerode gezogen hatte,
„daß ich mitten im Glück in einem anhaltenden Entsagen lebe und täglich bei aller Mühe und Arbeit sehe,
daß nicht mein Wille, sondern der Wille einer höheren
Macht geschieht, deren Gedanken nicht meine Gedanken
sind." Auch allen Andern, denen er wohlzutun wünschte,
rief er diese Lehre der freiwilligen Einschränkung zu.
Kraft hatte ihm 1781 Not gemacht durch ein geschlecht-
liches Vergehen, das vor das Oberkonsistorium kam und
mit einer Geldstrafe geahndet wurde; der Fehler war im
selben Ilmenau geschehen, wo Goethe und seine Freunde
getollt hatten; im nächsten Jahre stak Kraft in Schulden
und erbat von Goethen eine Geldgabe über die jährlichen
200 Taler hinaus. Goethe verweigerte sie:

Schränken Sie sich ein! Das Muß ist hart, aber bei'm
Muß kann der Mensch allein zeigen, wie's inwendig mit ihm
steht. Willkürlich leben kann Jeder!

Etwas Ähnliches rief er dem Maler Müller zu, der
durch ihn von weimarischen Gönnern jährlich 100 Dukaten erhielt und dessen erste Talentproben manches
Zeichen liederlicher Pinselarbeit trugen:

Der feurigste Maler darf nicht sudeln, sowenig als der
feurigste Musiker falsch greifen darf. . . . Wenn Raphael
und Albrecht Dürer auf dem höchsten Gipfel stehen, was soll
ein echter Schüler mehr fliehen als die Willkürlichkeit?

Andern, denen in ihrem Amte und Wohnorte nicht
wohl war, rief er zu: Bleibt, wo ihr seid! Und Das
bedeutete: Kämpft die persönlichen Wünsche und An-

sprüche nieder, fügt euch in Gottes Welt! Er durfte so
raten, denn er handelte nach dieser Gesinnung. Bürger
klagte ihm sein Elend, daß er als kleiner hannoverscher
Richter auf dem Lande verkümmern müsse, wobei seine
Dichtergabe verschmachtete; auch er setzte seine Hoffnung
noch auf den Herzog von Weimar und auf Goethe.
Aber mußte nicht Goethe ebenso mit einer wesensfremden
Amtsarbeit ringen und immer wieder seufzende Entsagung üben, wenn er seine poetischen Bruchstücke ansah,
aus denen so selten etwas Ganzes wurde? „Mein
prosaisch Leben verschlingt diese Bächlein wie ein weicher
Sand", mußte auch er klagen.

Er förderte den ‚Tasso', den ‚Egmont', die Um-
arbeitung der ‚Iphigenie', den ‚Wilhelm Meister', vielleicht auch den ‚Faust' und das ‚Weltall', aber er
förderte sie nur und sah nicht den Tag vor sich, wo er
eins von ihnen an die Leser herausgeben konnte. Im
selben Jahre, wo Goethes ‚Iphigenie' zum ersten Male
gespielt worden war, erschien Lessings ‚Nathan' im
Druck. Die ‚Iphigenie' drang nur zu ein paar hundert
Leuten, der ‚Nathan' ward nach Gebühr bewundert, so
weit die deutsche Sprache verstanden wurde, und von
Niemand mehr als von Goethe. Als Lessing im Februar 1781 starb, hatte Goethe gerade den Plan gefaßt,
ihn zu besuchen. Ach! als deutscher Schriftsteller versäumte er Vieles! Der Alte Fritz hatte 1780 eine merkwürdige Schrift ‚De la littérature allemande' heraus-
gegeben; besser Unterrichtete mußten darauf antworten.
Goethe wäre der berufenste Stimmführer der Jugend
gegen den alten König gewesen. Er verfaßte auch wirklich
ein Gespräch über deutsche Literatur, das sich zwischen

einem Deutschen und einem Franzosen an einer Wirts-
tafel zu Frankfurt abspielte; er las es den Freunden
vor, wollte ihm eine Fortsetzung geben, aber er säumte
und verschleppte es, und als andere Antworten an den
König erschienen, zumal eine von dem hochverehrten
Osnabrücker Patriarchen Justus Möser, ließ er sein
Werkchen liegen, und zwar so unbekümmert, daß auch
das Aufgeschriebene völlig verschwand.

Der König hatte in seiner Schrift auch über
Shakespeares Dramen verächtlich gesprochen: sie seien
farces ridicules et dignes des sauvages du Canada,
und hatte erwähnt, daß auf der deutschen Bühne ein
,Götz v. Berlichingen' gespielt worden sei, „eine abscheu-
liche Nachahmung dieser schlechten englischen Stücke":
das Parterre klatsche natürlich Beifall und verlange
die Wiederholung solcher „ekelhaften Plattheiten." Mit
diesen harten Scheltworten fand sich Goethe bald ab;
der Alte Fritz konnte nach seiner früheren Bildung und
nach ungeheuren Lebensleistungen nicht wohl ein Kenner
und gerechter Richter der neuesten deutschen Dichtung
sein; auch stand es dem alten Tyrannen nicht übel, wenn
er seine landesväterliche Forderung der Ordnung und
Gesetzlichkeit auch auf die Theaterstücke anwandte. „Ein
Vielgewaltiger, der Menschen zu Tausenden mit einem
eisernen Scepter führt, muß die Produktion eines freien
und ungezogenen Knaben unerträglich finden; überdies
möchte ein billiger und toleranter Geschmack wohl keine
auszeichnende Eigenschaft eines Königs sein." Aber
Diejenigen, die jetzt im Namen der deutschen Sprache
und Literatur dem Könige antworteten, hätten doch
Goethe verteidigen sollen! Der alte Justus Möser tat

es; die Andern alle schienen nicht zu wissen, daß es
einen Goethe gab! Der berühmte Abt Jerusalem erwähnte ihn nicht; ebensowenig Gomperz in Danzig, der
als treffliche deutsche Dramatiker eine ganze Reihe:
Cronegk, Schlegel, Brawe, Lessing, Weiße, Engel und
Leisewitz ins Feld zu führen wußte; auch in einer
Breslauer Gegenschrift wurden Cronegk, Schlegel,
Lessing, Engel, Gerstenberg, Thümmel und Jacobi als
deutsche Dichter gerühmt und Goethe nicht einmal genannt. So früh sein Ruhm über Deutschland sich aus-
gebreitet hatte, so schnell war er verflogen!

Diese Erfahrung mußte nun auch im Stillen aus-
getragen werden. Im Innern nahm er sich vor, als
Dichter noch weiter von Versuch zu Versuch fortzu-
schreiten und „Demjenigen, was vor allen unsern
Seelen als das Höchste schwebt, immer näher zu kommen"[1]. Wenn er aber nach seinen gegenwärtigen
poetischen Arbeiten gefragt wurde, so antwortete er,
sein Amt lasse ihm keine Zeit mehr dazu, und deutete
auch wohl an, daß es ein undankbares Geschäft sei,
den lieben Deutschen Poesie zu reichen. „Ach, leider,
was er gegeben hat, Das hat er gegeben", schrieb über
Goethe um diese Zeit ein junger Schweizer, namens
Lose, in ein Heft ‚Schattenrisse edler Teutscher':

Jetzt ist er für's Publikum so unfruchtbar wie eine
Sandwüste. Was ihm itzt die Musen schenken, Das behält
er nur für sich und für wenige Freunde und Kenner, denn
er ist froh, daß er aus dem Munde der Rezensenten ist.

ళ

------

[1] Diese Worte und diejenigen über des Königs Schrift
nach Goethes Brief an Mösers Tochter, 21. Juni 1781.

So war Goethe nur noch der Hof-Poet der weimarischen Gesellschaft. Als solcher bereitete er ja den
guten Freunden viel Spaß. Z. B. als er am Epi-
phaniastage 1782 die heiligen drei Könige mit ihrem
Stern vor der Hofgesellschaft aufmarschieren ließ, wo
doch jedes Jahr die Polizei im Wochenblättchen das
Drei-König-Singen verbot. Und unter diesen singenden
drei Königen war Korona „der weiß' und auch der
schön'." Oder als er am Weihnachtstage desselben
Jahres seinem beliebten ‚Jahrmarktsfest zu Plundersweilern' eine Fortsetzung gab. Kraus mußte ihm ein
großes Scherzbild der neuesten deutschen Literatur
malen; es wurde eingerahmt, im Saale der Herzogin-
Mutter aufgestellt, und Goethe, bunt aufgeputzt, begleitet vom lahmen Aulhorn, der die lustige Person
zu spielen hatte, ging der Herzogin Amalie entgegen
und bat sie im Namen der Vornehmen von Plundersweilern, ihren Jahrmarkt zu besuchen. Die übrigen Rats-
herren ließen sich entschuldigen, weil sie alle verheiratet
wären und Kinder hätten, also am Weihnachtsabend
nicht abkömmlich seien; er als armer Hagestolz sei ab-
geschickt, Ihre Durchlaucht einzuladen und ihr das
„Neueste von Plundersweilern" vorzuweisen. Sehr
schöne Wirkung tat auch am 22. Juli und am 13. September des folgenden Jahres das Singspiel ‚Die
Fischerin', weil es in Tiefurt auf und an der Ilm bei
Fackeln und Lichtern aufgeführt wurde.

Als weimarischen Poeten bekannte Goethe sich auch
dadurch, daß er seine Gedichte damals im ‚Tiefurter
Journal' veröffentlichte, wenn man von „veröffentlichen"
reden darf bei einer nur handschriftlich vervielfältigten

und nur in elf Stücken erscheinenden Zeitschrift, die anfangs als Witz gemeint war und dann zu einer ernsteren Unterhaltung der Hofgesellschaft wurde. Als weimarischer Kleinstadt- und Hofpoet erwies er sich endlich dadurch, daß seine längsten und gefühltesten Gedichte dieser Jahre nur für weimarische Personen bestimmt sind und von ihnen reden. Es sind die Gedichte ‚Ilmenau‘ und ‚Miedings Tod‘. Das erstere wurde ihm durch seine große, heilige Liebe zu dem Herzog eingegeben; das zweite, der Nachruf für den geschickten Tischler und Tausendkünstler Mieding, ist voll Dankbarkeit für Alle, die ihm halfen, das Theater der Kleinstadt in die höheren Gebiete der Kunst zu erheben. Mit Lust ehrte er den armen Handwerker, damit doch auch einmal ein solcher die Ehren empfange, die den Vornehmen so überreich über die Särge gestreut werden. Er, der Künstler, ehrte den Drechslermeister Mieding als Seinesgleichen:

> Den Dank für Das, was du getan,
> Geduldet, nimm, du Abgeschiedner, an! — —
> Dir gab ein Gott in holder steter Kraft
> Zu deiner Kunst die ew'ge Leidenschaft.
> Sie war's, die dich zur bösen Zeit erhielt,
> Mit der du krank als wie ein Kind gespielt,
> Die auf den blassen Mund ein Lächeln rief,
> In deren Arm dein müdes Haupt entschlief!

Und mit Lust ergriff er die Gelegenheit, ein anderes hilfreiches Menschenkind, das die gespendete Danksagung noch genießen konnte, vor Allen zu rühmen. Korona Schröter war ihm auch jetzt noch eine Freundin; sie kam noch zuweilen in sein Haus, er in ihre Wohnung;

sie trafen sich bei Proben und Festen; aber sie war ihm
doch ferner gerückt, nun er so sehr in das ernste Beamten-
leben und so sehr in die Liebe zu Charlotte hineingewachsen war. Und er sah die Zeit sich nahen, wo
das Liebhaber-Theaterspiel seltener werden oder ganz
aufhören würde, denn ihn und die Andern drückte die
Last dieser Spiele allmählich mehr, als die Lust daran
erfreute. Er sah auch die Zeit kommen, wo von dem
Außern der Freundin die Leute sagen würden: „sie war
sehr schön" oder „sie muß sehr schön gewesen sein". Noch
einmal, ehe die Theater-Freunde vielleicht für immer
auseinander gingen, wollte er ihr öffentlich danken und
ihr schönes Iphigenien-Bild festhalten, so gut als es
der Dichter vermag:

Ihr Freunde, Platz! Weicht einen kleinen Schritt!
Seht, wer da kommt und festlich näher tritt!
Sie ist es selbst; die Gute fehlt uns nie;
Wir sind erhört, die Musen senden sie!
Ihr kennt sie wohl; sie ist's, die stets gefällt,
Als eine Blume zeigt sie sich der Welt:
Zum Muster wuchs das schöne Bild empor,
Vollendet nun, sie ist's und stellt es vor.
Es gönnten ihr die Musen jede Gunst,
Und die Natur erschuf in ihr die Kunst.
So häuft sie willig jeden Reiz auf sich,
Und selbst dein Name ziert, Korona, dich!
Sie tritt herbei. Seht sie gefällig stehn,
Nur absichtslos, doch wie mit Absicht schön!
Und hocherstaunt seht ihr in ihr vereint
Ein Ideal, das Künstlern nur erscheint!

Korona war manchmal für Goethe auch die an-
genehmste Gehülfin in der Musik gewesen. Ein wirklich

Korona Schröter.

Nach einem Gemälde von G. M. Kraus.
Goethe-National-Museum in Weimar.

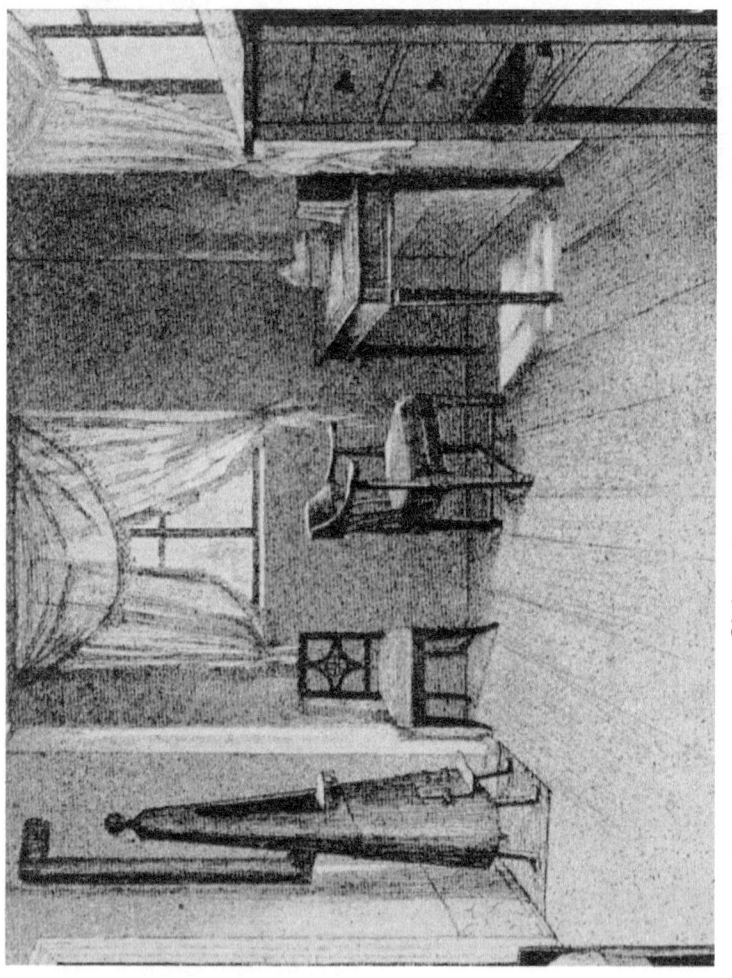

Arbeitszimmer im Gartenhause.

Zeichnung von Prof. Otto Rasch in Weimar.

großer Mufiker, ein Mann, den man mit Gluck, Graun, Haſſe hätte vergleichen dürfen, fehlte in Weimar; aber er ward kaum vermißt, denn unter den Hunderten in allen Ständen, die flöten oder geigen oder Trompete blafen oder auf der Laute oder Harfe greifen oder das Klavier ſchlagen konnten, waren auch nicht Wenige, die neue Melodien ſetzten, ſobald man ihrer bedurfte. Beim Hofkapellmeiſter Wolf gehörte Das zum Amte, ebenſo beim Stadtmuſikus Eberwein; Chriſtoph Bode konnte es noch von früher her, denn er war in der Jugend handwerksmäßiger Muſiker geweſen; unter den Hofkavalieren war Seckendorff ſo muſikaliſch, daß er einen Teil ſeiner Kompoſitionen in Druck geben durfte; Herzogin Amalie komponierte gleichfalls, z. B. die Liedchen in Goethes ‚Erwin und Elmire‘; ſo komponierte auch Korona; es rührte von ihr die erſte Melodie des ‚Erlkönigs‘ her, welches Gedicht ſie ja auch zum erſten Male öffentlich ſang. Am beliebteſten waren in dieſer Zeit die Lieder Rouſſeaus, die erſt vier Jahre nach dem Tode des Dichter-Komponiſten bekannt geworden waren; Korona glaubte Fehler gegen die Harmonie darin zu finden, die dem Notenſtecher zuzuweiſen ſein mußten; Goethe ging auch dieſen Fragen nach. Er nahm auch großen innerlichen Anteil an den Chor-Aufführungen großer Muſikwerke, die, ſo gut es eben ging, am Hofe verſucht wurden, an Händels ‚Meſſias‘ zum Beiſpiel, über deſſen Vorführung die weimariſchen Muſikverſtändigen ſehr verſchiedener Meinung waren.

Goethes oberſter Vertrauensmann war in dieſen Dingen ſein Landsmann Chriſtoph Kayſer. Ihn hätte er gern nach Weimar gezogen; im Januar 1781 ließ er ihn auch kommen und führte ihn am Hofe ein; aber eine Anstellung Kaysers, der recht ungeschmeidig war, ließ sich jetzt noch nicht·erreichen.

Wie um die Konzerte, so bemühte sich Goethe ziemlich viel um die Tänze und festlichen Masken-Aufführungen, die bei den Geburtstagen der beiden Herzoginnen das Fest verschönen mußten. Im Januar und Februar 1782 war er fast mehr Ballettmeister als Geheimrat; ein paarmal saß er in seinem Häuschen und hatte neben sich und zwischen den Akten den Geiger Schubert sitzen, mit dem er die einzelnen Touren der Masken-Aufzüge einrichtete. ‚Die vier Weltalter‘, ‚Die Entführung‘, ‚Die weiblichen Tugenden‘, ‚Der Winter‘ — so heißen einige dieser Unterhaltungen.

In der bildenden Kunst blieb er bei solcher allgemeinen Inanspruchnahme gleichfalls in der Dilettanterei und in der Arbeit für einen nächsten Freundeskreis stecken. Er ergrimmte oft, weil er in dieser geliebtesten Kunst keinen Fortschritt machte. Im Frühjahr 1781 bemühte er sich, gestochene Landschaften des Niederländers Alert van Everdingen wiederzugeben, aber

es wird nichts draus und kann nichts werden. Ich bin immer so nah und so weit wie einer, der vor einer verschlossenen Tür steht.

Und ein Jahr später bekannte er, als er im Eisenacher Oberlande nach der Natur gezeichnet hatte:

Es ist Alles vergebens: ich bringe nichts vor mich im Zeichnen! Jetzo seh' ich täglich mehr, wie eine anhaltende mechanische Übung endlich uns das Geistige auszudrücken fähig macht, und wo Jene nicht ist, bleibt es eine hohle Begierde. Dieses [das Geistige] im Fluge schießen zu wollen.

Solche tägliche Übung war und blieb unmöglich, aber immer wieder stahl er sich Stunden ab für den Stift oder den Pinsel. Sehr oft ging er auf die ‚Akademie‘ im Roten Schlosse, d. h. in die Zeichen-Anstalt, wo Kraus, Heinsius und Klauer unterrichteten; am liebsten dann, wenn er Frau v. Stein unter den Schülerinnen treffen konnte. Und wenn er sie ermunterte, versuchte auch er selber allerlei Neues. Er malte jetzt auf Porzellan: Tassen und Blumentöpfe für Charlotten; er malte mit Charlotten zusammen an einem Ofenschirme für Herzogin Luise. Und er tat einen ganz großen Schritt in der Wissenschaft, die der Maler braucht. Den Bau der Erde kannte er bereits und lernte ihn immer besser kennen, aber ebenso nötig ist dem Maler die Kenntnis vom Bau und von der Oberfläche des Menschen. Goethe bekam eine seltsame Gelegenheit, Anatomie zu lernen. Im Oktober 1781 erschien plötzlich der alte Herr v. Einsiedel, der sonst auf Burg Lumpzig im Altenburgischen hauste, in Weimar bei seinem Sohne Friedrich, dem Kammerherrn der Herzogin-Mutter, und man bemerkte sogleich, daß die Wunderlichkeit, die man längst an dem Alten kannte, jetzt zur Geisteskrankheit gediehen war. Goethe wurde um Hilfe gebeten: er war ja der Geheimrat für besondere Aufträge. Er bemächtigte sich des alten Herrn, brachte ihn nach Jena auf das Schloß, erzählte ihm Geschichten, beruhigte und beschäftigte ihn dort so lange, bis die Familie sich über Das, was weiter zu tun sei, geeinigt hatte. Um aber auch diese Woche gehörig auszunützen, bat er den jungen Professor Loder um tägliche Privatstunden in der Knochenlehre und stand neben ihm bei anatomischen

Übungen, half auch zwei Leichen „abschälen" und die Gerippe „von dem sündigen Fleische befreien".

Diese Studien setzte er in Weimar, wo ihn Loder zuweilen besuchte, eifrig fort, und um ganz fest darin zu werden, um auch Andern sogleich zu nützen, hielt er vom 7. November 1781 bis 16. Januar 1782 zweimal wöchentlich im freien Zeichen-Institut Vorträge über die Anatomie des Menschen. Als Knabe hatte er Professor werden wollen; jetzt ward er etwas Ähnliches; er übernahm ein neues Nebenamt, das er nun viele Jahre ausübte: das Amt, vor Liebhabern und Liebhaberinnen Vorträge zu halten. Es machte ihm viel Vergnügen, über Dinge, die ihm wert waren, sich mit aufmerksamen Menschen gründlich zu unterhalten, „ein Vergnügen, welchem man in unserm gewöhnlichen Welt-, Geschäfts- und Hofleben gänzlich entsagen muß".

Mit bildenden Künstlern bekam er immer mehr Beziehungen. Mit Oser, Kraus und Klauer war es ein häufiger, gemütlicher Verkehr; mit Ferdinand Kobell in Mannheim knüpfte er wieder an, und durch ihn bestellte er auch Bilder bei dem jüngeren Bruder Franz, der sich in Italien aufhielt. Obwohl sich die Unterstützung des „Maler Müller" aus Kreuznach nicht sehr bewährte, war er doch wieder bereit, den jungen Wilhelm Tischbein aus Hayna bei Marburg zu begünstigen; der Herzog von Gotha bewilligte auf Goethes Anregung hundert Dukaten zu seiner besseren Ausbildung.

Goethe hatte in den letzten Jahren angefangen, gute Stiche und Holzschnitte zu sammeln; bald bekam er auch Lust auf Handzeichnungen und Aquarelle. Der Sammler in ihm war schon durch die Beschäftigung

mit der Gesteinslehre erwacht; jetzt ließ er die Freunde
merken, daß er gute Blätter gern bezahlen würde und
gern auch geschenkt nähme. „Du weißt, was für eine
kindische Liebe mich an die Sachen bindet", schrieb er
an Lavater.

Von plastischen Werken hatte er eine Anzahl
kleiner Abgüsse schon in Frankfurt besessen: die Köpfe
des Laokoon, seiner Söhne, der Niobe usw. Jetzt
kamen namentlich Arbeiten Klauers hinzu: Büsten von
Wieland, Herder, Oser, von Goethe selbst und Nach-
bildungen nach berühmten Antiken. Von einem Ölgemälde wissen wir bestimmt, daß es im Gartenhause
die Blicke auf sich zog. Ein junger Maler, Naumann,
hatte in Rom vier Kopien von dem Bilde der Beatrice
Cenci gemalt, welches Bild damals dem Guido Reni
zugeschrieben wurde. Eine dieser Kopien erhielt Goethe
vom Freiherrn v. Haugwitz im Jahre 1775 geschenkt;
er schätzte sie sehr hoch. „Dieses Gesicht der Cenci",
sagte er einem Besucher, „enthält mehr als alle Menschengesichter, die ich je gesehen habe."[1]

Beständig wuchs in ihm die Kenntnis der Kunst-
werke alter und neuer Zeit. Jetzt half ihm dabei am
meisten seine Freundschaft mit dem Herzog Ernst und
dem Prinzen August von Gotha. Der Prinz war in
Italien gewesen, und der Herzog besaß prachtvolle
Originale, z. B. Raphaels, und viele Kopien; er schenkte
Goethen auch einen guten Abguß des Apolls von
Belvedere, neben dem die bisherigen weimarischen
Antiken sich wie wirkliche Bauernbuben ausnahmen.

<hr>

[1] Zimmermann an Lavater, bei Biedermann Nr. 113.

Von allen Wissenschaften und Künsten die schwierigste schien ihm immer noch die Wissenschaft und Kunst des Umgangs mit Menschen. Auch hierin machte er jetzt größere Fortschritte. Er hatte von Haus aus eine Neigung, die eine kluge Ausnützung der Menschen sehr erleichtern konnte: die Neigung, sie für Bühnengestalten zu nehmen, deren Charakter etwas Gegebenes ist und an deren Handlungen sich der Zuschauer allemal vergnügen und belehren kann. Ja, er war so sehr Dichter, daß ihm einmal der Einfall kam, um des Dramatikers und des Romanschreibers willen sei die Welt geschaffen, denn sie allein können aus dem Unsinnigen und Verdrießlichen Werte herausziehen! „Ich kann nicht verderben, da ich auch aus Steinen und Erde Brot machen kann", dachte Goethe, als er einen halbnärrischen Grafen beobachtete, der im nächsten Romane oder Lustspiele unterzubringen war; und wenn der Herzog für eine törichte Jagd viel Geld und Zeit vergeudete, dann steckte Goethe „von dem Aufwand nebenher etwas in seine politisch-moralisch-dramatische Tasche."

Trotzdem glaubte Goethe, daß er auch in der Kunst der Menschenbehandlung seiner Freundin das Beste zu verdanken habe: sie ermahnte ihn beständig zu Entsagung, zum Nichtserwarten, aber auch zur Selbstüberwindung, zu einer Anstrengung, gesellig zu sein. Sie gab ihm jetzt so viel Lob und Liebe, daß er der Welt gegenüber als ein Befriedigter dastehen konnte.

Wenn man in Liebe und Freundschaft glücklich ist, daß unser Herz in der weiten Welt nichts zu suchen braucht, so hat man mit den Menschen einen guten Stand.

Bisher hatte er sich bei allen Leuten, die sein Vertrauen nicht sogleich gewannen, sofort zusammengezogen und eingekrustet. Jetzt gestand er der Freundin:

Wie die Muscheln schwimmen, wenn sie ihren Körper aus der Schale entfalten, so lern' ich leben, indem ich das in mir Verschlossene sacht auseinanderlege. Ich versuche Alles, was wir zuletzt über Betragen, Lebensart, Anstand und Vornehmigkeit abgehandelt haben, lasse mich gehen und bin mir immer bewußt.

Manchmal hatte er bei Hofe allein herumgestanden, weil alle Andern Karten spielten; jetzt wurde er bereitwillig, die Spiele zu lernen, um mit manchem Herrn und mancher Dame sich unterhalten zu können, die ohne Spielkarten nicht unterhaltsam waren. Jetzt freute er sich sogar darauf, in Gotha dem halbfranzösischen Literaten- und Fürstenfreunde Grimm wieder zu begegnen, gegen den er vor einigen Jahren in Eisenach tonlos geblieben war, und jetzt hatte er auch wirklich mit ihm vergnügten und lehrreichen Verkehr.

Es ist mir viel wert, auch ihn zu kennen und ihn richtig und billig zu beurteilen. . . . O Lotte, was für Häute muß man abstreifen! Wie wohl ist mir's, daß sie nach und nach weiter werden!

Das Vorbild des Meisters hilft dem Lernenden in einer Stunde weiter, als er sonst in Jahren kommt. Schon seit Jahren suchte Goethe den sogenannten Weltleuten abzupassen, „worin es ihnen eigentlich sitzt, was sie guten Ton heißen, worum sich ihre Ideen drehen, und was sie wollen, und wo ihr Kreischen sich zuschließt". Er durchschaute wohl, daß hinter der Politur oft nur gemeines Holz steckte, aber es gab doch auch eine echte edelmännische Überlegenheit, ein beneidenswertes savoir vivre, ein abliges Durch-die-Menge-Schreiten. Als er im März 1781 mit dem Herzoge bei dessen Freundin, Gräfin Werthern auf Neunheilingen, war, gingen ihm an ihrem Vorbilde neue Begriffe auf.

Wie oft hab' ich die Worte ‚Welt‘, ‚große Welt‘, ‚Welt haben‘ usw. hören müssen und habe mir nie was dabei denken können! Die meisten Menschen, die sich diese Eigenschaften anmaßten, verschleierten mir den Begriff: sie schienen mir wie schlechte Musikanten auf ihren Fiedeln Symphonien abgeschiedener Meister zu kreuzigen. . . . Dies kleine Wesen hat mich erleuchtet. Diese hat Welt, oder vielmehr: sie hat die Welt, sie weiß die Welt zu behandeln, la manier. Sie ist wie Quecksilber, das sich in einem Augenblick tausendfach teilt und wieder in eine Kugel zusammenläuft. Sicher ihres Wertes, ihres Rangs, handelt sie zugleich mit einer Delikatesse und Aisance, die man sehen muß, um sie zu denken. Sie scheint Jedem das Seinige zu geben, wenn sie auch Nichts gibt; sie spendet nicht, wie ich Andre gesehen habe, nach Standesgebühr und Würden Jedem das eingesiegelte zugedachte Päckchen aus: sie lebt nur unter den Menschen hin, und daraus entsteht eben die schöne Melodie, die sie spielt, daß sie nicht jeden Ton, sondern nur die auserwählten berührt. Sie traktiert's mit einer Leichtigkeit und einer anscheinenden Sorglosigkeit, daß man sie für ein Kind halten sollte, das nur auf dem Klaviere, ohne auf die Noten zu sehen, herumruschelt, und doch weiß sie immer, was und wem sie spielt. Was in jeder Kunst das Genie ist, hat sie in der Kunst des Lebens. Ich habe noch drei Tage und Nichts zu tun, als sie anzusehen; in der Zeit will ich noch manchen Zug erobern.

Ein Mann, wie jetzt Goethe war: der zu großer
Begabung und unermüdlicher Betriebsamkeit auch noch
Selbstlosigkeit und Aufopferung hinzubringt, ist zwar
vor Neid und Haß der Menschen noch keineswegs gesichert, aber er ist eine Macht in seiner Umgebung,
und die Mehrzahl Derer, die ihn beobachten, wird ihn
ehren und bewundern.

Zuerst ward Goethe an den benachbarten Höfen:
in Dessau, Gotha, Meiningen usw. gewahr, wie sehr
er den Rang eines bürgerlichen Geheimrats hinter sich
ließ. Oft saß er unter den Fürstlichkeiten wie Ihres-
gleichen, und die damaligen prinzlichen Knaben in
Gotha erinnerten sich noch manches Jahr später, wie
dieser Dr. Goethe den Nachmittag bei ihrem Vater
oder ihrer Mutter verbrachte und wie er ihnen, wenn
sie ins Zimmer kamen, durch die Haare fuhr und sie
Semmelköpfe nannte, ganz wie wenn er ein fürstlicher
Oheim wäre. Aber auch in Weimar, wo er zum
alltäglichen Besitz gehörte, empfing Goethe zuweilen
Zeichen ungewöhnlicher Verehrung. An seinem Geburtstage 1781 ward er nach Tiefurt zu einer sommer-
lichen Unterhaltung geladen, wie sie Herzogin Amalie,
die dortige Herrin, liebte. Man spielte nach Art
des chinesischen Schattenspiels, die Herzog Georg
von Meiningen im vorigen Jahre eingeführt hatte, so
daß die Zuschauer also nur die Schatten auf einem
weißen Vorhange sahen. Das Stück war von Seckendorff und hieß ‚Minervens Geburt, Leben und Taten‘;
Mitwirkende waren der Herzog, der Maler Kraus,
Korona und Andere; es war eine derbe mythologische
Posse, aber sie endete mit einer ernsten Verherrlichung

Desjenigen, der vor dreiunddreißig Jahren der Erde geschenkt sei und nun als der Besten und Weisesten Einer geehrt werden müßte.

Zwei Monate später erklärte ihm die Herzogin-Mutter, ihr Sohn müsse und wolle ihn adeln lassen. Goethe widerstrebte nicht viel, aber er „sagte ihr einfach seine Meinung und verhehlte dabei Einiges nicht"; d. h. er betonte: wenn der Herzog ihn schätze, so solle er auch seine Ratschläge besser befolgen.

Bei gleicher Gelegenheit zankte ihn Herzogin Amalie aber auch aus, nämlich als Beauftragte seiner Mutter. „Haben doch Ew. Durchlaucht die Gnade", hatte Diese der Fürstin geschrieben, „und helfen mit dazu, daß mein Sohn in der Stadt eine Wohnung bekommt! So oft wir hier schlimme Witterung haben, so fällt mir schwer auf's Herz, daß der Doktor Wolf in seinen Garten gehen muß."

Goethe gab endlich nach. Die Herzogin konnte ihrer Freundin in Frankfurt die beruhigende Nachricht melden: „daß Ihr geliebter Hätschelhans sich in Gnaden resolvieret hat, ein Haus in der Stadt zu mieten", worauf denn Frau Rat sich sehr freute, daß ihr Sohn „sich in's künftige wie andere Christenmenschen geberden und aufführen" wolle.

Am 14. November 1781 machte Goethe es „mit Helmershausen richtig". Er mietete das bisher vom Landkammerrat v. Hendrich bewohnte „Quartier" in dem stattlichen Helmershausen'schen Gebäude am Frauenplan.

Erst vor drei Wochen hatte er seiner Freundin beteuert: „Wenn ich auch eine Wohnung in der Stadt

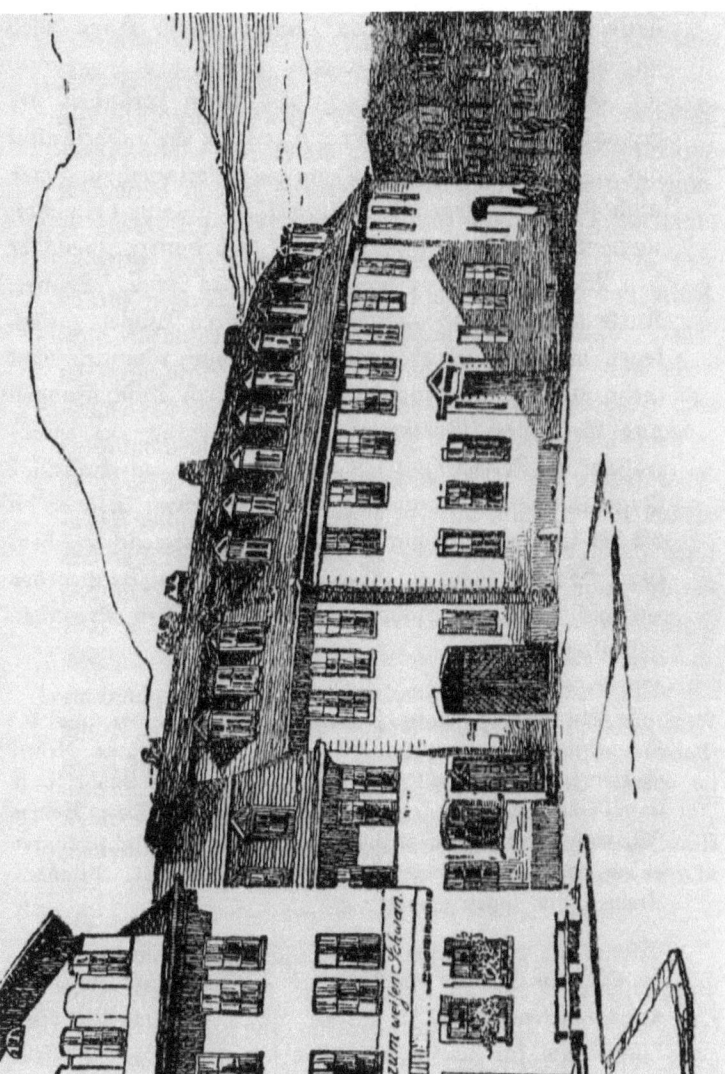

Goethes Wohnung am Frauenplan.   Zeichnung von Heinrich Teffenow.

hätte, ich zöge nicht hinein", und: „mein Haus wird mir auf's neue lieb und wert."

Er hatte sich also doch den guten Gründen der Freunde fügen müssen. Er durfte seine Gesundheit nicht auf die Dauer gefährden. Denn die Gartenwohnung war auch jetzt noch gegen die Winterkälte schlecht verwahrt; namentlich aber war Goethe oft zu bedauern, wenn er den Weg dahin oder daher zu Fuß in Regen, Schnee, Kälte und Schmutz oder in einem kalten Wagen zurücklegen mußte. Das Häuschen reichte auch räumlich nicht mehr aus. Jeder Haushalt wächst durch Anschaffungen und Geschenke; Goethe aber hatte sich auch der raumfressenden Leidenschaft, Kunstwerke und merkwürdige Gegenstände der Natur zu sammeln, ergeben. Wie es da oft bei ihm aussah, hat ein junger schweizerischer Theologe, der ihn besuchte: Georg Müller, der Bruder des Geschichtschreibers Johannes Müller, seinen Freunden geschildert:

Ein kleines, ganz simples Haus, wie bei uns die Gartenhäuslein, ein zugespitztes Dach, große Altane, kleiner Garten und hinten wilde Bäume..... Auf der Laube [d. h. im oberen Vorsaal] lagen einige Büsten auf dem Boden. Ich mußte in ein kleines Zimmer treten, das deutliche Spuren eines vor kurzem Angekommenen hatte: Bücher, Atlanten, Kleider usw. lagen umher.

Wenn für die Bücher und Büsten kaum noch ein angemessener Platz zu finden war, so war erst recht kein Raum für Wohngäste oder für eine größere Gesellschaft von Herren und Damen. Und da nun Goethe einmal in eine große Aufgabe am weimarischen Hofe

und Staate hineingeraten war, so konnte er auch seine
häusliche Geselligkeit nicht länger mehr auf ein paar
Duzfreunde oder Freundinnen beschränken. Er hatte
zwar auch jetzt noch keine Neigung, sich an die ‚Gesellschaft‘ zu verkaufen; sein Plan war, alle Woche einen
großen Tee zu geben, zu dem Jeder eingeladen war,
der irgend ein geselliges Anrecht an ihn hatte, und im
übrigen sich mit seiner großen Arbeitslast nach allen
Seiten hin zu entschuldigen.

Sein jetziger Plan war weiter: in der neuen großen
Wohnung seine Geheimratsexistenz und sein eigenstes
Menschen- und Künstlerleben räumlich zu trennen. Hier
konnte er in der eigenen Wohnung noch eine Scheide-
wand gegen die Mitmenschen errichten, während im
Gartenhause Jedermann, der zugelassen wurde, gleich
in's Innerste trat. Ein doppeltes Dasein zu führen,
nahm er sich jetzt vor und gewöhnte er sich jetzt an:
was blieb ihm Anderes übrig, da er auf sein Privat-
manns- und Künstlerleben nicht verzichten und sich doch
auch nicht entschließen konnte, die begonnene Arbeit für
Karl August und das weimarische Land hinzuwerfen?
Aber sein Gesicht legte sich jetzt öfter als früher die
Geheimrats-Maske; in seine Briefe drang der Kurialstil
ein, und es paßte recht gut dazu, daß er nun auch
auf zweierlei Weise wohnte. „Diesen Winter bleibe
ich noch hier haußen in meinem Neste," schrieb er im
November 1781 an Merck:

künftig hab' ich auch ein Quartier in der Stadt, das hübsch
liegt und geräumig ist. Ich richte mich ein in dieser Welt,
ohne ein Haar breit von dem Wesen nachzugeben, was mich
innerlich erhält und glücklich macht.

Und als er Knebeln ein Jahr später den neuen Zustand schilderte, fügte er hinzu:

> Und so fange ich an, mir selber wieder zu leben und mich wieder zu erkennen.... Wie ich mir in meinem väterlichen Hause nicht einfallen ließ, die Erscheinungen der Geister und die juristische Praxin zu verbinden, ebenso getrennt lasse ich jetzt den Geheimbrat und mein anderes Selbst, ohne das ein Geheimbrat sehr gut bestehen kann. Nur im Innersten meiner Pläne und Vorsätze und Unternehmungen bleib' ich mir geheimnisvoll selbst getreu.

Die Leute dachten, als Goethe die große Wohnung mietete, er wolle nun heiraten; als Braut nannten sie Viktoria Streiber in Eisenach. Sie hielten Goethe für praktischer, als er war. Er hatte das reiche Viktorchen immer noch gern; sie war nicht kokett und doch artig und unterhaltend; aber er gehörte ja der Frau v. Stein. Andere wieder ärgerten sich darüber, daß nicht sie an seiner Stelle zu immer neuen Ehren und Besitztümern gelangten. Leider gehörte auch Herder, der stets Unbefriedigte, zu den Neidern Goethes. Es war ihm zugetragen worden, daß der Herzog in Zürich auf Lavaters Frage nach Herder erwidert habe: Herder gebe ihm nur Blitzlicht in der Religion, Goethe aber gebe ihm das wahre, bleibende Licht. „Ich wollte, daß meine Blitze ihm etwas Anderes als Licht wären!" rief der Generalsuperintendent grimmig aus, und seine Stimmung gegen Goethe war wieder einmal verschlechtert. Ein Brief von ihm an Hamann zeigt, wie Goethe und Weimar um diese Zeit dem Mißwollenden sich darstellten:

> Er ist also jetzt wirklicher Geheimer Rat, Kammerpräsident, Präsident des Kriegskollegii, Aufseher des Bau-

wesens bis zum Wegbau hinunter, Direktor des Bergwerks,
dabei auch directeur des plaisirs, Hofpoet, Verfasser von
schönen Festivitäten, Hofopern, Ballets, Redouten-Aufzügen,
Inskriptionen, Kunstwerken usw., Direktor der Zeichenakademie,
in der er den Winter über Vorlesungen über die Osteologie
gehalten, selbst überall der erste Akteur, Tänzer, kurz das
Faktotum des Weimarischen und, so Gott will, bald der
Majordomus sämtlicher Ernestinischer Häuser, bei denen er
zur Anbetung herumzieht. Er ist baronisiert, und an seinem
Geburtstage wird die Standeserhebung erklärt werden. Er
ist aus seinem Garten in die Stadt gezogen und macht ein
adlig Haus, hält Lesegesellschaften, die sich bald in Assembleen
verwandeln werden usw. usw. Bei alledem geht's in Geschäften, wie es gehen will und mag. Meine Gegenwart ist
hier beinahe unnütz und wird mir von Tag zu Tag lästiger.
Was anderswohin weiß, sehnt sich weg.

Karoline Herder aber schrieb sogar:

Groß und Klein verachtet und verflucht den Goethe.
Der Kammerpräsident (Kalb) ist darum fortgeschickt, weil er
ihnen schon seit vier Jahren Vorstellungen getan: sie müßten
sich einschränken, er könne so nicht bestehen. Die besten
Leute wurden verachtet, disgustiert, und die ganze Dienerschaft
[= Beamtenschaft] ist dem Herzog verächtlich gemacht worden;
darum nimmt Goethe alle bedeutenden Stellen ein.

Wie gut war es, daß Goethe sich keine „Rapporteurs" hielt, die ihm solche Geschwüre der menschlichen
Seele aufdeckten!

∽

Am 1. Juni 1782 schlief er zum ersten Male im
neuen Quartier und merkte sogleich den Unterschied
gegen das einsame Häuschen im Tale: ein Wagen, in
dem Wieland von einer Gesellschaft heimfuhr, weckte
ihn im frühen Schlafe.

Nur allmählich übersiedelte er in die Stadt; noch manchmal verbrachte er die Tage und Nächte draußen, bald die Vorteile, bald die Nachteile des Wohnungswechsels spürend.

„Wie wunderbar es ist!" schrieb er an Knebel,

sonst dacht' ich es mir ärger als den Tod, aus meinem Garten zu gehen; jetzt aber, da bei verwickelten Verhältnissen eine unerträgliche Unbequemlichkeit, Versäumnis für mich und Andre daraus entsteht, so ist's wie eine rechte Wohltat, daß ich mich ausbreiten und meine Sachen beisammen haben kann. Und gewiß am Ende genieße ich den Garten mit meinen Freunden doch noch besser.

Diesen letzten Gedanken sagte er auch dem Herzoge:

Seitdem mein Garten mir ist, was er soll: Zufluchtsort, so hat er für mich einen unaussprechlichen Reiz.

Und auch den anderen Gedanken, daß das Stadthaus für den Staatsbeamten viel besser tauge:

In meinem neuen Hause breit' ich mich aus, und Alles kommt in die schönste Ordnung. . . . Wie viel mir die neue Einrichtung an Arbeit erleichtert, ist kaum zu sagen; ich kann in eben der Zeit und mit gleicher Mühe noch einmal so viel tun.

Und dann an Merck:

Mein Quartier in der Stadt hilft mir viel, und meinen Garten genieß ich erst jetzt.

Jetzt konnte er auch besser eine Gesellschaft dorthin einladen als damals, wo sie ihn in den nötigsten Räumen beengte, wo jeder Gast gleich neben seinen Akten, Briefen und Gedichten stand. Und namentlich konnte er jetzt die geliebte Freundin bitten, Häuschen und Garten zu benutzen, wie wenn sie ihr gehörten.

Zwei Wochen nach seinem Auszuge weihte er das Haus für die Freundin ein, brachte Alles in Ordnung und schlief noch einmal die Nacht darin. „Ich war heute früh auf," schrieb er ihr am Sonntag, den 16. Juni, „und mein erster und liebster Gedanke war, daß Du morgen so erwachen würdest." Am nächsten Morgen fragte er durch ein frühes Zettelchen, wie sie geschlafen habe.

Ich war nicht ohne Sorge, ob Du nicht etwa durch einen Zufall erschreckt werden könntest. Wie freu' ich mich Deiner unter meinem Dache! Wie dank' ich Dir, daß Du Dir den Ruheplatz zueignen und so mir doppelt zum meinigen machen wollen!

Er brachte ihr alle Schlüssel, die sie als Mitbesitzerin brauchte, und ging nun erst recht gern in's alte liebe Tal. Doch blieb die Freundin nicht lange in dieser Einsamkeit; am 1. Juli wohnte er selber schon wieder dort als Gast. Das Häuschen war jetzt eine Art Gasthaus geworden; ein Brief an den Herzog zeigt dieses neue Gartenleben:

Ihre Frau Gemahlin hat Sonnabends bei mir gegessen. Das Kleine [die dreijährige Prinzessin Luise] bat auch: Liebe Waldnern! Da bleiben! Es wurde auf dem Altan mit zu Tische gesetzt und gefiel sich sehr wohl.

Heute früh gab die Stein der Herzogin ein Frühstück in meinem Garten.

Noch am 10. August lud er die Freundin mit ihrer Gesellschaft lieber in den Garten als in das Stadthaus ein: „im Hause bin ich noch nicht eingerichtet". Auch an seinem Geburtstage zog es ihn in die Einsamkeit der alten Wohnung, und von hier aus dankte er Charlotten, die jetzt oben auf Kochberg weilte, für ihre Briefe und Gaben.

Ich dachte mit dem Prinzen [August von Gotha] nach Tiefurt zu fahren, als ich hörte, es ginge Alles hinaus. Darauf entschloß ich mich kurz und gut, unter mein altes Schindeldach[1]) zu kriechen und im Stillen mir und Dir zu leben. Einige Geschäftchen sind bei Seite gebracht, ein Leben im Plutarch gelesen, und nun sage ich Dir einen guten Abend. . . . O Du Beste, was Deine Briefe einen Glanz von Liebe und Treue haben! Wie ich mir Dein Herz so sachte und schön geöffnet sehe!

Um diese Zeit bot ihm Jemand, vermutlich Charlottens Bruder Karl, eine hübsche Summe für das verlassene Besitztum. Einen Augenblick war er unschlüssig. Aber als er dann wieder durch den Garten ging, waren alle Zweifel weg.

Jede Rose sagte zu mir: Und du willst uns weggeben? In dem Augenblicke fühlt' ich, daß ich diese Wohnung des Friedens nicht entbehren könnte.

---

[1]) Es scheint, daß er im nächsten Frühjahr das Haus neu decken ließ, denn Therese Heyne aus Göttingen schreibt am 30. April 1783 mit Bestimmtheit, das Dach aus gebleichten Schindeln sehe glänzend weiß aus, was im Grün der Bäume einen lachenden, reizenden Anblick gebe. Auf einem Bilde von 1793 ist das Dach rot; solche Fehler kommen aber bei Malern jener Zeit oft vor.

Um die Mitte des 18. Jahrhunderts waren die meisten Häuser von Weimar noch mit Stroh oder Holzschindeln bedeckt; 1763—72 wurde die Feuerversicherung eingeführt; seit 1768 wurde bei Neubauten die Bedachung mit Ziegeln vorgeschrieben, und bei bestehenden Häusern wurden die Besitzer unterstützt, wenn sie Stroh oder Schindeln durch Ziegel ersetzten. Goethes Gartenhaus ist in Weimar jetzt längst das einzige, das noch mit Schindeldach dasteht.

Lenz hatte vor Jahren ein Gedicht über Goethes Garten gemacht; jetzt drängte es den Eigentümer, selber all seinen Dank gegen Haus und Garten, Fluß und Tal in Verse zu gießen. Es sollte ein Gegenstück zum Nachruf an Mieding werden oder ein Bekenntnis wie das Gedicht „Ilmenau". Aber der Vorsatz gedieh nicht zur Ausführung: noch zu nahe und neu war das Erlebte!

Er dachte auch an steinerne Denkmäler zu Ehren der vergangenen sechs Jahre; nur eins ward ausgeführt. An jenem auf der Mitte des Abhangs geebneten Platze, wo die von der Freundin geschenkten Bänke standen, wo er manchmal mit ihr gesessen, ließ er im Oktober 1782 eine Steintafel anbringen und Verse einmeißeln:

Hier gedachte still ein Liebender seiner Geliebten,
Heiter sprach er zu mir: Werde mir Zeuge, du Stein!
Doch erhebe dich nicht! Du hast noch viele Gesellen:
Jedem Felsen der Flur, die mich, den Glücklichen, nährt,
Jedem Baume des Waldes, um den ich wandernd mich
                                                    schlinge,
„Denkmal bleibe des Glücks!" ruf ich ihm rührend und froh.
Doch die Stimme verleih ich nur dir, wie unter der Menge
Einen die Muse sich wählt, freundlich die Lippen ihm küßt.

Oft sah Goethe mit Wehmut auf diese verlassenen Zeugen seiner letzten, ernstesten Jugendjahre zurück. Oft ging er wieder zu ihnen hinaus. Anfangs fand er es dort noch behaglicher als in der Mietwohnung, die auch ihre Mängel hatte. Im Oktober noch setzte er sich ein paar Tage wieder in die alte, enge Stube.

Das Kamin, das ich zu Hause entbehren muß, ist mir in dieser Regenzeit sehr angenehm, und viele alte Ideen steigen mit dem Feuer auf.

Aber er mußte nun immer wieder hinauf, unter die Menschen, in die steinerne Stadt.

In der Frühe eines Novembermorgens schlich er sich troß Regengeriesels in den Garten. Er ging die Ackerwand hinunter, an den Fenstern der Freundin vorbei, über den ‚Sand‘, am ‚Kloster‘ vorbei, über die Floßbrücke. Der neue Gedenkstein schimmerte ihm aus dem entlaubten Baumwerk entgegen.

Es ist jeßt der einzige lichte Punkt in meinem Garten; die schönen Tränen des Himmels rollten an ihm herunter; es soll, hoff’ ich, nichts zu bedeuten haben.

Und er gestand der Freundin:

Ich strich um mein verlassen Häuschen wie Melusine um das ihrige, wohin sie nicht zurückkehren sollte. Und dachte an die Vergangenheit, von der ich nichts verstehe, und an die Zukunft, von der ich nichts weiß. Wieviel hab’ ich verloren, da ich jenen stillen Aufenthalt verlassen mußte!

VIII. Einkehr und Zuflucht.
1782 bis 1816.

Fünfzig Jahre noch blieb das umgrünte Häuschen Goethes Eigentum. Seine Erwartung beim Auszuge, daß er es jetzt erst recht genießen wollte, da es nun nicht mehr als nötige Wohnung, sondern als schöne Zuflucht, als Haus-Sorgenfrei dienen sollte, ward oft erfüllt. Der Garten war immer ein liebliches Ziel für Spaziergänger und ein poetischer Platz für kleine Feste. Noch immer versammelte Goethe gern anderer Leute Kinder.

Er gab ein Kinderfest in einem Garten unweit Weimar,

erzählt der Dichter Matthisson vom Grünen Donnerstag 1783.

Es galt Ostereier aufzuwittern. Die muntere Jugend, worunter auch kleine Herder und Wielande waren, zerschlug sich durch den Garten und balgte sich bei dem Entdecken der schlau versteckten Schätze mitunter nicht wenig. . . . Ich erblicke Goethen noch vor mir. Der stattliche Mann im goldverbrämten blauen Reitkleide erschien mitten in dieser mutwilligen Quecksilbergruppe als ein wohlgewogener oder ernster Vater, der Ehrfurcht und Liebe gebot. Er blieb mit den Kindern beisammen bis nach Sonnenuntergang und gab ihnen am Ende eine Naschpyramide preis.

Ein Sohn des Ministers v. Fritsch hat in späteren Jahren dem Dichter Friedrich de la Motte-Fouqué die Goetheschen Kinderfeste aus dieser Zeit geschildert:

Da mußten ihm die näher Befreundeten ihre Kindlein ohne weiteres — nicht Eltern, nicht Aufseher durften sie begleiten — anvertrauen. Es galt hauptsächlich geselligen Tanz. Goethe empfing in voller Hofgala seine Gästchen, die er allesamt: „Ihr kleinen Menschengesichter!" zu titulieren pflegte. Er selbst eröffnete ganz feierlich den Ball mit einem der

Dämchen. Nach dieser Feierlichkeit aber ließ er dem kindlichen Getriebe freien Lauf, doch so, daß er die „kleinen
Menschengesichter" als getreuer Aufseher keinen Augenblick
aus den Augen verlor, ihren Tanz, ihre Genüsse bewachend,
so daß Keines Nachteil für Gesundheit oder Sitte zu erleiden
hatte und dennoch Allen unter dieser väterlich-gastlichen Obhut
unaussprechlich frei und wohl zu Sinne war und sie auch
wiederum zu rechter Zeit, gehörig abgekühlt und wohl eingepackt, heimgefördert wurden.

Auch die Erwachsenen vergnügten sich hier nach
wie vor. „Ich frage, wie m. L. geschlafen hat", las
Charlotte v. Stein am 15. Mai 1783, „und ob sie
heute abend, wenn es schön wird, meinen Garten besuchen und daselbst Musik hören will." Und Knebel
las jetzt in einem Briefe von Charlottens kleiner
Schwägerin: „Wir haben diese Zeit fast jeden Abend
in freundschaftlichem Kreise auf Goethens Altan gesessen, wo es uns jedesmal wohl gewesen ist." Goethe
bat seine liebste Freundin immer wieder, das Fleckchen
wie ihr Eigentum zu betrachten. „Ich hoffe, Du bleibst
meinem Garten wie mir getreu", schrieb er ihr im
Mai 1784.

Aber nicht sie, sondern ihr Bruder Karl und seine
Sophie wollten sich dort gern auf drei oder vier Sommermonate einquartieren. „Nie hab' ich das Wohltun der
Einsamkeit so empfunden als in dem Gartenhause unseres
Freundes", erzählte Karl v. Schardt Ende Juni seiner
Schwester Charlotte; von ihrer Mutter vernahm sie,
daß Bruder und Schwägerin in dem Garten leben
und sterben möchten. Der Bruder fing hier sogar zu
dichten an, obwohl er's nicht gar schön konnte; er ergoß
in altmodische Alexandriner seine Wehmut über seine

kleine Frau, die ihn nicht so unterhaltsam fand, um immer auf der Bank neben ihm zu sitzen, sondern lieber mit Wieland, Herder, August v. Einsiedel und ihrer Busenfreundin Amalie v. Werthern in der Stadt, in Tiefurt bei der Herzogin-Mutter oder sonst in der Nachbarschaft herumschwirrte. Der Gute, der Treue wird eben langweilig; alle gleichmäßige Tugend wird bald übersehen und verkannt!

> In stiller Einsamkeit hab' ich all Dies erwogen,
> Und so hat sich mein Herz bald ganz zurückgezogen.
> Jetzt lieb' ich die Natur, die Blumen auf dem Feld,
> Dies nur alleine ist, was Liebe mir entgelt.

Wenn Sophie daheim war, unterhielt sie sich auch oft in des Hausbesitzers Weise; sie reiste mit seinem Fernrohr in der Sternenwelt umher oder sie übersetzte Szenen aus Shakespeare. Sie war sehr sprachenkundig, und die Verse gelangen ihr viel besser als ihrem Gatten.

Früh im April 1786 zog Goethe selber einmal wieder in sein Häuschen, um dem Frühling so nahe zu sein wie in früheren Jahren; aber ein Zahnleiden, wie er's oft bekam, zwang ihn, das Wiesental rasch wieder zu verlassen.

Im Herbste 1786 fuhr Goethe von Karlsbad aus fast wie ein Fliehender nach Italien, um dort, einsam und in einer neuen Welt, die große Berufs- und Lebensfrage zu entscheiden, die ihn nun schon zehn Jahre bedrückt hatte. Er tat es auch, um dort endlich die Werke zu vollenden, die schon so lange in der Schmiede waren,

und um dort in tiefen Zügen den Durst nach Schönheit
der Natur, der Kunst und des Lebens zu löschen, der
ihm schon so lange in der Kehle brannte. Jahre hindurch hatte er nun versucht, abwechselnd Geheimrat und
Privatmann zu sein; jetzt zog er den Geheimen Rat ganz
aus und erschien in einer völlig neuen Umgebung als
„Johann Philipp Möller aus Leipzig".

Während der Abwesenheit des Freundes bemächtigte sich Knebel des Gartenhäuschens; am 30. Oktober
1786 zog er hinein. Goethe hatte sich die Freundin
Charlotte als Statthalterin gewünscht; in der Ferne vermutete er, sie habe Knebeln vielleicht nicht abschlagen
mögen, was sie doch gern selber genossen hätte; aber
er gönnte doch auch dem immer noch heimatlosen, innerlich viel umgetriebenen Freunde diese Ruhestatt.

Wie sonderbar kommt es mir vor,

schrieb er ihm um Weihnachten 1787 aus Rom,

Dich in meinem Garten zu denken, in denen niedrigen
Zimmerchen, wohl eingepackt und kalfatert, indessen ich in
einem hohen Saal, fast ohne Feuer, eines andren Himmels
genieße. Möge es Dir recht wohl sein! Du hast doch
die Vorfenster eingesetzt und Dich auch mit Teppichen
verwahrt?

„Meine Wirtschaft hier ist ganz artig", berichtete
Knebel zu gleicher Zeit seiner Schwester Henriette, die
er sehr liebte.

Ich habe mir mein Winterzimmerchen eingerichtet wie
einen weiten Prophetenrock, und ich sehe daraus in die freie
Luft und in die jetzt mehr als selbst im Sommer interessante
Gegend.

Karl v. Knebel.

Zeichnung von Charlotte v. Stein
im Schlößchen zu Tiefurt.

Blick von Westsüdwest auf Gartenhaus und Altan.

Zeichnung von G. M. Kraus. Um 1790.

Goethe-National-Museum in Weimar.

Ich stehe sehr früh auf, und wenn ich mir mein Öfchen habe heizen und mein kleines Frühstück auftragen lassen, so gibt es Augenblicke, in denen ich mich für den glücklichsten Sterblichen halte.[1])

Knebel, jetzt Major betitelt, hatte schon seit Jahren nichts mehr zu tun, da Prinz Konstantin andere Gesellschafter ihm vorzog. Karl August bewährte eine treue Zuneigung für den leicht erregbaren, rasch polternden, zornig grollenden und doch so gutherzigen Menschen; er zog ihn jetzt einige Monate aus Goethens Häuschen heraus und nahm ihn auf seinen Reisen mit; aber am 12. April 1787 setzte sich Knebel wieder in Goethes Stube fest.

Am 25. April ließ er als Hausvater-Stellvertreter den Altan ausbessern. Am 28. August feierte er den Geburtstag des fernen Hausherrn und lud dessen Freunde ein. Zwar Frau v. Stein saß mit Lottchen v. Lengefeld auf ihrem Kochberg und hätte diesen Tag nicht in fröhlicher Gesellschaft fröhlich sein können; aber es kam ihre Schwester Luise v. Imhof, ihre Schwägerin Sophie v. Schardt, sodann Frau Charlotte v. Kalb, die gerade jetzt auf Scheidung ausging, um sich mit Friedrich Schiller, dem Dichter der ‚Räuber‘ und des ‚Don Carlos‘, zu verbinden; Schiller hielt sich seit einigen Wochen in Weimar auf, also kam auch er als Kavalier der Frau v. Kalb; ferner Regierungsrat Voigt und Frau, zwei Söhne Herders und einige Andere. Die Damen brachten einen Kranz von wildem Heidekraut, das bei Ilmenau gewachsen war, und hingen ihn zu Ehren Goethes in seinem Hause auf. Man hatte ein vergnügtes Abend-

---

[1]) Der letzte Satz im Original französisch.

essen zusammen; nachher war der Garten erleuchtet, wobei sich Goethes Monument, Würfel und Kugel, besonders schön ausnahm. Der Mond schien feierlich, als Knebel, Schiller und Voigt die Damen heimbegleiteten; der Himmel wölbte sich weit und hoch, und die Schatten und Lichter der Bäume und Felsen im ‚Stern‘ und neuen Park entzückten die Heimkehrenden.

Unter ihnen war Schiller freilich sehr absprechend und spöttisch gestimmt, auch bei dieser kleinen Festlichkeit.

Wir fraßen herzhaft,

berichtete er an Körner,

und Goethens Gesundheit wurde von mir in Rheinwein getrunken. Schwerlich vermutet er, daß er mich unter seinen Hausgöttern habe, aber das Schicksal fügt die Dinge gar wunderbar. Nach dem Souper fanden wir den Garten illuminiert, und ein ziemlich erträgliches Feuerwerk machte den Beschluß.

Vierzehn Tage später erzählte Knebel seiner Schwester von einem anderen Besuche. Die junge Frau Therese Forster kam, eine Tochter des berühmten Göttinger Philologen Heyne. Ihr Mann, Georg Forster, hatte den großen Seefahrer Cook auf seiner dritten Reise um die Erde begleitet, war dann Professor der Naturgeschichte in Kassel und Wilna gewesen und war jetzt zu einer neuen Reise nach Ostindien berufen. Seine junge Frau hatte ganz eigene Gedanken auf Goethens Altane.

Sie sah den Birnbaum, der mit seinen fruchtbeladenen Zweigen über die Altane hereinhängt: Dies machte ihr ein unbeschreibliches Vergnügen. Sie bat, sich vorzustellen, wie einem sein müsse, der seit zwei Jahren keinen Fruchtbaum,

. . . .

noch reife Früchte gesehen. Sie kamen aus Wilna in Pol-
nisch-Litauen und fanden diese Gegend hier, wie wir Italien
finden würden.

Auch im Winter blieb Knebel draußen. Für einen
Träumer, wie er war, paßte die einsame Stube recht
gut. Am 18. Januar 1788 schrieb er der Schwester:

Es ist recht häßlich Wetter. Ich, der ich hier außen
ganz allein vor der Stadt wohne, gehe doch fast alle Tage
einmal dahin, und öfters des Tags zweimal, und fast immer
schön geputzt, in weißseidenen Strümpfen. Daß ich also mehr
Recht hätte, auf das Wetter böse zu sein, siehst Du wohl,
aber dennoch macht es mich nicht ungeduldig, und ich bin
meist immer des Abends sehr froh, wenn ich in meine Hütte
zurückgekehrt bin.

༄

Am 18. Juni 1788 traf Goethe wieder in Weimar
ein. Während seiner Abwesenheit hatte Schiller immer
wieder mit Staunen bemerkt, welche Verehrung Goethe
in seinem Wohnorte genoß und daß man dort den
Menschen noch weit über den Dichter stellte. Jetzt
sprachen von dem Heimgekehrten die Leute bald viel
ungünstiger. „Er ist sinnlich geworden", hieß es nun,
oder: „er ist selbstsüchtig geworden", oder: „verschlossen",
„erkaltet", „abweisend". Goethe wollte in der Tat nicht
mehr sein eigenes Leben den Andern aufopfern; er
wollte nicht heilig, sondern natürlich empfinden und
handeln; er wollte es so gut wie jeder Philister in
seinem Hause behaglich haben, wollte es sich am eigenen
Tische wohlschmecken lassen, denn alle sinnlichen Genüsse
helfen das Leben schrittweise aushalten und die Übel
des Lebens Stunde um Stunde vergessen.

Er war auf einen neuen Vertrag nach Weimar
zurückgekehrt. Damit war zwar der Herzog zufrieden,
der nach wie vor in Goethen den vertrauenswürdigsten
Freund und Bruder liebte; aber viele Andere bemäkelten
es, daß Goethe in Rang und Gehalt noch weiter emporstieg, während Andere, die Voigts und Schmidts, die
Arbeitslast der Landesverwaltung tragen mußten und
er nur solche Geschäfte noch besorgte, denen er als
Künstler und Gelehrter nahestand. Er ward mehr und
mehr ein Minister ohne die Arbeit eines Ministers. Er
blieb zwar immer der tätigste Mensch, aber seine Kraft
ging jetzt besonders auf naturwissenschaftliche Forschungen,
auf Kunstbetrachtungen, auf theatralische Versuche, auf
poetische Werke, deren Nutzen für ein armes thüringisches
Ländchen nicht groß sein konnte. In späteren Jahren
urteilte Goethe selber einmal über das weimarische
Staatswesen: „Wir sind niemals politisch bedeutend
gewesen; unsere ganze Bedeutung bestand in einer gegen
unsere Kräfte disproportionierten Beförderung der Künste
und Wissenschaften." Diese Bevorzugung einer Staats-
aufgabe, die keine dringliche war, auf Kosten der andern,
nötigeren, hing mit Goethes Persönlichkeit eng zusammen
und war mit ihm selber berechtigtem Tadel ausgesetzt.
Zu gleicher Zeit war man auch mit dem Herzoge sehr
unzufrieden, weil er jetzt seinen militärischen Neigungen,
die schon lange gedroht hatten, wirklich verfallen war.
Er entzog sich seinem Lande einen großen Teil des
Jahres, verbrauchte viel Geld für sich und sein preußi-
sches Reiter-Regiment und brachte überdies sich und sein
Land in die Gefahr, den Gegnern Preußens gleichfalls
verhaßt zu werden.

Goethe wäre den Leuten verständlicher geblieben, wenn er in seine große Stadtwohnung jetzt endlich eine passende Gattin geführt und sich dann dem regelrechten gemütlichen Häuslichkeits- und Familien-Selbstsinn hingegeben hätte. Aber seine Liebe wandelte nach wie vor auf wunderlichen Wegen.

Charlotte v. Stein mißtraute ihm schon seit seiner heimlichen Abreise nach Italien. Gern hätte er jetzt nach der Rückkehr der alternden Freundin und ihrem Fritz, den er fast schon als Sohn angenommen hatte, seine Dienste wie früher gewidmet; aber Charlotte machte es ihm allzu schwer. Immer wieder schalt sie, war sie verstimmt und wollte ihn anders haben, als er war. „Die Art, wie Du mich bisher behandelt hast, kann ich nicht erdulden," schrieb er ihr endlich; „wenn ich gesprächig war, hast Du mir die Lippen verschlossen; wenn ich mitteilend war, hast Du mich der Gleichgültigkeit, wenn ich für Freunde tätig war, der Kälte und Nachlässigkeit beschuldigt; jede meiner Mienen hast Du kontrolliert, meine Bewegungen, meine Art zu sein getadelt und mich immer mal à mon aise gesetzt." Wie hätte eine solche lehrhafte, strenge Liebe, wie sie Frau v. Stein ihm vergönnte, ihn sättigen können?

Eines Morgens, sehr bald nach seiner Rückkehr, trat ihm im Parke oder in seinem Garten ein munteres Mädchen entgegen, das er schon vor Jahren in Bertuchs „Fabrik" künstlicher Blumen gesehen hatte. Christiane Vulpius hieß sie; ihre Familie war verarmt, Vater und Mutter tot; eine Bittschrift ihres Bruders, eines jungen Literaten, wollte sie dem Herrn Geheimen

Rat überreichen, da er diesen Bruder schon früher unterstützt hatte. Goethe fand großes Gefallen an ihrem
Plaudern, an ihren schönen, lebendigen Augen und
ihrer gesunden, rundlichen Gestalt. Er verabredete, daß
sie wieder zu ihm kam; er zeigte ihr sein Wohlgefallen,
und bald ergab sie sich ihm. Am 13. Juli begann die
freie Ehe der Beiden. Ein Stück italienisches Leben
erneute sich ihm nun in seinem alten Gartenhäuschen
und in den Gängen und Plätzen rings herum.

> Ja, ich komme, komme gegen Morgen.
> Ganz gewiß mein Freund, auf deine Stube

hören wir Christianens Stimme noch heute aus seinem
Gedichte reden, und dann seine Morgenklage:

> Welche Nacht des Wartens ist vergangen!
> Wacht' ich doch und zählte jedes Viertel!
> Schlief ich ein auf wenig Augenblicke,
> War mein Herz beständig wach geblieben,
> Weckte mich von meinem leisen Schlummer.

> Hüpft' ein Kätzchen oben über'n Boden,
> Knisterte das Mäuschen in der Ecke,
> Regte sich, ich weiß nicht was, im Hause,
> Immer hofft' ich, deinen Schritt zu hören,
> Immer glaubt' ich, deinen Tritt zu hören,
> Und so lag ich lang und immer länger,
> Und es fing der Tag schon an zu grauen,
> Und es rauschte hier und rauschte dorten.

> Endlich als die ganz verhaßte Sonne
> Meine Fenster traf und meine Wände,
> Sprang ich auf und eilte nach dem Garten,
> Meinen heißen, sehnsuchtsvollen Atem

Chriſtiane Vulpius.
Zeichnung von Goethe.
Goethe-National-Muſeum in Weimar

Nach einer Tuschzeichnung von Konrad Westermeyer,
im Besitze von Frl. M. Martini in Weimar.

Mit der kühlen Morgenluft zu miſchen,
Dir vielleicht im Garten zu begegnen:
Und nun biſt du weder in der Laube,
Noch im hohen Lindengang zu finden! . . .

So erwartete auch umgekehrt ſie ihn zuweilen im
Gartenhauſe, ſaß vielleicht an einem warmen Sommer-
tage allein oben im Stübchen, wartete, ſtrickte dabei,
hielt inne und nickte ſchließlich ein:

Meine Liebſte wollt' ich heut beſchleichen,
Aber ihre Türe war verſchloſſen.
Hab' ich doch den Schlüſſel in der Taſche!
Öffn' ich leiſe die geliebte Türe!
Auf dem Saale fand ich nicht das Mädchen,
Fand das Mädchen nicht in ihrer Stube.
Endlich, da ich leis die Kammer öffne,
Fand ich ſie, gar zierlich eingeſchlafen,
Angekleidet auf dem Sofa liegen.

Eines Tages begegnete der junge Fritz v. Stein,
als er ſich im Gartenhauſe allein meinte, darin der
Demoiſelle Vulpius, und der Knabe verſtand nicht, mit
welchem Rechte dieſes Mädchen hier war. Erſtaunt
erzählte er es ſeiner Mutter, und ſie machte Goethen
heftige Vorwürfe. „Welch' ein Verhältnis iſt es?"
fragte er dagegen. „Wer wird dadurch verkürzt? wer
macht Anſpruch an die Empfindungen, die ich dem
armen Geſchöpf gönne? wer an die Stunden, die ich
mit ihr zubringe?"

Und nach acht Tagen bat er:

Sieh die Sache aus einem natürlichen Geſichtspunkte
an! Schenke mir Dein Vertrauen wieder! Hilf mir ſelbſt, daß
dies Verhältnis nicht ausarte, ſondern bleibe, wie es ſteht.

Charlotte blieb die Gekränkte, blieb herb und kalt;
Christiane dagegen hatte ihm in kindlicher Zuversicht
ihr ganzes Dasein und Schicksal übergeben. Und nun
ereignete sich, was Goethe im Gleichnis erzählt:

> Ich ging im Walde
> So für mich hin,
> Und nichts zu suchen,
> Das war mein Sinn.
> Im Schatten sah ich
> Ein Blümchen stehn,
> Wie Sterne leuchtend,
> Wie Äuglein schön.
> Ich wollt' es brechen,
> Da sagte es fein:
> Soll ich zum Welken
> Gebrochen sein?
> Ich grub's mit allen
> Den Würzlein aus,
> Zum Garten trug ich's
> Am hübschen Haus
> Und pflanzt es wieder
> Am stillen Ort:
> Nun zweigt es immer
> Und blüht so fort.

Für die vornehme Welt war Christiane nicht vorhanden; für sie war Goethe immer noch der Unbeweibte.
Aber man merkte wohl, daß er sich zurückzog und der
geselligen Zerstreuung nicht bedurfte. Auch die kleinen
Feste im Garten wurden selten. Aber sie kamen doch
noch vor. „Heute gebe ich einen großen Tee im Garten",
heißt es am 8. Mai 1789 in einem Briefe an Knebel,
und am 12. Mai an Karl August:

Abends mache ich indessen den Wirt Ihrer Promenaden
und suche bald durch Tee, bald durch saure Milch die Gemüter

der Frauen zu gewinnen, indeß die Männer von der gewalt-
famen Parze an den Spieltisch gefesselt sind.

Der schöne Frühling dieses Jahres hatte ihn
wieder verführt, einige Wochen darin zu hausen.
Karl August exerzierte jetzt als preußischer Oberst
seine Küraffiere.

Indessen Sie im Staub und Getümmel Ihre Stunden
zubringen, leben wir ganz still und hängen unseren Gedanken
unter blühenden Bäumen und bei dem Gesange der Nach-
tigallen nach.

Immer noch feilte er am „Tasso‘; dazwischen aber
wurden Erotika, die er ‚Römische Elegien‘ nannte, ver-
fertigt und — erlebt.

Herbstlich leuchtet die Flamme vom ländlich-geselligen Herde,
Knistert und glänzet, wie rasch! sausend vom Reisig empor.
Diesen Abend erfreut sie mich mehr; denn eh' noch zu Kohle
Sich das Bündel verzehrt, unter der Asche sich neigt,
Kommt mein liebliches Mädchen. Dann flammen Reisig
                    und Scheite,
Und die erwärmete Nacht wird uns ein glänzendes Fest!

Im nächsten Frühjahr (1790) war er in Venedig,
um die Herzogin-Mutter abzuholen, die nun auch zwei
glückliche Jahre in Italien verbracht hatte. Diesmal
dauerte es nicht lange, daß er mit Sehnsucht nach der
Heimat zurückdachte:

Weit und schön ist die Welt, doch o! wie dank ich dem Himmel,
Daß ein Gärtchen beschränkt zierlich mir eigen gehört.
Bringt mich wieder nach Hause! Was hat ein Gärtner zu reisen?
Ehre bringt's ihm und Glück, wenn er sein Gärtchen besorgt!

Noch immer war dieser Garten im Tal sein einziges Eigentum. Seine Stadtwohnung war jetzt im Großen Jägerhause, denn das Quartier bei Helmershausen hatte er im November 1789 aufgegeben. Aber im Sommer 1792 zog er wieder in dies Haus am Frauenplan zurück und jetzt konnte er sich als Herr des Hauses betrachten, wenn auch zunächst der Herzog, der alle Kosten trug, in den Grundbüchern als solcher eingetragen wurde. Von nun an besaß Goethe also ein zweites Haus und einen zweiten Garten, und wenn er jetzt aus der Ferne an Christiane schrieb, so hieß es wohl: „Schreib mir auch etwas von den Gärten!" Sein Stadtgarten war ganz eben, war sehr fruchtbar, ziemlich groß, und er lag namentlich vor den Fenstern der Arbeitsstube; durch eine hübsche Holztreppe war er vom Hause sogleich erreichbar.

Von nun an lockte der nunmehrige „untere Garten" oder der „Garten am Stern" weniger als bisher. Man fragte desto mehr nach seinem wirtschaftlichen oder gar nach seinem Verkaufswerte. Christiane fühlte sich allmählich als Mitherrin, und da sie eine gute Wirtschafterin und Köchin war, so mußten die Beete jetzt mehr Gemüse, die Bäume und Sträucher mehr Obst und Beeren, die Grasplätze mehr Heu abliefern als sonst. Zum Erwerben und Sparen war auch mehr Anlaß als früher; Kinder wurden geboren, an deren Versorgung man denken mußte, und die politischen Zustände wurden gar ängstlich. Die deutschen Fürsten waren mit den Neugalliern in ein Feindschaftsverhältnis getreten, das viel Gut und Blut kosten konnte; und die Umwälzung auf der andern Seite des Rheins ließ auch

hüben die bisher ſo ſtetigen Verhältniſſe unſicher er-
ſcheinen. In dieſer ſorglichen Zeit dachte man an die
Notdurft und an die Sicherheit mehr als an idylliſches
Dahinleben in Gärten und Wieſen.

Goethe und Chriſtiane waren jetzt bereit, dieſen
zweiten, entbehrlichen Garten zu verpachten und vielleicht, bei günſtigem Angebot, zu verkaufen. Sie
empfanden jetzt, wie wenig Nutzen er ihnen abwarf,
gerade ihnen. Einſt hatte Goethe gedichtet:

> Willſt du immer weiter ſchweifen?
> Sieh, das Gute liegt ſo nah!

Jetzt gab ihm das Leben die unerwartete Belehrung, daß das Gute auch allzu nahe liegen kann.
Dieſer Garten war in wenigen Minuten von den Amts-
häuſern und Wohnhäuſern Weimars zu erreichen; ob
Das ein Vorzug oder Fehler war, kam auf die Be-
dürfniſſe des Bewohners an. In Goethes Falle war
es zumeiſt ein Fehler; denn er hielt es nur dadurch in
den engen und oftmals drückenden weimariſchen Verhältniſſen aus, daß er ſie einen großen Teil jedes
Jahres fern von ſich hielt. Deshalb lebte er ſo viel
in Jena, obwohl er dort in der Wohnung und im Eſſen
zumeiſt recht ſchlecht verſorgt war; deshalb verbrachte
er viele Sommerwochen in böhmiſchen Badeorten.

Den Nachbarn und Bekannten blieb nicht verborgen, daß Goethe den unteren Garten nicht mehr
ſehr liebte, und Einige begehrten ihn für ſich. Um
1794 pachtete ihn der Herzog ſeinem Freunde ab; er
konnte ihn gut gebrauchen als Spielplatz für ſeine Kinder,
den elfjährigen Erbprinzen Karl Friedrich, die acht-

jährige Prinzessin Karoline und den zweijährigen Prinzen Bernhard.

Ein paar Jahre danach wurde der Schwansee bei dem gleichnamigen Dorfe trocken gelegt und in Wiesen verwandelt. Der Herzog hatte Lust, dieses neu eroberte Land gegen Gärten in der Gemarkung Weimar zu vertauschen, und Goethe meinte: „Gegen 50 Acker steht mein Garten auch zu Diensten!"[1] Aber der Tauschplan zerschlug sich.

Ein halbes Jahr darauf fragte Schiller, ob er nicht den Garten haben könne. Es war im Januar 1797. Er wollte seine Wohnung in Jena ändern und konnte dort das Gartenhaus des Professors Schmidt kaufen. Aber er hätte eine ähnliche Besitzung in Weimar vorgezogen, denn eine Notwendigkeit, in Jena zu wohnen, bestand für ihn nicht mehr, da er an der Akademie längst nicht mehr las, und nach Weimar zogen ihn das Theater und die bessere Gesellschaft, die seine Frau und er selber dort fanden. So fragte er den Freund:

Da Sie neulich von Ihrem Gartenhause sprachen und meinten, es habe Raum genug, so wünsche ich zu wissen, ob Sie es vielleicht für eine längere Zeit entbehren und es mir ordentlich vermieten könnten. Es ist ja ohnehin schade, daß es dasteht, ohne sich zu verinteressieren; und mir wäre sehr damit geholfen.

Wären Sie dazu nicht ungeneigt und qualifiziert sich das Haus in den wesentlichen Dingen dazu, Sommer und Winter bewohnt zu werden, so würden wir über die Ver-

---

[1] In einem an Voigt gerichteten Briefe vom August 1796. Ein weimarischer Acker hat 28,50 Ar.

änderungen, die noch nötig wären, leicht miteinander einig werden können.

Was den Garten betrifft, so stünde ich für meine Leute, daß Nichts verdorben werden sollte.

Die Entfernung würde mich wenig abschrecken. Meiner Frau ist eine äußere Notwendigkeit, sich in Bewegung zu setzen, sehr gesund; und was mich betrifft, so hoffe ich nach einigen Versuchen in freier Luft, mir auch mehr zutrauen zu können.

Goethe kannte die Luftscheu und Gebrechlichkeit seines Freundes zu gut, um ihn bei diesem Plane zu ermuntern; er wußte auch, daß Schillers gar nicht so anspruchslos waren, wie es dies Häuschen verlangte. So schrieb er zurück:

Mein Gartenhaus stünde Ihnen recht sehr zu Diensten; es ist aber nur ein Sommeraufenthalt für wenig Personen. Da ich selbst so lange Zeit darinnen gewohnt habe und auch Ihre Lebensweise kenne, so darf ich mit Gewißheit sagen, daß Sie darin nicht hausen können. Und so mehr, als ich Waschküche und Holzstall wegbrechen lassen, die einer etwas größeren Haushaltung völlig unentbehrlich sind. Es kommen noch mehr Umstände dazu, die ich mündlich erzählen will.

Schiller mochte den Gedanken an eine Übersiedlung nach Weimar nicht aufgeben, obwohl ihn Goethe gleichzeitig versicherte, jetzt sei durchaus kein passendes Quartier zu finden. Eignete sich Goethes Gartenhaus nicht, so war vielleicht das im Nachbargarten stehende zu haben, denn dessen Besitzer war jetzt ein uralter Mann, der kaum noch aus der Stadt herauskam. So antwortete er:

Daß mein Plänchen auf Ihr Gartenhaus unausführbar ist, beklag' ich sehr. Ich entschließe mich ungern, hier sitzen

zu bleiben; denn wenn Humboldt erst fort ist, so bin ich
schlechterdings ganz allein, und auch meine Frau ist ohne
Gesellschaft. Ich will mich doch noch erkundigen, ob das
Gartenhaus des Geheimen Rat Schmidt nicht verkäuflich ist.
Denn wäre es gleich in seinem jetzigen Zustand nicht be-
wohnbar, so könnte ich es doch, wenn es mein eigen wäre,
in stand richten lassen, welches ich auch bei dem Professor
Schmidtischen hier tun müßte.

Um diese Zeit hatte Schillers alter Freund und
neuer Schwager Wilhelm v. Wolzogen ein Amt in
Weimar erhalten und hatte sich dort bereits eine große
Wohnung durch Frau v. Stein mieten lassen. Nun
fragte Schiller weiter:

Mein Schwager denkt mit Anfang des März zu
kommen. Er befindet sich aber wegen seiner Wohnung in
einiger Verlegenheit, weil diese erst nach Ostern frei wird,
und wünschte doch gleich mit seiner Frau und dem Kinde zu
kommen. Dürfte ich ihm Hoffnung machen, daß Sie ihm
Ihr Gartenhaus auf die paar Wochen überlassen wollen?

Goethe hatte nichts dawider:

Ihrem Herrn Schwager wollte ich mein Gartenhaus
bis Ostern, aber freilich nur bis dahin, gern überlassen; doch
würde es nur als die letzte Ausflucht zu empfehlen sein,
denn es würde doch viel Umstände machen, es für die jetzige
Jahreszeit in stand zu setzen. Denn es ist kein Ofen darinnen, und Möbels könnte ich auch nicht geben.

Zwischendurch machte Christiane ihre Vorschläge;
sie war für das Verpachten an einen Bürger, dem es
auf die Ausnutzung des Gartens ankam, denn bei der
eigenen Bewirtschaftung ging die Hälfte des Ertrages
auf den Gärtnerlohn darauf.

Ich dächte, wir gäben Wächtern wieder den Garten. Denn voriges Jahr haben wir eingebüßt, und er käme doch wieder in Ordnung.

So schwankte Goethe mehr als einmal, ob er den Garten verpachten oder verkaufen oder selber wieder besser ausnützen solle. Er konnte sich nie zu einer völligen Trennung entschließen. Manchmal ging er in den Garten hinunter und zuweilen fühlte er sich hier heimisch wie in alter Zeit. Er ließ auch wohl einmal wieder die Kinder sich hier zum Ostereiersuchen versammeln, z. B. 1797; jetzt war sein eigener Gustel unter den eifrigen Suchern und jubelnden Findern.

Im Sommer 1799 wohnte Goethe selber wieder im alten Heime: vom 31. Juli bis zum 13. September. Er konnte sich damals nicht von Weimar entfernen, ehe nicht der Herzog und der Geheime Rat Voigt von ihren Reisen zurückgekehrt waren; in seinem Stadthause war es ihm aber zu geräuschvoll, nicht nur vom eigenen Haushalt, sondern auch von den Nachbarn her, denn diese Nachbarn waren kleine Handwerker, deren Geschäftslärm ihn oft störte. So groß war jetzt sein Ruhebedürfnis, daß er Christianen und das Kind nach Jena schickte, damit sie ihn nicht zu oft besuchten.

Da ich nicht nach Jena entweichen konnte, so mußten die Meinigen weichen. Denn dabei bleibt es nun einmal: daß ich ohne absolute Einsamkeit nicht das Mindeste hervorbringen kann. Die Stille des Gartens ist mir auch daher vorzüglich schätzbar.

Als Arbeit für die Einsamkeit nahm er sich vor, seine kleinen Gedichte zu sammeln, zu überarbeiten und, wenn möglich, durch ein paar Dutzend neue zu ver-

mehren. Die ‚Erste Walpurgisnacht‘ war eben entstanden; die Quelle schien also wieder zu fließen. Diese
Gedichte sollten dann bei Unger in Berlin als siebenter
Band seiner ‚Neuen Schriften‘ erscheinen. Heinrich
Meyer, nunmehr neben Schiller sein liebster Freund,
sollte den Band mit Zeichnungen schmücken, und Zelter
in Berlin konnte Kompositionen dazu geben; mit Zelter
trat er eben jetzt in briefliche Verbindung. Jeden Vormittag widmete er den alten Versen; namentlich am
Metrum suchte er zu bessern, denn früher hatte er sehr
unbekümmert um Versmaß und Reim rasch hinge-
schrieben, was sich aus Kopf und Herzen in die Feder
drängte.

Mein gegenwärtiger Aufenthalt erinnert mich an ein-
fachere und dunklere Zeiten, die Gedichte selbst an mannig-
faltige Zustände und Stimmungen.

An den Nachmittagen las er Miltons ‚Verlorenes
Paradies‘ und Virgils ‚Georgika‘ in Vossens Übersetzung,
auch die ‚Gelehrten Tischgespräche‘ des Athenäos, und
namentlich studierte er Winckelmanns Leben und Schriften.
Manchmal hatte er Besuch; „es kommen verschiedene
Personen, die der Garten anlockt, die ich lange nicht
gesehen habe." Ganz wie in alter Zeit hatte er auch
wieder die Damen und Herren vom Hofe zu beraten,
die Theater zu spielen wünschten, obwohl jetzt ein gutes
Theater von Berufsschauspielern unter Goethes Aufsicht
bestand, und er leitete wieder ihre Proben. Sogar
Charlotte v. Stein besuchte ihn jetzt wieder im alten
Garten; freilich erschien sie in einer neuen Eigenschaft:
sie begleitete als Ehrendame ihre junge schöne Nichte
Amalie v. Imhof, die außer ihren Talenten in der

Musik und Malerei auch noch Das der Dichtung
besaß. Schiller hatte an ihren poetischen Arbeiten
Gefallen gefunden, und so erbot sich auch Goethe,
ihr beizustehen. Als sie nun hier im Gartenhause ihm
und ihrer Tante den ersten Gesang ihres Epos 'Die
Schwestern von Lesbos' vorlas, zollte er ihr großen
Beifall, und da er jetzt an seinen eigenen Gedichten so
viel mit dem Versmaß beschäftigt war, fügte er hinzu:

„Und wie richtig und wohlklingend sind auch schon
die Hexameter gemacht!"

„Wie denn, Herr Geheimrat, sind denn Das Hexameter?" fragte das Fräulein erschrocken.

Goethe brach in fröhliches Lachen aus:

„Nun, da sieht man, wie es geht! Unsereiner quält
sich, die Verse zu machen, und das Kind bringt sie
hervor wie der Rosenstock die Rosen!"

Dann ergriff er Stift und Feder und zerstörte ihre
poetische Unschuld mit dem Schema:

$$-\cup\cup\ -\cup\cup\ -\cup\cup\ -\cup\cup\ -\cup\cup\ -\cup$$

Nur selten ging Goethe in diesem Hochsommer in
die Stadt hinauf, nur zu wichtigen Zwecken: um die
Ausstellung der Zeichenschule zu prüfen, um für Schiller
die Wohnung in der Windischen Gasse zu mieten, die
seine ehemalige Freundin Charlotte v. Kalb zuletzt bewohnt hatte, oder um den Schloßbau zu beaufsichtigen,
der nun endlich im Gange war: 160 Leute waren jetzt
daran beschäftigt.

An den Abenden machte er jetzt eine ganz besondere
nahe Bekanntschaft: mit dem Monde. „Füllest wieder 's
liebe Tal still mit Nebelglanz" hatte er ihn hier einst
angeredet; jetzt hatte er die 'Seleno-topographischen

Fragmente' vor sich, wodurch der Oberamtmann Johann
Hieronymus Schröter zu Liliental im Bremischen, ein
großer Astronom, die Mondkunde eigentlich erst begründet
hatte, und er trat immer wieder vor eins der beiden
vortrefflichen Teleskope, die ihm geliehen worden waren.

Diese Wochen bin ich wider meine Gewohnheit meist
bis Mitternacht aufgeblieben, um den Mond zu erwarten,
den ich auch durch das Auchische Teleskop mit vielem Interesse
betrachte. Es ist eine sehr angenehme Empfindung, einen so
bedeutenden Genossen, von dem man vor kurzer Zeit so gut
als gar nichts gewußt, nun so viel näher und genauer kennen
zu lernen ... Die große nächtliche Stille hier außen im
Garten hat auch viel Reiz, besonders da man morgens durch
kein Geräusch geweckt wird, und es dürfte einige Gewohnheit
dazu kommen, so könnte ich verdienen, in die Gesellschaft der
würdigen Luzifugen aufgenommen zu werden.

Die letzte Anspielung geht auf den Angeredeten,
Schiller, zu dessen ungesunder Lebensweise auch das
Meiden des Sonnenlichts, das nächtliche Arbeiten, gehörte. An Knebel aber schrieb Goethe, als er endlich
von den Amtsgeschäften her Freiheit bekam, nach Jena
zu entweichen:

Ich habe sechs Wochen in meinem alten Garten zu-
gebracht, der jetzt bei einer Veränderung, die mit dem sog.
Stern vorgenommen worden[1]), viel gewonnen hat und an-
genehm zu bewohnen ist. Ich muß nun erst das nächste
Frühjahr die Wildnis ein wenig bändigen, denn die Bäume
und Sträuche, die vor 20 Jahren gesetzt worden, haben dem
Boden und dem Hause Licht und Luft fast weggenommen.
So kommt es wohl manchmal, daß uns unsere eigenen
Wünsche über den Kopf wachsen.

---

[1]) Der Floßgraben war von Soldaten zugeschüttet, seine
Umgebung geebnet und neu bepflanzt worden.

Goethe hatte sich nun selber wieder überzeugt, daß der Garten angenehm zu bewohnen sei; aber als er im Juni 1800 wieder hinunter zog, blieb er nur wenige Tage: es war ihm doch zu lästig, unten zu wohnen, da er oben in der Stadt so viel zu tun hatte; jetzt wohnte ja auch Schiller in Weimar.

ಲ

Es war Goethen nicht gegeben, lange auf demselben Flecke sich wohl zu fühlen; er gab seine alten Plätze nicht auf, aber er schaute gar oft nach einer neuen zeitweiligen Wohnstätte aus. Das lag in seiner Natur; seine häuslichen Verhältnisse waren aber auch geeignet, dergleichen Gedanken hervorzurufen.

Christiane pflegte ihn gar gut, und er fühlte sich behaglich in ihrer Liebe. Zuweilen störte sie ihn, wenn er sich ganz in einer vorgenommenen Arbeit einspinnen wollte; öfter jedoch hätte er sie gern bei sich gehabt, wo er in ländlicher Umgebung den Lieblingsbeschäftigungen nachging.

Schon von 1796 an fahndete er auf ein dörfliches Gut, das weder zu weit noch zu nahe läge; er wollte darin auch einen Teil des mütterlichen Vermögens anlegen, denn nur Grundeigentum erschien in diesen unruhigen Zeiten einigermaßen sicher. Da er sich nun vor seiner eigenen Ausmalungskraft fürchtete und hier wieder einmal ganz prosaisch und geschäftsmännisch handeln wollte, so bat er vertrauenswürdige Freunde, diesen Handel für ihn zu besorgen. Und so ereignete es sich, daß er am 8. März 1798 Eigentümer eines Landgutes

ward, das er noch nie gesehen hatte, obwohl es in andert-
halb Stunden zu erreichen war und obwohl er seit zwei
Jahren darum hatte handeln lassen. Es war ein Frei-
gut in Oberroßla bei Apolda. Er hatte nie die Absicht, es selber zu bewirtschaften; er wollte es verpachten,
aber der Pächter sollte einen Teil der Pacht in Ernte-
gütern abliefern, und er und Christiane wollten einen
Teil des Jahres auf ihrem Gute zubringen. Sehr rasch
bemerkte nun Goethe, daß er bei diesem prosaischen
Verfahren auch nichts als Prosa eingehandelt hatte.
Mit dem Pächter gab es bald Verdrießlichkeiten, und
das Gut war so reizlos, daß es darin im weimarischen
Lande kaum seines Gleichen hatte. Das Haus war
düster und eng, so daß Goethe vorzog, wenn er nach
Oberroßla ging, im Pfarrhause zu wohnen. Ein großer
Garten, der zum Gute gehörte, füllte eine Talmulde
aus, so daß man sich wie in einer großen Schüssel
fühlen mußte, und dieser Garten lag noch dazu vor
dem Dorfe, fünf Minuten vom Hause entfernt! Bei
nassem Wetter fand Goethe hier nirgends einen trockenen,
bei heißem nie einen schattigen Weg. So hielt er sich
auf seinem Landsitze nicht öfter oder länger auf, als es
nötig wurde; und er atmete auf, als der zweite Pächter
bereit war, das Gut zu kaufen. Am 14. Juli 1803
übergab er es ihm. Fünf Jahre lang also hatte er
drei Häuser und drei Gärten gehabt[1]).

Im Frühjahr 1802 bezog Schiller ein eigenes Haus
an der Esplanade; er und die Gattin wünschten, wie
es die Regel ist, noch allerlei Änderungen darin, und

---

[1]) Und außerdem gehörte ihm seit 1796 ein Krautland
an der Stelle des jetzigen Grundstückes Lassenstr. 27.

alsbald litt der Dichter gar sehr unter den Handwerkern. „Ich sehne mich sehr nach einem ruhigen Aufenthalt," schrieb er am 12. Juni 1802 an Goethe, der sich damals in Lauchstädt aufhielt, „denn bei mir geht es jetzt sehr lärmend zu, da oben und unten gehämmert wird, und der Boden zittert, ganz buchstäblich genommen, unter meinen Füßen." Nun bot Goethe selber dem Freunde sein Gartenhaus als Zuflucht an.

Sie werden einen Schlüssel zu meinem Garten und Gartenhaus erhalten. Machen Sie sich den Aufenthalt einigermaßen leiblich und genießen der Ruhe, die in dem Tale herrscht!

Aber nun griff Schiller nicht zu; er war zu krank, um die gewohnte Umgebung verlassen zu dürfen.

In diesen Jahren ging Christiane öfter in den alten Garten hinunter als ihr Freund. Sie hielt auf den praktischen Nutzen; zum Beispiel verbrachte sie 1802 einen ganzen Frühjahrstag, den 27. April, auf dem Krautacker, und am nächsten Morgen ging sie schon um 6 Uhr zum alten Garten hinunter, wo sie auch Kartoffeln legte. „Ich bin recht fleißig im alten Garten", schrieb sie am 1. Mai, „und freue mich sehr über die Baumblüte; denn, wenn es so bleibt, als es aussieht, so kriegen wir dies Jahr Obst, daß wir nicht wissen, wohin damit." Aber natürlich fanden sich allemal Liebhaber des Obstes; Frau v. Stein, Minister v. Voigt und andere Freunde bekamen jedes Jahr ihre Proben. Der Spargel des Gartens wurde auch öfters verkauft. Einige Male kam es vor, daß Christiane verreiste und Goethe in Weimar blieb; dann versäumte er nicht, sie über die Gärten zu beruhigen. August habe das Heu-

machen besorgt, meldete er ihr im Juni 1803: „gehauen
ist es und wird bei dem schönen Wetter wohl auch bald
hereinkommen."

Christiane versammelte aber auch ihre Freunde manchmal hier im Grünen. „Übrigens sind wir wie immer
lustig und froh," plauderte sie in einem Briefe vom
11. Mai 1804, „ich habe oft Gesellschaft im alten Garten."

ى

Im Frühjahr 1805 starb Schiller. Nicht lange danach wurden Verse aus seinem größten Gedichte in un-
heimlicher Weise zeitgemäß. „Holder Friede!" diese
Worte hatten jetzt einen andern Sinn, als ihn Goethes
Anrede: „süßer Friede!" vor vierzig Jahren gehabt hatte.
„Komm' ach komm' in meine Brust!" hatte Goethe damals
gebetet; Schiller aber meinte mit dem Worte Frieden
das ganz gewöhnliche, ruhige, bürgerliche Dasein, das
plötzlich den Menschen als größtes Glück erscheint, wenn
nämlich der Kriegslärm in nächster Nähe ertönt. Jetzt
sprach Mancher Schillers Worte nach:

> Möge nie der Tag erscheinen,
> Wo des rauhen Krieges Horden
> Dieses stille Tal durchtoben!
> Wo der Himmel,
> Den des Abends sanfte Röte
> Lieblich malt,
> Von der Dörfer, von der Städte
> Wildem Brande schrecklich strahlt!

Im Herbst 1805 begannen die Einquartierungen
fremder Truppen in Thüringen; als dann im Herbst
des nächsten Jahres der Krieg zwischen Napoleon

und Preußen endlich zum Ausbruch kam, ward es
bald deutlich, daß der erste große Zusammenstoß gerade hier, an der Saale und Ilm, zu erwarten war.
Weimar war das Hauptquartier des preußischen Königs.

Am 13. Oktober ging Goethe mit Andern hinaus,
um die ausgebreiteten Lager am Stern und am Webicht
zu sehen. Er erzählte seinen Begleitern: „Gestern haben
mir die Soldaten die Fenster und Möbel in meinem
Gartenhause zerschlagen." Darein muß man sich schicken:
für solche Gäste ist alles Holz Brennholz!

Am nächsten Tage wurden diese Preußen bei Jena
schmählich geschlagen. Die Franzosen plünderten Weimar;
das leere Gartenhaus bot nichts von Dem, was sie
suchten.

Christiane ward, nachdem der erste Sturm vorüber
war, Goethes angetraute Frau. Aber nach wie vor lebte
sie in ihren Gedanken und Neigungen in einer geringeren
Welt als er und seine Freunde; sie war seine geliebte
Haushälterin, aber sie konnte nicht völlig seine Gattin
sein; sie machte keine gute Figur, wenn er sie in seine
gesellschaftlichen Kreise hineinzog. Wohl erwies man
ihr, da sie nun doch einmal die Frau Geheimrätin
v. Goethe war, die nötigsten Höflichkeiten; selbst
Frau v. Stein überwand sich dazu, sie einigermaßen
anzuerkennen. Aber es blieb ein Scheinwesen und für
beide Teile unbehaglich. Die vornehmen Damen, mit
denen sie Besuche austauschte, schnitten Gesichter, wenn
sie den Rücken wandte, und oft genug erfuhr die arme
Christiane, was man Spöttisches oder Feindliches von
ihr geredet hatte. Da suchte denn Goethe immer wieder
in Gedanken ein Plätzchen, wo er den hochadligen und

auch den gelehrten Damen und Herren ferner war als
in Weimar, Jena und Karlsbad.

Am 13. September 1808 starb Goethes Mutter.
Im Oktober begab sich Christiane der Erbschaft wegen
nach Frankfurt, und nun kam ihrem Gatten ein neuer
seltsamer Gedanke: ob er nicht dort in der Vaterstadt,
deren Bürgerrecht er noch besaß, in der Menge des
Handel und Gewerbe betreibenden Stadtvolks wenig
beachtet, mit Christianen eine abseitige Ferienstätte haben
könnte. So gut aber gefiel es Christianen in der fremden
Stadt nicht, wie es Goethe aus ihrem ersten Briefe
herausgelesen hatte, und so ließ er den Plan wieder fallen.

Die Bäume leben lange, wenn der Mensch sie
nicht vernichtet, und im unteren Garten waren die
meisten jünger als ihr Herr. Nur der Wacholder,
unter dem Goethe so manche Stunde zeichnend, lesend,
träumend, schreibend verbracht hatte, kränkelte; er
trieb keine neuen Knospen und Spitzen mehr. In
der Nacht zum 30. Januar 1809 tobte ein gewal-
tiger Sturm, und als er sich beruhigt hatte, fand
man den alten Baum umgestürzt am Boden liegen.
Am 3. Februar ging Goethe allein hin, ihn zu sehen;
am Nachmittage brachte er die Seinen zu dem alten
Freunde; auch den großen Naturforscher Lorenz Oken,
der bei ihm zu Tisch gewesen war, führte er hin. Er
ließ den Baum, wie er jetzt dalag, abzeichnen, sodann
alles gesunde Holz sorgfältig ausschneiden und aufheben.
Sein August, jetzt Student in Heidelberg, sollte von
diesem seltenen Holze sich ein Möbel nach Wunsch
machen lassen; einige Freunde, z. B. Professor Blumen-
bach in Göttingen, der solche Seltenheiten liebte, sollten

Dosen und andere kleine Gegenstände davon haben. Schließlich ließ Goethe nur kleine Sachen daraus anfertigen, damit Viele etwas bekamen, denn, sagte er, „Wacholderholz ist zu keinem Preise wieder zu haben." Die Zeichnung des Baumes ward auf der Herzoglichen Bibliothek aufgehoben; noch am 29. März 1818 entwarf Goethe eine Unterschrift darunter:

Oben gezeichneter Wacholderbaum stand in dem Garten des Herrn Geheimen Rat v. Goethe am Stern. Die Höhe vom Boden bis dahin, wo er sich in zwei Äste teilte, war 12 hiesige Fuß, die ganze Höhe 43 Fuß. Unten an der Erde hielt er 17 Zoll im Durchmesser: da, wo er sich in die beiden Äste teilte, 15 Zoll. Jeder Ast 11 Zoll, und nachher fiel er ab, bis sich die Spitzen ganz zart verzweigten. — Von seinem äußerst hohen Alter wagt man nichts zu sagen. Der Stamm war ein wenig vertrocknet, das Holz desselben mit horizontalen Rissen durchschnitten, wie man sie an den Kohlen zu sehen pflegt, von gelblicher Farbe und von Würmern zerfressen. — Der große Sturm, welcher in der Nacht vom 30. zum 31. Januar wütete, im Jahre 1809, riß ihn um. Ohne dieses außerordentliche Ereignis hätte er noch lange stehen können. Die Gipfel der Äste sowie die Enden der Zweige waren durchaus grün und lebendig[1]).

Christiane hätte auch in den folgenden Jahren noch gern ein günstiges Tauschgeschäft mit dem Herzoge ge-

---

[1]) Es sind in der Großherzoglichen Bibliothek zwei Zeichnungen dieses Baumes mit Unterschriften vorhanden, einander sehr ähnlich. Leider zeigt keine, wo der Baum stand. Ich hörte behaupten, daß er an der Nordostecke des Hauses gestanden habe, zwei oder drei Meter davon ab. Vermutlich ist es der Baum, den wir auf Westermeyers Zeichnung von 1793 an jener Stelle sehen. Auch das älteste Bild der Gegend, das Herrn Dr. Klippenberg gehörige Aquarell, hat an dieser Nordostecke zwei Bäume, die dem Wacholder gleichen.

macht. Im Sommer 1809 bemühte sich Karl August,
den beiden Straßen rechts und links vom äußeren
Frauentor, der Brauhausstraße und der Ackerwand, ein
prächtigeres Aussehen zu geben; auch wünschte er, die
Zahl der besseren Wohnungen, an denen in Weimar
großer Mangel war, zu vermehren. Goethe hatte schon
vor Jahren zur Bebauung der Ackerwand geraten. Der
Herzog war nun bereit, Leuten höheren Standes, die
dort ansehnliche Gebäude errichten wollten, die Bau-
plätze zu schenken. An der Ackerwand sollten fünf
Häuser errichtet werden, und zwar auf einem Teile des
bisherigen Wälschen Gartens; die ersten Häuser kamen
Goethes Stadtgarten gegenüberzustehen, konnten ihm
vielleicht Luft und Licht nehmen. Da lag der Gedanke
nahe, ob nicht Goethe selber einen Bauplatz verlangen
und das neue Haus mit dem Kaufgelde für den unteren
Garten erbauen solle. Christiane hatte große Lust dazu;
ihr Gatte dachte ernstlich darüber nach; dann entschied er:

Mit den Bauplätzen im Wälschen Garten wollen wir
uns nicht abgeben. Soviel kann ich Dir zum Troste sagen,
daß die Häuser weit hineingerückt werden und uns eine nahe
Nachbarschaft künftig nicht zur Last fällt. Auch ist meine
alte und neue Gesinnung: den untern Garten für uns und
besonders für August zu erhalten[1].

∞

---

[1] Von den hier gemeinten Häusern sind Die an der
Brauhausstraße, der heutigen Kaiserin Augusta-Straße,
wirklich gebaut. Es sind die jetzigen Nummern 2, 4, 6; auch
den Balkon daran hat Karl August selber bezahlt. Der
Wälsche Garten blieb zum größten Teil als freier Platz erhalten: nur das herrschaftliche Gebäude Ackerwand 4 besetzte
diejenige der fünf Stellen, die für Goethe die nächste war.

Wir dürfen nicht glauben, weil Christiane auf bessere Verwertung des Gartens am Stern sann, daß sie ihn etwa nicht auch geliebt habe. Sie wohnte sogar einmal hier draußen allein, im Frühsommer 1810, ehe sie nach Lauchstädt ging. Sie konnte jetzt auch wieder mit ihrem Sohne hinuntergehen; August war von der Hochschule zurückgekehrt und hatte wie sie einen praktischen, haushälterischen Sinn.

Noch einmal aber pachtete der Herzog den Garten für seine Kinder; diesmal waren es nicht Prinzen und Prinzessinnen, sondern die Söhnchen seiner Geliebten Karoline Jagemann, die er zur Frau v. Heygendorff erhoben hatte. Ihre Winterwohnung hatte sie im alten Deutsch-Ordens-Komturhaus an der Stadtkirche; den Spätsommer 1810 verbrachte sie in Goethes Garten. Auch im nächsten Sommer wohnte sie dort, und ihre Kinder waren glücklich in der freien Natur. So kam der Herzog auf den Gedanken, den Garten, den er vor 36 Jahren Goethen geschenkt hatte, für die Seinen als Eigentum zurück zu gewinnen; der Minister Voigt mußte zwischen ihm und Goethen vermitteln. Zwei Briefchen des Herzogs, die offenbar 1812 geschrieben wurden, sind erhalten,

Goethe will seinen Garten verkaufen; er hätte gern Geld dafür, aber die Frau will Dieses nicht, weil sie weiß, daß es versplittert würde. Sie wünscht lieber Grundstücke. Lassen Sie nachsehen, was die Kammer an Krautländereien in der hiesigen Flur noch besitzt!

— — — — — — —

Goethen hatte ich den Garten auf ein Jahr für 150 Taler abgemietet, ohne mit ihm handeln zu wollen, weil ich wußte, daß er Geld brauchte. Das Jahr darauf habe ich ihn wieder stillschweigend für dieses Geld behalten. Nun wird mir das Ding zu lang, und ich hatte den Pacht auffagen lassen. Er hat sich neulich geäußert, daß, wenn ich seiner Witwe eine mäßige Pension aussetze, er den Garten wohlfeil lassen wollte. Die Frau meinte dabei, daß ihr Land lieber sei als Geld. Auf ungefähr 80 Taler Interesse schlagen sie den Wert des Gartens an. Ich kann den Garten der Kinder wegen nicht gut entbehren.

Wie konnte jetzt der alte Dichter fast bereit sein, den Garten herzugeben? Die Jahreszahl erklärt es vielleicht, denn die allgemeine Verarmung in der Franzosenzeit brachte auch dem Staatsminister v. Goethe häufige Geldverlegenheiten und beständige Sorgen über das Auskommen. Der untere Garten war im Grunde doch ein Luxus. Andere würden ihn viel besser ausnützen, als er und die Seinen es taten. Aber auch diesmal kam der Entschluß, dies erinnerungsreiche Eigentum fortzugeben, nicht völlig zu stande. Frau v. Heygendorff fand ein anderes Plätzchen für die Sommermonate: sie hatte in Goethes Hause und Garten allerlei herrichten und einrichten lassen; Das bot sie nun, im Januar 1812, dem verbleibenden Eigentümer für 46 Taler und 16 Groschen an. Goethe ging gern darauf ein.

Sie sind gar zu liebenswürdig, schöne Freundin, daß Sie außer Ihrem persönlichen Andenken auch noch die äußeren Verzierungen und Verbesserungen in dem Garten lassen wollen, wodurch Sie ihn verschönert haben.

☙

Eine Liebende von ganz anderer Art, als sie bisher hier eingekehrt waren, nistete sich um diese Zeit im Gartenhause, wenn auch nur auf wenige Tage, ein: Bettina, die Tochter jener Maximiliane Brentano, die

einst in Frankfurt Goethes Mitleid erregt hatte, als
sie von ihrer Mutter, der berühmten schöngeistigen
Sophie v. La Roche, an einen verdrießlichen alten
Mann verschachert worden war. Jetzt liebte Bettina
den ehemaligen Freund ihrer toten Mutter; sie liebte ihn,
wie ihn Niemand sonst liebte oder geliebt hatte: rein,
selbstlos, tief, treu, verzückt, verrückt und doch auf dem
guten Grunde der Seelenverwandtschaft, bald mit bräut-
lichem, bald mit kindlichem Herzen, bald wie ein Mädchen
sehnend, bald wie ein Knabe schwärmend, bald wie ein
Frommer zu Gott hinaufschauend. Goethe ließ sich das
wunderliche Geschöpf und ihre Verehrung gefallen; zuweilen lehnte er ihre Überschwenglichkeit sanft ab; oft
erquickte er sich an der Poesie, die aus allen ihren
Reden und Briefen hervordrang. In welchem Jahre
er ihr erlaubte, im Gartenhause zu schlafen — zum
ersten Male kam sie 1807 —, geht aus Bettinas un-
ordentlichen Berichten nicht hervor; es mag im
August 1811 gewesen sein, als sie bereits mit Achim
v. Arnim verheiratet war. Jedenfalls aber hat auch
dieses Fleckchen an der Ilm wie so mancher Platz im
Rheingau und in Hessen in ihren Briefen Leben und
Sprache gewonnen.

In Deinem Garten ist's so schön! Alle meine Gedanken
sind Bienen; sie kommen aus Deinem duftenden Garten
zum Fenster hereingeflogen, das ich mir geöffnet habe, und
setzen da ihren Honig ab, den sie in Deinem blütenreichen
Garten gesammelt haben. — Und so spät es ist, nach Mitternacht schon, so kommen sie doch noch einzeln und umsummen
mich und wecken mich aus dem Schlaf. Und die Bienen
Deines Gartens und die Bienen Deines Geistes summen
untereinander — — —

Daß ich in Deinem Garten schlafe eine Nacht, Das ist wohl ein groß Ereignis! Du haft oft hier herrliche Stunden verlebt, allein und mit Freunden, und nun bin ich allein hier und denke Dem allen nach und sehe im Geist Dem allen zu. Ach, und wie ich heute, eh' ich in's stille, verlassene Haus eintrat, noch den Berg hinaufging zum obersten Baum, der so mit mannigfachem Grün umwachsen ist, das all von Deiner Hand geleitet wurde, der seine Äste schützend über den Stein verbreitet, in den die Weihe der Erinnerung eingegraben ist! Dort oben stand ich ganz allein; ein wenig Mondlicht stahl sich durch den Baum; ich fühlte an der Rinde des Baumes nach den eingeschnittenen Buchstaben. — — —

Da oben sah ich Dein Haus erleuchtet. Ich dachte: wenn Du bei diesem Lichte meiner harrteft und ich käm' herab den frischen Mondscheinweg mit so wohl vorbereitetem Herzen und ich träte ein bei Dir, wie freundlich Du mich aufnehmen würdeft! Bis ich herabkam, hatte mir meine Einbildungskraft weisgemacht, es könne möglich sein, daß Du da seift, und obschon ich wußte, daß dies Licht allein in meiner Kammer brenne, denn ich hatte es ja selber angezündet, so öffnete ich doch mit Zagen die Tür. Und wie ich diese stille Einsamkeit gewahrt, auf dem Tisch die getrockneten Pflanzen und an den Wänden die Steine und Muscheln und die Schmetterlinge — und das erhabene Dunkel, was mit den Strahlen der Lampe spielte: und wie ich da eintrat, da blieb ich am Türpfosten angelehnt stehen und holte erst Atem.

Und nun lieg' ich in diesem Bettchen zum Schlafen. Es ist hart, das Bett: ein einziger Strohsack und eine wollene Decke darüber, und zum Zudecken eine graue Decke mit bunten Blumen. Und kein Mensch weiß, daß ich die Nacht hier zubringe, als nur Du . . .

In Dir bin ich meiner Jugend bewußt. Ich sehe sie alle, die goldenen Tage, die ich in Dir verlebte, gekrönt ein jeder mit wunderbaren Blüten. Stolz und erhaben einherschreitend, feurigen raschen Geistes, unberührt, keusch, vor der Einsamkeit sich flüchtend in höhere Regionen. Ein milder Schimmer durchglänzt sie: es ist der Abendschein Deines

Lebens. Ach, und der heutige Tag ist auch ein solcher; er
schließt sich an die Reihe der verflossenen an: majestätisch!
triumphierend! — obzwar ich allein bin hier im verlassenen
Haus, ohne Einrichtung, mich zu empfangen — hier sind noch
die Spuren des vergangenen Winters! — — —

· Ich glaub' an Deine Gegenwart in diesem einsamen
Gemach. Ich glaub', daß Du mich hörst, mich empfindest.
Ich spreche mit Dir. Du fragst, ich antworte Dir. — —

Ja, ich will glauben, daß Du da bist, und will keine
Hand nach Dir ausstrecken, damit ich Dich nicht verscheuche.
Und doch berührst Du mich; die Luft verändert sich; der
Schimmer der Lampe, die Schatten, Alles gewinnt Bedeutung.

Den 3. September. Die Vögel sind schon gewohnt, daß
ich hier sitze, unbeweglich still. Wie ist's doch so wunderlich
hier im fremden Land! Hierher bin ich gekommen an den
verlassenen Ort, um tief in mich selbst zu versinken. . . .

Die Sonne geht unter; ihr Purpurrot breitet sich über
Deinen Garten. Ich sitze hier allein und übersehe die Wege,
die Du durch diese Auen geleitet hast. Alle sind verlassen;
nirgend geht einer. So einsam ist's, so ganz bis in die
Ferne, und so lange schon hab' ich drauf gewartet. Alles
soll schweigen; dann wollt' ich mich besinnen und mit Dir
sprechen — und jetzt fühl' ich mich so verzagt in der all-
mächtigen Stille. Den Vogel im Busch hab' ich verscheucht;
die Glockenblumen schlafen. Der Mond und der Abendstern
winken einander: wo soll ich mich hinwenden?

Der Baum, in dessen Rinde Du meinen Namen ein-
geschnitten hast, den hab' ich verlassen und bin herabgegangen
zur Haustür und hab' die Stirne auf das Schloß gelegt, das
Deine Hand wie oft aufgedrückt. . . .

Ich sitze hier auf der Bank in der Dämmerung, wo der
sinkende Tag vom aufgehenden Mond noch das Licht borgt,
und freue mich, meine Welt im Zwielicht zu überschauen.
Vor wenig Minuten lag Alles noch in Sonnenglanz; da
war ich unruhig, ob ich bleiben oder gehen sollte. Jetzt, seit

der Mond gestiegen ist, weiß ich, daß ich bleibe. In seinem Licht erkenn' ich meine Welt; seine Strahlen ziehen mich in ihren Zauberkreis, und was ich auch Unglaubliches für wahr halte, Das verneint er nicht wie das Sonnenlicht. Er schmiegt sich schmeichelnd in den Schoß der Täler, und ich fühle deutlich, wie sie ihn liebt, die Natur, und wie er ihr geneigt ist, der Mond.

— — — — — — — — — — — —

Auf diesem Hügel übersch' ich meine Welt!
Hinab in's Tal, mit Rasen sanft bekleidet,
Vom Weg durchzogen, der hinüberleitet,
Das weiße Haus inmitten aufgestellt:
Was ist's, worin sich hier der Sinn gefällt?

Auf diesem Hügel übersch' ich meine Welt!
Erstieg' ich auch der Länder steilste Höhen,
Von wo ich könnt' die Schiffe fahren sehen
Und Städte fern und nah, von Bergen stolz umstellt:
Nichts ist's, was mir den Blick gefesselt hält.

Auf diesem Hügel übersch' ich meine Welt!
Und könnt' ich Paradiese überschauen,
Ich sehnte mich zurück nach jenen Auen,
Wo Deines Daches Zinne meinem Blick sich stellt:
Denn Der allein umgrenzet meine Welt.

IX. Letzte Bilder.
1816 bis 1832.

So manchen Jahrgang neuer Menschen hatte Goethe nun schon in Weimar herankommen gesehen: allmählich war auch sein eigener Sohn in das Alter getreten, wo der junge Mann ernstlich unter den Töchtern des Landes wählt. Fräulein Ottilie v. Pogwisch reizte ihn, und um 1811 und 12 wußte er sie und ihre Freundin Adele Schopenhauer manchmal in den alten Garten zu locken. Solche Zusammenkünfte waren gar leicht und bequem, denn seit 1806 gehörte der ehemals Schmidtsche Garten der Oberhofmeisterin Gräfin Henckel v. Donnersmarck, der Großmutter Ottiliens; man hatte sich über den niedrigen Zaun hinweg schon hundertmal beobachtet und begrüßt, ehe die Mädchen den Weg zum Nachbargarten fanden. Ottiliens Mutter und Großmutter, altem Adel entsprossen, mochten jedoch von keiner Verschwägerung mit der ehemaligen Christiane Vulpius wissen; auch verfolgte August sein Ziel nicht treu und nicht klug; außerdem verliebte sich das junge Fräulein in einen verwundeten Lützower, der durch die Kriegsereignisse von 1813 nach Weimar versprengt und dort durch junge Patriotinnen versteckt, verpflegt und verwöhnt wurde. Dieses romantische Erlebnis ging vorüber; der Lützower kehrte in seine Heimat zu seiner Braut zurück, und wiederum fühlte Ottilie an den Hoftagen die schwarzen Augen des Kammerjunkers v. Goethe wie Glutkohlen gegen sich gerichtet. Ob er sie auch kaum jemals anredete, so wußte sie doch, daß dieser Mann sie liebte und daß er ihr Schicksal sei.

Am 6. Juni 1816 starb die Geheimrätin Goethe. Einige Wochen nachher stießen der alte Dichter und das

Fräulein v. Pogwisch an der Ackerwand auf einander,
und da Beide nur irgendwo spazieren wollten, so schlug
der alte Herr als Ziel seinen unteren Garten vor.
Ottilie erzählte ihrer Herzensschwester Adele alsbald
von diesem Begebnis.

Da trat ich wieder über die Schwelle, die ich in drei
Jahren nicht betreten hatte, war wieder in dem Raum eingeschlossen, in dem mancher Kindertraum geträumt worden
war, mancher duftige, glänzende Nebel mich getäuscht, und
der mich sehr glücklich, aber auch manchmal manche kindische
Träne unterdrücken sah.
Der Geheimrat war freundlich und gütig, begleitete mich
wieder zurück und schenkte mir Blumen. Wunderbar war
es, daß er mich immer nur auf dem einen Fleck herumführte
und ich nicht einen der Plätze betrat, die mir teuer gewesen.
Gewaltsam hielt ich mich aufrecht und die Augen klar, die
jeden Augenblick feucht werden wollten.

Am Sylvestertage verlobten sich August v. Goethe
und Ottilie v. Pogwisch. Als das Trauerjahr um Augusts
Mutter herum war, zog Ottilie in das große Haus
am Frauenplan ein und zugleich in den Garten an
der Ilm.
Weimar hieß jetzt ein Großherzogtum; sein Fürst
hatte die Kriegsjahre hinter sich und ward als der
biedere, duldsame Landesvater, der Jedem Freiheit
und Frohsinn gönnte, geliebt. Goethe war nun auch
durch sein Alter dem Kampf der Mitläufer entrückt.
Viele seiner jüngeren Zeitgenossen sahen ihn schon wie
eine Sagengestalt; er war ihnen der erhabene alte
König der Geister, vor dem sich im Kampf der Parteien die Klingen senkten. Er wußte freilich selber am
besten, daß auch jetzt nur Wenige ihm innerlich nahe-

standen und daß nur ein kleiner Teil seiner Werke
seinen Landsleuten verständlich geworden war. Aber
immer wieder näherte sich ihm doch auch ein innerlich
Verwandter; und im übrigen fügte er sich mit heiterem
Verzichten in das Schicksal der großen Geister: daß sie
sich untereinander über den ganzen Erdball und über
die Jahrtausende hinweg unterhalten müssen, während
die Kleinen an jedem Tage in ihrer eigenen Gasse die
Genossen finden.

In seinen Bestrebungen blieb er, der er immer
gewesen war. Lernen und Erkennen war nach wie vor
sein tägliches Bedürfnis. Wohl mußte er das Ende
des Lebens demnächst erwarten, aber Das war ihm kein
Grund, im Forschen nachzulassen. Seine Wiedergabe
des Empfangenen, seine Schnelle in der Arbeit konnte
freilich nicht mehr dieselbe sein wie in jungen Jahren;
aber oft geschah an ihm gleichsam eine Verjüngung,
und dann erstaunten Nahe und Ferne über seine er-
neuerte Schaffenskraft. Auch darin blieb er sich selber
gleich, daß er in all seinem Streben und Wirken treu
und untreu war: immer wieder ließ er die angefangenen
Werke fallen, während ein Anderer sich bemüht hätte,
eine Arbeit nach der andern fertig zu machen und sie
der Welt zu übergeben; aber immer nahm er auch die
alten Fäden wieder auf und spann sie weiter. So hielt
er es mit seinen poetischen Werken, seinen wissenschaftlichen Forschungen, mit seinen amtlichen Arbeiten, mit
seinem Briefwechsel.

Und ebenso war er auch gegen seinen ‚unteren
Garten‘ untreu und treu zugleich. Oft vergingen
Monate, selbst in der schönen Jahreszeit, ohne daß er

sich an dieses Besitztum zu erinnern schien. Dann befahl er eines Tages bei der Ausfahrt dem Kutscher:
„nach Oberweimar und zurück am Stern vorbei!" Dann
stieg er bei'm Garten aus, ging die alten Gänge, sah
sich um, und von nun an ließ er sich alltäglich oder
jeden zweiten, dritten Tag hinabfahren, blieb oft über
Mittag dort, speiste allein oder in kleiner Gesellschaft,
verweilte bis zum Dunkelwerden. So hielt er es Wochen
hindurch, bis eines Tages seine Gedanken auf ein
anderes Ziel sich richteten und der Garten wieder in
Vergessenheit versank. Es gab Jahre, in denen er nur
einige Male hier erschien; in anderen Jahren kam er
zwanzig, dreißig, fünfzigmal, bald allein, bald mit Ottilien,
bald mit einem der Enkel, von denen der zweite „Wölfchen"
oder „Wolfi" sein Liebling wurde, oder mit einem der
Hausfreunde: Heinrich Meyer, Riemer, Eckermann,
Coudray, Kanzler v. Müller. Zuweilen auch mit einem
auswärtigen Gast: dem Tonsetzer Zelter, dem preußischen
Staatsrat Schulz, dem großen Altertumskenner Friedrich
August Wolf, dem feinen Leipziger Musikgelehrten
Rochlitz.

Zuweilen scheute und mied er den Garten, weil
ihn dort die alten Erinnerungen zu sehr vom gegenwärtigen Geschäft ablenkten. So fuhr er am 16. März
1824 mit Waltherchen, dem älteren Enkelsohne, hinunter,
ließ das Haus öffnen, lüften und reinigen; aber nach
Tisch meinte er zum Kanzler:

> Gerne würde ich öfter dort verweilen, wenn es nicht zu
> viel Apprehension gäbe. Die alten selbstgepflanzten Bäume,
> die alten Erinnerungen machen mir aber ganz unheimliche
> Eindrücke oft.

Und er erzählte, wie er in jenen Jahren, wo er dort völlig wohnte, oft des Nachts im Winter nach der Redoute im Tabarro hinausgelaufen sei. Dann kam er auf seine ersten Beschäftigungen mit den Naturwissenschaften:

Nie habe ich meine Naturstudien so innig als dort getrieben, die Natur mit ganz anderen Augen angeschaut und sie in jeder Stunde des Tags und der Nacht belauscht.

Trotz aller „Apprehensionen" lenkte Goethe acht Tage später den Wagen doch wieder zu diesen Erinnerungsstätten. Ein neuer junger Freund, der vorhin genannte Eckermann, begleitete ihn, und Dieser hat uns den Tag und den Garten sehr anschaulich beschrieben:

Mit Goethe vor Tisch nach seinem Garten gefahren.

Die Lage dieses Gartens, jenseit der Ilm, in der Nähe des Parks, an dem westlichen Abhange eines Hügelzuges, hat etwas sehr Trauliches. Vor Nord- und Ostwinden geschützt, ist er den erwärmenden und belebenden Einwirkungen des südlichen und westlichen Himmels offen, welches ihn besonders im Herbst und Frühling zu einem höchst angenehmen Aufenthalte macht.

Der in nordwestlicher Richtung liegenden Stadt ist man so nahe, daß man in wenigen Minuten dort sein kann, und doch, wenn man umherblickt, sieht man nirgend ein Gebäude oder eine Turmspitze ragen, die an eine solche städtische Nähe erinnern könnte; die hohen dichten Bäume des Parks verhindern alle Aussicht nach jener Seite. Sie ziehen sich links, nach Norden zu, unter dem Namen des Sterns ganz nahe an den Fahrweg heran, der unmittelbar vor dem Garten vorüberführt.

Gegen Westen und Südwesten blickt man frei über eine geräumige Wiese hin, durch welche in der Entfernung eines guten Pfeilschusses die Ilm in stillen Windungen vorbeigeht. Jenseits des Flusses erhebt sich das Ufer gleichfalls hügel-

artig, an deſſen Abhängen und auf deſſen Höhe in den
mannigfaltigen Laubſchattierungen hoher Erlen, Eſchen, Pappel-
weiden und Birken der ſich breit hinziehende Park grünt, indem er den Horizont gegen Mittag und Abend in erfreulicher
Entfernung begrenzt.

Dieſe Anſicht des Parks über die Wieſe hin, beſonders
im Sommer, gewährt den Eindruck, als ſei man in der Nähe
eines Waldes, der ſich ſtundenweit ausdehnt. Man denkt,
es müſſe jeden Augenblick ein Hirſch, ein Reh auf die
Wieſenfläche hervorkommen. Man fühlt ſich in den Frieden
tiefer Natureinſamkeit verſetzt, denn die große Stille iſt oft
durch nichts unterbrochen als durch die einſamen Töne der
Amſel oder durch den pauſenweiſe abwechſelnden Geſang
einer Walddroſſel.

Aus ſolchen Träumen gänzlicher Abgeſchiedenheit erweckt
uns jedoch das gelegentliche Schlagen der Turmuhr, das
Geſchrei der Pfauen von der Höhe des Parks herüber, oder
das Trommeln und Hörnerblaſen des Militärs der Kaſerne.
Und zwar nicht unangenehm, denn es erwacht mit ſolchen
Tönen das behagliche Nähegefühl der heimatlichen Stadt,
von der man ſich meilenweit verſetzt glaubte.

Zu gewiſſen Tages- und Jahreszeiten ſind dieſe Wieſen-
flächen nichts weniger als einſam. Bald ſieht man Landleute, die nach Weimar zu Markt oder in Arbeit gehen und
von dort zurückkommen, bald Spaziergänger aller Art längs
den Krümmungen der Ilm, beſonders in der Richtung nach
Oberweimar, das zu gewiſſen Tagen ein ſehr beſuchter Ort iſt.
Sodann die Zeit der Heuernte belebt dieſe Räume auf das
heiterſte. Hintendrein ſieht man weidende Schafherden, auch
wohl die ſtattlichen Schweizer Kühe der nahen Ökonomie.

Heute jedoch war von allen dieſen die Sinne erquickenden
Sommer-Erſcheinungen noch keine Spur. Auf den Wieſen
waren kaum einige grünende Stellen ſichtbar; die Bäume
des Parks ſtanden noch in braunen Zweigen und Knoſpen;
doch verkündete der Schlag der Finken ſowie der hin und
wieder vernehmbare Geſang der Amſel und Droſſel das
Herannahen des Frühlings.

Die Luft war sommerartig, angenehm; es wehte ein sehr linder Südwestwind. Einzelne kleine Gewitterwolken zogen am heiteren Himmel herüber; sehr hoch bemerkte man sich auflösende Cirrusstreifen. Wir betrachteten die Wolken genau und sahen, daß sich die ziehenden, geballten der unteren Region gleichfalls auflösten, woraus Goethe schloß, daß das Barometer im Steigen begriffen sein müsse.

Goethe sprach darauf sehr viel über das Steigen und Fallen des Barometers, welches er die Wasserbejahung und Wasserverneinung nannte. Er sprach über das Ein- und Ausatmen der Erde nach ewigen Gesetzen, über eine mögliche Sündflut bei fortwährender Wasserbejahung. Ferner: daß jeder Ort seine eigene Atmosphäre habe, daß jedoch in den Barometerständen von Europa eine große Gleichheit stattfinde. Die Natur sei inkommensurabel, und bei den großen Irregularitäten sei es sehr schwer, das Gesetzliche zu finden.

Während er mich so über höhere Dinge belehrte, gingen wir in dem breiten Sandwege des Gartens auf und ab. Wir traten in die Nähe des Hauses, das er seinem Diener aufzuschließen befahl, um mir später das Innere zu zeigen. Die weiß abgetünchten Außenseiten sah ich ganz mit Rosenstöcken umgeben, die, von Spalieren gehalten, sich bis zum Dache hinaufgerankt hatten. Ich ging um das Haus herum und bemerkte zu meinem besonderen Interesse an den Wänden in den Zweigen des Rosengebüsches eine große Zahl mannigfaltiger Vogelnester, die sich vom vorigen Sommer her erhalten hatten und jetzt bei mangelndem Laube den Blicken freistanden, besonders Nester der Hänflinge und verschiedener Art Grasmücken, wie sie höher und niedriger zu bauen Neigung haben.

Goethe führte mich darauf in das Innere des Hauses, das ich vorigen Sommer zu sehen versäumt hatte. Unten fand ich nur ein wohnbares Zimmer, an dessen Wänden einige Karten und Kupferstiche hingen, desgleichen ein farbiges Porträt Goethes in Lebensgröße, und zwar von Meyer gemalt bald nach der Zurückkunft beider Freunde

aus Italien.   Goethe erscheint hier im kräftigen mittleren
Mannesalter, sehr braun und etwas stark.   Der Ausdruck
des wenig belebten Gesichts ist sehr ernst; man glaubt einen
Mann zu sehen, dem die Last künftiger Taten auf der
Seele liegt.

Wir gingen die Treppe hinauf in die oberen Zimmer;
ich fand deren drei und ein Kabinettchen, aber alle sehr klein
und ohne eigentliche Bequemlichkeit.   Goethe sagte, daß er
in früheren Jahren hier eine ganze Zeit mit Freuden gewohnt und sehr ruhig gearbeitet habe.

Die Temperatur dieser Zimmer war etwas kühl, und
wir trachteten wieder nach der milden Wärme im Freien.
In dem Hauptwege in der Mittagssonne auf und ab-
gehend, kam das Gespräch auf die neueste Literatur, auf
Schelling und unter anderem auch auf einige neue Schau-
spiele von Platen.

Bald jedoch kehrte unsere Aufmerksamkeit auf die uns
umgebende nächste Natur zurück.   Die Kaiserkronen und Lilien
sproßten schon mächtig; auch kamen die Malven zu beiden
Seiten des Weges schon grünend hervor.

Der obere Teil des Gartens, am Abhange des Hügels,
liegt als Wiese mit einzelnen zerstreut stehenden Obstbäumen.
Wege schlängeln sich hinauf, längs der Höhe hin und wieder
herunter, welches einige Neigung in mir erregte, mich oben
umzusehen.   Goethe schritt, diese Wege hinansteigend, mir
rasch voran, und ich freute mich über seine Rüstigkeit.

Oben an der Hecke fanden wir eine Pfauhenne, die
vom fürstlichen Park herübergekommen zu sein schien; wobei Goethe mir sagte, daß er in Sommertagen die Pfauen
durch ein beliebtes Futter herüberzulocken und herzu-
gewöhnen pflege.

An der anderen Seite den sich schlängelnden Weg herab-
kommend, fand ich vom Gebüsch umgeben einen Stein mit
den eingehauenen Versen des bekannten Gedichts: „Hier
im Stillen gedachte der Liebende seiner Geliebten" und ich
hatte das Gefühl, daß ich mich an einer klassischen Stelle
befinde.

„Hier gedachte ſtill der Liebende ſeiner Geliebten."

Aufnahme von Prof. Otto Raſch in Weimar.

Ansicht des Gartenhauses zwischen 1820 und 1830.

Federzeichnung von Samuel Rösel.

Goethe-National-Museum in Weimar.

Ganz nahe dabei kamen wir auf eine Baumgruppe
halbwüchsiger Eichen, Tannen, Birken und Buchen. Unter
den Tannen fand sich ein herabgeworfenes Gewölle eines
Raubvogels; ich zeigte es Goethen, der mir erwiderte, daß
er dergleichen an dieser Stelle häufig gefunden, woraus ich
schloß, daß diese Tannen ein beliebter Aufenthalt einiger
Eulen sein mögen, die in dieser Gegend häufig gefunden
werden.

Wir traten um die Baumgruppe herum und befanden
uns wieder auf dem Hauptwege in der Nähe des Hauses.
Die soeben umschrittenen Eichen, Tannen, Birken und Buchen,
wie sie untermischt stehen, bilden hier einen Halbkreis, den
inneren Raum grottenartig überwölbend, worin wir uns auf
kleinen Stühlen setzten, die einen runden Tisch umgaben.
Die Sonne war so mächtig, daß der geringe Schatten dieser
blätterlosen Bäume bereits als eine Wohltat empfunden
ward. „Bei großer Sommerhitze“, sagte Goethe, „weiß ich
keine bessere Zuflucht als diese Stelle. Ich habe die Bäume
vor vierzig Jahren alle eigenhändig gepflanzt; ich habe die
Freude gehabt, sie heranwachsen zu sehen, und genieße nun
schon seit geraumer Zeit die Erquickung ihres Schattens.
Das Laub dieser Eichen und Buchen ist der mächtigsten
Sonne undurchdringlich; ich sitze hier gern an warmen
Sommertagen nach Tische, wo denn auf diesen Wiesen und
auf dem ganzen Park umher oft eine Stille herrscht, von der
die Alten sagen würden, daß der Pan schlafe.“

Indessen hörten wir es in der Stadt zwei Uhr schlagen
und fuhren zurück.

ᘛ

Die Ehe zwischen August und Ottilien war ein
paar Jahre dem Anschein nach glücklich genug, obwohl der Gedanke an Scheidung recht früh auftauchte;
dann lebten die Eheleute neben einander hin: ihre
Naturen waren gar zu verschieden. Beide suchten Er-
satz für die Liebe, die die Ehe nicht bot, und so wurde

auch wohl für Beide der alte Garten manchmal eine
Stätte heimlichen Stelldicheins. Dabei hatten Beide
wirklich große Eigenschaften, und bald versuchte August,
bald Ottilie den höflich-häuslichen Verkehr wieder zur
Freundschaft zu steigern. Freilich konnten sie nur mit
Wehmut einander an den Platz erinnern, wo ihre
Liebe zuerst zu Zeichen und Worten gekommen war.
„Heut' wollt' ich nach Belvedere gehn", begann August
einmal einen Reimbrief an seine Frau; die Freunde,
die ihn begleiten wollten, seien aber ausgeblieben:

> Doch da ich auf dem Weg einmal,
> So ging's über Berg und durch das Tal,
> Zuletzt aber — es läßt sich wohl erwarten —
> Ging's wieder in den unteren Garten.
> Und Spargel wurde weidlich gestochen:
> Der hatte sich nicht wie die Freunde verkrochen.
> Doch wie ich drei Pfund zusammengebracht,
> Da kam die Mutter [Pogwisch]; sie wollt' in ihren
> Und dort die schönen Blumen warten.   [Garten
> Ich bot mich zum Begleiter an:
> Darauf ging's schnell den Berg hinan.
> Und als wir in den Garten kamen,
> Die Gießkanne zur Hand wir nahmen:
> Da wurden alle Asche [= Blumentöpfe] begossen,
> Die hatten lange nichts Nasses genossen.
> Und da man sich nun wieder gesetzt,
> So wurde am Klatsche sich weidlich ergetzt. . . .

Aber solche Versuche zur Gemütlichkeit und Herz-
lichkeit schlugen gewöhnlich fehl. Ottilie glaubte immer
wieder ihr männliches Idealbild in einem Engländer
oder Schotten oder Iren zu erfassen; und August ging
auch seine eigenen Wege; von früh auf hatte er das
Trinken zu gut gelernt.

August v. Goethe.
Nach einem Pastell im Besitze der Gräfin Emma Luise Henckel v. Donnersmarck.

Zeichnung von Freiherrn Alexander v. Ungern-Sternberg.
Nach einer Radierung im Besitze der Gräfin Emma Luise Henckel v. Donnersmarck.

Der alte Vater sah diesen Dingen schweigend-
leidend zu und richtete die Augen mit Gewalt auf das
verbleibende Tröstliche, auf die Brauchbarkeit und
Güte Augusts, die Liebenswürdigkeit und feine Bildung
Ottiliens, auf die hübschen Enkelkinder. Sein Haus
war, seit Ottilie darin als Dame waltete, für Einheimische und Fremde eine Stätte feiner Geselligkeit.
Auch im unteren Garten machte sie oft die liebens-
würdige Wirtin.

Zuweilen lud auch der alte Herr seine Freunde
abends in den unteren Garten oder bot vormittags
oder mittags „eine kleine Kollation." „Wir haben mit
ihm in seinem Parkgarten unschätzbare köstliche Abende
verlebt", schreibt der Kanzler v. Müller im Juli 1825
an den Grafen Reinhard, und aus Müllers Tagebuch
tritt uns auch eine schöne Vormittagsstunde desselben
Monats und Jahres deutlich entgegen. Goethe gab
ein Frühstück zu Ehren der Gräfin Rapp, die sich einige
Wochen in Weimar aufhielt. Sie war die Witwe des
elsässischen Generals, der am 14. Oktober 1806 unter
den ersten Siegern in Weimar eingeritten war, und sie
war nun hier zu Besuch bei ihrer Schwester, der Hof-
marschallin v. Spiegel. Ebenso anmutig im Benehmen
wie in ihrer äußeren Erscheinung, gefiel sie allgemein,
und wie sie nun im kirschbraunen Kleid und weißen
Basthut durch den Garten sich führen ließ, Alles bewunderte und Rosen und Eichenzweige zum Andenken
erbat, verliebte sich der Kanzler, der sich immer leicht
verliebte, gar heftig in sie, und auch Goethe vergaß
fast seine Jahre vor diesem schönen Frauenbilde. Die
Gräfin aber war entzückt von Goethes Frische und Lie-

benswürdigkeit. Ein plötzlicher Regenguß trieb die fröhlich-erregte Gesellschaft in's Haus, und nun sah man aus den kleinen Fenstern in den Garten und auf die Wiesen hinab: „Ist es doch," sagte die Liebliche, „als ob man weit, weit von allem Gewühl und Drang der Stadtwelt weggezaubert wäre!"

Um zwei Uhr mußte sie abfahren; Müller gab ihr ein Parkbildchen und einen Strauß von Vergißmein-nicht mit; von Goethes Hand bekam sie später die an-genehmste Huldigung:

> Zu dem Guten, zu dem Schönen
> Werden wir uns gern gewöhnen;
> An dem Schönen und dem Guten
> Werden wir uns frisch ermuten:
> So bedarf es Deinen Wegen
> Weiter keinen Reisesegen!

Auch wenn er für sich allein hier herumging, er-labte sich sein Auge an Bildern, die er in tiefen Zügen genoß. So, wenn im Juli das ganze Häuschen bis an das Schindeldach von blühenden Rosen umwunden war; sein Sohn mußte den berühmten Bildhauer Rauch einmal hinunterführen, damit er die Rosenwände sehe. Oder wenn das Grün überall so üppig trieb, daß man von übermäßiger Fülle reden mochte. Oft sah er an seinen Bäumen empor oder an denen des nahen Parks, erfreute sich an der mannigfaltigen Beleuchtung in Bäumen und Gebüsch; er dachte dann der allerbesten Maler, die solche Lichter wiederzugeben versucht hatten, und fand immer noch auffallende, einzige, sogar male-rische und doch nicht zu malende Effekte. Zuweilen bot

sich hier außen dem alten Kenner noch ein ganz uner-
warteter Anblick. Eines Tages war groß Wasser, und
die Wiese war überflutet; ein Schwan zog gleichmütig
auf der Fläche umher, wie wenn hier immer ein Teich
gewesen wäre und immer bleiben sollte. Ein andermal
stieg das Wasser höher, als Goethe es je gesehen hatte;
sogar die oberen Stufen seines Eingangs waren über-
schwemmt. Einen Sommer hindurch benutzte das Militär
diese Wiese als Übungsplatz, und Goethe sah aus seinen
Fenstern zu, wie die Soldaten ihre Wendungen und
Griffe machten. Da er immer noch der Vergleichs-
freudige war, verglich er jetzt die „taktische Grammatik"
mit dem „Exerzieren" der sprachlichen Formen.

Wenn er sich im Garten umschaute, erwachte in
ihm oft auch der Fürsorger und Hausvater wieder.
Für gewöhnlich verrichtete ein Mann aus Taubach,
Andreas Köhler, im oberen wie im unteren Garten
die Arbeiten, die die Jahreszeit verlangte. Zuweilen
aber bestellte Goethe einen gelernten Gärtner oder einen
Handwerker auf den nächsten Tag. So ließ er im
März 1820 neue Pflanzungen machen, dann wieder im
März 1826 von dem Gärtner Herzog neue Rabatten
anlegen; oder er ließ das Haus gründlich lüften und
reinigen und die entstandenen Schäden ausbessern. Und
plötzlich wuchs die Liebe zur ehemaligen Umgebung zu
dem Wunsche empor, hier wieder zu leben, hier auch
zu sterben. Denn seine Stimmung war hier doch eine
glücklichere als in der Stadt. Am 1. Mai 1827 erbat
man Verse unter ein Bild, das sein Häuschen zeigte,
und er schrieb:

Übermütig sieht's nicht aus:
Hohes Dach und niedres Haus!
Allen, die daselbst verkehrt,
Ward ein guter Mut bescheert.
Schlanker Bäume grüner Flor,
Selbstgepflanzter, wuchs empor;
Geistig ging zugleich alldort
Schaffen, Hegen, Wachsen fort.

Am 12. Mai 1827 gab es, wie einige Male, eine peinliche Auseinandersetzung zwischen Vater und Sohn; der alte Dichter ließ anspannen und fuhr in den unteren Garten. Als er hier das anmutige Walten des Frühlings belauschte, gefiel es ihm so wohl, daß er den Wagen leer hinaufschickte und gleich unten blieb, um hier noch einmal in einer „separat-extemporierten Studentenwirtschaft" zu wohnen. Der junge Theatermann Karl v. Holtei sprach dem alten Herrn sein Erstaunen über diesen plötzlichen Umzug aus; da erwiderte Goethe mit fast wehmütigem Ausdrucke: „Wir haben hier in diesem Gartenhause tüchtige Jahre verlebt, und weil es denn mit uns sich auch dem Abschlusse nähert, so mag sich die Schlange in den Schwanz beißen, damit es ende, wo es begonnen!"

Nun verband sich hier wiederum Altes und Neues gar wundersam. Auf den gewohnten Wegen ging er im Garten herum: „Die bekannten Plätze würden Sie alle wiederfinden; nur sind die von mir vor fünfzig Jahren gepflanzten Bäume kräftig in die Höhe gegangen und geben breite Schatten." Wieder ließ er Handwerker kommen; der Maler Bähr und ein Geselle

Goethe 1828.
Nach Rauchs Statuette.

Großherzog Karl August vor Goethes Garten.

Von Friedrich Warberfing.

strichen an; „die Zimmerleute setzten das zweite Spalier;"
„der Schlosser besorgte die Brettchen zu den Fenster-
kränzchen."

Wie vor fünfzig Jahren kam Karl August des
Weges daher geritten, und auch Großherzogin Luise
besuchte ihn. Aber jetzt erschienen auch ihre Kinder
und Kindeskinder; jetzt waren es der Erbgroßherzog
Karl Friedrich, seine Gattin, die Großfürstin Maria
Paulowna, und ihre älteste Tochter Marie, von denen
sein „ländlicher Aufenthalt betrachtet und gebilligt"
wurde. Prinzessin Marie kam, um von ihm Abschied
zu nehmen; wenige Tage später fuhr sie als Gattin des
preußischen Prinzen Karl nach Berlin, und Goethe
stand noch einmal unter den Bäumen des Webichts, ihr
den letzten Gruß zuwinkend, als ihr Wagen dahinrollte.

Seine alten Amtsverwandten im Staatsdienst waren
alle zur letzten Ruhe gelangt; einige hatten in ihren
Söhnen Nachfolger erhalten. So gab es jetzt wieder
einen Staatsminister v. Fritsch, der seinem Vater ähnlich
war; Goethe sprach sich manchmal mit ihm aus, auch
hier im Garten.

Charlotte v. Stein war im letzten Winter auf den
neuen Friedhof getragen; ihr Fritz lebte in Schlesien;
ihr Karl, Herr auf Kochberg, zeigte sich noch zuweilen
bei Goethen; eine Tochter von ihm stellte sich jetzt mit
ihrem Bräutigam James Patrick Parry vor, einem angesehenen Mitgliede der in Weimar sehr begünstigten
englischen Kolonie.

Von den ältesten Freunden lebten außer Karl
August nur noch Knebel und Heinrich Meyer. Unter
den Auswärtigen war ihm der fröhliche Zelter seit

langen Jahren der liebste. Die deutschen Dichter statteten
ihm wie seit manchem Jahre Besuche ab. Karl v. Holtei
ist schon genannt, ein unruhiger, aber gern gesehener
junger Mann, der in Weimar wie anderwärts fremde und
eigene Dichtungen öffentlich vortrug und seine Stücke auf
die Bühne brachte. Friedrich von Matthisson kam wieder
zu dem alten Häuschen, das er vor 44 Jahren zum
ersten Male aufgesucht; er war nun ein vornehmer
alter Hofherr geworden. „Goethe ist wie ein Jüngling,"
versicherte jetzt einer seiner Stadtfreunde, der Ober-
konsistorialdirektor Peucer, dem auswärtigen Freunde
Graf Reinhard; „Matthisson ist nahe zehn Jahre jünger,
aber wie sehr steht er körperlich gegen jenen Unver-
gänglichen zurück!" Und der Kanzler v. Müller schrieb
demselben Grafen Reinhard: Goethe sei munter wie ein
Fisch im Wasser.

Könnten Sie doch nur einmal mit uns in Goethes
Garten am Park lustwandeln! Er lebt wirklich froh und
jung im frischen Götterreich.

Immer noch leitete Goethe die dem Großherzoge
unmittelbar unterstellten weimarischen und jenaischen
Anstalten für Kunst und Wissenschaft; nur das Theater
hatte er seit zehn Jahren nicht mehr zu verwalten. Man
hörte immer noch bei allen öffentlichen Bauten auf seinen
Rat; jetzt aber erfreute sich das Land in der Person des
Oberbaudirektors Coudray eines wirklichen Kenners
und Künstlers, dem auch Goethe völlig vertraute. Mit
ihm sprach er jede Straßenverbesserung, jedes öffentliche
Gebäude bis in alle Einzelheiten durch. Immer noch
suchte er junge Künstler zu fördern. Seine Pfleglinge
waren jetzt Preller, Schmeller, Lieber, Luise Seidler

und Gräfin Julie Egloffstein. An der Zeichenschule, die seit zwanzig Jahren Heinrich Meyer leitete, nahm er den alten Anteil.

Die poetischen Arbeiten, die er jetzt im alten Gartenhause wieder vornahm, zeugten am allerdeutlichsten von seiner Beharrlichkeit — oder sollen wir sagen: von seiner Untreue? Denn es waren Werke, die er vor fünfzig und mehr Jahren angefangen hatte! Hier im Gartenhause hatte er einst die ersten Kapitel von ‚Wilhelm Meisters theatralischer Sendung' seinem Philipp diktiert; hier mußten jetzt John und Schuchardt den Abschluß der ‚Wanderjahre' auf's Papier bringen. Und nachdem diese Last abgewälzt war, fühlte er sich rüstig genug, auch an die Vollendung des ‚Faust' zu gehen. Er scherzte selber über seine ausdauernde Liebhaberschaft: seit sechzig Jahren schleiche er nun der dreitausendjährigen Helena nach.

Wieder bearbeitete er eine neue Ausgabe seiner Werke; Cotta war jetzt sein Verleger, und das Honorar war gegen frühere Zeiten sehr hoch. Jetzt endlich wußte Goethe die Seinen gut versorgt.

Und immer noch betrieb er die Naturwissenschaften und Kunstwissenschaften auf seine Weise; beständig betrachtend, eifrig sammelnd, mit Gesinnungsverwandten mündlich und brieflich Kenntnisse und Gedanken austauschend. Aber sein Kreis war jetzt viel größer als je; Hunderte von Gelehrten waren bemüht oder bereit, ihm etwas zuzutragen. Groß oder zweifellos war sein Erfolg freilich weder in den Naturwissenschaften noch in der Beurteilung der bildenden Künste; sein eigenes Zeichnen und Malen hatte er längst als kraftlos er-

kannt; dagegen ward es nun allgemein zugestanden,
daß er in allen Gebieten der Poesie das Höchste geleistet habe. Es war kein Zufall, daß in diesem Sommer
der Franzose Ampère und der Russe Joukowsky, die in
ihren Ländern seine Werke ausbreiteten, in Person erschienen und daß gleichzeitig ein Schotte, Thomas
Carlyle, sich mit Briefen und gedruckten Werken als
Verkünder Goethes und Schillers in der englisch-
redenden Welt vorstellte. Namentlich an den Schriften
Carlyles, dessen Urkraft unverkennbar war, hatte Goethe
in den stillen Lesestunden im Gartenhause große Freude.

Ampère, der eben genannt wurde, ein Sohn des
berühmten Physikers, war acht Tage in Weimar, zugleich
mit Holtei, der diesmal gleichfalls auf dem Wege von
Paris nach Berlin hier verweilte. Am Abend vor ihrer
Weiterfahrt gingen sie mit August Goethe und Eckermann
noch einmal durch den blühenden·Park, den sanftes
Mondlicht erhellte. Unwillkürlich gelangten sie zu dem
Häuschen, in dem die Lampe des alten Dichters und
Forschers noch brannte. Ampère und Holtei blickten
mit tränenfeuchten Augen zum Fenster hinauf, und das
Weitergehen ward ihnen schwer. „An dieser Stelle",
sagte der Franzose, „und zu dieser Stunde begreife ich
vollkommen die deutsche Sentimentalität."

Bald fiel Regenwetter ein; trotzdem blieb Goethe
bis zum 8. Juni hier unten wohnen. Und an jenem Tage
zog er nur deshalb in die Stadt, weil er den böhmischen
Grafen Sternberg, den er als Menschen und Gelehrten
sehr liebte und ehrte, dort besser bewirten und unterhalten konnte. Als der Gast abgereist war, am 21. Juni,
kehrte Goethe sogleich in's Tal zurück; doch nun ge-

Übermüthig sieht's nicht aus   Allen die darin verkehrt
Dieses stille Gartenhaus   Ward ein guter Muth bescheert
                                    Goethe 1828.

Ansicht des Gartenhauses von 1827.

Blick aus dem nördlichen Teile des Gartens.

Aufnahme von Prof. Otto Raisch in Weimar.

wöhnlich nur auf einige Stunden nachmittags oder abends. An Zelter berichtete er am 17. Juli:

> Dein Freund ist aus dem Garten wieder heraufgezogen, indem er allzusehr abhängt von literarisch-artistischer Umgebung, die ihm hier oben allezeit zur Hand ist, anstatt daß er sie unten nur teilweise heranfordern kann. Es war wirklich komisch zu sehen, wieviel und was alles in den vier Wochen des dortigen Aufenthalts hinabgeschleppt worden.

> Der größte Gewinn, den ich jedoch von diesem Versuche davongetragen, ist, daß mir jener Garten, der mir fast gänzlich entfremdet war, wieder lieb, ja notwendig geworden ist. Die Vegetation daselbst wie in der Umgegend hat sich dieses Jahr vorzüglich auch an alten Bäumen bemerklich gemacht, und so erfreu ich mich des lange Versäumten und Vernachlässigten noch mehr als eines Vermißten und Ersehnten. Ich fühle mich genötigt, jeden Tag wenigstens einige Stunden daselbst zuzubringen.

Weil ihm das alte Heim nun „wieder lieb, ja notwendig" geworden war, besuchte er es von nun an viel häufiger und verweilte länger darin, „das Hauptgeschäft bedenkend", lesend, plaudernd, umhergehend und betrachtend.

లా

Im Mai 1828 ließ er den unteren Saal neu dielen. Als er jetzt Zeltern schrieb, für die Genüsse des Theaters sei er zu alt, fügte er hinzu: „Dagegen lockt mein Garten am Stern zu jeder freundlichen Stunde mich an; dort gelingt mir's, mich zu sammeln und zu manchen guten Hervorbringungen mich zu einigen und zu innigen." Und er erzählte weiter: die von ihm selbst angerufene Weltliteratur ströme jetzt auf ihn ein, „wie auf den Zauberlehrling, zum Ersäufen". Nicht bloß zahlreiche

Überſetzungen in's Deutſche beſchäftigten ihn jetzt; auch Übertragungen aus dem Deutſchen wurden ihm oft geſandt. Einen Akt ‚Wallenſtein‘ las er im Garten auf engliſch; wohlgelungene Überſetzungen ſeiner eigenen Gedichte reizten ihn zu einem ‚Gleichnis‘, das er jetzt dem Freunde mitſandte:

> Jüngſt pflückt' ich einen Wieſenſtrauß,
> Trug ihn gedankenvoll nach Haus;
> Da hatten von der warmen Hand
> Die Kronen ſich alle zur Erde gewandt.
> Ich ſetzte ſie in ein friſches Glas,
> Und welch' ein Wunder war mir Das!
> Die Köpfchen hoben ſich empor,
> Die Blätterſtengel im grünen Flor;
> Und allzuſammen ſo geſund,
> Als ſtünden ſie noch auf Muttergrund:
> So war mir's, als ich wunderſam
> Mein Lied in fremder Sprache vernahm.

Am 13. Juli 1829 ließ er ſich noch einmal die Stuben hier zu dauerndem Verweilen und Übernachten einrichten. Seine erſten Gäſte waren diesmal die fürſtlichen Perſonen; aber leider fehlte unter ihnen der alte Herr und Freund! Karl Auguſt war am 14. Juni 1828 geſtorben. Seine Witwe, die aus dem großen Schloſſe wieder in's beſcheidene Fürſtenhaus zurückgekehrt war, kam nun in's untere Sälchen von Goethes Gartenhaus, wo jetzt eben der Tapezier neue Vorhänge angemacht hatte, und ließ ſich, wie ſo manchesmal, Bilder und Bücher vorzeigen und darüber belehren. Es erſchien ebenſo das jetzige großherzogliche Paar, Karl Friedrich

und Maria Paulowna. Und es kam auch ihr elfjähriger
Erbprinz Karl Alexander, begleitet von seinem Erzieher
Soret, einem klugen Genfer Naturforscher, mit dem
Goethe gern wissenschaftliche und literarische Fragen
durchsprach. Der schlanke Knabe, der sehr lebhaften
Geistes war, wollte hier im Gartensälchen die römischen
Wandtafeln erklärt haben; er erweckte in Goethen durch
seine Fragen gar viele Erinnerungen an die eigene
wißbegierige Jugendzeit. Goethe hatte nämlich jetzt
große Bilder aufhängen und aufstellen lassen, die das
alte und neue Rom und das alte Italien und Latium
vor Augen führten; er beschrieb jetzt für seine Leser
seinen zweiten Aufenthalt in Rom und stärkte sich an
diesen Tafeln die Erinnerungen.

Alle Glieder der großherzoglichen Familie waren
bemüht, dem treuesten Freunde ihres Hauses in seinen
letzten Jahren den wohlverdienten Dank zu zeigen. Sie
fuhren häufig vor und nahmen an Allem, was ihn betraf, großen Anteil. Es kam auch sonst viel Besuch
aus der Stadt und aus aller Welt, z. B. Varnhagen
v. Ense mit seiner Frau, der berühmten Rahel, der
Dichter Wilhelm Häring, besser als „Willibald Alexis"
bekannt, der Schulmann Ludwig Cauer, der Altertums-
forscher Otto Magnus Freiherr v. Stackelberg, dessen
Reiseberichte Goethe gar gern hörte, der englische
Schriftsteller Henry Crabb Robinson, der schon vor
fünfundzwanzig Jahren in Weimar und Jena beliebt
gewesen war, der polnische Dichter Adam Mickiewicz,
der belgische Astronom und Statistiker Quetelet. Mit
Robinson vertiefte sich Goethe manche Stunde in die
schweren Dichtungen Miltons und Byrons; er staunte

immer wieder Byrons gewaltiges Wollen und Können
an. Zu leichterem Lesen nahm er sich jetzt die viel-
bändigen Denkwürdigkeiten des Herzogs von St. Simon
vor. Von Kunstwerken beschäftigten ihn namentlich
Eugen Neureuthers Randzeichnungen zu seinen Balladen
und die Bilder, die Stackelberg aus Italien, Griechen-
land und Kleinasien mitgebracht hatte. Fragen der
Tonkunst regte Eberwein an, Goethes Hauskapellmeister,
der jetzt eine Musik zum „Faust' versuchte und, was
fertig war, dem Dichter hinuntertrug.

Einer dieser Gäste, Willibald Alexis, hatte einige
Jahre zuvor im Stadthause den Dichter Goethe besuchen wollen und nur den Geheimen Rat angetroffen:
den befrackten und besternten alten Herrn, der mit
behutsamen Worten umwickelte Meinungen von sich gab.
Jetzt wußte Goethe mehr Bescheid von dem jungen
Besucher, hatte Zutrauen zu ihm, und es war auch so,
als ob der andere Platz einen anderen Bewohner habe.

Es sah schlicht und einfach in dem Häuschen aus: keine
bronzenen Statuen, kein SALVE, aber die grünen Büsche,
die Rosen und das Weinlaub nickten in den Flur und in
die Fenster des Untergeschosses. Der Diener war zur Hand
und eilte mit der Karte hinauf, um mir sogleich Antwort zu
bringen, und sie lautete: ich möchte nur in das untere Zimmer
treten, Goethe werde sogleich erscheinen. Wahrscheinlich hatte
der Diener auch diesmal »Exzellenz" gesagt, aber ich hörte
das Wort Goethe.

Das Zimmer war einfach möbliert und heiter wie das
ganze Haus . . . Die Tür ging auf, und, im grauen Schlaf-
rock, trat der Mensch und Dichter Goethe ein. Wir saßen
diesmal nicht auf feierlichen Stühlen einander gegenüber;
er zog mich auf das kleine Kanapee neben sich, und Keiner
brauchte die Unterhaltung zu machen: sie war von selbst da.

Goethe wollte von seinen Pariser Freunden wissen, und was
ich ihm mitteilen konnte, war ihm angenehm. Unser gemein-
samer Freund, J. J. Ampère, der Sohn, konnte sich einer
Teilnahme des Greises erfreuen, die mir bewies, daß Goethe
wärmerer Gefühle fähig sei, als man ihm zugestand. . . . .
Hindeutungen auf eine allgemeine europäische oder Weltliteratur, eines der Lieblingsthemata in seinem noch von
Phantasien umgaukelten Lebenswinter, traten auch hier in
der Unterhaltung heraus.

Nicht enttäuscht und nicht berauscht, trat ich aus der
heiteren Stube, aus dem freundlichen Hause. Das Bild des
edelen Greises, in dessen Zügen noch volle Erinnerung an die
Götterkraft seiner Jugend blitzte, begleitete mich.

Ähnliche Eindrücke hatten die anderen Besucher.
Stackelberg zeichnete Haus und Garten und rühmte die
vielseitige Beschäftigung des alten Dichters, der sogar
im Frühjahr mit eigenen Händen seine Malven pflanze,
„die, wie er selbst sagte, in ihren bunten Röcken an
hohen Stöcken hinaufgezogen, Schildwache bei seinem
Spaziergange halten". Und Robinson schrieb nach
seinem Abschiedsbesuche: „Ich ging zum letzten Male
zu Goethes Häuschen, einer Stätte, die von allen
Menschen heilig gehalten werden sollte, was gewiß auch
sein wird. Es ist wirklich nur ein Häuschen: dahin zieht
er sich in kleine und fast leere Zimmer zurück." Und
zum Schluß: „So viel von Goethe gesehen zu haben,
ist ein herrliches Ereignis in einem Menschenleben!"

Diesmal war es ein rechter Ferienaufenthalt im
unteren Garten. Goethe sah noch einmal dem Treiben
der Heuernte zu; danach genoß er die Stille des nun
vollkommen grünen Tals. „Die Ruhe ist so groß, daß
heute früh ein artiges Reh, aus den Büschen hervor-
tretend, ganz gelassen sich weidend ging." Zuweilen

war er „durch ein Regengitter" von seiner Umgebung
geschieden: dann ward um so mehr Arbeit getan. Die
Drucklegung der ‚Italienischen Reise' war seine Haupt-
aufgabe; aber hundert Geschäfte gingen nebenher: von
der Mithilfe an der ersten weimarischen Aufführung
seines ‚Faust' bis zur Sorge, daß ein „Kenguru" für die
jenaischen Sammlungen ausgestopft werde; dies Tier war
einem reisenden Menageriebesitzer während des weimarischen Vogelschießens eingegangen, also billig zu haben.

Der alte Herr wäre noch lange im grünen Tale
geblieben, wenn nicht der ausgezeichnete französische
Bildhauer David von Paris angekommen wäre, um
Goethes Kopf in Koloßgröße zu gestalten. Zu solchem
Zwecke ward mehr Raum gebraucht, als das Häuschen
bot[1]); und so zog Goethe am 25. August wieder hinauf.

ငွ

So oft es nur anging, kehrte er von jetzt an
wieder unten ein. Er betrieb sein Lernen, „als ob er
ewig leben wollte". Ebenso begann er jetzt auch wieder
mit hausväterlicher Fürsorge für Haus und Garten,
wie wenn er die Verbesserungen noch viele Jahre genießen könne. Im Oktober 1829 wies er den Gärtnern,
was sie tun sollten, um den nächsten Frühling vorzubereiten. Im März 1830 besprach er mit Oberbau-
direktor Coudray eine neue Tür in den Garten und
auch die Anlegung von neuen Stufen; in den letzten

---

[1]) Goethe scheint damals im gleichen Zimmer gearbeitet
und geschlafen zu haben, denn Robinson schreibt: „In seinem
Zimmer, worin ein französisches Bett ohne Gardinen stand,
hingen zwei große Stiche." Es waren die erwähnten römischen.

Tagen des April wurden Stufen und Tür angebracht.
„Die neue Gartentür stolziert unten auf der Wiese gar
architektonisch ansehnlich", berichtete der alte Vater
seinem August am 11. Mai als heimische Neuigkeit. —
August war auf einer Reise nach Italien begriffen. Eine
Woche später ließ sich der achtzigjährige Herr ein neues
Sitzplätzchen anlegen; eine kleine Bucht im Abhang
gleich hinter dem Hause, vor der Haustüre. Diesen
Platz und den Weg hinter dem Hause ließ er, angeregt
von pompejanischen Mustern (man hatte kürzlich ihm
zu Ehren ein aufgedecktes Haus in Pompeji Casa di
Goethe getauft) in Mosaik pflastern. Verwendet
wurden dazu weiße und schwarze Kiesel aus der Saale;
besorgt wurden sie ihm aus Jena durch den Wegebau-
Inspektor Göze, denselben Paul Göze, der vor fünfzig
Jahren in diesem Häuschen sein jüngster Diener gewesen war. Im Mai, Juni und Juli 1830 geschah
diese Pflasterung. Auch vor der breiteren nördlichen
Gartentür wurde jetzt ein solches Mosaik gelegt; am
14. Mai hatte er mit Coudray darüber verhandelt.
Der alte Herr ging oft mit seinen Enkeln, diesen Arbeiten zuzusehen und sich am alten Garten zu erlaben.
„Wunderschöne Beleuchtung bei großer Stille des Grüns"
trug er nach einem solchen Besuche in's Tagebuch ein.
Thomas Carlyle hatte ihm ein Bild des einsamen Landgutes gesandt, das er mit seiner jungen Frau bewohnte;
Goethe erwiderte die Gabe mit Abbildungen seines
Gartenhauses und seines Stadthauses.

Beim ersteren wird man sich der Bemerkung nicht ent-
halten, daß Solches gleichfalls drei Fenster, wie Das zu
Craigenputtoch hat und mir mehrere Jahre zur Sommer-

und Winterwohnung diente. Nur ungern verließ ich es,
um mancher Sorge und Mühe des städtischen Aufenthalts
entgegen zu gehen.

∝

Eine letzte Verbesserung ordnete er im November
1831 an. Ein Kunstgärtner Motz verstand es, Wein-
stöcke nach dem Kechtischen Verfahren zurechtzuschneiden,
und versprach, daß ein Stock, der dies Jahr kaum sechs
Trauben gehabt hatte, deren bis achtzig im nächsten
tragen sollte. Goethe ließ ihn nun im oberen und unteren
Garten seine Kunst versuchen; am 14. November sah er
sich im unteren Garten die getane Arbeit an.

Das letzte Bild von sommerlicher Schönheit, das
er aus dem Garten mitnahm, war die Doppelreihe
blühender Malven zu beiden Seiten des langen Weges,
der vom Hause zum Denkstein des guten Glückes führt.
Noch nie hatten die Malven so groß und so farben-
prächtig geblüht, wie sie es dieses Jahr den ganzen
August hindurch taten. Der alte Dichter stand oft still, sie
zu beschauen; freudig zeigte er sie Andern, und eine große
Teegesellschaft ward am 9. August geladen zur Feier
der Malvenblüte.

∝

Im Jahre 1832 stieg er schon am 6. Februar bei
einer Spazierfahrt im unteren Garten ab. Zehn Tage
später begab er sich mit Wölfchen wieder dahin. Am
20. Februar fuhr er gegen Mittag hinunter. Er sah
dem Wind und Wetter zu, wie er Das so manches
Jahr mit ernster Wißbegier getan hatte: der Barometer stand sehr hoch, beinahe auf 28. Vom frühen
Morgen an wehte Westwind, und der Himmel war

sehr dunstig; der Morgenwind trat erst nach zwölf Uhr ein. Einige Stunden blieb Goethe im Garten, über Vergangenes und Künftiges denkend.

Das war der letzte Besuch. Sechsundfünfzig Jahre war er Herr und Meister, Einwohner und Gast auf diesem stillen Fleckchen gewesen.

☙

Am 26. März, als der Abend hereinbrach, senkte man seinen entseelten Leib zur letzten Stätte hinab, seinen Sarg zu den Särgen Schillers, Karl Augusts und Luisens. Nun war die letzte Stille und Weltferne erreicht.

> So löst sich jene große Frage
> Nach unserm zweiten Vaterland,

sang der Chor der Zurückbleibenden:

> Laßt fahren hin das Allzuflüchtige!
> Ihr sucht bei ihm vergebens Rat;
> In dem Vergangenen lebt das Tüchtige,
> Verewigt sich in schöner Tat.
> Und so gewinnt sich das Lebendige
> Durch Folg' auf Folge neue Kraft;
> Denn die Gesinnung, die beständige,
> Sie macht allein den Menschen dauerhaft.
> So löst sich jene große Frage
> Nach unserm zweiten Vaterland,
> Denn das Beständige der ird'schen Tage
> Verbürgt uns ewigen Bestand.

☙

Zum Garten aber kommt der Frühling noch jedes Jahr, neue Geschlechter mit seinem Zauberwerk entzückend.

Jahrzehnte hindurch wurden Garten und Haus sehr
vernachlässigt. August v. Goethe war noch vor dem Vater
gestorben; Ottilie lebte unordentlich-verschwenderisch-
leidenschaftlich dahin. Alsbald nach Goethes Tode soll ein
Teil des Hausgeräts billig verschleudert worden sein; jedenfalls ist nur ganz wenig davon uns bis heute erhalten [1]).

Öfters wurden Haus und Garten vermietet oder an
Freunde der goethischen Nachkommen, der Schwieger-
tochter oder der Enkel, gastfreundlich abgegeben. Nicht
selten tummelten sich wilde Kinder hier herum und
fragten nicht, ob ein Tisch oder Stuhl durch die Vor-
zeit geheiligt sei. Eine Zeitlang bewohnte ein Pastor
Gustav Steinacker, der sich als Dichter G. Treumund
nannte, das untere Geschoß und zeigte den oberen Stock
und den Garten Denen, die Sinn dafür hatten. Er
war aus Ungarn vertrieben; später bekam er in Buttel-
stedt wieder ein geistliches Amt. Nach Adolf Stahrs
Bericht [2]) war der Garten um 1850 „ungepflegt, ja fast

---

[1]) Das auf S. 211 erwähnte Schreibpult befindet sich
seit 1911 wieder im Gartenhause. Bei einer verstorbenen
Frau Voigtritter sah ich sehr schöne gestickte Möbelbezüge,
die aus diesem Hause stammen sollten; ihr Verbleib ist mir
nicht bekannt. Das von Heinrich Meyer gemalte Bild
Goethes, das einst im „Sälchen" hing, besitzt jetzt das Goethe-
National-Museum. In einem der Zimmer hing das erwähnte
Ölbild der Beatrice Cenci; sein Verbleib ist nicht festzustellen.
Von den jetzt im Hause und Garten gezeigten Sachen sind
die Karten und Ansichten von Rom (aus den Jahren 1765
und 1816), ein Schreibtisch und ein paar alte Bänke aus der
alten Zeit noch am Platze.

[2]) Stahr ist freilich nicht der beste Zeuge, berichtet er
doch, das Haus sei mit Schiefer gedeckt und sei zwanzig
Minuten von der Stadt entfernt.

Neuer Platz von 1830.

Aufnahme von Prof. Otto Rasch in Weimar.

Heutige Ansicht des Gartenhauses.

Aufnahme von Hofphotograph L. Held in Weimar.

verwildert, düster und melancholisch". „Auf den Blumen-
beeten wucherte Unkraut, die Gänge und Wege waren
vielfach mit Gras bewachsen. Ebenso wüst und un-
heimlich erschien das verödete, hier und da baufällige
Haus . . . . Geräte finden sich keine mehr in einem
der Zimmer; man sieht nur die nackten Wände." Stahr
klagte damals: „Es ist ein Jammer, das auch diese ge-
heiligte Gedächtnisstätte ihrem Untergang entgegengeht."

Diese Sorge besteht nicht mehr. Als 1885 der letzte
Enkel Goethes starb, hinterließ er diese Erinnerungs-
stätte dem Großherzoglichen Krongut, „jedoch mit der
Beschränkung, daß der Garten nicht zum Großherzoglichen Park geschlagen werden darf, sondern mit einem
Staket umgeben für alle Zeit ein abgeschlossenes Ganzes
verbleiben soll". „Zum Spielplatz der fürstlichen Kinder
des Hauses" bestimmte ihn der Erblasser.

Seit der Übernahme in das Krongut werden die
schönen Gartentüren jedes Jahr für Tausende von Wall-
fahrern geöffnet, und Haus und Garten werden im
besten Zustande erhalten. Noch liegen vor dem Hause
auch die grünen Wiesen wie einst, und im Sommer,
wenn Goethes Bäume dicht belaubt sind, genießen wir
hier zuweilen dieselbe Weltabgeschiedenheit, die ihn erfreute und stärkte.

www.ingramcontent.com/pod-product-compliance
Lightning Source LLC
Chambersburg PA
CBHW030337120726
47901CB00007B/1819